ULLSTEIN

Das Buch

Claire, 34, erkennt eines Tages, daß ihre Ehe mit Achim, einem Werbemann, in Langeweile zu ersticken droht. Alles ist zur Routine verkümmert, sogar die Liebe. Das Leben mit dem freundlichen Achim ist für die Managerin eines Hamburger Luxushotels wie ein langer, ruhiger Fluß. Claire stürzt sich in eine Affäre mit einem Fremden: Milo. Milo, der sich als Sohn des Avantgarde-Künstlers Morante vorstellt, lockt sie wie eine Spinne in sein Netz. Mehr und mehr verstrickt Claire sich in dieses Doppelleben, das schließlich Achim nicht mehr verborgen bleibt. Claire möchte eine Entscheidung zwischen den beiden Männern vermeiden. Sie flieht, aber Milo verfolgt sie selbst bis nach London. Claire, die ihr Leben und ihre Karriere perfekt durchgeplant hatte, verliert plötzlich die Kontrolle. Sie spürt, daß Milo – dessen wahre Identität langsam ans Licht kommt – ihr zum Verhängnis werden kann ...

Die Autorin

Brigitte Blobel, in Hamburg geboren und aufgewachsen, studierte Theaterwissenschaften und Politik und ist eine der erfolgreichsten deutschen Gegenwartsautorinnen.

In unserem Hause sind von Brigitte Blobel bereits erschienen:

Das Haus des Portugiesen
Das kalte Land
Der Ruf des Falken
Die Kolumbianerin
Die Kolumbianerin/Das kalte Land (Doppelband)
Schöne der Nacht

Brigitte Blobel

Der Duft des Fremden

Roman

Ullstein

Ullstein Taschenbuchverlag 2000
Der Ullstein Taschenbuchverlag ist ein Unternehmen der
Econ Ullstein List Verlag GmbH & Co. KG, München

Umschlagkonzept: Lohmüller Werbeagentur GmbH & Co. KG, Berlin
Umschlaggestaltung: Init GmbH, Bielefeld
Titelabbildung: Premium, Düsseldorf
Gesetzt aus der Sabon
Satz: Josefine Urban – KompetenzCenter, Düsseldorf
Druck und Bindearbeiten: Ebner Ulm
Printed in Germany
ISBN 3-548-24800-4

Für Wolf

Claire wußte, daß ihre Sekretärin sie dafür hassen würde, aber das nahm sie in Kauf. Sie hatte die Unterschriftenmappe noch nicht ganz geöffnet, als sie schon den ersten Tippfehler entdeckte. Wortlos schraubte sie den Füllhalter auf und korrigierte den Fehler.

»Etwas nicht in Ordnung?« Marion beugte sich vor.

»Double schreibt man immer noch mit ou, selbst wenn Sie das für umständlich halten. Und single nicht, wie man es spricht. Sie verdrehen immer das e und das l. Machen Sie nicht einen Englischkurs in der Berlitz-School?«

»Schon.« Marion spielte mit dem antiken Tintenfäßchen auf Claires Schreibtisch. »Aber die Zeiten liegen so ungünstig. In der letzten Zeit ist mir das einfach ein bißchen viel geworden ... die ganze Arbeit hier und dann hinterher noch Schule. Man möchte ja auch noch was von seinem Leben haben.« Sie stellte das Tintenfaß hin. »Was korrigieren Sie denn noch?«

»Sincerely ist auch falsch.«

»Falsch?« Marion runzelte die Stirn.

»Es fehlt ein E.«

»Das fällt ja Gott sei Dank nicht so auf.«

Claire hob den Kopf. Ihr Blick glitt kühl über Marions von wirren Locken umrahmtes Gesicht. »So können wir den Brief natürlich nicht abschicken.«

Marion seufzte hörbar. »Das sind zwei Seiten!«

»Ich weiß. Und auf jeder Seite sind Fehler. Wir erhalten von unseren japanischen Partnern ja auch keine fehlerhaften Briefe, oder? Sie kennen meine Einstellung zu diesem Thema.«

Es machte sie wütend, daß Marion so wenig Ehrgeiz besaß. Sie machte gar keinen Hehl daraus, daß sie nur die Stunden absaß. Sie hatte etwas von einem trägen Weibchen, das eigentlich nur auf die Welt gekommen war, um von einem Mann verwöhnt zu werden. Claire konnte mit solchen Frauen nichts anfangen. Aber sie hatte sich Marion ja auch nicht ausgesucht.

Claire hätte sich eine andere Mitarbeiterin gewünscht. Eine, die effizient und verantwortungsbewußt ihre Aufgaben wahrnahm. Eine zum Beispiel, der es nie in den Sinn kommen würde, einen fehlerhaften Brief in die Mappe zu legen. Schon gar nicht unter dem Briefkopf eines so renommierten Hotels mit den Insignien der Geschäftsleitung.

Aber selbst wenn Marion noch mehr Tippfehler machte, noch mehr Termine verschluderte und falsche Telefonnummern notierte, würde sie immer noch in Claires Vorzimmer sitzen. Denn Marion war die Geliebte ihres Chefs und damit unangreifbar im Hause.

Claire war nicht sicher, ob Redlich nur hin und wieder mit Marion schlief oder ob die Liaison etwas Stabiles, Dauerhaftes war. Immerhin war Redlich verheiratet. Aber solange Claire darüber keine sicheren Erkenntnisse besaß, mußte sie vorsichtig sein. Natürlich würde Marion jede Rüge, Kritik oder auch nur milde Verwarnung sofort weitertragen, und Claire war lange genug im Geschäft, um die Wirkung solcher geflüsterten Bettbekenntnisse einschätzen zu können.

In der letzten Zeit hatte es ohnehin eine leichte Klimaveränderung zwischen ihr und Redlich gegeben. Die Chemie, wie ihr Mann das immer nannte, stimmte nicht mehr. Claire war sich persönlich keiner Schuld bewußt. Sie machte dafür die weltweite Rezession verantwortlich, die nur noch zu einer achtzigprozentigen Auslastung des Hotels geführt hatte, zehn Prozent weniger als im Vorjahr, da hatte der Chef schon eine arge Kröte zu schlucken. Und weil er sich dafür vor den Besitzern rechtfertigen mußte, brauchte er einen Sündenbock. Das war dann im Zweifelsfall immer sie, Claire Uhde-Westhoff, Repräsentantin und Salesmanagerin des Hamburger Luxushotels.

Claire gab Marion die Unterschriftenmappe zurück. »Schicken Sie ihn heute noch ab, bitte.«

»In Ordnung.« Marion legte einen Zettel auf Claires Schreibunterlage. »Das sind die Leute, die Sie unbedingt heute noch sprechen wollen. Professor Hymes aus Miami hat schon dreimal angerufen. Es sei dringend.«

»Hat er gesagt, was er will?«

Marion zuckte gleichgültig mit den Schultern. »Ich glaube, er will die Tagung absagen.«

Claire sprang auf: »Unmöglich! Es ist alles fest gebucht! Fünfzig Einzelzimmer, der Konferenzraum von Montag bis Mittwoch reserviert, das Galadinner im Grill ... Sie müssen sich irren.«

Claire holte tief Luft. Bloß nicht aufregen, sagte sie sich. Dr. Thompson hat gesagt: Keinen Streß. Wenn Sie in diesem Job nur noch Streß haben, dann werden Sie Ihre Gastritis bestimmt nicht los. »Verbinden Sie mich bitte sofort mit Professor Hymes.«

»Jetzt noch?« Marion riß die Augen auf.

»Habe ich mich unklar ausgedrückt?« Claire spürte in sich eine kaum noch zu kontrollierende Gereiztheit.

»Ich wollte eigentlich jetzt gehen. Ich hab' einen Zahnarzttermin.«

Claire schaute auf die Uhr. Es war kurz nach fünf. »Okay«, sagte sie erschöpft, »geben Sie mir die Nummer.«

Marion strahlte. Dieses dankbare Strahlen war es wahrscheinlich, was ihr Chef so an ihr liebte, dachte Claire mit einem Anflug von Bitterkeit und Zorn.

Ihr Chef, Anfang Fünfzig, war seit zehn Jahren der Direktor des Hotels und hatte es in dieser Zeit in die Top ten katapultiert.

Aber Redlich mußte auch das Kunststück fertigbringen, zwei ältere und kapriziöse Damen zufriedenzustellen, denen das Hotel zu gleichen Teilen gehörte. Manchmal, wenn sie die tiefe Verzweiflungsfalte auf seiner Stirn sah, war Claire fast versucht, Mitleid mit ihm zu haben.

Als Marion ihr die Nummer von Professor Hymes brachte, war sie bereits zum Weggehen angezogen. Es war eine zwölfstellige Nummer. Claire haßte es, selber zu wählen. Das gehörte zu den Vorteilen ihres Jobs, daß sie solche Dinge nicht mehr selber machen mußte.

Die Überseeleitung war frei, und Professor Hymes nahm sofort ab.

Und dann kam die ganze bittere Wahrheit: Professor Hymes sagte den Kongreß, der bereits in zehn Tagen stattfinden sollte, tatsächlich ab.

»Und woher, Professor«, sagte Claire mit mühsamer Beherrschung, »soll ich in dieser kurzen Zeit einen Ersatz bekommen? Das ist ein enormer Verlust für das Hotel.«

Professor Hymes lachte. »Ihr gehört doch zu den Tophotels der Welt! Bestimmt gibt es eine endlose Warteliste!«

Claire schwieg. Sie wollte diesem Kerl nicht auch noch auf die Nase binden, daß es heute durchaus keine Selbstverständlichkeit war, ein Hotel mit Gästen zu füllen. »Darf ich wenigstens wissen, warum Sie absagen? Wie soll ich das meinem Chef erklären?!«

»Sagen Sie ihm – was übrigens die Wahrheit ist –, daß die Kollegen in diesen Zeiten nicht gerne fliegen.«

Nach diesem unerfreulichen Gespräch stand Claire auf, atmete tief durch und schaute aus dem Fenster.

Ich werde verlangen, daß man mir ein Zimmer mit Alsterblick gibt, dachte sie plötzlich mit aufsteigender Wut, als sie auf die graue Brandmauer schaute. Ich werde diese geizigen alten Damen endlich dazu bringen, daß sie mich ernst nehmen. Aber erst muß ich dem Chef erklären, daß der Kongreß geplatzt ist.

Sie fuhr sich mit den Fingern durch das Haar, schlüpfte in die Pumps, die sie unter dem Schreibtisch ausgezogen hatte, und machte sich auf die Suche nach dem Direktor, um ihm die Hiobsbotschaft mitzuteilen.

Ihr Chef stand im Foyer und sprach gerade angeregt mit der *Tagesthemen*-Moderatorin.

Er verabschiedete die TV-Dame mit einem Handkuß und kam, immer noch lächelnd, auf Claire zu.

Er war sichtlich gut gelaunt. »Ein schöner Tag, nicht wahr?« sagte er mit einem Blick durch die Drehtür. »Der kleine Schauer eben war richtig erfrischend. Und jetzt auf einmal ist der Himmel wieder klar.«

»Gleich nicht mehr«, sagte Claire, »Professor Hymes hat seinen Kongreß abgesagt. Die Amerikaner haben Angst vorm Fliegen.«

Das Gesicht des Chefs erstarrte. Alle Freundlichkeit wich aus seinen Zügen. »Das ist nicht Ihr Ernst!«

»Doch«, sagte Claire.

»Das ist eine Katastrophe«, flüsterte er. »Das kostet uns mehrere Hunderttausend.«

»Ich weiß...«, sagte Claire.

»Sie haben uns diesen Mann vermittelt, Claire. Es ist Ihr Kunde.«

»Wenn es schwierig wird, sind es immer meine Kunden.«

Ihr Chef schaute sie an. Sehr schmale Augen, noch schmalere Lippen, bleiche, plötzlich eingefallene Wangen. Die Krawatte wirkte plötzlich unpassend. Geradezu unpassend fröhlich. Claire konnte sich nicht mehr vorstellen, daß es wirklich ein schöner Tag war.

»Das kann für Sie Konsequenzen haben, Claire«, zischte er, »falls ich mit den Damen Schwierigkeiten bekomme. Sie wissen ja, was die beiden von dem Job einer Salesmanagerin halten. Das ist für die eine überflüssige amerikanische Erfindung.«

»Aber warum sollten Sie Schwierigkeiten bekommen?« fragte Claire aufgebracht. »So etwas passiert doch immer wieder. Dagegen können wir uns nicht versichern.«

Ihr Chef senkte den Kopf. »Das verstehen Sie nicht. Es gibt da Gerüchte ...« Er schwieg. Er schaute sich um, fuhr mit der Hand in den Hemdkragen, um ihm zu lockern. Hinter der Glastür, die zum Restaurant führte, gingen die Lichter an. Venezianische Kronleuchter. Claire sah die Kellner in ihren weißen Jacken. Man deckte für das Abendessen ein. Claire wußte, daß an diesem Abend das Restaurant höchstens halb voll sein würde. Nur acht Vorbestellungen, das war zuwenig. Die Amerikaner blieben aus. Sie hatten offenbar in ihrem neuerwachten Patriotismus das eigene Land als Reiseland wiederentdeckt. Alle waren ein bißchen nervös. Aber was für Gerüchte ..

Ihr Chef räusperte sich. Er hatte sich wieder in der Gewalt. Beinahe gelang ihm schon ein Lächeln. »Ich erwarte, daß Sie das irgendwie wiedergutmachen, Claire. Schaffen Sie mir andere Gäste heran. Sorgen Sie dafür, daß das Hotel voll wird. Dafür werden Sie schließlich bezahlt.«

»Ich weiß«, sagte Claire eisig. Sie drehte sich auf dem Absatz um und ging in ihr Büro zurück.

Das Telefon klingelte, als sie die Tür öffnete. Sie griff über die Schreibtischplatte und verlor dabei fast ihren Halt. »Hallo?« rief sie atemlos.

Eine beleidigt-vorwurfsvolle Stimme meldete sich: »Es ist schon zehn nach sieben.«

Claire schloß die Augen. Sie zitterte plötzlich. »Achim«, sagte sie leise, »ich hatte einen wahnsinnigen Tag, ich wollte eben ...«

»Schon gut. Ich dachte, du würdest es mir wenigstens mitteilen, wenn du später kommst.«

»Achim!« sagte Claire. Sie schrie es fast. »Ich weiß, daß es zehn nach sieben ist, verdammt noch mal!« Sie knallte den Hörer auf, ging um den Schreibtisch herum, ließ sich fallen, streift die Schuhe ab und schloß die Augen. Sie zählte bis zehn. Blickte auf das Hafenbild an der Wand, auf das Fenster, hinter dem es schon dämmerte, nahm aus der Handtasche die Puderdose, den Lippenstift und begann mit zitternden Händen, sich die Lippen nachzumalen. Danach fühlte sie sich besser. Sie zog das Telefon zu sich heran und wählte ihre Nummer.

»Ja?«

»Entschuldige, Schatz. Entschuldige.«

Achims Stimme klang verschnupft. »Du hast einfach aufgelegt. Ich finde das schrecklich. Ich habe dir schon einmal gesagt, daß ich nichts mehr hasse, als wenn zwei Menschen, die sich lieben« ...«

Claire unterbrach ihn. »Ich weiß, Schatz. Deshalb rufe ich ja jetzt auch an und sage: Entschuldige. Ich hatte einen Scheißtag heute.«

Achim schwieg. Claire war plötzlich gierig nach einer Zigarette, aber sie hatte sich das Rauchen vor einem halben Jahr abgewöhnt.

»Ich dachte«, sagte Achim in die Stille hinein, »um zehn nach sieben dürfte ich mal anrufen und fragen, wann du heimkommst.«

Claire schaute auf die lange Liste mit Namen, die alle noch auf ihren Anruf warteten, und sie warf einen Blick auf die Papiere rechts in dem kleinen Drahtkorb für Unerledigtes.

»Jetzt«, sagte sie, »ich komme jetzt nach Hause.«

»In Ordnung. Dann mixe ich schon mal die Drinks«, sagte Achim und legte auf.

Claire schloß die Augen und blieb eine Weile so sitzen, alleine mit dem Summen der Klimaanlage.

Um diese Abendstunde verebbte der Verkehr auf dem Harvestehuder Weg allmählich. Das gleichmäßige Rauschen der Autos, ein Geräusch, an das die Anwohner sich nur mit Anstrengung gewöhnten, wurde schwächer, und irgendwann, wenn die Rush-hour vorbei war, konnte man sogar wieder das Zwitschern der Vögel in den Baumkronen hören, wenn man die Wagenfenster herunterkurbelte und langsamer fuhr. Rechts und links parkende Autos, die Stunden des Abendspaziergangs am Alsterufer.

Auch Claire, die mit der linken Hand steuerte, die Rechte auf der Lehne des Beifahrersitzes, schaute immer wieder beinahe sehnsüchtig zur glitzernden Wasseroberfläche der Außenalster hinüber, einmal glaubte sie, ein Schwanenpaar zwischen den Trauerweiden zu entdecken. Liebespärchen saßen engumschlungen zwischen wuchernden Blumenrabatten, Hunde tollten auf der Wiese, ein Mädchen jagte ihrem in wilden Sätzen flüchtenden Kätzchen hinterher, irgendwoher kam ausgelassenes Gelächter. Claire hielt an. Es war halb acht. Achim saß zu Hause und wartete. Claire öffnete das Schiebedach und atmete die kühle, herbe Luft ein. Nur einen Augenblick, dachte sie. Nur einmal durchatmen. Sich nur einmal strecken. Einmal wie die anderen einfach am Ufer stehen und an gar nichts denken. Sie stieg aus. Das Mädchen kam glückstrahlend mit dem Kätzchen, das es fest an den Körper gepreßt hatte, zu seiner Mutter zurück. Die Mutter kniete sich mit weit geöffneten Armen hin und nahm beide in Empfang. Claire ging schnell an ihnen vorüber. Am Ufer, an dem schmalen Grünstreifen zwischen Böschung und Kiesweg, hatte sie einen freien Platz entdeckt, einen dieser weißlackierten Holzstühle, auf die die Freie und Hansestadt Hamburg so stolz war. Eine wohlhabende Stadt, die mit ihrem Reichtum nicht protzte, sich aber leisten konnte, großzügig zu sein. Claire mochte ihre Stadt. Es war zwanzig vor acht. Am Himmel bauschten sich Wolken.

Ich will nicht nach Hause, dachte Claire. Als ihr bewußt wurde, daß sie diesen Satz halblaut gesprochen hatte, erschrak sie. Sie schaute sich um, ob jemand sie bei der Ungeheuerlichkeit dieses Gedankens ertappt hatte. Eine Gruppe lärmender Jungen auf Mountainbikes kurvte nah an ihrem Stuhl vorbei, ohne von ihr überhaupt Notiz zu nehmen.

Wunderbar, dachte Claire. Du hast dein Leben ja fabelhaft im Griff. Du sitzt hier, während im Büro ein Stapel unerledigter Post auf dich wartet, während zu Hause dein Ehemann unruhig zwischen den Fenstern hin und her wandert. Du sitzt hier, Auge in Auge mit einem fauchenden Schwan, und genießt das Verrinnen von Zeit. Das ist nicht normal, Claire. Du mußt aufpassen, Claire, daß dir die Dinge nicht entgleisen. Steh auf und fahr heim. Dein Mann wartet. Die Drinks sind gemixt. Lächle. Du weißt, er liebt dein Lächeln. Wegen dieser gelassenen Heiterheit, hat Achim einmal gesagt, mit der du durchs Leben gehst, habe ich mich in dich verliebt. Wegen dieser positiven Grundeinstellung, dieser ansteckenden Fröhlichkeit, habe ich dich geheiratet.

An diesem Mittwoch jedoch, zeitgleich mit dem erlöschenden Tageslicht und dem sich entfernenden silbernen Himmel, war ihr auf einmal die Fähigkeit abhanden gekommen, in ihrem Leben etwas Schönes und Positives zu entdecken. Ich habe die Wahl, dachte sie bitter, zwischen einem Chef, der eine fast unmenschliche Leistung von mir erwartet, und einem Mann, der gar nichts erwartet. Der nur möchte, daß ich da bin. Eine tolle Wahl: Im Hotel verlangt der Chef, daß ich funktioniere wie eine Maschine, zu Hause wartet Achim auf eine anschmiegsame, zärtliche Frau. Achim wartet immer. Präzise gesagt: seit sich nach den Flitterwochen herausgestellt hatte, daß Achim nur einen Siebenstundentag hatte, während Claire manchmal zehn Stunden täglich Dienst hatte. Das ist im Hotelgewerbe nichts Besonderes. In den fünf Jahren ihrer Ehe hatte Achim das allmählich auch verstanden.

Sie wußte, daß Achim sie immer herbeisehnte und daß jeder Stau, jede Umleitung, jede Verspätung für ihn eine kleine Katastrophe war. Sie hatte ihn ertappt, wie er am Garderobenfenster nach ihr Ausschau hielt. Diesem kleinen Sprossenfenster, durch das er nur auf Zehenspitzen schauen konnte. Sie hatte ihm nie verraten, daß sie es wußte. Seitdem rief sie immer an, wenn sie aus dem Hotel wegfuhr. Wenn sie am Flughafen mit Verspätung gelandet war. Wenn ein Meeting mit wichtigen Incentive-Leuten länger dauerte. Immer rief sie an, weil sie sich vorstellte, wie er auf Zehenspitzen am Garderobenfenster stand und auf die Straße hinunterspähte.

Claire sah auf die Uhr. Achim wartete schon eine Viertelstunde. Er hatte bestimmt schon die Drinks bereitet. Einen Martini für Claire, einen Whisky sour für sich. Mit Zuckerrand. Jeden Abend das gleiche, wie er mit seiner Zunge den Zucker von den Lippen leckte. Jedes Körnchen einzeln. So lustvoll. So unerträglich. Das Bild tauchte urplötzlich auf: Achim im Halbprofil. Bundfaltenhose, weit, die den Bauchansatz kaschierte, feinstes Baumwollhemd, farbig, am liebsten Aubergine oder Zimt, dunkelgemusterte Krawatte. Wie er in unendlicher Präzision mit dem langstieligen Silberlöffel eine Olive aus dem Glas fischte und sie auf der halben Limonenscheibe dekorierte, die wiederum auf einem Eiswürfel im Cocktailglas dahintrieb. Sein beglücktes und nach Lob heischendes Lächeln, wenn er ihr dann den Drink reichte. »Das ist der beste Drink, den dir je ein Liebhaber gemixt hat, Klärchen.«

Fünfunddreißig, dachte Claire, während das Lächeln in ihrem Gesicht stehenblieb, ich bin fünfunddreißig und sitze hier auf einem Rentnerstuhl und lasse mich von einem blöden Schwan anfauchen, weil mir davor graut heimzugehen. Ist das nicht Wahnsinn? Keine Lust auf die Eigentumswohnung, Luxusvilla, 2. Stock! Keine Lust auf Achim, siebenunddreißig, Diplomvolkswirt, Werbekaufmann und Boxershortsträger! 170 qm, mit Terrasse und Küchenkräuterbalkon! Keine Lust auf seinen Begrüßungskuß.

Sie konnte ihn schmecken, diesen Kuß. Ihre Lippen streiften die weiche, seltsam kalte Haut seines Kinns. Sie roch sein After-shave, eines von den drei Sorten, die er alternierend benutzte, aber nie so, daß sie es vorher erraten konnte. Zu Achims Erfolgsrezepten für eine gute Ehe gehörte auch folgender Satz: »Du mußt für deine Frau immer aufregend und immer neu sein. Du muß sie jeden Tag wieder überraschen. Nur so bleibt die Liebe prickelnd.«

Sie würden sich küssen, wie sie sich jeden Abend küßten. Dann würden sie erleichtert lächeln, und Achim würde erst einen, dann zwei Schritte zurücktreten und sie voller Freundlichkeit anschauen. Sie war schick gekleidet, und ihre Haare trug sie so, daß sie nach etwas aussahen, auch wenn sie monatelang nicht beim Friseur gewesen war. Seine Augen wanderten wohlgefällig weiter zu ihrem Schmuck, der ein bißchen zu groß und entweder aus Silber, Messing oder Holz war, und blieben schließlich an ihrem Gesicht hängen.

Schon würde seine Miene besorgt. Der Blick ernst.

Und beinahe erschrocken würde er genau das sagen, was er

jeden Abend beinahe erschrocken sagte: »Du siehst müde aus, Klärchen, weißt du das?« Und in der gleichen Sekunde, dachte Claire, in der er diesen Satz ausspricht, werde ich mich wirklich todmüde fühlen. Was ist das für ein Gift, das so selbstverständlich wirkt? Wie kommt es in meinen Körper, und wieso setzt es sich in meinem Kopf fest? Warum fühle ich mich zum Sterben müde, sobald Achim mich anschaut und sagt: »Du siehst müde aus, Klärchen. Weißt du das?«

Und warum, verdammt noch mal, tust du nichts, Achim, um mich aufzumuntern? Warum denkst du dir nicht irgend etwas Verrücktes aus?!

Klärchen. Immer Klärchen. Er sagt nie Claire. Oder Liebste. Oder Darling. Oder irgendeinen verrückten Kosenamen. Er sagt Klärchen. Das ist wie altdeutsche Anbaumöbel und ein festlich gedeckter Kaffeetisch. Das ist bourgeois und bieder. Das ist das Gift.

Aber ich werde es mit einem Achselzucken abtun, wie immer, und mich auf das weiche Sofa fallen lassen, die Schuhe von den Füßen streifen und die Zehen kreisen lassen. Im gleichen Augenblick wird sich diese Müdigkeit anfallartig steigern zu einer Art Migräne, die in den Schläfen beginnt. Immer dann, wenn ich die Wohnung betrete. Nie sonst. Nie im Büro. Nie im Auto. Nie im Flugzeug.

Nie, wenn Achim nicht bei mir ist.

Aber immer, und zwar unausweichlich, wenn er mit dem Drink in der Hand auf mich zukommt und diesen Satz sagt: »Das ist der beste Drink, den dir je ein Liebhaber gemixt hat, Klärchen.«

Und wenn sie in einer Verfassung war, in der sie alles ertragen konnte, würde sie ihm einen Kuß zuwerfen und sagen: »Und wenn man erst bedenkt, daß du nicht nur mein Liebhaber, sondern auch mein Ehemann bist...«

Darauf, unweigerlich, ein zweiter Kuß von ihm. Jetzt sitzt

er schräg auf der Sofakante. Im Gegensatz zu seinem weichen Kinn sind seine Lippen hart und spröde, immer heiß. Trockene, heiße Lipen in einem kühlen, weichen Gesicht. Ob ihm schon einmal eine Frau gesagt hat, daß seine Küsse unerträglich sind? Eine von denen, die er vor mir geliebt hat. So wie Sarah, seine erste Frau. Ob sie ihm je die Wahrheit gesagt hat?

Der Schwan hörte auf zu fauchen. Ganz plötzlich. Vielleicht hatte er einfach genug. Er bog seinen Kopf auf einmal so graziös, wie man das von einem Schwan erwartet. Er sortierte die fächerartigen schneeweißen Federn und schwamm unter kräftigen Stößen seiner großen roten Füße einfach davon.

Ich werde ihm sagen, daß ich das nicht mehr aushalte, dachte Claire. Ich werde es ihm heute sagen. Keinen Tag später. Ich werde ihm sagen: Nenn mich bitte nicht immer Klärchen, Achim. Du weißt, ich heiße Claire. Immer haben mich alle Claire genannt, meine Eltern, meine Tante Doris, meine Freundinnen, ganz zu schweigen von den Männern, und wenn du es bei dieser Gelegenheit wissen möchtest, es waren einige darunter, an die erinnere ich mich heute noch manchmal gern. Ich bekomme einen Ausschlag, wenn ich Klärchen höre. Besonders, wenn du es vor Gästen sagst. Vor wichtigen Leuten in der Firma, vor Geschäftsfreunden. Aber ich will es auch nicht mehr hören, wenn wir allein sind. Das ist ein lächerlicher Hausfrauenkosename. Und ich bin keine Hausfrau, verdammt noch mal. Der Direktor der Bankfiliale gibt mir jeden Kredit, wie du weißt, jeden, bloß auf meinen Namen.

In meinem Geburtsschein steht Claire, Achim, CLAIRE. In meinem Trauschein. In meinem Konfirmandenheft. In unserem Familienstammbuch, das moosgrün ist, weil du moosgrün so schön fandest; ich hab' nie verstanden, wieso.

Claire Uhde, geb. Westhoff.

Und unter Punkt 10: Die Ehegatten führen den Namen Uhde, dem die Frau den Namen Westhoff angefügt hat. Claire Uhde-Westhoff, geb. am 12. September 1955.

Ist ja wunderbar, dachte Claire, während ihre Augen die glitzernde, vom leichten Ostwind aufgerauhte Wasserfläche nach ihrem Schwan absuchte. Da hocke ich hier, bekomme kalte Füße und wahrscheinlich einen steifen Nacken, nur weil es mir davor graut, nach Hause zu fahren.

Der königsblaue Läufer im Treppenhaus, die Messingbeschläge, die Hamburger Stadtansichten aus dem Jahr 1820 an den Wänden. Irgendwann hast du alles mal schön gefunden. Irgendwann bist du, an Achim geschmiegt, über ebendiesen Läufer hinaufgestiegen in euer 170-qm-Reich und hast gedacht, das Leben ist eine Zaubertüte, aus der man ohne Unterlaß so schöne Dinge herausholt wie diese Wohnung, diesen liebevoll-fürsorglichen Ehemann, diesen Fayence-Tisch aus dem siebzehnten Jahrhundert, diese Olive auf der Limonenscheibe. Und jetzt willst du auf einmal nicht nach Hause. Das kann ja von nun an ein tolles Leben werden.

Eine Trillerpfeife schreckte sie aus ihren Gedanken. Claire drehte sich um. Ein Rudel Turnhosenmänner, schwitzend und mit behaarten Waden, stürmte einem Anführer hinterher, der die Pfeife zwischen den kräftigen Zähnen hielt und rückwärts lief.

Claire stand auf. Nach ein paar Schritten roch es wieder nach frisch gemähtem Gras und dem süßlich-fahlen Duft wäßrig-welker Blütenblätter. Es waren Gladiolen. Claire liebte die Gladiolen nicht wegen ihres geraden, unbiegsamen Stengels, sondern wegen der einzelnen Blüten, dieser kleinen flammenden Trompeten, die sich im Welken wieder schlossen. Sie knipste eine flammendrote, halbgeöffnete Blüte mit den Fingernägeln ab und ließ sie in die Jackentasche gleiten. Sie freute sich schon auf dieses leichte angenehme Erschrekken, das ihre Finger verspüren würden beim Ertasten der Blüte, ganz zufällig irgendwann.

An dem Pärchen, das engumschlugen mitten auf dem Kiesweg stand, schlenderte sie mit gesenktem Kopf vorbei. Dabei sah sie alles, sie sah immer alles.

Ihr Wagen parkte am Straßenrand. Außer ein paar herabgefallenen Lindenblättern klebte noch eine Karte an der Windschutzscheibe, eine Karte aus grauem Karton mit Prägedruck.

»Einladung zur Galerie-Eröffnung!

Lehmweg 24, im Hof. Januskopf-Galerie. Mit Werken von Morante. Wein. Chansons. Ab neunzehn Uhr.«

Wahrscheinlich fahre ich das richtige Auto, dachte Claire amüsiert. Wer sonst lädt einen Unbekannten kostenlos zu Wein und Chansons ein? Sie wollte die Karte zusammenknüllen und wegwerfen, aber ihr Blick fiel noch einmal auf das Wort Chansons.

Es war nur wegen dieses einen Wortes, und es hatte überhaupt nichts mit jener Stimmung zu tun, in der sie sich gerade befand. Da war sie ganz sicher. Wenn dieser Mensch, der die Einladung formuliert hatte, auf das lapidare, aber irgendwie auch wieder poetische Wort »Chanson« verzichtet hätte – die Nachricht wäre im Rinnstein gelandet.

Aber so legte sie den Zettel auf den Beifahrersitz und startete den Motor.

Chansons, dachte Claire.

Paris. Das »Coupole«. Die »Brasserie Lipp«. Männerblicke in dem kleinen Bistro im »Deux Magots«. Sätze, die jemand ihr einmal zugeflüstert hatte, als sie die Auslagen eines Buchantiquariats im Quartier Latin betrachtete: »*Vous êtes belle, Cherie . . .*« »*La Belle et La Bête*«. Dieser Film. . . . Sie versuchte sich zu erinnern . . . »*Non, rien de rien, je ne regrette rien*«. Das hatte sie früher, zu laut und in falscher Tonlage, vor dem

Spiegel gesungen, wenn sie sich fertig gemacht hatte für die Piste. Früher, in einer anderen Zeit, wahrscheinlich auch auf einem anderen Planeten, war jeden Abend »Piste« angesagt. Früher, als sie abends erst richtig munter wurde, süchtig nach Leben. Vor Achim. Vor der Ehe. Aber auch, bevor sie beschlossen hatte, Karriere zu machen. Und zwar die richtige Karriere, die mit dem sechsstelligen Jahresgehalt. Der Chef de Rang, der sie beim *Busineß-Lunch* immer vor den anderen Gästen begrüßte – und zwar mit Namen. Die Einladungen, die sie morgens in der Post auf dem Schreibtisch fand: »... würden sich freuen, Frau Claire Westhoff zu einem sommerlichen Gartenfest am ... begrüßen zu dürfen.«

Und jetzt ein Zettel an der Windschutzscheibe. Vielleicht nur hochgeflattert vom Wind und auf ihrem Auto gelandet, ebenso wie die beiden Lindenblätter.

Vielleicht galt es einem anderen.

Vielleicht war sie gar nicht gemeint.

Georges Moustaki hatte schöne Chansons gesungen. Sie überlegte, ob sie die alten Schallplatten noch besaß. Wie hieß noch dieses eine schöne Lied ... Claire summte leise die Melodie, als sie sich in den fließenden Verkehr einfädelte.

Die Ampel schaltete auf Grün, und Claire dachte an Achim. Die Eiswürfel in ihrem Drink waren schon geschmolzen. Aber: Lieder. Vielleicht die Pluhar. Oder vielleicht Sade. Moustaki? Branduardi? Chansons sind auch Lieder. Erzählen vom Leben.

Damals diese Geschichte während der Semesterferien in Neuilly. Dieser Marokkaner mit den sanften, schmalen Händen. Seine Kastanienaugen. Und wie er sie in dieser Couscouskneipe in Saint Germain angehimmelt hatte, und der Wein, der zu rot und zu schwer gewesen war, algerischer Wein; und aus dem Radio die rauchige Stimme von Edith Piaf. Unsterblich. So verrückt und melancholisch.

Non, je ne regrette rien . . .

Sie hatte auch nichts bereut. Nie. Sie fragte sich immer, bevor sie sich auf ein Abenteuer einließ, ob sie das einmal bereuen würde. Es gibt ja nicht so viele Abenteuer, die man bereuen muß. Bereuen tut man die Langeweile, die nichtgelebten Tage, die ereignislosen Nächte. Schlafen kann ich, wenn ich tot bin, das hatte sie früher gesagt, hatte es ihrem Vater ins Gesicht gelacht, wenn er ihr morgens wütende Vorhaltungen machte: Zwei Monate vor dem schriftlichen Abitur sitzen die anderen Mädchen abends über den Büchern. Gehören nicht an irgendeine Bar oder verrenken sich nicht auf einer schummrigen Tanzfläche die Glieder zu dieser ohrenbetäubenden Musik, von der man ganz blöd wird.

Was hast du, Papa, hatte sie dann immer fröhlich erwidert, ich seh' doch gut aus, oder nicht? Es geht mir doch wunderbar. Ich brauch' nicht soviel Schlaf wie andere.

Sie bog in den Lehmweg ein. Sie kannte die Straße wegen des Italieners, bei dem sie sich manchmal mit ihrer Freundin Iris traf, an den seltenen Abenden, wo Achim ein Geschäftsessen hatte oder seinen Kunden im Allgäu besuchte. Achim machte Werbung für Allgäuer Käse. Rahmbrie und Käseecken mit Champignongeschmack.

Der perverse Reiz des Italieners lag darin, daß auf der Karte niemals ein einziges Nudelgericht aufgeführt war. Statt dessen nötigte er die Gäste, komplizierte Dinge wie in Mangoldblätter eingeschlagene Kaninchenleber zu essen oder im Ofen gebackene und mit Maronenmus gefüllte Täubchen. Für ein paar Spaghetti mußte man bei Enzo seinen ganzen Charme spielen lassen. Aber das konnte Iris. Wenn sie zu Enzo sagte: »Bringen Sie Ihren Lieblingswein, diesen herrlichen trockenen Chardonnay aus dem Friaul, bei dem man den ganzen verdammten Alltag vergessen kann«, hatte sie schon gewonnen. Enzo sagte nur: »Spaghetti oder Tagliatelle?« Und als die

Flasche und die Gläser auf dem Tisch standen, warf Iris ihre roten Locken in den Nacken, genoß das Kitzeln der Haarspitzen auf der Haut (Iris trug nie hochgeschlossene Kleider), strich mit den Händen über die hohe, weiße, von unzähligen Sommersprossen übersäte Stirn und sagte: »Nun? Erzähl. Fang schon an. War das Leben gut zu dir? Wen muß ich verhauen?«

Auf eine besondere Art war es mit Iris immer ein Fest. Aber nur, wenn sie zu zweit waren. Sobald Achim sich einmischte, sobald sie zu dritt waren, zerbrach der Zauber.

Manchmal tat Achim ihr leid, wenn er sich künstlich in eine Stimmung brachte, in der Allgäuer Emmentaler einen zentralen Wert darstellte. Einen Lebenszweck. »Ich werde eine Kampagne machen über die Löcher im Käse«, sagte er dann mit zerknirschtem Lächeln«, da kann man nichts falsch machen.« Aber der Witz zog auch nicht immer. Manchmal fiel sein Lachen dann in eine tödliche Stille. Und er schluckte den letzten Lacher wieder herunter und wandte sich hastig ab.

In solchen Augenblicken liebte sie ihn mit zärtlicher Melancholie. Aber das wußte er wahrscheinlich nicht. Wie gesagt, die Abende mit Iris. Claire versuchte den Gedanken wieder aufzunehmen, in der letzten Zeit war sie immer so vergeßlich, so unkonzentriert, sogar bei ihren Selbstgesprächen.

Ich muß Iris anrufen, dachte Claire. Mal wieder ein schönes langes Frauengespräch. Muß ihr von meinen Gefühlen erzählen.

Sie wird sich wundern. Wird ihre schönen grauen Augen ganz erschrocken aufreißen und sagen: »Aber Claire! Achim ist der wundervollste Mann, den ich kenne! Alle Frauen beneiden dich um ihn!«

»Und in diesem Augenblick fiel ihr wieder ein, was sie längst vergessen zu haben glaubte: Einmal, auf einer Geburtstagsfeier (war es Achims vierunddreißigster Geburtstag? Ist es schon drei Jahre her?), war sie in die Küche gegangen, um einen Aschenbecher auszuleeren, und hatte Iris dabei beobachtet, wie sie von hinten Achim umarmt hatte, sich auf Zehenspitzen stellte und seinen Nacken zärtlich küßte...

Daß ich das vergessen habe, dachte Claire. Wieso habe ich das vergessen? War es nicht wichtig? Oder hatte ich Angst, Iris zu verlieren, meine einzige wirkliche Freundin?

Im gleichen Augenblick fiel ihr der neue Neonschriftzug auf der anderen Straßenseite auf: »Galerie Januskopf« stand über einer Toreinfahrt. Claire sah sich nach einem Parkplatz um. Sie war nicht mehr sicher, ob sie überhaupt in diese Galerie wollte, ob sie nicht doch lieber nach Hause sollte.

Wenn ich in den nächsten zehn Sekunden keinen Parkplatz finde, dachte Claire, fahre ich wieder weg. Ich werde es dem Schicksal überlassen. Oder dem Zufall. Sie fuhr im Schrittempo an der Toreinfahrt vorbei. Genau in diesem Moment hupte der Fahrer eines VW-Transporters und signalisierte, daß er wegfahren wolle. Claire amüsierte sich. Das war ihr noch nie passiert. Und dieser einladende, geräumige Parkplatz! Dieses Angebot hätte ich ja sogar annehmen müssen, wenn ich nichts in der Gegend zu tun hätte, dachte sie beim Einparken.

Sie nahm ihre Handtasche vom Rücksitz, schloß den Wagen ab und überquerte die Straße. Der Absatz ihres rechten Pumps blieb in einer Pflasterrille stecken. Gott sei Dank war nichts passiert. Als sie ihn wieder über den Fuß streifte, bemerkte sie den anerkennenden Blick eines Mannes, der an ihr vorbeiging.

Der Mann lächelte, Claire lächelte zurück. Solange sie nicht pfeifen, dachte sie, ist es in Ordnung. Eigentlich mochte sie diese Augenkomplimente, besonders, wenn sie ihren Beinen galten.

Der Torbogen war unbeleuchtet und eng. Sie hatte den

Wunsch, umzukehren, aber da hörte sie die Anfänge eines Jacques-Brel-Liedes, und sie ging weiter.

In den Räumen einer ehemaligen Werkstatt oder Lagerhalle, mit Fenstern bis zum Boden, bewegten sich Menschen zwischen Säulen, Stellwänden, Bildern. Gläserklirren, Lachen.

Das Übliche.

Claire war ernüchtert. Was hatte sie eigentlich erwartet? Eine Vernissage, die alle ihre Vorstellungen auf den Kopf stellen würde, gab es einfach nicht. Alles war schon einmal dagewesen.

Sagte ihr der Name Morante etwas? Ihr Gehirn hatte diese Computerfähigkeit, wichtige Namen, Daten und Fakten zu speichern. Alles abrufbereit. Aber weder die Januskopf-Galerie noch der Name Morante brachte etwas in ihr zum Klingen. Wenn dieser Künstler wirklich wichtig wäre, hätte sie seinen Namen irgendwo schon einmal gelesen. Sie sollte besser doch nicht hineingehen.

Die schwere Eisentür flog auf – in dem Augenblick, als Claire sich zum Gehen wandte. Krachend schlug sie gegen die Hauswand. In der Öffnung eine männliche Gestalt, von der sie nur die Umrisse wahrnahm. Ein hagerer Körper, in formlosem Schwarz. Der Mann trug einen Hut, schwarz, mit weicher Krempe, tief in die Stirn gezogen. Das war alles, was sie sehen konnte.

»Sie sind tatsächlich gekommen«, sagte er. »Ich bin doch ein Glückskind.«

Die Stimme war weich, dunkel und voller Musik.

Eine Baritonstimme.

»Verzeihen Sie«, murmelte er und nahm sie in die Arme.

Sie stieß ihn zurück.

»Sind Sie verrückt?«

»Ich hoffe nicht«, erwiderte er sanft, zog sie wieder an sich und küßte sie.

Lächelnd ließ er sie wieder los. »Kommen Sie. Ich werde Ihnen die Bilder erklären. In mir haben Sie den besten Führer. Mögen Sie lieber Burgunder oder Beaujolais?«

Kurz vor ihrem zwanzigsten Geburtstag hatte Claire zu träumen aufgehört. Seitdem glaubte sie nur noch an das, was sie wirklich sah.

Claire hatte zum Erwachsenwerden (sie sagte später tatsächlich immer: »Als ich erwachsen wurde«) nicht mehr als ein paar Wochen gebraucht.

Das war die Zeit, als sie aufhörte, das naiv und gläubig in den Tag lebende Töchterchen eines Bankfilialdirektors zu sein. Der Backfisch, der die Mutter schmeichelnd um ein neues Kleid anbettelte. Die Mutter war Schneiderin gewesen, in einem Haute-Couture-Salon von Düsseldorf, bis sie in die Provinz geheiratet hatte.

Innerhalb weniger Wochen war aus dem unbekümmerten Teenager, der Tennisspielerin, der Sommertagsträumerin, eine ernste, abgeklärte Person geworden.

Damals verschenkte sie an einem einzigen Tag all die schönen, von ihrer Mutter mit Liebe geschneiderten Kleider. Nahm das Goldkettchen, das der Patenonkel ihr zur Konfirmation um den Hals gelegt hatte, am Abend ab und trug es nie wieder.

Dann ging sie zum Friseur und ließ ihre langen braunen Haare abschneiden. Ganz kurz, eine Jungenfrisur, und die Friseuse hatte sie fassungslos angeschaut. Eine Jungenfrisur? Was soll das denn sein? Eben kurz, hatte Claire erwidert. Die Ohren sollen frei sein und der Nacken rasiert. Fasziniert und ohne das geringste Erschrecken sah sie, wie aus der Träumerin Claire mit jedem Schnipp-Schnapp die Realistin Claire wurde, die Frau, die sie fortan zu sein gedachte. Auch äußerlich drückte sie die Verwandlung aus, die sich in ihrem Inneren bereits vollzogen hatte.

Sie zerriß ohne größere Gemütsregung all die Briefe, die der Mann, der die erste große Liebe ihres Lebens gewesen war, ihr einmal geschrieben hatte (und er hatte viele Briefe geschrieben, lyrische, sehnsüchtige, drohende und leidenschaftliche Briefe, die sie vor den Augen der argwöhnischen Mutter sorgsam versteckt gehalten hatte). Dann holte sie die wenigen Fotos hervor, die sie von ihm besaß, auch das eine kostbare Foto, das sie gemeinsam zeigte, bei einem Stadtbummel in Worms. Ein Liebeswochenende in Worms, vor den Eltern sorgsam verheimlicht. Claires strahlendes Gesicht. Er stand, wie sie plötzlich fand, mit einer gewissen Distanz etwas linkisch verlegen daneben. Claire verbrannte die Fotos in einem Keramikaschenbecher über der blauen Flamme eines Wegwerffeuerzeuges aus dem Supermarkt. Und es schien ihr, nun, da sie erwachsen war und dem Leben ins Gesicht sah, nicht ohne Ironie, daß dieser Aschenbecher, in dem die Reste ihrer großen Liebe verkohlten, ein besonders kitschiges Modell war, Keramik mit der Ansicht der Loreley.

Es war eine Beerdigung, bei der sie keinen Schmerz mehr spürte – das war vorbei. Schmerz, Wut, Zorn und Empörung hatten sie vorher bis zur Verzweiflung und Selbstaufgabe gequält, in schwarzen Tagen und Nächten.

In diesen Stunden hatte sie mehr über das Leben gelernt als im ganzen Deutschunterricht am Gymnasium, wenn ihr Liebster von den Helden der Dichtkunst sprach. Aber was Todessehnsucht wirklich ist, was es tatsächlich bedeutet, im Leben plötzlich keinen Sinn mehr zu sehen, bringt einem keine Lektüre bei. Das muß man selbst durchleiden.

Der Deutschlehrer, der über zweieinhalb Jahre ihr Liebster gewesen war, ihr erster, zärtlichster, leidenschaftlichster und schamlosester Geliebter, hatte ihr die wichtigste Lektion des Lebens erteilt, indem er ihre Liebe verriet.

Claire jedenfalls nannte es Verrat. Das war nach dem

Abitur. Zuvor, als das Leben noch bunt und tänzerisch war, romantisch und märchenhaft, mußte sie vor der Prüfungskommission ihr mündliches Abitur ablegen. Ihr Liebhaber, den sie zum ersten Mal in einem dunklen Anzug und mit dunkler, feierlicher Krawatte sah, stand streng und unbestechlich zwischen den Prüfern und schaute sie an wie eine Fremde. Aber Claire überfiel während dieser Prüfung die Erinnerung an andere Augenblicke: Wie er zum ersten Mal das T-Shirt, das sie über den Jeans trug, hochgeschoben hatte, um ihre Brust zu küssen, während unten in der Küche Claires Mutter den Hefeteig für das Osterlamm bereitete. Die Zeichensprache, mit der sie sich während des Unterrichts Botschaften zusandten. Ans Ohrläppchen fassen hieß: Ich liebe dich. Der Zeigefinger an der Nasenspitze: Ich könnte jetzt sofort mit dir schlafen. Wie er das kleine Batisttaschentuch mit ihrem Geruch tränkte und dann in die Jackentasche schob. Manchmal, während des Unterrichts, zog er es verstohlen hervor und hielt es an die Nase...

Dieses Geheimnis, das sie miteinander hatten, war für sie wichtiger als die Note in ihrem Abiturzeugnis, wichtiger als alle Prüfungsfragen, viel wichtiger. Sie bestand dennoch.

Am Abend der Abiturfeier saß er an einem anderen Tisch, neben der Frau des Direktors. Leute vom Stadtrat waren mit an diesem Tisch, Claire konnte den Blick nicht davon wenden, während ihre Mitschüler immer neuen Sekt bestellten und sich vor Glück und Erleichterung immer wieder in die Arme fielen. Sie sah wie gebannt nur zu ihm hinüber, zu seinem Tisch, und dachte: Warum fordert er mich nicht auf, wieso kommt er nicht? Er weiß doch, daß ich nicht zu ihm gehen kann. Wenn ein Mitschüler sie zum Tanzen aufforderte, schüttelte sie stumm den Kopf. Zündete eine Zigarette nach der anderen an, zerdrückte sie im Aschenbecher. Trank hastig, immer in kleinen Schlucken. Der Sekt war süß. Sie trank, bis der ganze Gaumen mit einem klebrigen Film überzogen war. Sie aß diese Weißbrotscheiben, die mit Mayonnaise und Schinkenröllchen belegt waren. Dann hatte sie einen Mayonnaisegeschmack im Mund. Der ließ sich auch mit Sekt nicht vertreiben. Er saß am Tisch des Direktors und spielte den Entertainer. Erzählte Geschichten, mit weit ausholenden Armbewegungen, einmal streifte er die Frisur seiner Tischnachbarin und küßte ihre Hand, um sich zu entschuldigen. Claires Herz gefror. Die anderen lachten. Lehnten sich zurück, hoben ihr Glas, tranken auf sein Wohl, und er fühlte sich sichtlich wohl. Er tanzte mit der Frau des Direktors, der Frau des Bürgermeisters, des stellvertretenden Bürgermeisters, mit der Englischlehrerin, der Sportlehrerin, die ihn etwas außer Atem brachte, Claire sah das, Claire sah alles, manchmal tanzte er so nah an ihrem Tisch vorbei – Claire hatte sich ganz an die äußerste Kante gesetzt –, daß sie glaubte, seine Haut zu riechen.

Dann war Damenwahl. Claires Knie zitterten, aber sie stand dennoch auf und ging an den Tisch und nickte einmal knapp in die Runde und machte einen lächerlichen, irgendwie ironisch-mißglückten Knicks und fragte:

»Tanzt du mit mir?«

Sie duzte ihn. Sie tat das extra. Jetzt war es ja vorbei. Sie waren frei. Sie mußten nicht mehr Versteck spielen. Sie konnten auch hier, beim Abiturball, in ihrer Heimatstadt, ein Liebespaar sein.

»Tanzt du mit mir?«

Er erhob sich sofort. Er lächelte. Er legte seinen Arm um ihre Taille und nahm ihre feuchte kleine Hand und führte sie sofort mit ein paar Tanzschritten ganz in die Mitte. In das dickste Gewühl. Er sprach kein Wort. Sie lehnte ihr Gesicht an seinen dunklen Anzug. Der roch fremd. Er ließ einmal ihre Hand los, um sie an einem Taschentuch abzuwischen, aber bevor sie erschrocken etwas sagen konnte, hatte er sie schon wieder angefaßt. Und tanzte weiter, wortlos. Sie konnte dieses Schweigen nicht brechen, ihr fiel nichts ein, kein Wort, kein Satz, nichts, das dieses Schweigen auffraß. Sie war wie taub, wie blind. Sie glaubte, Tränen würden ihr über das Gesicht laufen, aber das stimmte nicht. Sie lächelte. Das merkte sie, als der Tanz plötzlich zu Ende war und er sie losließ. Da hatte sie immer noch dieses Lächeln, und es war wie eine Maske, die fest geworden war auf der Haut. Sie konnte das Lächeln nicht wegbringen. Alle applaudierten der Kapelle, und da sagte er: »Was ich dir übrigens noch sagen wollte: Wir können uns nicht mehr sehen.« Er schaute sie nicht an. Er klatschte und nickte der Kapelle zu, während er redete. Ihre Augen weiteten sich. »Was sagst du?« Sie verstand nicht. In ihrem Kopf dröhnte es.

»Wir können uns nicht mehr sehen.«

Die Kapelle fing von neuem an. Etwas Langsames. Gott sei Dank. Sie sank in seine Arme, aber er hielt sie auf Abstand. »Ich heirate nämlich übermorgen«, sagt er.

Danach konnte sie sich an nichts mehr erinnern. Auch nicht an die Tage und Nächte, die folgten. Eine vage Vorstellung von Darmkrämpfen und Schüttelfrost, von Schreien, die sie in den Kissen erstickte. Von Fieberanfällen.

Soviel wußte sie aber damals schon: daß dies keine Symptome eines kranken Körpers, sondern einer kranken Seele waren. Und daß sie ihre Seele nur ganz alleine heilen konnte, das ahnte sie auch damals schon. Während sie im Spiegel verfolgte, wie die Schere der Friseuse sie verwandelte, schwor sie, daß sie nie wieder einem Mann erlauben würde, sie so zu verletzen. Nie wieder.

Die Friseuse zeigte die abgeschnittenen, zu einem dicken Zopf geflochtenen Haare und fragte, ob Claire sie mitnehmen wolle.

»Wozu?« fragte Claire.

Und dann hatte sie, nüchtern und ohne Rücksicht gegen sich selbst, ihr Leben in die Hand genommen. Hatte studiert, gelernt, gejobbt, Karriere gemacht.

Nach so vielen Jahren, in denen sie sich das Träumen verboten hatte, waren die Träume tatsächlich ausgeblieben. Und diese Claire ließ sich nun an einem Hamburger Frühlingsabend im Hinterhof einer Galerie von einem Fremden einfach in den Arm nehmen ...

Später wußte Claire nicht mehr genau, wann sie zum ersten Mal dieses leichte Unbehagen in der Gegenwart des Fremden gespürt hatte. Vielleicht war es der Augenblick gewesen, als er sie unbeirrt durch das Gedränge der Galeriegäste geschoben und vor ein schwarzgerahmtes Bild geführt hatte ...

»Schauen Sie sich das an. Morantes letztes Werk. Am Tag seines Todes gemalt.«

»Ein Atompilz?« fragte Claire.

»Falsch. Ganz falsch. Eine Blume. Blaue Blume Hoffnung.« Er lachte leise, und dabei streifte sein Gesicht ihre Haare. »Die Farbe auf der Leinwand war noch nicht trocken, da war er schon tot.«

Claire trat einen Schritt zurück, wie um eine gewisse Distanz zwichen sich und den Fremden zu bringen. »Die blaue Blume der Romantik ...«, sagte sie, um von dem Todesthema abzulenken, »ich kann nichts Romantisches in diesem Bild entdecken. Es wirkt aggressiv und deprimierend.«

»Sie müssen es mit anderen Augen sehen.«

Claire lachte. »Aber ich habe nun einmal nur diese.«

»Ich werde Ihnen andere besorgen«, sagte er, während er sie von dem Bild wegführte.

Er ließ ihren Arm während des Rundganges nicht ein einziges Mal los, als fürchte er, sie könne ihm wieder abhanden kommen. Dabei erklärte er ihr die großformatigen Morante-Bilder, äußerte sich respektlos über den Maler und die Situation, in der das jeweilige Bild entstanden war, erklärte ihr die Maltechnik Morantes (Spachteltechnik mit ungemischten Ölfarben, Lehm, Tapetenkleister und Ton). Die Bilder erdrückten sie, auch wegen der brutalen Wahl der Mittel und Motive, sie verunsicherten sie zutiefst. Als sie angefangen hatte, sich ein eigenes Urteil zu bilden und darüber etwas sagen wollte, wechselte er das Thema. Er lenkte ihre Aufmerksamkeit auf die Besucher der Galerie. Offenbar kannte er einige, aber alle schienen ihn zu kennen. Sie nannten ihn bei ihrem Rundgang, wenn der eine oder andere ihn ansprach oder ein paar Worte wechselte, ausnahmslos »Milo«, aber sie duzten ihn nicht. Der Mann, der Milo genannt wurde, machte sich nicht die Mühe, Claire vorzustellen. Er hielt sie einfach am Arm und zeigte so, daß sie zu ihm gehörte, und offenbar meinte er, das müsse genügen. Milo machte ironische und manchmal auch durchaus boshafte Bemerkungen über einige Besucher, er steckte voller Geschichten, die aus ihm heraussprudelten. Claire mußte sich eingestehen, daß er sie faszinierte. Zum ersten Mal seit langer Zeit ein Mann, der sie nicht langweilte. Sie hörte ihr eigenes Lachen, sie staunte über sich. Sie dachte nicht ein einziges Mal an Achim. Ihr schien, sie habe ein Recht auf dieses Gefühl, diese gute Stimmung, ein Recht auf Fröhlichkeit zumindest. Dabei war Milo nicht eigentlich fröhlich, es waren seine Geschichten, die so klangen. Möglich, daß er ein Menschenverächter war, der nur deshalb so Amüsantes und Treffendes über andere sagen konnte, weil er die Menschen genau studiert hatte und sie nicht mehr ernst nahm.

»Lassen Sie diesen schrecklichen Wein stehen. Wir gehen jetzt irgendwohin, wo man etwas Anständiges bekommt«, sagte Milo.

Erst als sie die schwarzlackierten Steinstufen zu einem Kellerrestaurant hinunterstiegen, nachdem sie eine wenig einladend aussehende schwarze Eisentür geöffnet hatten, als sie Spinnweben in den schmiedeeisernen Schnörkeln der Wandlampen entdeckte und einen Geruch von Moder auszumachen glaubte, war sie auf einmal wieder hellwach.

Schon meinte sie bei dem Kellner, der sie begrüßte, so etwas wie ein verstohlenes Augenzwinkern zu bemerken, und in der Art, wie der Kellner sie in die entfernteste und dunkelste Nische des Lokals führte, argwöhnte sie eine Verschwörung, einen Plan, in den alle eingeweiht waren, nur sie nicht.

Der für zwei gedeckte Tisch verstärkte ihren Verdacht. Vor allen Dingen aber dieses kleine Schild, auf dem »Reserviert« stand und das der Kellner unauffällig verschwinden ließ, als Claire sich in die schmale Nische zwischen Holztisch und Steinbank, auf der Kissen herumlagen, zwängte und dabei mit dem Kopf an die eiserne Hängelampe stieß, die leise hin- und herschwang und ihren schmalen Lichtkegel über den Tisch mit den weißen Stoffservietten und den plumpen, dickwandigen Gläsern wandern ließ. Mit der gleichen Behendigkeit, mit der er das »Reserviert«-Schildchen verschwinden ließ, zündete der Kellner die Kerze an und brachte gleich darauf eine Wasserkaraffe, ein Brotkörbchen und einen Topf Knoblauchbutter, als sei alles von langer Hand vorbereitet.

Aber das kann nicht sein, dachte Claire in einem Anfall von Panik. Dieser Fremde konnte wirklich nicht wissen, daß wir heute abend hier sein würden.

Sie schaute auf die Uhr. Die Panik ließ nach, aber sie schaffte es nicht, den Mann anzusehen. Sie spürte seinen ruhigen, konzentrierten Blick, sie spürte diesen Blick unaufhörlich auf sich gerichtet. Ich sollte vielleicht lieber gehen, dachte sie. Eine Ausrede wird mir schon einfallen. Es darf nur nicht nach Flucht aussehen.

Mit gespielter Arglosigkeit – sie wußte, sie war eine schlechte Schauspielerin – schaute Claire sich in dem Lokal um. Nichts war wirklich beunruhigend. Aber es gab andererseits auch nichts, das sie beruhigte. An einem Tisch in der äußersten Nische saßen vier Männer und aßen schweigend. Eine Kerze brannte, der Kellner schenkte gerade Rotwein nach.

Sonst war das Lokal leer.

Der Kellner, der sie und den Tisch mit den vier Männern bediente – einen anderen Kellner hatte Claire noch nicht entdeckt –, trug einen schwarzen Anzug über einer weißen Hemdbrust, dazu eine schwarze, etwas schief sitzende Fliege. In dem schummrigen Licht war er kaum zu erkennen, er lehnte an einer Säule, einige Meter von ihrem Tisch entfernt, mit verschränkten Armen und schaute zu ihnen herüber.

Aus dem grün-roten Schild über dem Kellereingang hatte Claire auf ein portugiesisches Restaurant geschlossen. Einen Namen hatte sie nicht entdeckt. Die Speisekarte war in portugiesischer Sprache abgefaßt, was Claire – als gelernte Hotelfachfrau – als grobe Unhöflichkeit den deutschen Gästen gegenüber empfand. Milo schien es nicht zu stören. Er übersetzte alles, was auf der kleinen handgeschriebenen Karte stand. Hatte er sie hierhergeführt, um seine Sprachkenntnisse vorzuführen? Auch die Konversation mit dem Kellner erschien Claire, obgleich sie kein Wort Portugiesisch sprach, ziemlich vertraut. Milo schlug ihr ein Menü vor – einen gemischten Vorspeiseteller, danach etwas Gemüse, das der Koch auf eine besondere Art zubereitete, und dann die Spezialität des Restaurants: Gambas vom Grill. Riesige, fangfrische Gambas, wie Milo hinzugefügt hatte.

Claire nickte. »Sie kennen sich hier offenbar aus«, sagte sie. Der Kellner, ein Mann mit ungewöhnlich bleicher Gesichtsfarbe und blutleeren Lippen, nahm die Bestellung auf.

»Den Vinho Verde, wie immer?« fragte er auf deutsch,

wobei er einen unverhohlenen und neugierigen Blick auf Claire warf, der sie störte. Milo schaute Claire an. »Ist das in Ordnung? Oder trinkst du lieber Rotwein, aber bei den Vorspeisen ist Fisch dabei und dann die Gambas …«

»Ich trinke gerne Weißwein«, sagte Claire, ärgerlich über diese plumpe Annäherung, »wenn er leicht und trocken ist.«

»Das ist der Vinho Verde, der hier ausgeschenkt wird, in jedem Fall. Aber er ist auch fruchtig. Deshalb meine Frage.«

O Gott, dachte Claire, jetzt kehrt er den Weinkenner heraus. Claire machte sich nicht besonders viel aus Wein. Das einzige, was sie interessierte, war, daß sie am nächsten Tag weder Sodbrennen noch Kopfschmerzen hatte. Sie zog italienische den französischen Weinen vor, aber es gab auch einige kalifornische Chardonnays, die ihr gefielen. Von portugiesischen Weinen wußte sie nichts.

»Ich schätze, ich verlasse mich einfach auf Sie«, sagte sie. »Das ist allerdings ein Risiko, weil ich Sie überhaupt nicht kenne.«

Er lachte. »Das ganze Leben ist ein Risiko.« Er bestellte den Wein und sagte noch einen portugiesischen Satz, der dem Kellner ein unangenehmes Lachen entlockte. Claire wollte Milo fragen, was er gesagt hatte, ließ es aber dann. Nur nicht zuviel Interesse zeigen. Sie wollte cool bleiben, die Fäden in der Hand behalten. Er war hier offenbar Stammgast, was vielleicht für seinen ausgefallenen Geschmack sprechen könnte, läge dieses Restaurant nicht in einer Gegend, die Claire schlicht unakzeptabel fand.

Irgendwo zwischen Altona und Hafen. Sie waren durch schlechtbeleuchtete Straßen gefahren, in denen der Müll ganz offensichtlich seltener abgefahren wurde als in anderen Hamburger Stadtteilen, wo es mehr streunende Hunde und in Hausfluren abgelegte Kleiderbündel gab als anderswo und wo, wenn man nicht aufpaßte, einem jeden Augenblick jemand vor den Kühler torkeln konnte. Claire hatte sich auf der Fahrt mehrmals furchtbar erschreckt, was Milo offenbar erheitert hatte. Es schien Claire, als fahre er Umwege, durch immer finsterere, immer schmalere Gassen, nur um sie noch mehr zu verunsichern, bis sie endlich vor diesem Lokal gehalten hatten.

»Deine Hände zittern«, sagte Milo, als der Kellner die Vorspeise brachte.

Claire zog schnell ihre Hände zurück, legte sie auf den Schoß und nutzte die Gelegenheit, einen Blick auf die Uhr zu werfen. »Wahrscheinlich bin ich nervös«, sagte sie. »Oder im Streß. Ich weiß nicht. Sonst zittern meine Hände nie.« Sie hatte die Uhrzeit nicht richtig erkennen können, sie mußte die linke Hand noch einmal hochheben.

»Schon nach zehn«, sagte sie überrascht. »Wo ist hier ein Telefon?«

»Willst du deinen Mann anrufen? Dann sag ihm, daß du heute nacht nicht nach Hause kommst.«

Claires Lachen klang beinahe hysterisch. »Das glauben Sie doch nicht im Ernst! Ich werde selbstverständlich nach Hause gehen!«

Wortlos füllte Milo ihr Glas nach. Seine rechte Gesichtshälfte zuckte, aber er tat, als sei ihm ein Haar über das Auge gefallen, und wischte das Zucken fort. Er lehnte sich wieder zurück, so daß sein Gesicht in den Schatten eintauchte. Sie wußte, daß er sie anschaute, sie spürte unentwegt diesen intensiven, eindringlichen Blick. Aber sie verstand diesen Blick nicht. Er verwirrte sie, er machte sie unsicher. Wer weiß, dachte sie, vielleicht schmeichelt es mir ja auch. Sie konnte sich nicht erinnern, daß ein Mann sie in dieser Form angesehen hatte. Wie wenn man vor einem Bild steht. Oder vor einer Landschaft, die sich plötzlich auftut.

Er wirkte auf irgendeine Art auch zufrieden, wenn er sie so

anschaute. Es lag ihm offenbar nicht viel daran, mit ihr zu reden, er war nicht gerade gesprächig, auch nicht unhöflich schweigsam, auch nicht langweilig, das alles nicht...

»Sie sehen mich unentwegt an«, sagte Claire.

Er nickte. »Das stimmt.«

»Aber warum?«

»Darf ich nicht?«

»Natürlich. Bitte, ich weiß nur nicht...«

»Was weißt du nicht?«

»Ach nichts. Es ist nichts. Es ist nicht wichtig. Manchmal irritiert es mich nur. Sie können ja auch mal, für ein paar Sekunden wenigstens, irgendwo anders hinsehen.«

»Würde dich das erleichtern? Oder beruhigen?«

Claire nickte. »Ja. Ich glaube.«

»Erleichtern oder beruhigen?«

»Beides. Ja, beides.«

»Aber ich seh' dich gern an. Ich hatte ja noch nicht lange das Vergnügen. Es gefällt mir, dich anzusehen.«

Claire lachte. »Warum?«

»Du bist so gesund.«

Claire beugte sich vor. »Gesund?« fragte sie überrascht. »Haben Sie eben gesund gesagt?«

»Ja. Gesund und normal. Komm, stoß mit mir an. Tu mir einen Gefallen, schau nicht mehr ständig auf die Uhr. Du solltest jetzt wirklich anrufen, oder ist es in eurer Ehe üblich, einfach nachts wegzubleiben?«

»Was glauben Sie?« fragte Claire.

Milo zögerte. »Wenn ich jetzt sage, du bist eine Frau, die ihrem Mann eigentlich treu ist, klingt das in deinen Ohren vielleicht abwertend. Dabei meine ich es gar nicht so.«

»Ich finde auch nicht, daß es abwertend klingt. Treue ist doch etwas Schönes.«

»Treue ist Mangel an Phantasie. Aber du hast ja Phantasie, das weiß ich. Du hast sie nur weggesperrt. Vielleicht bist du deshalb so gesund. Wer weiß, vielleicht irren wir uns alle.«

»Was Sie alles von mir wissen«, sagte Claire amüsiert. »Sie haben sich seit zwei Stunden an meine Spuren geheftet, und schon glauben Sie mich zu kennen.«

»Ich habe mich nicht an deine Spuren geheftet, sei nicht so ungenau. Ich habe unsere Spuren vereint, das ist etwas anderes. Ich laufe dir nicht hinterher. Ich habe nur dafür gesorgt, daß das, was sowieso geschehen würde, schon jetzt passiert.« Milo wollte nachschenken, aber die Flasche war leer, und er winkte den Kellner heran.

»Eine neue«, sagte er. Jedenfalls nahm Claire an, daß er das sagte. Zusammen mit dem Wein servierte der Kellner das Gemüse, das hauptsächlich aus Fenchel bestand, ein Gemüse, das Claire eigentlich nicht mochte.

»Warum sagen Sie, daß ich meine Phantasie eingesperrt habe?« fragte Claire etwas gequält.

»Vergiß es. Es war Geschwätz, nicht weiter. Ich bin schwatzhaft heute abend. Ich feiere meinen Sieg, deshalb.«

»Ich ruf' jetzt an. Ich sag', daß ich in einer Stunde zu Hause bin.«

Milo hob die Schultern, als gehe ihn das nichts an.

Claire wählte ihre Nummer, es war besetzt.

Sie hängte den Hörer ein und ging an den Tisch zurück.

»Besetzt«, sagte sie, als sie sich wieder auf die Bank zwängte, die eindeutig zu eng am Tisch stand – oder der Tisch zu eng an der Bank, aber beides war offenbar fest installiert und nicht verrückbar.

»Er wird mit seiner Geliebten telefonieren«, sagte Milo.

»Er hat keine Geliebte.«

»Woher willst du das wissen?«

»Eine Ehefrau weiß so etwas.«

Milo lachte. »Du bist dir seiner Liebe sehr sicher, nicht?«

Claire gab keine Antwort.

Der Kellner kam und stellte eine riesige Keramikplatte auf den Tisch. Sie war so groß, daß man die Teller etwas beiseite schieben mußte. Auf der Platte feuerrote, dampfende, dickschwänzige Gambas. Ein Geruch von frischen Kräutern und Knoblauch. Das Öl auf dem Boden der Platte brutzelte noch und stieß mit kleinen platzenden Bläschen auf. Der Kellner brachte Fingerschalen, füllte den Brotkorb nach und zog sich zurück.

Milo legte ihr drei dicke Gambas auf den Teller.

»Iß«, sagte er, »es sind die besten, die man in Hamburg bekommen kann.« Claire kannte zu viele Männer, die sich weltmännisch gaben, um von so etwas beeindruckt zu sein. Sie probierte. Wahrscheinlich hatte er tatsächlich recht. Die Gambas waren vorzüglich. Sie pulte die Schale mit den Fingern ab, die sie dann ungeniert genüßlich ableckte. Milo war viel geschickter als sie im Ausschälen der Tierchen. Claire schaute fasziniert auf seine Hände.

»Gehen Sie oft hierher?« fragte sie.

»Oft? Was ist oft? Manchmal bin ich monatelang nicht in dieser Stadt. Dann aber komm' ich einmal in der Woche. Ist das oft? Ich war auch schon mal Jahre nicht hier. Das wechselt. Ich komme wegen der Gambas und weil ich manchmal Lust habe, zu Joaquin ›hólà‹ zu sagen.«

»Wer ist Joaquin?«

»Der Kellner. Mein Vater kannte seine Frau sehr gut. Um es deutlicher zu sagen: Er hat eine Zeitlang mit ihr geschlafen, unter dem Vorwand, daß er sie malen wollte. Für das Tryptichon der Apokalyptischen Reiter.«

»Ihr Vater ist Maler?« fragte Claire.

Milo reagierte nicht. »Joaquins Frau mußte in einem Kinderkleid auf einem Schaukelpferd reiten. Das Kleid war hinten aufgeschlitzt. Sie war Liliputanerin. Mein Vater sagte immer ›Schönheit‹ zu ihr. Ich weiß, was mein Vater an ihr besonders schön fand: Wenn sie ihn umarmte, war ihr Kopf genau in der Höhe seines Schwanzes. Entschuldige. Reden wir von etwas anderem.«

»Wußte dieser Kellner von der Geschichte?« fragte Claire.

»Nachher hat er es erfahren. Als sie sich umgebracht hatte. Da kam es dann heraus. Sie hat sich im Atelier meines Vaters aufgehängt. Deshalb komme ich manchmal und sage ›hólà‹ zu Joaquin. Wir sind Seelenbrüder.«

»Seelenbrüder?«

Milo deutete auf ihren Teller. »Du mußt nicht aufhören zu essen. Am besten sind sie, wenn das Öl noch ganz heiß ist. Du lachst.« Milo schenkte Wein nach. »Das ist gut. Ich bin froh, daß ich dich überreden konnte, diese schreckliche Galerie zu verlassen. Ich hasse Galerien. Und noch mehr hasse ich Vernissagen, und ganz besonders hasse ich Museen für moderne Kunst.«

»Warum gehen Sie zu einer Vernissage, wenn Sie das schrecklich finden?« fragte Claire.

Milo schaute sie an. Seine Mundwinkel zitterten leicht.

»Ich muß. Ich habe keine andere Wahl. Du ahnst nicht, wie kompliziert mein Leben ist.« Claire lachte. »Wahrscheinlich sind Sie selber der Besitzer einer Galerie. Vielleicht gehört Ihnen sogar die Galerie Januskopf?!«

»Wenn ich der Besitzer der Januskopf-Galerie wäre«, sagte er, »und wenn ich Gäste zu einer Vernissage eingeladen hätte, könnte ich es mir wohl schlecht erlauben, mitten während der Veranstaltung einfach auf und davon zu gehen!«

Milos Gesicht veränderte sich plötzlich. Seine Augen waren noch dunkler geworden. Er lächelte, als wolle er sie um Verzeihung bitten. »Ich bin Morantes Sohn.«

»Das ist keine Antwort«, sagte Claire. Aber Milo fuhr fort:

»Der Alleinerbe. Nachlaßverwalter. Alles in Personalunion. Ein beschissenes Los. Mein Vater hat über fünftausend Bilder gemalt. Die sind über die ganze Welt verstreut, ein Teil ist in meinem Besitz, das muß ich alles irgendwie katalogisieren und in ein System bringen. Konstantin Morante war mein Vater.«

Claire dachte daran, daß Milo sich vor wenigen Augenblikken äußerst unfreundlich über diesen Maler geäußert hatte. Er schob seine Hand in die Innentasche seiner Jacke und zog eine Visitenkarte heraus.

Auf dem Kärtchen stand nur das eine Wort:

MILO

Claire drehte die Karte herum. Die Rückseite war unbedruckt. »Das ist alles?« fragte sie amüsiert. »Was soll das? Das macht doch keinen Sinn.« Sie gab die Karte wieder zurück.

»Es macht sehr wohl Sinn. Mehr gibt es über mich nicht zu sagen. Und mehr muß niemand über mich wissen. Mein Vater war ein Verrückter. Ein Philosoph außerdem, einer von den gefährlichen. Ich bin einer der beiden Söhne, die er schließlich zustande gebracht hat. Ein Wunder, daß es nicht mehr waren, bei all den Frauen.« Er stockte und ließ sich wieder aus dem Lichtkegel in den Schatten fallen.

»Aber ich langweile dich. Erzähl lieber etwas von dir. Hast du Geschwister?»

Claire schüttelte den Kopf.

Es entstand eine kleine Pause, bis sie sagte: »Warum erzählen Sie nicht weiter?«

»Bist du sicher, daß es dich interessiert?«

»Es fängt gerade an«, sagte Claire ruhig. Sie meinte es ernst. Milo betrachtete sie eine Weile nachdenklich, dann nickte er.

»Also meine Mütter. Eine war eine Zigeunerin. Sie war Hellseherin. Hat in einer kleinen Kirmesbude gesessen auf diesen Vorstadtfesten und den Leuten aus der Hand gelesen oder aus dem Kaffeesatz. Hat dem einen einen Lottogewinn und dem anderen eine Märchenhochzeit vorausgesagt. Was die Leute so hören wollen. Und die andere, die war schon vierzig, als mein Vater sie gegen ihren Willen schwängerte. Sie hatte einen verkrüppelten Fuß, ein Geburtsfehler. Und trotzdem erzählte sie jedem, daß sie einmal Primaballerina am Stadttheater von Linz gewesen sei.« Er lachte leise. »Dabei hat sie nur die Billetts abgerissen und den Leuten ihren Platz gezeigt.« Er nahm sein Glas, ließ es leicht gegen das ihre klingen und sagte in einem anderen, leichtern Ton: »Und nun darfst du raten: Welche ist meine Mutter?«

Claire seufzte. »Ich weiß nicht..., ich weiß wirklich nicht. Es ist dumm, so etwas raten zu lassen.«

»Dumm? Das finde ich nicht.« Milo lachte. »Es sind nur eben nicht die Mütter, zwischen denen man gerne wählen würde, das ist das Problem. Also, welche ist es?«

»Ich mag nicht.«

»Schade.« Milo bog den Kopf zurück und schloß die Augen. Seine Lider zuckten nervös. »Schade.« Er räusperte sich, lächelte. Verlangte die Rechnung und zog aus einem Bündel von Hundertmarkscheinen, die mit Gummibändern zusammengehalten wurden, zwei Scheine.

Dann stopfte er das Bündel – zusammen mit dem Wechselgeld – achtlos in die Hosentasche und stand auf. »Gehen wir?« Seine Stimme hatte auf einmal wieder etwas Förmliches, Distanziertes. Claire folgte ihm durch den Raum, die Kellertreppe hinauf, er sah sich nicht einmal nach ihr um. Als er die schwere Tür öffnete, schlug ihnen ein naßkalter Wind entgegen. Es roch nach Abfällen. Papierfetzen wurden von den Böen über den Asphalt getrieben.

Während der Fahrt blieb Milo stumm. Fröstelnd kroch Claire tiefer in ihre Jacke. »Wohin fahren Sie?« fragte sie. Die Gegend machte sie vollkommen orientierungslos.

»Ich bringe dich nach Hause«, sagte er, ohne nach dem Weg zu fragen.

Er warf ihr einen flüchtigen Blick zu, aber als Claire diesen Blick erwidern wollte, schaute er schon wieder geradeaus.

Eine Viertelstunde später hielten sie vor Claires Wohnung. Milo hielt die Hände am Lenkrad und ließ den Motor laufen. Es sah nicht so aus, als wenn er zu den Männern gehörte, die um das Auto herumliefen, um einer Frau den Wagenschlag zu öffnen. Nicht, daß Claire normalerweise darauf Wert legte, aber in diesem Augenblick wäre es wichtig gewesen. Für ihr Selbstbewußtsein. Um wieder die Frau zu sein, die sie vor diesem Abend gewesen war.

»Also dann: Gute Nacht.« Claire öffnete die Wagentür. Milo zuckte zusammen, als erinnere er sich erst in diesem Augenblick wieder an ihre Gegenwart. »Ach so, ja. Gute Nacht. Natürlich. Und danke für die Gesellschaft. Ich ruf' dich mal an.«

Claire stieg aus und ließ die Wagentür nicht gerade sanft ins Schloß fallen

Das war's dann also: der Abend mit Milo.

Schon im Treppenflur hörte Claire Joe Cocker. Die Musik kam aus ihrer Wohnung im zweiten Stock. Achim hörte nie Joe Cocker. Achim liebte Mozart. Weil es so einfach ist, Mozart zu lieben, das hatte Claire ihm immer vorgeworfen.

Claire schloß die Wohnungstür auf.

Sie konnte durch die halboffene Tür des Wohnzimmers Achims Füße auf der Sofalehne sehen. Achim hatte die Schuhe ausgezogen, er trug rote Socken. Achim liebte rote Socken. Er hatte die Beine übereinandergeschlagen. Das war alles, was

Claire sehen konnte. Als sie weiterging, war das Lied gerade zu Ende. Die alten Dielen knarrten unter ihrem Schritt, und Claire hörte eine Frauenstimme sagen: »Ich glaub', sie ist gekommen.«

»Wer?« Achims Stimme klang belegt.

»Na wer schon. Claire. Deine Claire.«

»Meine Claire? Wie kommst du darauf, daß es meine Claire ist?«

Claire sah Iris erst, als sie ganz im Zimmer stand. Iris hatte den Stuhl neben die Musikanlage geschoben und saß, den Rock hochgeschürzt, rittlings auf dem Stuhl und sortierte CDs.

»Hallo«, sagte Claire.

Achim wandte den Kopf, die Augen gerötet, das Haar zerwühlt. Er brauchte eine ganze Weile, bis er kapierte. »Oh«, sagte er. Und verschluckte sich. Das Glas in seiner Hand schwankte, von dem Wein schwappte etwas auf seine Hose. Claire sah das alles ohne innere Anteilnahme. Iris trug keine Strümpfe. Unter den langen Samtröcken brauchte mach keine Strümpfe. Vielleicht auch sonst überhaupt nichts. Die Beine waren schneeweiß, ein bißchen plump. »Hirtenmädchenbeine«, hatte Iris einmal lachend gesagt und Claire die schwarzen Härchen an ihren Waden gezeigt. »Und Hirtenmädchenfüße.« Ihre Füße waren immer ein bißchen zu rot und zu dick, um schön zu sein, aber man konnte sich Iris jederzeit auf einer griechischen Insel vorstellen, barfuß in einem Feld aus Mohnblumen, Disteln und hartem Gras. Claire wußte, daß Iris auf ihre Beine stolz war. Eben weil sie nicht dem Schönheitsideal der Frauenzeitschriften entsprachen.

»Hallo, Claire«, sagte Iris. Sie schwenkte das rechte Bein über die Stuhllehne wie eine Reiterin und trug den Eßzimmerstuhl an Claire vorbei. Dabei warf sie den Kopf in den Nakken. Die flammend roten Haare knisterten. Claire stand schweigend in der Tür. Achim stellte das Glas auf den Tisch, und wieder schwappte der Wein über.

»Scheiße«, murmelte Achim. Er verwischte die Flecken mit dem Handballen, dabei schaute er Claire an.

»Wo warst du?« fragte Achim.

Auf diese Frage war Claire vorbereitet. Sie hatte sich eine Geschichte zurechtgelegt, von einem früheren Klassenkameraden, den sie durch Zufall wiedergetroffen hatte. Er wäre ihr beinahe ins Auto gelaufen.

Aber plötzlich war ihr die Lust auf diese Lügengeschichte vergangen. »Essen«, sagte sie.

»Mit wem warst du essen?« fragte Achim. Er saß ganz steif in seiner Sofaecke, die Augen unnatürlich weit aufgerissen, hektisch rot im Gesicht.

»Mit einem Mann.«

Achim schob langsam die Hände zwischen die Knie, als müsse er sie wärmen. Seine Bewegungen wirkten mühsam konzentriert, auf merkwürdige Weise gebremst. »Ist das alles? Mit einem Mann? Ist das die ganze Antwort?«

»Ja«, sagte Claire.

»Willst du mir nicht sagen, wie er heißt?« fragte Achim aus seiner Sofaecke

»Du kennst ihn nicht.«

Claire verließ das Zimmer und ging ins Bad.

Sie hörte die Stimmen von Iris und Achim im Flur, aber sie konnte nichts verstehen. Es war ihr auch egal.

Die Wohnzimmertür fiel ins Schloß.

Dann Schritte. Achim drückte die Klinke herunter.

»Mach auf«, sagte er.

Claire tat, als hörte sie nicht. Sie stellte sich in die Dusche und drehte den Wasserhahn auf.

»Mach auf!« rief Achim.

Claire reagierte nicht.

Achim ließ die Türklinke los. Er trat einen Schritt zurück, achtete darauf, nicht auf die knarrende Diele zu treten, und blickte auf die Tür. Eine Kassettentür. Sie hatten damals alle Türen von einem Tischler aufarbeiten und dann lackieren lassen; es hatte sehr viel Geld gekostet, wie fast alles in dieser Wohnung. Achim war immer stolz auf diese Wohnung gewesen. Manchmal hatte er das Gefühl, daß die Wohnung für sie beide ein bißchen übertrieben sei. Aber es machte ihm auch Spaß. Wenn Gäste kamen, legte er, sobald es unten klingelte, die Jupitersymphonie auf.

Das erste neidvolle Staunen, Fanfarenstöße, Musik – das gefiel ihm. Während er die Badezimmertür nicht aus den Augen ließ, dachte er plötzlich daran, daß er einmal – ganz zu Anfang, als alles noch neu war, ihr Körper, ihr Lachen, ihr Geruch, ihre Art, sich ins Bett zu rollen und in seinen Armen einzuschlafen, den Mund auf seiner Brust – zu ihr gesagt hatte: »Unser Taj Mahal, diese Wohnung.«

»Was meinst du damit?« hatte Claire gefragt.

»Nichts«, hatte er geantwortet und sie wahrscheinlich geküßt, weil er sie immer küßte, wenn er nichts zu sagen wußte. Später fiel ihm ein, daß ja das Taj Mahal kein Liebesnest, sondern ein Grabmal gewesen war.

Die Dusche im Bad rauschte, sonst war alles still.

Achim legte seine linke, kühle Hand an den Hals, um sich zu beruhigen. Es war eine Angewohnheit, aber er bildete sich ein, daß sie wirkte. Er schaute auf die Uhr. Es war fast halb zwei. Claire duschte noch immer. Sie würde vielleicht die ganze Nacht unter der Dusche stehen, nur um nicht mit ihm ins Bett zu müssen.

»Okay«, murmelte er, »okay.«

Er nahm Kopfkissen, Lagen und Daunendecke vom Bett und ging in das kleine Gästezimmer, das nach vorn zur Straße lag und in dem in ihrer ganzen Ehe nur ein einziges Mal seine Mutter geschlafen hatte. Er dachte daran, während er das Kopfkissen zurechtrückte, wie sie am nächsten Morgen zum Frühstück in Reisekleidung erschienen war und den Koffer demonstrativ neben der Wohnungstür abgestellt hatte. »In dieser Wohnung erfriert man ja«, war ihr einziger Kommentar gewesen. Zu Menschen, die sie nicht mochte, konnte Claire eiskalt sein.

Achim wachte vom Dröhnen eines Preßlufthammers unter seinem Fenster auf. Er blieb auf dem Rücken liegen, verschränkte die Arme unter dem Kopf und betrachtete konzentriert ein Spinnengewebe, das sich von der Glasvase auf dem Schrank bis zur Stehlampe in der Ecke spannte. Er fragte sich, wie lange eine Spinne wohl für so ein Netz brauchte, und dann entdeckte er auch die Spinne, gefangen in ihrem eigenen Netz, mit angewinkelten Beinen, vertrocknet und irgendwie geschrumpft. Maria, die portugiesische Putzfrau, fiel ihm ein. Claire sagte immer: »Maria, die den Haushalt für uns organisiert.« Es paßte zu Claire, daß sie alles in beschönigende Worte faßte, als würde das Leben dadurch erträglicher. Sie wollte den Wahrheiten nie ins Auge sehen.

Claire ist ein Menschenfreund, hatte er immer gesagt, wenn Claire mit naiver Unbekümmertheit von Leuten schwärmte, die er gräßlich fand.

Als der Preßlufthammer von neuem begann, stieg Achim ächzend aus dem weichen Bett und ging ans Fenster. Unten stand ein Mann, in einem kleinen Gehege aus Bauzäunen. Er trug einen gelben Schutzhelm und ein Gitter vor dem Gesicht, die Funken sprühten. Es nieselte leicht. Der Verkehr rauschte vorüber, die wenigen Passanten unter ihren Schirmen machten einen kleinen Umweg um die Baustelle, gegenüber reckte eine Frau in weißem Nachthemd ihren Oberkörper aus dem Fenster und schrie empört gegen den Preßlufthammer an.

Achim lächelte. Vorsichtig öffnete er die Tür zum Flur. Alles war ruhig. Er ging ins Bad und schloß die Tür ab.

Als er, angekleidet und nach Rasierwasser duftend, in die Küche kam, steckte Claire gerade zwei Weißbrotscheiben in den Toaster. Sie trug an diesem Tag ein safrangelbes Kleid und war schöner als je zuvor. Es versetzte Achim einen Stich, er fühlte sich plötzlich grau und alt. Es sah nicht so aus, als habe sie die Nacht mit schlechtem Gewissen wach gelegen. Claire strahlte ihn an, küßte ihn leicht auf die Stirn und sagte: »Haben dich die Spinnweben im Gästezimmer nicht verrückt gemacht? Ich könnte nicht einschlafen, wenn ich wüßte, daß da Spinnweben sind.«

»Wenn du das so genau weißt«, sagte Achim und griff nach der Kühlschranktür, »warum hast du Maria nicht Bescheid gesagt?«

»Maria fürchtet sich vor Spinnen. Sie hat gesagt, erst muß die Spinne tot sein, vorher darf man ihr Haus nicht kaputtmachen, das gibt Unglück.«

»Die Spinne ist tot.«

Achim holte einen Joghurt aus dem Kühlschrank. »Sie ist bereits mumifiziert

Claire lachte. Sie wirkte gut gelaunt und ausgeschlafen. Ihre Stimme klang versöhnlich und unbekümmert, als wäre am gestrigen Abend nicht das geringste vorgefallen, als habe es nicht den Schimmer eines Mißverständnisses zwischen ihnen gegeben. Achim fiel auf, daß die drei Weinflaschen, die Iris und er ausgetrunken hatten, diskret in der Ecke und die Gläser in der Spüle standen. Sie hat die Spuren verwischt, dachte Achim. Glaubte sie wirklich, fragte er sich mit einer Mischung aus Faszination und Empörung, sie könnte einfach zur Tagesordnung übergehen? Tun, als sei nichts gewesen?

Claire trug das Tablett ins Eßzimmer. Er folgte ihr mit dem Brotkorb und der Kaffeekanne. Gerade als er in den gebutterten Toast beißen wollte, klingelte das Telefon. Überrascht schauten sich beide an. Es war kurz nach acht. Um diese Zeit klingelte bei ihnen nie das Telefon. Achim wollte aufstehen, aber Claire kam ihm zuvor. »Laß nur«, sagte sie. »Ich mach' das schon. Bestimmt falsch verbunden.« Sie ging ins Schlafzimmer, um dort den Hörer abzunehmen. Warum nicht im Wohnzimmer? Achim lehnte sich zurück und lauschte.

»In Ordnung«, sagte Claire, »Viertel vor zwölf.« Und nach einer Pause: »Ja, ja, sonst ist alles in Ordnung. Bis später.«

Als sie zurückkam, wirkte sie genauso unbekümmert wie vorher. Achim sah sie prüfend an, er versuchte, in den haarfeinen Fältchen und in ihren Augen zu lesen. Er konnte nichts Auffälliges entdecken. Aber das beruhigte ihn nicht.

»Das war Redlich«, sagte Claire, »er hat mal wieder einen Termin für mich gemacht, ohne daß mit dem Sekretariat abzuchecken. Irgend so ein Boß von Prestige-Hotels, diesen neuen Hotelketten. Keine Ahnung, was der von mir will.«

Achim sagte nichts. Er kaute seinen Toast, spülte mit Kaffee nach. Er dachte daran, daß noch nie jemand morgens um Viertel nach acht angerufen hatte, um einen Termin durchzugeben.

»Ist etwas?« fragte Claire ruhig.

Sie wich seinem Blick nicht aus, aber das hätte auch nicht zu ihr gepaßt.

Achim schüttelte den Kopf. »Früher hast du die Milch für den Kaffee immer heiß gemacht.«

Claire lachte gleichmütig. »Ich hab' nicht gewußt, daß es wichtig ist. Du hast nie etwas gesagt.«

»Manche Dinge sind wichtig, auch wenn man sie nie erwähnt«, sagte Achim. »ich dachte, das weißt du. Du bist doch sonst so schlau.«

Er stand auf und ging wie jeden Morgen um den Tisch, um sie auf die Stirn zu küssen. Claire legte in Erwartung dieses morgendlichen Abschiedskusses immer den Kopf zurück und schloß die Augen. Es war ein Ritual. Auch eines von den Dingen, die wichtig sind, obwohl sie nie erwähnt werden?

»Ich ruf' dich heute mittag mal an. Laß dich von Max nicht ärgern und auch nicht von diesem Typen von Prestige-Hotels.«

»Ich lass mich nie ärgern, das weißt du doch.« Claire folgte ihm in den Flur, in die Garderobe, schaute zu, wie er das Jackett anzog, und sagte plötzlich: »Das gestern hatte keine Bedeutung. Wir können es vergessen. Es war nichts.«

Achim hielt mitten in der Bewegung inne. Er wartete, daß sie weitersprechen würde, aber sie hatte offenbar das Gefühl, genug gesagt zu haben.

Als Achim das Auto aus der Garage fuhr, warf er einen Blick hinauf zum Küchenfenster. Für einen Augenblick hoffte er, sie würde da stehen und ihm zuwinken.

Claire mußte ein Taxi anrufen und sich nach Eppendorf zu ihrem Wagen bringen lassen. Der Fahrer war schlecht gelaunt, wahrscheinlich empfand er die kurze Strecke als eine Zumutung. Claire machte es nichts aus, sie war selbst schlecht gelaunt.

Irgend etwas an dem Abend war total falsch gelaufen, und das machte sie ärgerlich. Milo hatte sie am Schluß wie ein kleines dummes Mädchen behandelt, mit dem er versehentlich einen Abend verbracht hatte. Claire konnte sich nicht erinnern, wann zuletzt ein Mann sich mit den Worten verabschiedet hatte: Ich ruf' dich an. Das war der Satz, mit dem sich der Chef nach einem kleinen sexuellen Abenteuer, das auf jeden Fall ohne Fortsetzung bleiben müßte, verabschiedete. Ich ruf' dich an!

Nun gut. Das war ausgestanden.

So etwas passierte jeder Frau irgendwann einmal. Bestimmt. Man sollte nicht weiter darüber nachdenken.

Ich werde Achim heute abend zum Essen einladen, dachte Claire. Austern. Die Saison fängt wieder an. Sie hatte gesehen, wie der Wagen von Rungis im Lieferanteneingang geparkt hatte und die flachen Spankörbe mit den ersten Austern herausgehoben wurden, feuchte Algen hingen aus den Ritzen. Es hatte nach Meer gerochen, nach Salz. Verlockend. Achim liebte Austern.

Auf dem Weg ins Büro kam Claire wieder an der Stelle vorbei, an der sie am Vorabend ihren Wagen geparkt hatte, um an der Alster spazierenzugehen. Sie fuhr langsamer und schaute über die Rasenfläche, die Dahlienbeete, das feuchte zusammengefegte Herbstlaub neben den Wegen, die Blätter, die im Dornengewirr der Rosenrabatten hängengeblieben waren und leise im Wind zitterten. Ihr Sessel, wenn es der Sessel war, auf dem sie gestern gesessen hatte, war besetzt. Ein pinkfarbenes Rad mit Körbchen lehnte an dem Stuhl. Von dem Menschen konnte Claire nichts erkennen.

Der Mann von Prestige-Hotels war auf die Minute pünktlich. Er hieß Marcel Giraudoux, ein kleiner, untersetzter Belgier mit Moustache und altmodischen Manieren.

»Bitte«, sagte sie geschäftsmäßig kühl, »zu Ihrer Verfügung.«

Monsieur Giraudoux wollte ihr persönlich überbringen, daß er für eine Gruppe von Arabern (»Sehr einflußreiche Leute aus den Emiraten!« fügte er beinahe verschwörerisch hinzu.) für eine Woche zwanzig Suiten zu buchen gedachte. »Das sind gute Nachrichten, nicht wahr, gnädige Frau«, sagte er, »in einer Zeit, wo in Hamburg keine Saison ist.«

»Wir sind sehr gut ausgebucht«, sagte Claire.

»Daran zweifle ich nicht! Aber ich bin lange genug im

Geschäft, um zu wissen, daß so ein Arrangement nicht alltäglich ist.«

Claire schaute den kleinen Belgier, der mit übereinandergeschlagenen Beinen vor ihr saß, nachdenklich an. »Und um mir diese Nachricht zu überbringen, sind Sie eigens hierhergekommen?«

Monsieur Giraudoux nickte lächelnd.

Claire drückte auf den Knopf, um die Sekretärin zu rufen, ließ die Daten aufnehmen und prüfen, ob zwanzig Suiten zu dem Termin frei wären. Sie bot dem Belgier Kaffee an, entschloß sich aber spontan, ihn zum Essen einzuladen. Als Marion zurückkam, sagte Claire: »Bitte, bestellen Sie im Grill einen Tisch für zwei Personen. Monsieur Giraudoux, ich würde Sie gerne zu einem kleinen Mittagessen einladen, wenn es Ihre Zeit erlaubt.«

Der kleine Belgier lächelte noch eifriger. »Ich habe damit gerechnet, wenn ich ehrlich sein soll«, sagte er, »denn da ist noch etwas, das ich Ihnen anbieten wollte.«

»Was?«

Der kleine Belgier lehnte sich auf dem Biedermeiersessel, von dem es zwei in Claires Büro gab, entspannt zurück. »Ich bringe eine Einladung unseres Vorstandes mit«, sagte er.

»Eine Einladung?« Claire schaute ihn amüsiert an.

»Warum sollte Ihre Hotelkette mich einladen?«

»Weil wir Sie ein bißchen verführen möchten, Madame. Wir besitzen Hotels an der West- und an der Ostküste von Amerika, in Brasilien, aber auch in Barbados und den Philippinen. Hotels in Singapur und Bangkok. Kolonialhotels, aber auch hochmoderne Gebäude, zum Beispiel in Kanada. Wenn Sie Lust und Zeit hätten, könnten Sie sich alles anschauen.«

Claire lachte. Noch nie hatte ihr jemand ein solches Angebot gemacht. »Lust hätte ich schon«, sagte sie, »aber keine Zeit.«

»Dann suchen Sie eben die Hotels aus und die Plätze, für die

Sie sich besonders interessieren. Nach London und Schottland müssen Sie. Dort stehen unsere traditionsreichsten Hotels. Das kann man ja an einem Wochenende einschieben. Erlauben Sie die Frage: Sind Sie verheiratet?«

»Ich erlaube die Frage.« Claire dachte an Achim, an den Abschied am Morgen, Achim hatte verwirrt gewirkt, unausgeschlafen, traurig. Er hatte ihr leid getan. Das ganze dumme Abenteuer tat ihr leid. »Ich bin verheiratet, Monsieur Giraudoux«, sagte sie.

Der kleine Belgier nickte. »Dann ist Ihr Gatte selbstverständlich auch eingeladen.« Er erhob sich, um das Bild an der Stirnseite des Zimmers näher zu betrachten. Es war ein Ölgemälde im barocken Goldrahmen, eine Ansicht vom Hamburger Hafen aus der Zeit, als die Handelsflotte noch aus Segelschiffen bestand.

Der kleine Belgier wandte sich um. »Ein van de Velde, wahrscheinlich der Jüngere.«

»Stimmt«, sagte Claire überrascht. »Wenn Sie sich für van de Velde interessieren: In der Präsidentensuite hängt noch einer. Natürlich ein viel wertvollerer. Daß dieses Bild hier hängt, verdanke ich nur meinen guten Kontakten zur Direktion.« Sie lachte, als sei das ein guter Scherz. Dann fragte sie: »Interessieren Sie sich für Kunst?«

Giraudoux schaute sie an. »Ebenso wie Sie, Madame, scheint mir. Ich besuche in jeder Stadt Museen. In der Hamburger Kunsthalle hängen sehr schöne Caspar David Friedrichs. ›Die Wiesen bei Greifswald‹, ein wunderbares Bild mit einem unglaublich durchsichtigen Himmel. Aber eigentlich gehe ich jedesmal in die Kunsthalle wegen der Mädchen.«

»Welcher Mädchen?«

»Edvard Munch. ›Mädchen auf der Brücke‹.« Der kleine Belgier schaute auf seine Hände, drehte sie um und hielt sie mit einer plötzlich verlegenen Geste an das Gesicht. »Das

Mädchen mit dem Hut sieht aus wie meine Tochter, wie Marilys. Meine Tochter ist mit elf Jahren gestorben.« Er seufzte. »Sie sehen, daß manche Leute Kunstwerke aus sehr eigenwilligen Gründen lieben. Und Sie?« Er schaute sie an.

Statt direkt auf die Frage zu antworten, sagte Claire: »Ich war gestern auf einer Vernissage.« Sie wollte noch etwas hinzufügen, aber plötzlich erinnerte sie sich nicht mehr an den Namen des Malers. Nur Milo, das hatte sie nicht vergessen. Einen Augenblick lang sah sie sein Gesicht vor sich, sah das feine Zucken seiner linken Gesichtshälfte und wie er versuchte, es mit einer Handbewegung wegzuwischen ...

Claire führte den kleinen Belgier zum Lift. Während sie auf den Lift warteten, studiert er ein Ölbild, das gegenüber den Lifttüren hing. Ein Stilleben: Auf einem mit Samt drapierten Tisch war ein Fasan zu sehen, der seinen Kopf über die Tischkante hängen ließ, und eine Schale mit Früchten, die wie schimmernde Glaskugeln wirkten. »Jan Fyt«, sagte der kleine Belgier. »Sehr schön.«

»Ich mag es nicht«, sagte Claire, »der Fasan fixiert jeden Gast beim Verlassen des Fahrstuhls mit dem Blick eines Sterbenden.«

Der Lift hielt, die Türen öffneten sich, sie stiegen ein, und der kleine Belgier warf, bevor die Türen sich wieder schlossen, noch einen sehnsüchtigen Blick auf das Bild. »Was haben Sie gegen den Blick eines Sterbenden?« fragte er freundlich. »Das ist doch ein Blick, an den wir uns rechtzeitig gewöhnen sollten.«

Während des Essens, das übrigens, wie Claire mit leichtem Ärger feststellte, nicht ganz zur Zufriedenheit des kleinen Belgiers war, kam Redlich einmal kurz in das Restaurant, nickte knapp in ihre Richtung und verschwand wieder.

»Wer war das?« fragte der kleine Belgier.

»Mein Chef«, sagte Claire. »ich dachte, Sie kennen ihn?«

Der kleine Belgier lächelte fein. »Ich hatte nicht das Vergnügen. Man hat mich sofort zu Ihrem Büro gebracht. Das ist auch in Ordnung, ich wollte ja mit Ihnen sprechen.« Während des Gesprächs entging dem kleinen Belgier nicht das geringste. Er sah, wie man am Nachbartisch häufig auf die Uhr schaute und dann wieder zur Küchentür. Offenbar dauerte es den Gästen zu lange. Auf dem Tisch fehlte der Pfeffer, etwas, das Claire noch nie erlebt hatte. Der Kellner schenkte ihr Wein nach und vergaß, dasselbe bei dem kleinen Belgier zu tun. Als Claire sich mit einer kleinen Entschuldigung umwandte, um nach dem Kellner zu rufen, legte Giraudoux rasch seine Hand auf ihren Arm und sagte: »Lassen Sie, ich mach' das schon.«

Sie bemerkte, daß er, als das Hauptgericht serviert wurde, die Finger ganz flüchtig unter den Teller legte, um die Temperatur zu testen. Die Teller waren gewärmt. Gott sei Dank. Zwei kleine Gräten, die irgendwo im weißen Fleisch des Steinbutts versteckt waren, zog Monsieur Giraudoux zwischen den Zähnen heraus und plazierte sie auf den Tellerrand. »Verzeihung«, murmelte Claire.

Der kleine Belgier lachte. »Aber das macht doch nichts! An irgend etwas muß jeder einmal sterben. Warum nicht an einer Gräte? Der banale Tod hat auch etwas Erhabenes, hat irgendein Philosoph einmal gesagt. Kann es Kierkegaard gewesen sein?«

»Ich hatte keine Gräte«, sagte Claire. »Normalerweise hat unser Chefkoch ...«

Der Belgier schnitt ihr das Wort ab. »Sie sind zauberhaft, chère Madame, wirklich, Sie erröten sogar wegen einer Gräte. Ich weiß doch, daß dieses Haus sowohl für die Cuisine als auch für den Service berühmt ist.«

»Heute möchte man es nicht glauben.«

»Nun, dafür scheint heute die Sonne.« Monsieur Giraudoux hob sein Glas und prostete ihr zu. »Das Leben geht seltsame Wege. Ich hätte nicht gedacht, daß es ausgerechnet Sie sein würden.« Er trank, tupfte die Mundwinkel mit der Serviette ab und trank einen weiteren Schluck. Dann stellte er das Glas ab und schaute sich zufrieden um.

»Was meinen Sie damit?« fragte Claire lachend. »Das klingt so sibyllinisch. Ausgerechnet ich? Wieso?«

Der Belgier sah sie an. »Glauben Sie an den Zufall?«

»Ich?« Claire hob hilflos die Schultern. »Kann man an den Zufall glauben? Das ist doch paradox.«

»Also, Sie glauben nicht an den Zufall. Vielleicht ist das gut so. Dann glauben Sie an die Notwendigkeit. Dieses Sorbet war köstlich. Sehr fein in seiner Säure. Das müssen Sie dem Koch ausrichten. Aber Sie werden sehen, daß man in London inzwischen auch sehr gut zu kochen versteht.« Er zwinkerte ihr zu. »Wir haben alle Zweisterneköche in Frankreich aufgekauft. Der einzige Platz, an dem es immer noch Yorkshirepudding mit Mintsauce gibt, ist wahrscheinlich dieser schreckliche Buckingham-Palast mit seinen schrecklichen Bewohnern. Nehmen Sie die Einladung an? Kommen Sie?«

»Sie haben mir immer noch nicht gesagt, worum genau es geht.«

Der kleine Belgier sah sie überrascht an. »Das ahnen Sie nicht? Wir möchten Ihnen einen Job anbieten. Das, was Sie hier nur für ein Hotel tun, könnten Sie bei uns für eine ganze Hotelkette tun – bei entsprechendem Salär selbstverständlich.«

Giraudoux wechselte dann schnell das Thema. Er schwärmte wieder von der Hamburger Kunsthalle und von einigen Schätzen, besonders vom Olgemälde Max Liebermanns »Terrasse des Restaurant Jacob in Nienstedten« war er fasziniert – er erinnerte sich sogar an die beiden roten Blumen auf dem Hut der Dame im rosa Kleid.

Der kleine Belgier hob traurig die Schultern. »Das ist meine

Tragik. Die Bilder, die mir gefallen, kann ich mir nicht leisten. Und die Bilder, die ich mir leisten kann, gefallen mir nicht. Dafür habe ich eine große Kunstbibliothek. Es gibt Galeristen in London, die sich meine Bücher ausleihen.«

»Das Leben ist ungerecht«, sagte Claire mitfühlend.

Der kleine Belgier seufzte. »Da haben Sie recht. Aber manchmal kann es überraschende Wendungen nehmen, wie bei Ihnen. Denken Sie an London, Madame.«

Als Claire in ihr Büro zurückkam, fand sie es verwaist.

Auf ihrem Schreibtisch lag eine Notiz mit Anrufen, die in ihrer Abwesenheit eingegangen waren. Claire überflog sie flüchtig. Milo war nicht darunter, auch nicht eine Bemerkung wie: »Ein Mann, der seinen Namen nicht genannt hat. Er ruft wieder an.« Oder: »Und dann hat ein paarmal das Telefon geklingelt, aber es hat sich niemand gemeldet.« Claire traute Milo zu, daß er so etwas machte, einfach aus Unlust, mit einer Sekretärin zu reden.

Als Marion, beladen mit Einkaufstüten, wieder ins Vorzimmer trat, war Claire bereits so in andere Dinge vertieft, daß sie Milo vollkommen vergessen hatte.

Erst am Abend, als Marion den Anruf von Achim durchstellte, fiel er ihr wieder ein.

Achims Stimme klang freundlich wie immer. Er erzählte eine Anekdote aus der Agentur, über die Claire tatsächlich laut lachen mußte. »Ich sehe, es geht dir gut«, sagte Achim nach einem kurzen Zögern. »War dein Treffen mit dem Mann von den Prestige-Hotels erfolgreich?«

Claire glaubte, so etwas wie Argwohn herauszuhören. Als ob er gar nicht an ein solches Treffen glaubte ...

»Ich denke, ja«, sagte Claire beiläufig, »es gab sogar eine kleine Überraschung. Aber davon erzähl' ich dir beim Abendessen. Nicht am Telefon.«

Ein kleines Zögern, bevor Achim fragte: »Heißt das, ich habe heute abend das Vergnügen, mit dir zu essen?«

»Du hast heute abend das Vergnügen, wie an fast allen Abenden auch.«

»Bis auf gestern«, sagte Achim.

Claire sagte nichts. Sie glaubte, daß Achim das auch nicht erwartete. Es war nur eine Retourkutsche.

»Ich kann beim Chinesen vorbeifahren«, bot Achim an, »und ein paar Sachen einkaufen. Wenn du nicht mehr zu lange arbeiten mußt...«

Claire schaute auf die Uhr. »In einer halben Stunde bin ich hier fertig.«

»Okay, dann erwarte ich dich so gegen sieben.«

Als Claire das Büro verlassen wollte und noch einen prüfenden Blick in das Vorzimmer warf, das sich immer im Stadium eines kreativen Chaos befand, klingelte das Telefon.

Ehe Claire die Mappen, die sie in der Hand trug, abgelegt und den richtigen Knopf auf dem Telefoncomputer gefunden hatte, hatte das Klingeln aufgehört.

Claire blieb neben dem Schreibtisch stehen. Milo, dachte sie, warst du das? Warum legst du so schnell auf, verdammt! Sie wartete noch eine Weile. Aber nichts rührte sich.

Am folgenden Tag auch kein Anruf von Milo. Nicht, daß Claire darauf gewartet hätte, aber sie dachte, er würde sich irgendwann melden, einfach um hallo zu sagen. Sie verstand ihn nicht, und sie war wütend, daß er sie zwang, an ihn zu denken.

Wochenlang hatte er ihre Fährte verfolgt, so hatte Milo gesagt, ihren Weg gekreuzt, ihre Adresse erforscht, sich über sie erkundigt. Dann hatte er sie schließlich gefunden, sie war sogar mit ihm zum Essen gegangen, hatte sich von ihm küssen lassen, bevor sie seinen Namen wußte, und er hatte in ihr das

Gefühl erzeugt, das Ziel seiner Sehnsucht zu sein. Und dann auf einmal nichts mehr. Noch nicht einmal ein Anruf.

Claire beschloß, daß Milo einfach keine Manieren hatte, nicht wußte, was sich gehört.

Das Wochenende verbrachten Achim und sie mit Freunden auf dem Land. Claire konnte sich nicht genau erinnern, was sie eigentlich den ganzen Tag dort gemacht hatten. Das Wetter war trocken, aber kalt gewesen, sie erinnerte sich an Spaziergänge, an ein Versteckspiel mit den beiden Söhnen, die sieben und acht Jahre alt waren. Sie erinnerte sich an ein Gespräch über Schwangerschaften und Muttergefühle, in dem sie sehr hitzig und, wie sie später fand, ganz übertrieben ihre Abneigung gegen kleine Kinder verkündet hatte. Sie erinnerte sich an wiederholte forschende Blicke von Achim, bei den merkwürdigsten Gelegenheiten. Einmal, als sie sich nachschenkte, obwohl er ihr Glas eben erst gefüllt hatte. Ein anderes Mal, als sie bei einem Spaziergang über nasse Wiesen in ein Sumpfloch geraten war und überhaupt keinen Versuch machte, die Schuhe am Gras abzustreifen. Und dann, mitten in der Nacht, oder wohl eher gegen Morgen, als sie aufwachte und Achims Gesicht über sich sah. Er hatte sich im Bett aufgesetzt, die Knie angezogen und schaute sie aus geringer Entfernung an.

Sie war sofort hellwach und setzte sich im Bett auf. »Was ist los?«

»Nichts«, sagte Achim ruhig, »gar nichts.«

»Warum schläfst du nicht?«

»Ich habe geschlafen. Jetzt bin ich zufällig wach. Schlaf ruhig weiter, ich wollte dich nicht wecken.«

»Aber du hast mich geweckt.«

»Ich habe überhaupt nichts gesagt und keine Bewegung gemacht, und geschnarcht kann ich auch nicht haben.«

»Trotzdem«, murmelte Claire, »es macht mich nervös.«

»Das tut mir leid.« Achim machte keine Anstalten, seine Stellung zu ändern.

Sie drehte sich auf die andere Seite und versuchte, wieder einzuschlafen. Sie versuchte, sich wieder in die Traumstimmung zu bringen, aus der sie aufgeschreckt war, aber sie konnte sich weder an den Traum noch an das allgemeine Gefühl, das diesen Traum begleitet hatte, erinnern.

Am nächsten Morgen, als sie auf der Bettkante saß und ihre Haare fönte, während Achim sich in dem kleinen Gästebad rasierte, sagte er plötzlich: »Du hast im Schlaf geredet.«

Claire stellte sofort den Fön ab. »Ich hab' geredet? Was denn?«

Achim antwortete nicht. Und sooft sie darauf zurückkam, hüllte sich Achim in Schweigen. Es war nicht so sehr die Tatsache, daß sie, angeblich zum ersten Mal in ihrem Leben, im Schlaf geredet hatte, als vielmehr das beharrliche Schweigen von Achim, das sie beunruhigte.

Der Blick, den er ihr in unbeobachteten Momenten zuwarf, wurde am Sonntag intensiver. Claire ertappte sich dabei, daß sie zuviel und zu laut lachte oder in künstliche Hektik verfiel, wogegen Achim immer ruhiger zu werden schien.

Ohne daß einer von beiden ein Wort darüber verlor, spitzte sich die Situation so zu, daß Claire befürchtete, sie habe im Schlaf etwas Schreckliches gesagt. Sie habe Achim furchtbar beleidigt. Oder gedemütigt. Oder von Milo gesprochen.

Anfang Oktober mußte Achim für drei Tage nach München, um einen Kunden zu besuchen. Einen Viskosehemdenfabrikanten, für den Achim eine neue Werbekampagne entwickeln sollte.

Viskose, hatte Claire vor dem Einschlafen gesagt, das ist doch Kunstfaser.

Aber Achim, schon ganz auf der Seite seines zukünftigen Kunden, hatte heftig protestiert. »Ganz falsch! Falsch! Da siehst du, man muß dringend an dem Viskose-Image arbeiten. Viskose ist ein besonders hautfreundliches, luftdurchlässiges Material. Beinahe so schön wie Seide.«

»Aber Kunstfaser.«

»Nein! Eben nicht! Es wird aus pflanzlichen Fasern hergestellt. Ich sehe schon ... da gibt es PR-mäßig viel nachzuholen.«

Am Morgen seiner Abreise frühstückten Achim und Claire früher als sonst. Achim schlief vor jedem Flug unruhig und hatte sie mehrfach geweckt, weil er das Licht angeknipst und auf die Uhr gesehen hatte, und war, eine halbe Stunde, bevor der Wecker klingelte, bereits im Bad. Früher hatte Claire diese Unruhe und Nervosität vor einer Reise noch gerührt. An diesem Morgen gähnte sie, während sie eine halbierte Kiwi auslöffelte. Sie machte nicht den geringsten Versuch, ihre Müdigkeit vor Achim zu verbergen. Schließlich war er schuld.

»Dir fehlt Schlaf«, stellte Achim fest.

»Das stimmt, sag jetzt bitte nicht, daß ich müde aussehe, das weiß ich selbst.«

»Du bist gereizt.« Achim warf einen langen Blick in den trüben Oktoberhimmel. Dann fragte er Claire: »Und was wirst du in den nächsten Tagen machen? Schon irgendwelche Pläne?« Seine Frage sollte beiläufig klingen.

»Ich habe keine Pläne«, sagte Claire ruhig. »Arbeiten und

schlafen, damit ich nicht mehr so müde aussehe, wenn du zurückkommst.«

Sie trug das Frühstückstablett in die Küche, während sich Achim in der Garderobe den Regenmantel anzog und noch einmal vor dem hohen Spiegel den Sitz seiner getupften Fliege kontrollierte. Immer, wenn er eine Flugreise vorhatte, band er sich eine Fliege um. Warum er das tat, konnte er selber nicht erklären, denn sonst trug er ausschließlich Krawatten. Es hatte Claire immer amüsiert. Aber an diesem Morgen tat sie so, als bemerke sie es nicht.

Achim warf Claire, die an der Küchentür lehnte und Orangenmarmelade vom Daumen ableckte, einen flüchtigen Blick zu. Es schien ihm, als ob sie seine Abreise nicht abwarten könne. Zögernd nahm er den kleinen Reisekoffer. »Also bis Mittwoch!« Sie hielt ihm ihre Wange hin, für eine Sekunde streifte die weiche Haut seines Kinns ihr Gesicht, er küßte ihren Mundwinkel, dann war es vorbei.

»Viel Erfolg«, sagte Claire.

»Danke. Den kann ich gebrauchen. Es geht immerhin um einen Etat von einer halben Million. Ein Erfolgserlebnis in der Firma wär' nicht schlecht.« Er lächelte ihr zu. Ein verlegenes Lächeln. Er öffnete die Tür. »Ach ja, was ich noch sagen wollte ...«

Claire ließ ihren Daumen, auf dem halben Weg zum Mund, wieder sinken. »Ja?«

»Ich liebe dich«, sagte Achim, »du bist das Beste, was mir in meinem Leben begegnet ist.«

»Was du alles bemerkst!«

Am zweiten Tag nach Achims Abreise stand Claire am Fenster ihres Büros und schaute in den Lichtschacht hinaus. Der Regen floß an der gegenüberliegenden Wand herunter. Von der Dachrinne über ihrem Fenster kam das Wasser im Sturzbach und platschte auf den Container unten im Hof.

An diesem Tag war es sehr ruhig im Büro. Marion hatte sich über den Stapel Zeitungen hergemacht, der von Tag zu Tag wuchs, um nach kleinen Meldungen zu suchen, die das Hotel betrafen. Die Notizen wurden ausgeschnitten, fotokopiert und in einer Mappe von Zeit zu Zeit dem Vorstand vorgelegt. Da das Hotel aus Prinzip keine Presseabteilung hatte, gehörte auch dies zu Claires Aufgaben.

Überhaupt war es sehr still im Hotel. Es gab keinen Kongreß, keinen Staatsbesuch, die Hamburger waren noch in den Herbstferien, das Hotel nur zu etwa fünfzig Prozent belegt. Die große Halle wirkte verwaist, in der Bar nur der Gast aus Zimmer 308, der einmal die Woche im Hotel wohnte und Tage in der Bar verbrachte. Im Hotel munkelte man, daß der Gast keinen anderen Grund habe, im Hotel zu übernachten, als den, einmal in der Woche ganz ruhig und ungestört seinen Malt Whisky trinken zu können. Der Barkeeper duzte ihn.

Das festliche Mittagessen, das ein Hamburger Senator zu seinem sechzigsten Geburtstag geben wollte und für das man den Blauen Salon hergerichtet hatte, war wegen der plötzlichen Erkrankung des Gastgebers erst am Vormittag abgesagt worden – der Küchenchef stand tobend vor vier Dutzend Wachteln, die er eigens für dieses Geburtstagsmenü in Paris bestellt hatte. Für ihn war Claire die Schuldige, wer sonst. Außer seinem empörten Anruf kam nur noch einer von Redlich, der die vorläufigen Belegungen für November wissen wollte, wahrscheinlich um die Besitzer wegen der schlechten Oktoberbilanz zu beruhigen.

Claire haßte den Regen, ganz speziell den Hamburger Regen. Der Anblick des tiefen grauen Himmels bedrückte sie. Ganz anders der tropische Regen, der sie erregte. Für sie war er ein sinnliches Erlebnis, voller Gerüche und wispernder Tierstimmen. Außerdem dauerte er niemals lange. Ein heftiger Regen zog heran, überschüttete das Land und ließ dampfende Erde zurück, während am Horizont der Himmel schon wieder leuchtend blau war. Claire versuchte sich mit diesen Bildern abzulenken. Sie stellte sich vor, sie säße auf einer Holzveranda irgendwo in den West Indies, wo die Sonne mittags senkrecht steht, in einem Schaukelstuhl aus Korbgeflecht im schwarzen Schatten, spürte den warmen Wind auf der bloßen Haut, das türkisfarbene Meer vor sich, die Augen trunken von der Helligkeit, als das Telefon klingelte.

»Ja?«

»Unter dem ersten Knöpfchen ist Ihr Mann«, sagte Marion.

»Danke.«

Claire setzte sich auf die Tischkante, schloß die Augen und dachte sich parallel zur messerscharfen Linie zwischen Meer und Horizont ein Riff, weißschäumende Gischt über Korallen, und fernes Branden.

»Klärchen!« rief Achim ins Telefon. »Ich wollte nur einmal hallo sagen. Ich sitze hier gerade in einem nackten Konferenzzimmer und warte auf die Herren, und da steht ein Telefon direkt vor meiner Nase. Geht es dir gut?«

»Es geht mir gut. Und dir? Wie läuft es?«

»Ziemlich zäh.« Achim dämpfte die Stimme. »Die haben gesagt, sie wollen eine freche, ungewöhnliche Kampagne, aber im Grunde genommen gefällt ihnen dann doch nur der Quark, den sie immer hatten.«

»Glaubst du, sie werden abspringen?« fragte Claire. Die weiße Linie des Riffs wurde deutlicher. Sie sah eine Welle gegen das Riff anbranden, sah eine Fontäne schneeweißer Gischt in den Himmel steigen, sogar einen Fisch, der mit seinem silbrigen schlanken Körper aus dem Wasser schnellte, sich einmal in der Luft drehte und wieder abtauchte. Sie sah alles, auch weit hinter der weißen Linie einen Luxusliner, der direkt in die Sonne hineinfuhr.

»Ich glaube nicht. Sie müssen ja für das Konzept schon eine Menge zahlen, und das wäre verlorenes Geld. Davor scheuen solche Leute immer zurück.« Er lachte trocken. »Das ist mein Glück. Und du?« fragte Achim. »Alles in Ordnung?«

»Ein bißchen langweilig«, sagte Claire. »Außerdem regnet es. Redlich hat Zahnschmerzen und ist beleidigt. Er ist ja immer beleidigt, wenn er nicht kerngesund ist, und läßt das an seinen Mitarbeitern aus.«

»Redlich ist ein spezieller Schatz, das wissen wir doch. Und heute abend?« fragte Achim. »Irgendwelche Pläne?«

»Trocken nach Hause zu kommen«, sagte Claire. »Aber das wird nicht klappen, ich muß noch bei der Reinigung vorbei. Und da findet man ja nie einen Parkplatz«

»Jetzt kommen sie«, flüsterte Achim, »ich muß Schluß machen. Bis morgen, Klärchen. Sei tapfer.«

»Du auch.« Claire legte auf.

Das Meer, die Gischt und das weiße Saumband des Riffs, die silbernen Fische und die Sonnenwärme auf der Haut waren verloren.

Claire drückte die Sprechtaste. »Marion?«

»Ay, ay, Käpten!« rief Marion fröhlich. Bei Regen war Marions Stimme besonders fröhlich, aber Claire hatte nie herausgefunden, weshalb.

»Bitte, suchen Sie einmal die Nummer der Galerie Januskopf heraus. Ich glaube, sie steht noch nicht im Telefonbuch. Es muß eine neue Galerie sein, in Eppendorf. Bitte, rufen Sie da an, und fragen Sie, welche Ausstellung im Augenblick läuft.«

»Geht in Ordnung.« Marion zögerte. »Mehr wollen Sie nicht wissen?«

»Nein, das ist alles.«

Als Claire vom Mittagessen zurückkam, lag auf ihrem Schreibtisch ein Zettel: »Ausstellung in der Galerie Januskopf: Morante. Öffnungszeiten: 10–12 und 16–21 Uhr.«

MORANTE, dachte Claire, genau. Das war es. Morante, Milo Morante.

Gegen fünf hörte der Regen plötzlich auf, und fast gleichzeitig türmte sich die Arbeit auf ihrem Schreibtisch. Ein Telefax aus Kairo, eine endlose, komplizierte Anfrage einer japanischen Firma, mit der Claire vor fast zweieinhalb Jahren Kontakt aufgenommen und die sich nie gemeldet hatte. Außerdem wollte Redlich sie ununterbrochen wegen irgendwelcher Veranstaltungen sprechen. Als Claire ihr Büro verließ, war Marion längst gegangen. Marion verabschiedete sich nie, wenn sie ging. Angeblich war Claire immer gerade so beschäftigt oder unauffindbar im Haus. Claire haßte es, ins Vorzimmer zu kommen und von dieser gräßlichen Gummihaube über Marions Schreibmaschine angestarrt zu werden. Aber so war es nun einmal. Marion konnte sich eben alles hier erlauben, und jeder wußte, warum. Vielleicht muß sie Redlichs dicke Backe kühlen, dachte Claire im Hinausgehen.

In der Hotelhalle, die sie nur durchquerte, um beim Chefportier eine Nachricht für einen Gast zu hinterlassen, der spätabends erwartet wurde und der zu ihrem speziellen Kundenkreis gehörte, traf sie eine Journalistin, die oft für Hochglanzmagazine Hotelreportagen schrieb. Eine Frau also, die man gut behandeln mußte und die sich dementsprechend aufführte.

Claire lud sie zu einem Glas Champagner in der Bar ein, und weil in der Bar zwei Hamburger Unternehmer saßen, die sehr gute Kunden waren, trank sie auch mit denen noch ein Glas Champagner. So kam es, daß sie sich, als sie endlich in ihrem Auto an der Alster entlang heimwärts fuhr, auf eine angenehme Art angeregt und gut gelaunt fühlte. Und so konnte es passieren, daß sie, als sie schon vor ihrem Haus hielt, plötzlich wendete und zurück nach Eppendorf fuhr, in den Lehmweg, vor der Galerie Januskopf auch dieses Mal einen geradezu einladenden Parkplatz fand und ausstieg, den Wagen abschloß und durch den Torbogen auf die Galerie zuging, die wie beim letzten Mal strahlend hell erleuchtet war. Allerdings wirkte die Galerie wie ausgestorben.

Claire drückte zögernd die Türklinke, aber die Tür gab sofort nach.

»Hallo?« rief sie vorsichtig.

Niemand antwortete. Claire wanderte durch die leeren, kalkweißen, neonhellen Räume. Sie hatte nur noch eine vage Erinnerung an die Bilder, an die übergroßen Formate, an die wilde Art, in der mit dem Spachtel die dicke Farbe aufgetragen war, an die oftmals willkürlich oder aggressiv übermalten Rahmen und vor allem an die Titel der Bilder, die Claire vollkommen fassungslos gemacht hatten. »Der Schreihals« hieß ein Bild, auf dem nichts zu sehen war außer einem Fußball und einem Wimpel.

»Das ist ein sehr gutes Bild«, sagte plötzlich eine Stimme neben ihr, »es gehört zum Zyklus ›Landleben‹. Wir haben leider aus diesem Zyklus nur zwei Bilder. Das andere ist schon verkauft.« Claire drehte sich um. Vor ihr stand eine kleine welke Frau. Sie wirkte irgendwie geschrumpft in ihrem schwarzen sackartigen Kleid und den sehr hohen Plateauschuhen. Ihre Wimpern waren blau getuscht.

»Ich bin einfach eingetreten«, sagte Claire, »ich habe gerade ...«

»Ach, das ist in Ordnung«, sagte die Frau. »Ich habe mich nur ein bißchen um meine Katze gekümmert. Sie bekommt heute nacht Junge.«

Aus dem Nebenraum kam ein langes, klagendes Schreien.

»O Gott«, flüsterte die Frau, die Hände hochreißend, »meine Kätzchen!« Sie stürzte davon.

Claire sah auf dem gläsernen Tisch mit dem Telefon ein ledergebundenes Büchlein, das wie ein Telefonbuch aussah. Sie schlug nach unter M. Sie fand seine Nummer sofort. Veddel, Achterndeich 82, Tel. 3 29 84 71.

Sie nahm den Hörer und hielt ihn an das Ohr. Das Freizeichen war da. Bedächtig wählte Claire Milos Nummer. Dreimal, viermal, fünfmal ertönte das Rufzeichen. Beim sechsten Mal wollte sie auflegen, aber da knackte es in der Leitung, und Claire hörte seine Stimme. »Ja?«

Claire drückte auf die Gabel und legte auf.

Abends war es in der Hafengegend des Veddel beinahe menschenleer. Ausschließlich Schwertransporter kamen Claire entgegen, deren Scheinwerferlicht sich im regennassen Asphalt spiegelte. Nur wenige Lagerhallen waren noch erleuchtet, die Fenster der Kontorräume dunkel.

In einer Eckkneipe, die »Zum Schimmelpilz« hieß und deren Tür weit offenstand, drängten sich ein paar Leute um den Tresen, vor der Tür standen Motorräder mit laufenden Maschinen.

Ein Mädchen tauchte plötzlich vor Claires Scheinwerfer auf, in weißen Minishorts und Netzstrümpfen, einer roten Perücke und grellgeschminktem Mund.

Claire suchte nach Straßenschildern, verfuhr sich, geriet in eine Sackgasse, die ohne Vorwarnung direkt an dem öliggrauen Elbwasser endete, einer Kopfsteinpflasterrampe, über die sie beinahe ins Wasser gefahren wäre. Sie wendete und fuhr wieder zurück, kam ein zweites Mal an dem Mädchen vorbei, das ihr jetzt einen Vogel zeigte und ihr etwas hinterherrief. Dann mußte sie scharf bremsen, weil ein unbeleuchteter Laster wie eine Straßensperre vor ihr auftauchte. Aus dem

Fahrerhäuschen kletterte ein Mann. Er kam auf sie zu. Claire kurbelte das Fenster herunter. »Sie stehen etwas ungünstig«, sagte Claire freundlich. Der Mann, ein bulliger Typ, grinste. »ich weiß, ich fahr gleich weiter. Wir müssen nur hinten bei der Ladung was sichern.«

»Mitten auf der Straße?« fragte Claire.

»Ja, leider, meine Dame.« Der Mann schaute sie interessiert an. »Normalerweise ist hier nämlich tote Hose. Da kann man stundenlang mit dem Laster querstehen, und es kommt kein Mensch. Hier geht es nämlich nicht weiter, Lady. Da vorne ist Schluß. Der Schlagbaum in den Freihafen. Oder wollen Sie etwa in den Freihafen?«

»Ich will zum Achterndeich. Ich hab' mich nur verfahren.«

Der Typ stützte sich mit seinen massigen Armen auf ihr Wagendach. Er lachte. »Zum Achterndeich will die Lady! Und was macht sie dann hier in der Peutestraße? Soll ich Ihnen sagen, wie Sie zum Achterndeich kommen?«

Er beschrieb ihr den Weg, und es dauerte wirklich nur noch zwei Minuten, dann war die Straße wieder frei. Claire fand die Nummer 28. Ein altes Speicherhaus, Backstein, fünf Stockwerke, offenbar alles Lagerhallen, mit Verladerampen und einer Eisentür, die man über eine kleine Eisenleiter erreichte. Neben der Tür ein schwach beleuchtetes Klingelschild. Claire schaute an der Fassade des riesigen Hauses entlang. Sie konnte kein Licht sehen. Die Tore an den Rampen waren verschlossen. Die Rampen zusätzlich mit Ketten gesichert.

Claire stieg die Treppe hinauf und studierte die Namen auf den Klingelschildern. Engekog GmbH. Jansson und Söhne. Intertour KHG. Und oben, auf dem letzten Klingelzeichen, ein einsames kleines M. Claire drückte den Knopf.

Eine endlose Weile blieb es still. Dann endlich ertönte der

Summer. Der Flur war schmal, die gelbgetünchten Wände fleckig. Enge steile Treppen.

Plötzlich hörte sie Milos Stimme: »Wer ist da?«

Claire versuchte, durch das Gewirr der Eisenstufen nach oben zu schauen. »Ich bin's, Claire. Wenn Sie nicht möchten, daß ich Sie besuche, sagen Sie es lieber jetzt. Ich steige nicht gern umsonst so viele Stufen.«

Milos Gesicht erschien über dem Geländer. Es war, als müsse er einen Entschluß fassen. Dann rief er: »Einen Augenblick bitte, ja?«

»Gut.« Claire wartete.

Sie studierte die Briefkästen mit den Firmenschildern, betrachtete die Schrammen und Schleifspuren an den Wänden, die davon zeugten, daß hier viel ein- und ausgezogen wurde. Schließlich rief Milo: »Claire! Ich bin in einer Sekunde bei dir! In einer Sekunde!«

Claire hörte, wie sich ein Lift in Bewegung setzte. Es dauerte eine Weile, bis sie die gelblackierte Fahrstuhltür im hinteren Winkel entdeckt hatte.

Sie lehnte an der Wand und wartete. Ihr Herz schlug heftig. Die Tür ging auf, heraus kam Monsieur Marcel Giraudoux.

Er eilte mit ausgebreiteten Armen auf sie zu und schenkte ihr ein strahlendes Lächeln. »Madame! Welche Freude, Sie wiederzusehen! Welch reizende Überraschung!«

Er nahm ihre Hand und führte sie an die Lippen, nicht ohne sie aus den Augen zu lassen.

Claire schaute ihn verblüfft an. »Sie kennen Milo?«

Giraudoux ließ ihre Hand los. »Habe ich Ihnen nicht erzählt, wie sehr ich mich für Kunst interessiere? Morante ist einer der großen Künstler unseres Jahrhunderts! Und wenn man die Möglichkeit hat, Werke zu besichtigen, die nie öffentlich gezeigt worden sind...« Er schob sie galant in die Richtung zum Lift. »Er wartet oben auf Sie«, flüsterte er verschwörerisch. »Ich bin sicher, er freut sich über Ihren Besuch.«

Bevor Claire etwas erwidern konnte, hatte er die Lifttür hinter ihr zugedrückt. »Vierter Stock!« rief er. »Drücken Sie auf den obersten Knopf!«

Der Lift setzte sich ruckartig in Bewegung. Ein Eisenkäfig, in dem es beißend nach kaltem Rauch roch. Claire versuchte, die Luft anzuhalten, bis der Fahrstuhl zum Halten kam und die Tür von außen aufgezogen wurde.

Milo stand vor ihr, keine zwei Schritte entfernt. Er war sehr bleich, ungewöhnlich bleich, und seine Hand lag an seiner zuckenden Gesichtshälfte. »Das hättest du nicht tun sollen«, sagte er, während er ihre Hand nahm und sie aus dem Lift zog. »Das war keine gute Idee.«

Claire lachte ihn an. Es machte nichts, daß er das sagte.

Sie blieb dicht vor ihm stehen, als erwarte sie, daß er sie wie damals küssen würde. Aber er tat es nicht. Er ließ die Hand sinken. Das Zucken hatte aufgehört, er schaute sie an. Claire spürte eine zärtliche Sehnsucht nach diesem Gesicht.

»Schick mich nicht weg.« flüsterte sie.

Milo lächelte. »Warum sollte ich?«

Er legte seine Hände auf ihre Schultern. »Willkommen«, sagte er warm, »herzlichst willkommen.« Er zog sie an sich. »Komm, komm rein. Du störst nicht. Du doch nicht. Nie.«

Drei Wochen hatte sie sich einen Milo vorgestellt, einen hochmütigen, gleichgültigen, von Frauen gelangweilten und von seiner letzten Eroberung auch schon wieder enttäuschten Milo, der nicht einen einzigen Gedanken für sie hatte. Hatte gelitten unter diesem Schweigen, das sie demütigte, dieser Nichtbeachtung, die sie erzürnte. So hatte sie noch nie ein Mann behandelt.

Und als sie jetzt vor ihm stand, wußte sie, daß er es darauf angelegt hatte. Sie sollte genau das tun, was sie jetzt getan hatte. Panik flammte in ihr auf. Sie starrte in sein Gesicht, als suche sie eine Antwort. Was tue ich hier? Nur eine winzige Sekunde dachte sie an Achim.

Milo ließ sie eintreten, nahm ihr mit sanftem Nachdruck die Handtasche ab, die sie über der rechten Schulter trug, und zog ihr den Regenmantel aus. Bei allem, was er tat, nahm er seine Augen keine einzige Sekunde von ihrem Gesicht. Claire lächelte, weil er lächelte. Aber sein Lächeln war anders.

Dann führte Milo sie zu einem Sofa, über das eine schwarze Samtdecke geworfen war, und forderte sie – immer noch wortlos – auf, sich zu setzen.

Sie befanden sich in einem Raum von scheinbar grenzenlosen Ausmaßen. Claire konnte immer nur einen Teil dieses Raumes sehen, der vom Lichtkegel einer Lampe erleuchtet war, alles übrige verlor sich irgendwo im Dunkeln, die Wohnung war groß wie eine Lagerhalle und offenbar fast unmöbliert. Plötzlich begann irgendwo entfernt ein Dampfkessel zu pfeifen.

Milo tat, als hörte er es nicht. Er kniete vor ihr und zog ihre Schuhe aus, die, was sie gar nicht bemerkt hatte, vollkommen durchnäßt waren. Offenbar war sie auf dem Weg vom Auto zur Treppe in eine Pfütze getreten, die Augen immer nur nach oben gerichtet. Wie Hans Guckindieluft, dachte sie und mußte lächeln.

Das Pfeifen des Kessels wurde immer durchdringender.

»Warum lachst du?« fragte Milo. Es waren die ersten Worte, seit sie in seiner Wohnung war.

Claire streckte die Hand nach seinem Gesicht aus und berührte ihn vorsichtig. »Ich mußte einfach kommen. Du hast es gewußt, nicht wahr?« Sie schwieg einen Moment. »Ich möchte jetzt auch du zu dir sagen.« Sie errötete, bevor sie ihn fragte: »Läßt du den Kessel immer so lange pfeifen?«

Milo nahm ihre Schuhe und verschwand irgendwo im hinteren Teil des Raumes. Als er wieder auftauchte, hatte das Pfeifen aufgehört. »Magst du einen Grog?« Er hielt eine Flasche Rum in der einen und den Teekessel in der anderen Hand. »Ich wollte mir gerade einen machen.«

»Grog?« fragte Claire überrascht. Sie konnte sich nicht erinnern, wann ihr zuletzt jemand so etwas angeboten hatte.

»Es wärmt«, sagte Milo. »Und du hast kalte Füße.«

Das stimmte. Claire hatte instinktiv ihre Beine aufs Sofa gezogen und die kalten Zehen mit den Händen massiert.

»Ich kann nicht lange bleiben«, sagte Claire, obwohl Milo sie gar nicht danach gefragt hatte. Milo stand vor ihr, mit dem Teekessel und der Rumflasche. Er schaute sie ernst an. Wortlos drehte er sich um; und dann hörte sie ihn hantieren, eine Schranktür wurde zugeschlagen, und plötzlich war er wieder da, einen kleinen Hocker hinter sich herziehend, den er neben das Sofa stellte.

»Es ist so dunkel«, sagte Claire, sich umschauend. »Man erkennt gar nichts.«

»Du mußt immer genau wissen, wo du dich befindest, nicht wahr? Du mußt immer die Übersicht haben. Wenn du willst, mache ich Licht. Aber ich warne dich. Es ist schrecklich.«

»Das macht nichts.«

Milo drehte an einem Lichtschalter, und flackernd leuchteten an der hohen Decke Neonröhren auf, die nach einem besonderen System angebracht schienen. Die Decke war mit Dämmplatten abgedichtet, die Wände waren roh und unverputzt. Zwischen den Bausteinen der graue Mörtel, mit dem die Fugen verspachtelt worden waren. Die Dielenbretter auf dem Fußboden waren dunkelgrau. Sie glänzten wie frisch lakkiert. Jetzt sah Claire auch, daß das Sofa, auf dem sie saß, das einzige Möbelstück in einem riesigen Raum war. Das Sofa stand wie auf einer leeren Bühne. Weder hoch genug am Fenster, durch das man eine Aussicht gehabt hätte, noch neben einer Leselampe oder einem Tisch. Nur ein hoher vierarmiger eiserner Kerzenleuchter stand mitten im Raum. Das war alles. Die freie Fläche war an manchen Stellen von spanischen Wänden abgeteilt, einfachen Preßpappen, die ineinandergehakt waren.

Claire wanderte auf Strümpfen herum. Die Dielenbretter fühlten sich glatt und irgendwie weich an, überraschend, es war angenehm, so zu gehen. Claire schlenderte ans Fenster und schaute hinaus. »Darf man auch sehen, was du hinter den spanischen Wänden versteckst?« fragte sie, sich zu Milo umwendend. Milo war ihr in einigem Abstand gefolgt. Er hatte die Hände auf dem Rücken verschränkt. »Natürlich«, sagte er, den Kopf neigend, »ich habe keine Geheimnisse.«

Claire umwanderte die erste spanische Wand. »Ah«, sagte sie überrascht, »das Schlafzimmer!«

»Wenn du es so nennen willst...« Milo verbeugte sich leicht. Claire sah, daß er lächelte.

Das sogenannte Schlafzimmer bestand aus einem Eisenbett, das eher ein Gitterbett war, mit Stellen, an denen der Rost unter absplitterndem Lack hervorschaute. Ein grünes Bettlaken, ungebügelt, war achtlos über die Roßhaarmatratze gelegt, das rote Kopfkissen ohne Bezug. Eine Bettdecke konnte Claire nirgends entdecken. Daneben ein Nachttischschränkchen, wie man es früher in Krankenhäusern gesehen hatte, mit der passenden Nachttischlampe. Alles von einer derartigen Scheußlichkeit, daß es beinahe schon wieder aufregend war. Claire wandte sich zu Milo um. »Und hier schläfst du wirklich?« fragte sie unsicher. »Oder ist das Kunst?«

Milo lachte. »Es ist tatsächlich mein Schlafzimmer. Gefällt es dir?«

»Meinst du die Frage ernst?« erwiderte sie.

Milos Lachen war ein leises, amüsiertes, aber auch irgendwie glückliches, glucksendes Lachen. Er nahm ihre Hand und zog sie weg. »Ich zeig' dir etwas anderes. Das wird dir besser gefallen.«

Sie durchquerten den Raum mit dem schwarzen Samtsofa und traten hinter eine andere spanische Wand. Hier öffnete sich auf einmal der Blick auf die Ebene, den Hafen, die Raffinerien. In der ferne das Lodern der Flammen, die das Gas abfackelten. Tausend Lichter. Die Fenster waren rissig. Metallsprossenfenster mit rostigen Fenstergriffen. Man konnte sich vorstellen, daß im Winter die Schneeflocken durch die Ritzen stieben würden und Frostrosen sich an den Fensterscheiben bildeten.

»Und jetzt«, sagte Milo, »dreh dich um.«

Da stand ein wuchtiger, geschnitzter Tisch, den Claire eher auf einer andalusischen Finca erwartet hätte, ebenso die hochlehnigen Stühle aus dunklem Holz. Über dem Tisch ein weißes Tuch, das wie ein ungebügeltes Bettlaken aussah, und darauf siebenarmige Leuchter aus Eisen.

»Das Abendmahl«, sagte Milo fröhlich. Er rieb sich vergnügt die Hände. »Schön, nicht?«

Claire zuckte zusammen. »Was heißt das?«

»Das Abendmahl. Ein Bild meines Vaters. Ein New Yorker Galerist hatte es in Kommission genommen. Schon vor drei Jahren. Er wollte verdammt viel Geld dafür bezahlen. Ich habe gesagt: Leo, das verkaufst du nie. Und ich hatte recht.« Milo lachte in sich hinein. »Es ist ein tollwütiges Bild. Mein Vater hat Wochen daran gearbeitet. Für manche Bilder hat er nur eine Nacht gebracht, aber für das Bild eine Ewigkeit. Er hat sich da etwas von der Seele gemalt, nehme ich an. Andere Leute gehen zum Psychoanalytiker.«

»Und was hat das mit diesem Tisch zu tun?«

»Den brauchte Vater als Vorlage. Er brauchte für jedes Bild eine Vorlage. Er hat ihn auf einem Antiquitätenmarkt in Klagenfurt gesehen, spottbillig, der Händler konnte ihn nicht loswerden, er hat ihn meinem Vater praktisch aufgedrängt, umsonst. Das Teuerste war die Spedition. Aber mein Vater, eigentlich ein notorischer Geizhals, hat bezahlt, ohne die Rechnung anzuschauen, hat alles in sein Atelier bringen lassen, sich dort eingeschlossen, hat von Corned beef und Hühnersuppen in Dosen gelebt und ist wieder aufgetaucht, als das Bild fertig war. Ich vergesse das nie. Er sah aus wie ein Wahnsinniger. Mit glühenden, ganz tiefen Augen und grauen, schmutzigen Bartstoppeln. Aber wie er gelächelt hat. Komm, mein Sohn, hat er gesagt und mich ins Atelier gezerrt. Schau es dir an. Dein Vater ist ein Genie! Wir werden reich werden, wenn ich dieses Bild verkaufe. Aber wahrscheinlich verkaufe ich es nicht, und dann bleiben wir eben arm. Er hat gelacht und mich geküßt. Das war immer das Schlimmste, diese Ausbrüche von Leidenschaft und Zärtlichkeit bei ihm. Davor hab' ich mich mehr gefürchtet als vor seiner Verachtung und seiner Wut.« Milo lachte plötzlich. »Es war ein furchtbares Bild und total mißlungen. Ich spürte es sofort. Ich war damals vierzehn Jahre und der beste Kritiker meines Vaters. ich wußte, daß es schlecht ist.«

»Hast du es ihm gesagt?«

Milo schob die Stühle um den Tisch zurecht. »Ob ich es ihm gesagt habe? Dann würde ich heute nicht mehr leben. Er hätte mich auf der Stelle umgebracht.« Er holte ein Streichholzmäppchen aus seiner Jackentasche und zündete die Kerzen an. »Natürlich sieht es anders aus mit Blumen und Fruchtkörben. Manchmal, wenn ich hier ein Essen veranstalte, lasse ich alles kommen. Pfirsiche im Winter und schwarze Schattenmorellen mit Stengelchen und Kirschbaumblättern, Mandarinen, Trauben, Feigen, alles in großen antiken Silberschalen. Und Blumen. Freilandrosen oder Sumpfdotterblumen, ganz viele, weißt du, und rankendes Efeu, wie auf den Bildern der holländischen Meister um 1650.«

Claire lächelte. Milo schaute sie an, als erwarte er, daß sie etwas sagen würde. Aber Claire schwieg.

»Okay«, sagte Milo schließlich. »Gestattest du, daß ich das Gestapoverhörlicht wieder ausmache? Es macht mir Kopfschmerzen. Ist die Inquisition beendet?«

»Das sollte keine Inquisition sein, entschuldige. Ich war nur neugierig auf deine Wohnung.«

Milo schaltete das Neonlicht aus. Er stellte sich hinter sie, hob die Hände, als wollte er sie auf ihre Schultern oder ihr Haar legen, ließ sie aber in der Luft schweben.

»Es gefällt dir nicht bei mir«, sagte er leise. »Du möchtest wieder gehen.«

Erschrocken, in ihren Gedanken ertappt zu sein, drehte Claire sich zu ihm um. »Nein, nein. Das ist nicht wahr«, sagte sie hastig. »Ich finde es sehr ...«, sie suchte das richtige Wort, das ehrlich war und dennoch nicht verletzend, »... aufregend.«

»Aufregend«, wiederholte Milo. Er wandte die Augen von ihr ab und ging die beiden Gläser holen, die er so auf den Tisch stellte, daß sie einander gegenüber Platz nehmen mußten. »Aufregend.«

»Du weiß selbst, daß es eine ungewöhnliche Wohnung ist«, sagte Claire. »Ich trinke dieses eine Glas, aber dann muß ich gehen.«

Milo nickte. »Ich weiß.«

Er tat ihr leid. Sie glaubte, ihm irgend etwas schuldig zu sein. Mehr Interesse, mehr Freundlichkeit, mehr Entgegenkommen, irgend etwas. Sie schaute sich um, während ihre Hände sich an dem heißen Grogglas wärmten. »Und die Bilder?« fragte sie.

Milo machte eine vage Handbewegung. »Überall, alles ist voll von seinen Bildern. Selbst auf dem Klo hängen seine Bilder. Eines von seinen besten übrigens hängt da. ›Eva‹ heißt es.

Ich wünsche, er bekommt manchmal Ausgang aus der Hölle und kann sehen, was mit diesem Bild passiert ist. Ich wünsche, er kann sehen, daß ich es auf meinem Scheißhaus aufgehängt habe.«

Claire fragte sich, ob er verrückt war. Wenn beide schwiegen, war es vollkommen still in dem großen Haus. Auch von draußen kam kein Geräusch. Nur die Lichter vom Hafen, als Zeichen, daß sie noch auf diesem Planeten waren. Daß sie lebten.

Milo stand auf, richtete eine Kerze, die etwas schräg stand, kam auf sie zu, legte seine Hände auf ihre Schultern und preßte seine Lippen auf ihr Haar. Dann verschwand er. Als er zurückkam, hatte er eine Blechdose in der Hand. Er nahm den Deckel ab und hielt ihr die Dose in der Größe einer Hutschachtel einladend entgegen. »Dänische Buttercookies«, sagte er. »Das Beste, was man aus Mehl, Butter und Zucker machen kann. Oder willst du lieber etwas Salziges? Oder möchtest du, daß wir irgendwo essen gehen? Dann fühlst du dich vielleicht wohler.«

»Ich habe keinen Hunger«, sagte Claire und griff gierig in die Dose. Milo schichtete lächelnd einen Stapel Buttercookies neben ihr Grogglas. »Die Bilder sind alle hier. Wenn sie nicht gerade irgendwo unterwegs sind zu Ausstellungen, in Galerien oder zur Ansicht für Museen. Das mache ich ungern, aber manchmal läßt es sich nicht vermeiden, die Mussen müssen dann eben die Versicherungen übernehmen, und die sind sündhaft teuer. Alle Bilder stehen mit dem Gesicht zur Wand. Ich kann es nicht ertragen, zwischen den Bildern meines Vaters zu leben. Es gelingt nicht. Ich habe schon oft mit dem Gedanken gespielt, ein Lager zu mieten, aber das geht nicht, die Kunden wollen diese Art von Geschäft in einer privaten Atmosphäre abwickeln, das war immer schon so. Sie wollen sagen: Übrigens, den Sohn von Morante, den kenne ich persönlich. Ein Freund. Ich habe in seiner Wohnung zu Abend gegessen. Verrückt. Und dann schwadronieren sie drauflos, und allein dafür hat sich der Kauf des Bildes gelohnt, daß sie eine gute Geschichte erzählen können. Vielen gefällt es hier übrigens so gut, daß sie immer wiederkommen. Die fühlen sich richtig wohl hier. Aber du nicht. Du sitzt da wie ein Reisender auf einem zugigen Bahngleis. Warum bist du gekommen?«

Claire setzte mit einem Ruck das Glas ab. Ohne auf die letzte Frage zu antworten, sagte sie: »Vielleicht ist alles nur zu ungewohnt, ich bin bürgerlich aufgewachsen.«

»Du bist bürgerlich aufgewachsen und sehr anständig bürgerlich verheiratet, wer weiß, vielleicht schaffst du noch irgendwann den Schritt ins Großbürgertum. Du mußt dich nur scheiden lassen und einen Senator heiraten oder einen Hamburger Reeder, einen adligen Privatbankier.«

»Warum dieser Spott? Was habe ich getan?«

Milo hob die Schultern. In seinem Gesicht zuckte es. »Es gefällt dir nicht bei mir, das hast du mir getan. Ich erlaube mir, beleidigt zu sein.« Er lachte plötzlich. »Es ist nicht wichtig. Wirklich.« Er stand auf. »Ich bring' dich bis zu deinem Wagen. Es ist zu dunkel hier. Zu finster. Ich wette, du warst noch nie im Veddel. Frauen wie du verirren sich selten allein in diese Gegend.«

Claire ließ sich von ihm den Mantel umhängen. Milo plauderte und spielte den lockeren Gastgeber. Er suchte dann eine Weile nach dem Schlüsselbund, und als er es gefunden hatte, strich er einmal flüchtig mit der Hand über ihr Haar, sagte: »Okay?« und öffnete die Tür.

Claire nickte stumm.

Als sie neben ihm im Lift stand und sie schweigend auf diesen kleinen Lichtknopf starrten, sagte sie: »Du schickst mich also weg.«

Milo lachte bitter. »Ich schicke dich weg!«

Der Fahrstuhl setzte mit einem heftigen Rucken im Erdgeschoß auf, Milo stieß für sie die Tür auf, gemeinsam gingen sie die Eisenstufen hinunter. Er brachte sie zum Auto, wartete, bis sie eingestiegen war, schlug sanft die Tür zu. Sie kurbelte das Fenster herunter. Sein Gesicht war nur ganz schwach zu sehen. Sie konnte nicht einmal ausmachen, ob er lächelte. »Hätte ich besser nicht kommen sollen?« fragte sie. »Was habe ich falsch gemacht?«

Milo legte seinen Zeigefinger auf ihre Lippen.

»Nicht immer so komische Fragen stellen«, sagte er sanft. »Fahr vorsichtig. Die Straßen sind naß.«

Claire nickte. Sie steckte den Schlüssel ins Zündschloß, konnte sich aber ganz plötzlich nicht entschließen, den Motor zu starten.

Milo hatte seine Hände auf das Wagendach gestützt und wartete. Es schien Claire, daß er es kaum abwarten konnte, bis sie losfuhr. Sie steckte den Kopf aus dem Fenster. »War das alles?« fragte sie leise.

»Was?«

»Das Abendessen neulich und dann dies heute abend. Ich frage nur: War das alles? Ich würde mich gerne darauf einstellen.«

Milo lachte. »Ach! Madame möchte sich einstellen! Klar. Der hanseatische Durchblick. Die gläserne Zukunft. Ach, irgendwie beneide ich dich.« Er neigte seinen Kopf, um sie zu küssen.

»Warum lachst du?« fragte Claire irritiert. Sie hatte sich über seine Antwort geärgert. Es war eine typische arrogante Machoantwort, fand sie, auf ihre klare, sehr berechtigte Frage.

»Ich lache, weil ich mich über dich freue. Du denkst, du mußt immer alles im Griff haben, nicht wahr? Das denkst du doch.«

Milo klopfte auf das Wagendach, wie man einem Gaul einen aufmunternden Klaps gibt, und trat zwei Schritte zurück. Claire ließ den Motor an. Sie gab Gas, ohne Milo zurückzuwinken. Der Motor heulte auf. Sie schaute nicht einmal in den Rückspiegel. Sie fuhr auch nicht vorsichtig.

Sie war wütend. So wütend, daß sie nicht einmal Lust hatte, wegen der Katze, die plötzlich unter einem parkenden Laster hervorkam und in langen Sprüngen über die Straße hetzte, zu bremsen.

»Verdammte Katze«, murmelte sie. »Verdammter Milo.« Im Rückspiegel sah sie, daß die Katze eben noch entkommen war.

Am nächsten Tag kam Achim zurück. Er war von einer ansteckenden Fröhlichkeit wie lange nicht. Stürmisch nahm er Claire in die Arme, küßte sie, als seien sie wochenlang getrennt gewesen, hielt sie auf Armeslänge von sich, als wolle er sich überzeugen, daß sie immer noch genau so schön und begehrenswert sei wie vor drei Tagen, als er sie verlassen hatte. Er klopfte vielsagend auf seine Brusttasche. »Hier steckt ein Millionenauftrag«, sagte er stolz, »so gut wie unterschriftsreif. Wir kriegen wahrscheinlich auch das Budget für die Tenniskollektion.«

»Wissen es deine Leute schon?« fragte Claire, während sie sich vor dem Garderobenspiegel die Lippen nachzog. Achim schaute ihr über die Schulter, er zwinkerte ihrem Spiegelbild zu. »Das spar' ich mir für morgen auf. Für das Meeting um elf. Großer Auftritt Achim Westhoff. Freut mich, die Gesichter der Kollegen zu sehen, die in der letzten Zeit rumgenörgelt haben, daß ich keine neuen Aufträge ranschaffe. Ich gehöre eben nicht zu den Leuten, die kleckern, sondern zu denen, die klotzen. Wie ich sehe, möchtest du von mir zum Abendessen eingeladen werden. Wo haben wir einen Tisch bestellt?«

»Wir«, sagte Claire amüsiert, »haben im ›Giardino‹ einen Tisch bestellt.«

Achim rieb sich die Hände. »In Ordnung. Ich hab' einen

Bärenhunger. Hab' ich mir ja auch verdient. Soll ich mich noch einmal umziehen, oder nimmst du mich so mit?«

Er schaute Claire mit geneigtem Kopf beifallheischend an.

»Ich nehme dich so mit«, sagte Claire. Achim riß die Wohnungstür auf und ließ ihr galant, mit einer übertriebenen Verbeugung, den Vortritt.

Achim gehörte zu jenen Männern, denen man Erfolg oder Mißerfolg im Beruf geradezu am Gesicht und am Gang ablesen konnte. Das hatte Claire, die sich ihr Leben lang um eine gleichbleibende Stimmungslage bemühte, immer fasziniert. Früher hatte sie geglaubt, daß nur Frauen gefühlsbetont wären, emotional reagierten. Aber später im Beruf merkte sie, daß die Stimmung der meisten Männer direkt von der Stimmung in ihrem Berufsalltag abhängig waren. Nach einem erfolgreichen Tag hatten sie auf alles Lust. Besonders auf Sex. Hatte sich das Blatt gewendet, tranken sie ihr Pils lieber allein an der Bar.

Wenn Achim sich in einer beruflichen Erfolgsphase befand, bewegte er sich leichtfüßig durch den Tag, sein Gang bekam etwas Federndes, nahezu Tänzelndes, er ließ das Jakkett offen und eilte durch die Einkaufspassagen des Stadtviertels, kaufte einer Blumenfrau die letzten Blumensträuße ab und blieb für ein paar Augenblicke sogar in dem Kreis der Zuschauer, die eine Straßenmusikantengruppe mit rhythmischem Klatschen begleiteten. Seine Armbewegungen wurden groß und ausladend, überhaupt bekamen seine Gesten etwas Umschlingendes. Eine Verwandlung, die Claire immer wieder in Staunen versetzte. Aber sie sprach nie mit Achim darüber, sie hatte Angst, es würde ihn verletzen. Vielleicht wußte er es selber ja gar nicht, daß er so ohne Geheimnisse war, ohne irgendein Mysterium. Achim verbarg weder seine Niederlagen, noch dämpfte er seine Triumphe. Das hatte Claire immer gefallen.

Es gefiel ihr auch an diesem Abend. Jedenfalls war ihr diese aufgeräumte Stimmung, in der er erzählte, Wein bestellte, zu viel und zu schnell die Hummerravioli aß, zu laut nach dem Kellner lief, lieber als das dumpfe Schweigen von vor ein paar Tagen, diese lauernde Wortlosigkeit, mit der sie nebeneinander im Bett gelegen und sich später am Frühstückstisch gegenübergesessen hatten.

Achim legte die Gabel hin, lehnte sich zurück, neigte den Kopf, lächelte und sagte, satt, mit sich und der Welt zufrieden und glücklich: »Soviel von mir. Und jetzt zu dir. Du hast den ganzen Abend noch keine zehn Worte gesagt.«

Claire lachte. »Ich hatte ja keine Chance.«

»Weil ich immerzu geredet habe. Ich weiß, aber ich war so angefüllt, ich hab' mich einfach gefreut, verstehst du? Nach dieser Pleite mit der Zigarettenkampagne ...«

»Versteh' ich doch. Ich freu' mich ja auch.«

Achim nahm das Weinglas in die Hand, ohne zu trinken. »Tust du das wirklich?« Das Lächeln erlosch. Sein Gesicht nahm wieder diesen Ausdruck an, den Claire so schlecht ertrug. Den Ausdruck von Besorgnis und Angst. Ja, Angst, dachte Claire. Etwas zog sich in ihr zusammen.

»Wenn es dir gutgeht, geht es mir auch gut, das weißt du doch«, sagte Claire, »wir sind Partner.«

Achim nickte nachdenklich. »Ja, das stimmt. Das haben wir immer gesagt. Wir sind nicht nur Verliebte, nicht nur einfach Mann und Frau, sondern Partner. Weißt du noch, wie wir uns geschworen haben, daß wir uns immer beistehen? Weißt du das noch?« Er lachte kurz, trocken. Es klang ein bißchen bitter. »Wie zwei Kinder, die Indianer spielen. Bloß ohne den Blutstropfen.«

»Aber dafür mit einem langen Kuß«, sagte Claire.

Achim schaute sie an, ein kleines Glimmen in der Iris.

»Daran erinnerst du dich noch?«

»Warum sollte ich das vergessen haben?«

»Ich weiß nicht. Mit der Zeit geraten einige Dinge in Vergessenheit, oder nicht?« Er atmete tief durch, schaute sich um, als wollte er auf andere Gedanken kommen. Er blickte der Kellnerin nach, einem jungen, sehr langbeinigen Mädchen in einem äußerst kurzen Kleid. Er imitierte den Blick des kennerischen Machos und lachte über sich selbst. »Und jetzt das berühmte Giardino-Dessert. Mit zwei Löffeln wie immer?« Dann beugte er sich vor, nahm Claires Hände, schaute ihr in die Augen und sagte: »Du siehst müde aus, Klärchen.«

Claire schloß die Augen, sie zählte bis drei. Nahm die Serviette, faltete sie auseinander und wieder zusammen. Sehr langsam. Dann legte sie die Serviette neben den Teller und sagte: »Ich seh' immer müde aus, Achim, wenn wir zusammen sind. Das ist das Problem.«

Sie sagte es weder besonders laut noch besonders vorwurfsvoll, sie hatte eher das Gefühl, daß sie diesen Satz ganz ohne Betonung ausgesprochen hatte. Sie lächelte sogar. Jedenfalls ein kleines bißchen.

»Was ist los?« fragte Achim leise. Seine Stimme verriet das Aufkeimen von Panik. Claire lachte. Sie sah sich nach dem Kellner um, warf einen Blick durch das ganze Lokal, als interessiere sie sich auf einmal ganz brennend für die Leute, die an den Nebentischen saßen.

»Claire!«

»Ja?«

»Was ist los?«

»Nichts«, sagte Claire, als sie sicher war, daß der Kellner ihren Wink verstanden hatte. »Nichts. Überhaupt nichts.« Als der Kellner an den Tisch kam, war sie es, die den Dessertteller bestellte.

In dieser Nacht wollte Achim mit ihr schlafen. Sie lagen nebeneinander im Bett. Achim streichelte mit der rechten Hand ihren Bauch. »Wann haben wir eigentlich das letzte Mal so richtig toll miteinander geschlafen?« fragte Achim.

»Meinst du, wann wir das letzte Mal miteinander geschlafen haben – oder wann wir so richtig toll miteinander geschlafen haben?«

Achim richtete sich halb auf und schaute sie an.

»Ist das nicht bei uns ein und dasselbe?« fragte er.

Claire wich seinem Blick aus. Sie tat, als überlege sie, dabei wußte sie es ganz genau. Sie hatten mindestens vier Wochen nicht mehr miteinander geschlafen. Jedenfalls nicht seit dieser Nacht, als sie mit Milo unterwegs gewesen war. Seit dieser Nacht waren sie immer sehr vorsichtig, sehr behutsam im Bett miteinander umgegangen, hatten darauf geachtet, einander nicht zu belästigen, nicht unvorbereitet zu berühren, hatten sich aber dennoch in stillem Einverständnis immer in den Arm genommen zum Gutenachtkuß und wieder in den Arm genommen zum Gutenmorgenkuß. Claire hatte vergessen, wie schwer seine Hand war, wenn sie auf ihrem Bauch lag.

»So eine lange Pause haben wir noch nie eingelegt.«

Achim schob die Daunendecke bis zum Bauch zurück und betrachtete sie. Claire schloß die Augen, weil sie immer die Augen geschlossen hatte, wenn er sie so anschaute.

»Dabei schlafe ich so rasend gern mit dir«, murmelte er, »ich weiß nicht, ob du es ahnst. Natürlich ahnst du es: Mit keiner Frau war es so wie mit dir.«

Claire lächelte. Sie rollte sich zur Seite, so daß ihr Gesicht ganz nah an seinem Gesicht war. Mit geschlossenen Augen küßten sie sich.

»Als wir geheiratet haben«, murmelte Achim zwischen den Küssen, »habe ich gedacht, wir würden fortan jede Nacht miteinander schlafen. Bis wir alt und grau sind. Ich konnte mir überhaupt nicht vorstellen, daß man neben dir einfach einschläft.«

»Aber inzwischen kannst du das sehr gut«, sagte Claire.

»Ich weiß. Entschuldige bitte. Hast du es sehr vermißt?«

Statt einer Antwort strich Claire über seine Stirn, als wollte sie die nachdenklichen Falten glätten. Achim küßte ihre Brüste. »Ich werde das nachholen, wir werden alles nachholen.«

Das Ticket kam zwei Tage später mit der Post, in einem Umschlag, auf dem »Persönlich Vertraulich« stand. Marion legte den Briefumschlag mit spitzen Fingern auf Claires Schreibtisch und warf ihr im Hinausgehen noch einen vorwurfsvollen Blick zu. Gerade als Claire das Ticket aus dem Umschlag nahm und geschmeichelt entdeckte, daß man ihr First class geschickt hatte, rief Marion: »Telefon auf der zweiten Leitung! Nehmen Sie ab?«

»Wer?« fragte Claire.

»Jemand, der sich mit Milo gemeldet hat.«

Claire ließ das Ticket sinken. Sie schaute das Telefon an. Das Knöpfchen A2 blinkte. Sie nahm den Hörer und drückte den Klopf. Stumm wartete sie.

»Hallo?« Eine zögernde Pause. »Stör' ich?«

»Nein, nicht wirklich.«

»Hast du gerade eine Besprechung oder so etwas?«

»Das hätte dir meine Sekretärin gesagt.«

»Klar. Stimmt. Natürlich. Sie hat gleich durchgestellt. Hat nur gesagt: Moment mal.«

»Ist ja auch in Ordnung.« Claire lehnte sich zurück und schaute auf das Bild mit dem Hafenmotiv.

Sie wartete.

Milo wartete auch.

Eine Weile hörte man nur das leise Knacken in der Leitung, und einmal hatte Claire das Gefühl, Stimmen zu hören, als telefonierte Milo aus einem öffentlichen Raum. Aber dann hörte sie gleich wieder nichts mehr. Vielleicht hatte er auch nur das Radio ausgestellt.

Schließlich hielt Claire das Schweigen nicht mehr aus.

»Wo bist du?« fragte sie.

»Bei mir zu Hause.« Milo machte wieder eine lange Pause. »Ich war in Genf. Ich bin gestern abend wiedergekommen. Ich wollte dich zu Hause anrufen, aber dann habe ich gedacht: besser nicht.«

Pause.

»Oder hätte ich ruhig anrufen können?« fragte Milo.

»Kommt drauf an, was du gesagt hättest.«

»Ich hätte das gleiche gesagt, was ich dir jetzt sage und was ich dir auch schon vor drei Wochen gesagt habe, als du mir aber nicht richtig zugehört hast oder nicht zuhören wolltest.«

»Vier Wochen«, unterbrach Claire. »Es sind genau vier Wochen her.« Sie lächelte plötzlich. Den Hörer zwischen Hals und Schulter, lauschte sie seinem Atem. Sie versuchte sich vorzustellen, wie er aussah, aber es gelang ihr nicht.

»Ich hab' Sehnsucht nach dir«, sagte Milo. »Komm doch einfach her. Was soll der Unsinn. Wir haben doch beide Sehnsucht. Worauf warten wir noch? Daß es Sternschnuppen regnet? Daß es wieder Frühling wird? Worauf? Kannst du mir das verraten?«

Claire umschloß den Hörer mit beiden Händen. Sie saß da, umklammerte den Hörer, lächelte und schwieg.

»Soll ich dich abholen?« fragte Milo. »Ich kann in zwanzig Minuten da sein. Ich warte vor dem Haupteingang. Aber ich kann auch in die Halle kommen. Wir können uns in der Halle treffen.«

»Das geht nicht!« rief Claire erschrocken. Im gleichen Augenblick sah sie, daß Marion neugierig um die Ecke sah. Sie setzte sich zurecht, räusperte sich und sagte ruhig: »Auf keinen Fall in der Halle. Ich habe mindestens noch bis sieben zu tun.«

»Gut. Sieben Uhr. Wo soll ich dich abholen?«

»Ich weiß nicht«, sagte Claire matt. Sie nahm den kleinen, runden Kieselstein mit den dunkelblauen Lapislazuli-Sprengseln, den Achim ihr einmal von einer Bergtour mitgebracht hatte, umschloß ihn mit den Fingern. Der Stein war glatt und kühl. Ein Glücksbringer, hatte Achim gesagt, ich habe ihn unter Lebensgefahr unter einem Wasserfall aus dem Bachbett gefischt, ich habe mich an einer Föhre festgehalten, ohne zu sehen, daß die Wurzeln der Föhre bereits in der Luft hingen. Vielleicht ist es ein Lapislazuli. Andere Männer kaufen beim Juwelier einen Lapislazuli für die Frau ihres Herzens, aber ich fische ihn aus einem Wasserfall...

»Ich parke auf der anderen Seite, bei den Bäumen. Wenn es nicht anders geht, in der zweiten Reihe. Bitte, warte nicht, bis sie mich abschleppen, nein? Sei pünktlich.«

»Milo... warte...« Sie lauschte. »Bist du noch da?«

»Ja.«

»Milo... wir sollten es besser verschieben. Ein anderes Mal. Ich glaube, ich bin heute zu müde..., ich glaube, es geht nicht... Ich bin darauf nicht vorbereitet.« Ihre Finger spielten mit dem Stein. »Es wäre wirklich besser, wir würden es verschieben.«

Milo zögerte. Sie spürte, daß er nachdachte. »Warum?«

»Ich weiß es nicht. Ich kann es nicht sagen. Bitte, frag nicht.«

»Warum?« Er ließ nicht locker. Sie hätte damit rechnen müssen. Sie könnte ihm sagen, daß Achim und sie letzte Nacht miteinander geschlafen haben und daß es schön gewesen war.

Daß sie nichts vermißt hatte, fast nichts. Was wollte sie eigentlich? Einfach einmal einen fremden Körper riechen? Eine andere Haut spüren? Andere Worte hören, andere Hände auf ihrem Körper? Wollte sie erobert werden? O Gott, wie kitschig. Achim und sie hatten gestern nacht miteinander geschlafen, und es war schön, verdammt noch mal. Er würde es nicht verstehen, wenn sie ausgerechnet heute abend nicht nach Hause käme. Es wäre gemein, und Achim hat Gemeinheit nicht verdient.

»Claire?« Zum ersten Mal sprach Milo ihren Namen aus. Es hörte sich gut an, dieses »Claire«. Ganz neu und fremd und aufregend aus seinem Mund. Ja, er machte sie zu einer neuen Frau. Zu einer anderen, fremden Person. Durch ihn wurde sie sich auf einmal selber interessant. Das ist das ganze Geheimnis. Sie entdeckte sich durch seine Augen und seine Stimme wieder neu...

»Claire? Was ist los?«

Erst als sie auf der gegenüberliegenden Hauswand die Umrisse eines erleuchteten Fensters im Stockwerk über ihr sah, wurde ihr bewußt, daß sie die ganze Zeit mit geschlossenen Augen dagesessen hatte. »Warum hast du nicht gestern angerufen?« fragte Claire. Es sollte kein Vorwurf sein, mehr eine Entschuldigung. Dennoch sagte sie: »Oder vorgestern, oder vorvorgestern. Warum ausgerechnet heute?«

Milo blieb stumm. Claire sah den Schattenumriß eines Menschen, der durch das Lichtviereck wanderte, einen Telefonhörer am Kopf. Sie verfolgte diesen Schattenmenschen, bis Milo plötzlich sagte: »Sieben Uhr. Unter den Bäumen. Heute. Verstehst du? HEUTE!« Er legte auf.

Er lehnte an seinem Wagen, den Mantelkragen hochgeschlagen. Er trug einen Hut, schwarz, weicher Filz, mit einer Krempe, die die Stirn verdeckte. Die Hände steckten in den Manteltaschen. Er schaute zu, wie sie versuchte, die Straße zu überqueren, ein endloser Strom von Autos, die bereits mit Licht fuhren – es wurde jetzt jeden Tag früher dunkel. Der Portier, in grauer Uniform und goldenen Litzen, sprach sie an, als sie am Bürgersteig stand und zu ihm rüberschaute. Claire lächelte, und er trat mitten auf die Straße und breitete die Arme aus und stoppte für sie den Verkehr.

»Zwei Minuten zu früh«, sagte er.

Claire errötete. »Ach ja? Dann geht meine Uhr falsch.«

»Deine innere Uhr geht richtiger«, sagte er. »Ich warte schon seit sechzehn Minuten. Die Autos umfahren mich wie eine Baustelle. Sie hupen, sie schimpfen, sie zeigen mir einen Vogel, aber ich stehe wie ein Fels in der Brandung. Zwei Minuten zu früh. Das finde ich wunderbar.« Er öffnete die Wagentür.

Auf dem Rücksitz lehnten zwei bauchige Tüten mit der Aufschrift eines Feinkostgeschäftes.

Milo stieg ein, nahm den Hut ab, rubbelte seine Haare, lehnte den Kopf zurück und schloß die Augen, während seine Hände das Steuerrad umschlossen.

»Ah«, sagte er zufrieden, »das ist gut.«

»Was ist gut?«

»Das Leben. Dieser Augenblick. Die Tatsache, daß ich dich angerufen habe und daß du gekommen bist. Daß ich dich sehe. Dein Lächeln. Deine Nase. Deine Augen. Ich habe ein bißchen für uns eingekauft. Ich dachte, wir essen bei mir. In Ordnung.?«

»Ich nehme an, daß es in Ordnung ist.«

Milo warf ihr einen forschenden Blick zu, dann lächelte er und fuhr los. Er gab ihr keinen Kuß, er legte nicht einmal seine Hand auf ihre Hände oder seinen Arm um ihre Schulter. Der Portier hob, als Milo in einem günstigen Augenblick auf der Straße wendete und am Hotelportal vorbeifuhr, seine Hand grüßend an die Mütze.

Claire hatte nicht einmal Zeit, zurückzuwinken, da hatte er sich schon in den Feierabendverkehr eingereiht.

»Hast du deinen Mann angerufen?« fragte Milo.

»Nein, warum?«

»Um ihm zu sagen, daß du heute nicht kommst.«

»Natürlich werde ich zu ihm gehen. Es ist mein Zuhause.«

Milo lachte – leise, amüsiert. Nicht immer dasselbe Spiel, Claire, das wird doch langweilig. Heute spielen wir ein anderes Spiel.

Er betätigte den Blinker, bog an der Kreuzung nach rechts. »Du mußt übrigens auch nicht anrufen. Es ist egal. Ich meine, es ist nicht wichtig. Dein Mann wird es sowieso erfahren, früher oder später.«

»Was wird er erfahren?«

Milo wischte mit dem Handrücken über die Fensterscheibe, die immer wieder beschlug. »Daß sich etwas geändert hat«, sagte er. »Nichts bleibt, wie es ist. Da ist das Leben.«

Claire schüttelte unwillig den Kopf. Sie wollte nicht hören, was Milo sagte. Sie wollte aber vor allen Dingen nicht daran glauben. Es ist nicht wahr, dachte sie, es hat sich ja gar nichts geändert. Es ist nichts passiert. Es wird auch nichts passieren. Es wird sich nichts ändern. Hab keine Angst, Achim.

Ich habe es in der Hand, dachte Claire, ich habe alles in der Hand. Ich werde Achim nicht unglücklich machen.

Und plötzlich erinnerte sie sich, wie sie einmal als kleines Mädchen mit einer Schachtel Streichhölzer durch das Haus gegangen war, von einem Zimmer zum anderen. In jedem Zimmer war sie stehengeblieben, hatte ein Streichholz aus der Schachtel genommen, es angezündet und die winzige Flamme ganz nah an die Gardine gehalten, Tupfentüll mit einer Troddelborte. Ganz nah, so daß ein winziger brauner Brandfleck entstand. Dann hatte sie hastig das Streichholz ausgepustet und war in den nächsten Raum weitergewandert, um das

Spiel zu wiederholen. So lange, bis kein einziges Streichholz mehr in der Schachtel war. Als wenig später ihre Mutter zurückkam (Claire konnte sich nicht erinnern, wo ihre Mutter gewesen war, vielleicht nur in der Waschküche.) und argwöhnisch fragte: »Was hast du gemacht, Mäuschen?«, da hatte sie ihre Mutter angeschaut und ganz ernst gesagt: »Ich bin nicht das Mäuschen. Ich bin die Katze.«

Die Lichter verschwammen immer mehr auf der Windschutzscheibe, der Regen prasselte herunter, man konnte kaum etwas erkennen.

Claire beugte sich an Milo vorbei und schaltete die Scheibenwischer ein. Sofort wurde das Bild wieder klar, eine glänzende Asphaltstraße, eine Wasserrinne, die die Bordsteine entlanglief, Peitschenlampen, eine Tankstelle. Milo tat, als habe er es nicht bemerkt.

Er hatte ein neues Bett gekauft. Morgens sei er in den Möbelladen gegangen, am gleichen Abend habe man es geliefert, und nun schlief er schon seit zwei Tagen darin. Ein breites Bett, sagte er, der Verkäufer habe ihm das Modell empfohlen, das zwar teuer, aber eben besonders beliebt sei. Strapazierfähig – dabei lachte Milo wie ein Junge –, wie der Verkäufer wohl darauf kam, daß ausgerechnet er, der brave Junggeselle, ein strapazierfähiges Bett brauchte. Außerdem sei es vielseitig verstellbar, Fußteil und Kopfteil und in der Mitte auch noch irgendwie, aber das habe er noch nicht herausgefunden, natürlich passen die Laken jetzt nicht mehr, aber im Kofferraum sei ein Wäschepaket, das müßten sie nachher mit raufnehmen.

Er sprach über dieses Bett, als habe er eine Entscheidung getroffen, die seinem Leben eine überraschende Wende geben könnte. Er wirkte irgendwie aufgeregt.

»Dabei«, sagte er, »konnte ich auch mein altes Bett am

Kopfteil verstellen, ich konnte aufrecht darin sitzen, aber das habe ich dem Verkäufer nicht gesagt, um ihn nicht zu entmutigen. Er war so stolz auf die neue Erfindung.«

»Dein Bett hat ausgesehen wie ein Krankenhausbett.«

Milo lachte. »Richtig geraten, schöne Frau. Es ist ein Bett mit Geschichte. Es stammt aus der Psychiatrischen Klinik in Schwerin. Man hat das Krankenhaus aufgelöst, weil es sonst wahrscheinlich eingestürzt wäre, und das Inventar verschenkt und verscherbelt. Es hat, glaube ich, auch eine Versteigerung gegeben. Aber die Betten aus der psychiatrischen Abteilung, die wollte offenbar niemand haben. Man hat es mir geradezu aufgedrängt.« Er nahm beide Hände vom Steuer und fuhr sich durch die Haare. »Ich bin ganz zufällig dort am Krankenhaus vorbeigekommen, ich war mit einem Kunstkritiker verabredet. Einem der wenigen aus der DDR, die sich zu der Zeit in moderner Kunst auskannten. Die Betten standen auf der Straße, vor diesem verfallenen Gebäude. Ich bin ausgestiegen und habe sie mir angeschaut. Ich weiß nicht, ich war berührt. Ich hab' so lange dagestanden, bis plötzlich einer zu mir gekommen ist und gesagt hat: Wollen Sie es haben? Ich schenke es Ihnen. Ich habe gesagt: Das kann ich nicht annehmen. Wieso nicht? hat der Mann gefragt. Es ist zu schön, habe ich gesagt. Da hat der Mann einen Lachanfall bekommen und mich umarmt.«

»Erwartest du, daß ich die Geschichte glaube?« fragte Claire. Milo warf ihr einen schnellen Blick zu. »Nein, nein. Ich nehme an, ich erwarte das nicht. Das ist auch nicht wichtig. Ich wollte es nur erzählen. Ich wollte eigentlich nur erzählen, daß ich ein Jahr lang in dem Bett sehr gut geschlafen habe, wirklich, sehr gut. Ich habe nie vorher so schöne Träume gehabt. Ich glaube, es waren die Träume der kranken Seelen, die vorher in dem Bett gelegen haben. Wußtest du, daß Schizophrene eine schöne Phantasie haben? Eine wunderschöne

Innenwelt, voller Farben und Musik? Hast du das gewußt?«

Claire schüttelte den Kopf. »Ich kann mir nicht vorstellen, daß diese Leute schöne Bilder sehen. Eher etwas Gräßliches, Fratzen, Monster.«

»Du hast zu viele Hollywoodfilme über außerirdische Wesen gesehen und daraus die falschen Schlüsse gezogen. Aber das macht nichts. So bist du nun einmal. Jetzt gibt es ja auch ein anderes Bett. Ohne Eisenstäbe. Man kann einfach hinausfallen. Das ist das einzige Problem.«

Claire lachte. »Und? Bist du schon einmal hinausgefallen?«

»Nein. Aber ich habe ja auch keine Turnübungen darin gemacht. Übrigens hat der Verkäufer gesagt, die Matratze sei atmungsaktiv und deshalb sehr gesund. Warum sagst du nichts?«

»Ich habe eben darüber nachgedacht, warum ich überhaupt in diesem Auto sitze. Ich habe keine Lust auf Turnübungen. Ich möchte aussteigen. Könntest du bitte am nächsten Taxistand halten?«

Milo bremste so scharf, daß hinter ihm die Autos in ein wütendes Hupkonzert fielen. Milo fuhr an den Straßenrand, kurbelte das Fenster herunter und winkte die Autos ungeduldig vorbei. Dann wandte er sich ihr zu.

»Habe ich etwas gesagt, was dich beleidigt hat? Das tut mir leid. Das wollte ich nicht. Ich mache anscheinend unentwegt Fehler.« Seine Stimme war sanft. Traurig.

»Es liegt an mir«, antworte Claire schwach. Wenn sie jetzt ausstiege, würde sie Milo nie wiedersehen. Und das war undenkbar.

Milo studierte aufmerksam ihr Gesicht. »Wir haben es ohnehin nicht in der Hand«, sagte er sanft. Ohne ihr Einverständnis abzuwarten, fuhr er weiter. Sie hätte sich gewünscht, daß er sie in diesem Augenblick geküßt hätte. Aber er berührte sie nicht – weder als sie vor seiner Wohnung ausstiegen noch in dem engen Lift. Vorsichtshalber ließ er sie im Treppenhaus warten. Sie hörte, wie er durch den Raum ging, seine Gummisohlen machten leise quietschende Geräusche auf dem Holzfußboden, einmal fluchte er, dann verfiel er in ein murmelndes Selbstgespräch. Claire lehnte am Treppengeländer und wartete. Sie hielt die Papiertüte fest. Ich habe uns etwas zu essen gekauft, hatte Milo gesagt, lauter Sachen in Aspik. Die sahen so witzig aus. Kleine Fische und geschnitzte Möhrchen und Oliven, sehr witzig. Ich hoffe, es schmeckt nach irgend etwas. Aber wenn nicht, sieht es wenigstens lustig aus. Auch etwas vom Kalbskopf. Aber keine Angst: Man sieht den Kopf nicht mehr. Das hätten sie nicht gewagt in diesen Zeiten, wo in jedem Deutschen ein Tierschützerherz schlägt.

»Okay, du kannst kommen.« Milo öffnete die Tür weit. Er lächelte. Es war ein stolzes Lächeln. »Ich habe alle Kerzen angezündet, die es in dieser Wohnung gibt. Keine Stasi-Beleuchtung heute.«

Er trug eine Opalschale auf einem bronzenen Fuß, der einen Drachen im Todeskampf darstellte, so jedenfalls schien es Claire. Trauben, durchsichtig wie Glas, und Pfirsiche, an denen noch Wassertropfen perlten. Claire mußte an das Bild des holländischen Meisters denken, das sie zusammen mit dem Belgier betrachtet hatte beim Warten auf den Fahrstuhl. »Es fehlt nur noch ein toter, ungerupfter Fasan«, sagte sie.

»Ich weiß, dafür bringe ich dir einen Fisch. Aber erst Musik. Magst du Orgelmusik? In diesem Raum klingt sie besser als im Kölner Dom.«

»Händel«, rief er, irgendwo am Plattenspieler oder Kassettenrekorder hantierend, »Louis Spohr und Wagenseil. Die haben meisterliche Kompositionen für die Harfe geschaffen.«

Die ersten Akkorde erklangen. Klare, helle, sehr hohe Töne, die in dem riesigen Raum nachhallten.

Milo balanciert eine Platte voller Aspikwürfel – kleine silberne Fische waren darin eingeschlossen, mit Augen aus Perlzwiebeln und einem Petersilienzweig im Mund, so wie eingefroren im ewigen Eis, auf einem Bett aus Schnittlauch und zu Blüten geschnitzten Möhrenscheibchen.

»Schön, nicht?« sagte Milo strahlend. »Sie wollten es in dem Laden nur für das Schaufenster, als Dekoration. Aber ich habe gefragt: Kann man das essen? Sie mußten in der Küche nachfragen, der Koch ist extra herausgekommen, ich habe gesehen, daß er sich für den komischen Kunden eine frische Schürze umgebunden hat. Er hat mir die Hand geschüttelt und gesagt: Aber selbstverständlich können Sie die Fische essen. Alles, vom Kopf bis zum Schwanz. Es sind Sprotten. Das Gelee ist aus Fischsud, alles ganz frisch.« Er klatsche in die Hände und betrachtete seinen gedeckten Tisch mit den Augen eines Kindes, das vor dem Gabentisch steht. »Warum setzt du dich nicht«, sagte er. »Warum stehst du immer noch, anstatt dich zu entspannen? Von nun an gibt es keine Außenwelt mehr. Nichts. Wir zwei können uns heute nacht einbilden, die letzten Überlebenden auf diesem Planeten zu sein. Was tun die letzten zwei Überlebenden am Rande der Galaxis? Was glaubst du?«

Wie zum Spott klingelte in diesem Augenblick das Telefon. Claire war fast erleichtert, daß es funktionierte. Sie wartete, aber Milo machte keine Anstalten aufzustehen. Das Telefon klingelte unaufhörlich.

»Willst du nicht abnehmen?« fragte Claire.

Milo schaute sie an. »Es stört dich«, stellte er überrascht fest, erhob sich und verschwand. Als er zurückkam, hielt er das Telefon in der Hand – mit durchgeschnittener Schnur. »Nun stört es dich nicht mehr.«

Milo schenkte Wein ein. »Wir trinken auf das Leben, das so kurz ist«, sagte er, »wir trinken auf die Tage, die unwiederholbar sind, wir trinken auf die Chance, die es kein zweites Mal gibt, auf den Zufall. Auf das Schicksal. Und das freudige Erzittern der Seele in dem Augenblick, wo zwei Leben sich an einem entfernten Punkt auf einmal begegnen.«

Claire lachte verwirrt. »Das war aber ein poetischer Trinkspruch.«

»Es ist nicht so sehr die Poesie, die wichtig ist, sondern daß du aufhörst, an deinen Alltag zu denken«, sagte Milo. »Trink bitte, der Wein ist gut. Beser als bei dem Portugiesen. Viel besser.«

Und Claire trank.

Milo bewirtete sie mit ausgesuchter Höflichkeit, er war aufmerksam, sanft, zärtlich, obschon er sie nicht ein einziges Mal berührte und nichts sagte, was zu intim oder zu anzüglich gewesen wäre. Er schien ihre Unsicherheit zu spüren, ihr Unbehagen, er tat nichts dagegen, er war nur freundlich und ließ immer eine neue Harfe aufspielen, das fand Claire sehr komisch. Diese Harfenmusik. Sie fragte sich plötzlich, wohin er das Bett aus der Psychiatrie geräumt hatte. Wenn Milo ihr Wein nachschenkte, ging er um den Tisch herum, stellte sich hinter sie und schenkte ihr über ihre rechte Schulter aus der Flasche nach, und dabei berührte er sie nicht einmal mit dem Zipfel seiner Jacke. Beinahe war das schon ein Kunststück, wie er es schaffte, sie niemals zu berühren, weder die freie Stelle an ihrem Nacken noch ihr Arme, mit denen sie manchmal unerwartete Bewegungen ausführte, noch ihr Haar, das an diesem Abend vor elektrischer Spannung knisterte.

Einmal sagte Milo: »In deinem Haar tanzen Funken«, und sie erwiderte: »Das ist meine Art, einen Heiligenschein zu tragen.« Und die Harfentöne stiegen und tremolierten und zerbarsten. Auf ihrem Teller die zarten Gräten eines kleinen Fisches, der merkwürdigerweise wie ein Pilz geschmeckt hatte, der Kopf unangetastet. Milo lehnte sich zurück, den Kopf etwas geneigt, und sobald das Zucken in seinem Gesicht begann, tupfte er wie zufällig mit der Serviette den Mundwinkel. Er forderte sie immer wieder auf zu sprechen, bis Claire verstand, daß er etwas Ungewöhnliches, etwas Bizarres in ihrem Leben entdecken wollte, vielleicht etwas Krankes unter der gesunden Oberfläche – oder wenigstens etwas Verrücktes. Aber gerade, weil sie es in diesem Augenblick so verzweifelt wünschte, daß ihr Leben irgend etwas hergeben möchte, eine Anekdote, zumindest etwas, das ihn hell auflachen oder ganz ernst und aufmerksam sein lassen würde, gerade weil sie es wünschte, daß er ihre Erzählung spannend fände, wurde ihr um so klarer, daß es nichts Wirkliches zu erzählen gab. Daß es besser wäre, sie schwiege überhaupt. Besser vielleicht. Sie spielte die Sphinx, die geheimnisvolle Schweigerin. Immer wieder hatte es sie verblüfft, wie Menschen allein durch ihr Schweigen eine Aura gewannen, wie sie durch ihr Schweigen andere dazu brachten, sich besonders aufmerksam ihnen zuzuwenden.

Claire brach mitten in einem Satz, dessen Belanglosigkeit sich bitter auf ihre Zunge legte, ab, lächelte hilflos, hob die Schultern und sagte ganz ohne irgendeinen Zusammenhang: »Es tut mir leid.«

»Was?« fragte Milo sanft.

»Ich weiß es nicht. Es ist so dumm. Ich benehme mich so dumm. Ich wollte dir etwas Besonderes erzählen und merke auf einmal: Es gibt gar nichts Besonderes.«

»Du bist das Besondere«, sagte Milo.

Claire hob den Kopf. »Ich?« fragte sie amüsiert.

»Und du weißt es. Du weißt es die ganze Zeit.«

»Nein, ich weiß es nicht ... es stimmt ja auch gar nicht ...

obwohl...« Sie brach plötzlich ab. »Obwohl, wollte ich sagen, es schon stimmt, daß ich immer dachte: Man müßte etwas Besonderes sein.«

»Jeder Wille setzt Energie frei, das ist doch logisch. Wenn du dir ganz fest gewünscht hast, etwas Besonderes zu sein, hast du damit deinem Gehirn wahrscheinlich ein Signal gesendet, das wie ein elektrischer Strom ist.«

Claire lachte. »Professor Milo, Hobbypsychologe.«

Milo lächelte, und Claire fühlte im gleichen Augenblick, daß sie ihn verletzt hatte.

Diese kleinen Momente, in denen sie seine Verletztheit, seine Empfindlichkeit spürte, seine Dünnhäutigkeit, diese Augenblicke waren es, vor denen sie am meisten Angst hatte und die sie gleichzeitig ersehnte. Dann wünschte sie, er würde einfach kommen und sie hochziehen und in die Arme nehmen, in den Filmen geschah es immer genau in diesem Augenblick. Milo stand nicht auf. Claire fragte sich, wieviel Zeit schon vergangen war, seit sie in sein Auto gestiegen war, aber sie mochte nicht auf die Uhr schauen. Milo ließ sie keine Sekunde aus den Augen.

»Erzähl mir, was du geträumt hast, als du ein kleines Mädchen warst«, sagte er.

Claire überlegte. »Meine Träume hatten nie etwas mit mir zu tun. Es waren andere Träume, die von mir wegführten, glaube ich.«

»Von dir wegführten?«

»Ja. Meine Träume sind auf einem fliegenden Teppich gereist. Sie haben einen Turban aus Brokat getragen und Wasserpfeife geraucht.« Claire lachte. »Das sind komische Träume für ein kleines Mädchen, nicht?«

»Es gefällt mir. Erzähl weiter. Wo ist der Teppich gelandet? Oder ist er immer nur durch die Wolken gesegelt?«

»Natürlich ist er gelandet. Immer in der Wüste. Auf dem

Kamm einer safrangelben Sanddüne. Man konnte sogar noch die verwehten Spuren einer Kamelkarawane erkennen.«

»Und dann stand auf einmal Lawrence of Arabia vor dir, strahlte dich aus seinen azurblauen Augen an und führte dich in sein Beduinenzelt.«

Claire schüttelte amüsiert den Kopf. »Nein, nein, so war es nicht ... ich war ja noch viel zu klein, um von einem Mann zu träumen ... von der Liebe ... es hatte irgend etwas mit der Fata Morgana zu tun ... Mein Vater erzählte einmal die Geschichte. Eine Fata Morgana ist eine schöne Stadt, die plötzlich aus dem Nichts auftaucht, am Horizont einer endlosen, heißen Wüste. Man sieht eine Oase, ganz grün und silbern, Palmen, einen Brunnen, Ziegen und barfüßige Kinder, Wasser, in dem Flamingos spazieren. Man sieht das alles ganz genau. Man geht durch die Wüste auf die Oase zu, aber sie kommt nicht näher. Der Abstand bleibt immer gleich. Bis man entdeckt, daß es diese Oase, die Palmen, diese Flötenmusik gar nicht gibt.« Claire lächelte. »Alles nur Einbildung. Das hat mich als Kind furchtbar beschäftigt. Ich habe meine Stofftiere auf dem Regal gemustert und gedacht: Vielleicht existieren die gar nicht wirklich.«

»Kluges Mädchen«, sagte Milo zärtlich. »Vielleicht ist ja tatsächlich alles nur Einbildung, nur die Spiegelung irgendwelcher Seelenschwingungen, wer weiß. Vielleicht sind wir gar nicht wirklich, leibhaftig hier zusammen? Vielleicht existiert dein Körper nur in meiner Vorstellung? Und vielleicht ist unsere Liebe auch gar nicht real ...«

»Lieben wir uns denn?« fragte Claire. Ihre Stimme sollte sachlich klingen, ganz unsentimental, und sie merkte, daß es ihr gelungen war.

»Lieben wir uns etwa nicht?« fragte Milo. »Das wäre ja schrecklich. Alles umsonst.« Lachend zeigte er auf die Narzissen. »Ich habe sie extra einfliegen lassen für dich.«

»Das hast du schon einmal gesagt, und ich habe es nicht geglaubt.«

Sie schauten sich an, als versuchten sie, die Gefühle des anderen zu ergründen. Seine Ehrlichkeit. Die Stärke seiner Empfindungen.

Es ging nicht.

»Ich würde dich so gerne anfassen«, sagte Milo.

»Und warum tust du es nicht?«

»Weil du von Kopf bis Fuß verpackt bist. Ich möchte ja nicht irgendein Textil fühlen, sondern deine Haut.« Claire streckte ihre Hände über den Tisch. Aber Milo schüttelte den Kopf. »Nicht deine Hände. Die faßt jeder Dummkopf an. Dein Zahnarzt, dein Chef, deine Sekretärin, was weiß ich. Ich möchte die weiche Haut in deinen Achselhöhlen streicheln.« Er lächelte. »Und zwar ohne deinen Mann um Erlaubnis zu bitten. Jetzt sofort. Jetzt gleich.«

Warum, verdammt noch mal, erinnert er mich in diesem Augenblick an Achim, dachte Claire. Warum tut er das? Milo kam auf sie zu. Sie erhob sich und wartete.

Ich hab' das nicht gewollt. Ich dachte, ich hätte die Sache besser im Griff. Achim, verzeih mir ...

Milo nahm sie in die Arme, und sie ließ ihren Kopf an seine Brust sinken und drängte sich an ihn, als wolle sie in ihn hineinkriechen. Er riecht gut, dachte sie, er fühlt sich gut an, es ist gut in seinen Armen.

Er faßte ihren Arm und führte sie quer durch den Raum. Claire folgte auf Strümpfen.

Milo nahm im Vorbeigehen den Kerzenleuchter vom Tisch. Die Flammen flackerten im Windzug, eine erlosch. Im Gehen knöpfte sie die Bluse auf.

Claire hätte gern im Gehen die Strümpfe ausgezogen, aber sie wußte nicht, wie sie es bewerkstelligen sollte, da er sie so fest an der Hand hielt. Sie wäre gern wie durch einen Zaubertrick plötzlich nackt gewesen. Es hätte sie gereizt, sein Erstaunen zu sehen. Das Erschrecken oder die Freude. Ein jähes Wechselspiel in seinem Gesicht, ein Aufflackern seiner Augen. Sie hätte ihn so gerne mit irgendwas überrascht. Etwas Sinnlichem. Daran, daß ihr, während sie ihm auf Strümpfen durch diesen endlosen Raum folgte, nichts einfiel, merkte sie plötzlich, wie banal ihr Leben bislang gewesen war. Wie phantasielos.

Hinter der spanischen Wand stellte Milo den Leuchter auf den Boden und hob Claire hoch. Er faßte sie unter ihre Arme, küßte die bloße Haut zwischen ihren Brüsten und trug sie zum Bett. Er trat einen Schritt zurück und schaute sie an.

»Claire in Milos neuem Bett, die erste«, sagte er. »Klappe.«
Claire ließ sich zurückfallen und zog seinen Kopf an ihre Brust.

Am Ende lagen sie da, verrenkt wie hingeworfene Gliederpuppen, sein Gesicht in ihrer Handfläche, sein Atem streichelte die empfindsamen Nerven zwischen den Fingern, ihre Lippen klebten an seiner Haut. Sie waren verstummt. Erschöpft lagen sie da, das Kerzenlicht flackerte, sie spürte einen kalten Lufthauch an der Schulter.

Claire lächelte. Dann seufzte sie.

»Ja?« murmelte Milo in ihre Handfläche.

»Nichts«, flüsterte Claire. »Alles ist gut.«

»Alles?«

»Ja. Alles.«

»Der Kopf, das kleine Herz, die Seele, der Bauch, die Beine, der schöne Busen, alles fühlt sich gut an?« murmelte Milo.

»Alles. Ich habe mich noch nie so wohl gefühlt wie jetzt. So leicht. Setzt manchmal die Schwerkraft aus?«

»Natürlich. Der Tod verliert seinen Schrecken im Augenblick der höchsten Lust.«

»Ich habe nicht an den Tod gedacht, Milo.«

Er hob den Kopf. Er schaute sie an. Sein Gesicht war weich, zärtlich, zufrieden. »Ich denke immer daran«, sagte er.

»Aber warum?«

Milo lachte leise. Er rieb seine Nase an ihrer Brust. »Zieh lieber einen BH an, wenn du nach London fährst. Ich möchte nicht, daß all die Männer, die du da triffst, den Verstand verlieren. Du hast wunderschöne Brüste.«

Claire richtete sich auf. »Woher weißt du, daß ich nach London fahre?«

»Ich weiß es ja gar nicht wirklich. Es war nur so eine Vermutung. Fährst du denn?«

»Ich habe mich noch nicht entschieden. Ich weiß überhaupt nicht... Milo! Bitte, rede mit mir! Hör auf, mich zu küssen!«

»Aber warum? Mir macht es Spaß, und dir gefällt es doch auch.«

»Ich möchte das erst klären!«

»Was? Irgend etwas ist immer zu klären. Wenn wir uns erst darauf einlassen! Du hast einen so schönen Rücken. Mein Vater hätte dich auf der Stelle als Aktmodell engagiert.« Milo bog ihren Nacken behutsam nach vorn und zog ihr Becken zu sich heran.

»Jeder einzelne Wirbel – ein ästhetisches Vergnügen. Ich würde dich so malen, genau so, mit dieser gebogenen Wirbelsäule, wenn ich könnte...«

»Milo!«

»Aber ich kann nicht. Ich bin kein Genie. Mein Vater hat den Vorrat an Genialität, der für unsere Familie bemessen war, und zwar wahrscheinlich auf Generationen bemessen, für sich ganz allein verbraucht. Weißt du, was er mit meinem ersten Bild gemacht hat?«

»Milo, bitte!... nicht küssen. Ich möchte dir zuhören. Nicht da. Das halte ich nicht aus.«

»Ich war ungefähr neun Jahre. Ich trug jedenfalls kurze Hosen, hatte noch keinen Stimmbruch und onanierte noch nicht. Ich war ein Kind mit rosiger Haut und schmutzigen Füßen, wie alle Kinder. Mein Vater war in der Stadt, bei irgendeinem Weib, nehme ich an, oder er war gerade in eine Weinfaß gefallen, er trank damals Blauburgunder, literweise. Er trank das Zeug schon morgens, in die Milchsuppe gerührt, die er für uns beide kochte. Ich hatte das Bild zusammengerollt und mit einer Schleife zusammengebunden. Ich saß auf dem einzigen Sessel, den es in unserer verwahrlosten Wohnung gab, und wartete auf ihn. Ich saß ganz steif da. Das aufgerollte Blatt mit meiner ersten wichtigen Zeichnung auf den Knien. Er kam, er hatte ein Mädchen bei sich, das von einem Lachkrampf in den anderen fiel. Sie hängte sich an den Hals meines Vaters, während er herumging und ihr seine Bilder zeigen wollte. Vielleicht war sie reich und er dachte, er könnte ein Bild verkaufen. Ich saß steif auf dem Sessel, die Zeichnung auf den nacken Knien, das weiß ich bis heute. Meine Knie wurden immer kälter, die Finger ganz klamm. Das Mädchen hatte einen verschmierten roten Mund und lachte. Sie sah mich und lachte. Sie fragte: ›Was ist das?‹ ›Ein Bild. Für meinen Vater‹, sagte ich mürrisch. Ich ärgerte mich, daß sie die Zeichnung zuerst bemerkte. Mein Vater lief herum und schaute immer an mir vorbei. Das war meistens so. ›Eine Zeichnung, Kleiner?‹ fragte das Mädchen. ›Laß sehen. Es ist für meinen Vater‹, sagte ich. ›He, Morante‹, rief das Mädchen, ›der Kleine hat für dich etwas gemalt.‹ Da drehte mein Vater sich um und schaute mich an. Aber er sah mich nicht. Er sah mich nie. Ich wußte das. Ich bekam einen roten Kopf und räusperte mich wie verrückt. Ich hatte irgendwie immer Halsschmerzen. ›Er kann doch gar nicht malen‹, sagte mein Vater. Das Mädchen riß mir die Rolle aus der Hand, zerrte die Schleife auf und rollte das Bild auseinander. ›Hier‹, sagte sie,

›ich geh' inzwischen aufs Klo.‹ Mein Vater warf einen flüchtigen Blick auf mein Bild. Und sagte: ›Wenn du dir den Hintern abwischen mußt, nimm das.‹ Und gab ihr mein Bild. Kannst du dir das vorstellen: Er drückte ihr mein Bild in die Hand, und sie kriegte einen Lachanfall...«

Sachte drehte sich Claire um. In dem flackernden Kerzenlicht war das Zucken seiner rechten Gesichtshälfte deutlicher. »Das hast du bis heute nicht vergessen. Es muß dich sehr verletzt haben.«

Milo lachte. »Oh, wenn es darum ginge... ich habe viele Dinge nicht vergessen. Mein Gehirn arbeitet wie das eines Elefanten. Ein indischer Guru hat mir einmal gesagt, daß ich in einem früheren Leben ein Elefant gewesen bin. Das hat mir gefallen. Denn Elefanten sind Glücksbringer, sensibel, sentimental und halten an Familienbanden fest. Elefanten sind das genaue Gegenteil von mir. Der indische Guru muß ein schlechter Guru gewesen sein. Ich weiß nicht, wie viele Rupien er für diese Dummheit genommen hat. Aber du siehst, ich habe es nicht vergessen.« Er streichelte sanft mit den Händen ihren Rücken entlang. »Ich werde aber auch diesen Körper nicht vergessen, diesen nackten Rücken, diese unvergleichliche Linie der Wirbelsäule. Es gibt auch schöne Bilder in meinem Kopf. Willst du mir versprechen, daß diese wunderschöne Haut beim nächsten Mal genauso reagiert? Das war unbeschreiblich, danke.« Er küßte ihre Achselhöhlen. Die Innenseite ihrer Arme. Er bog ihre Finger auseinander und küßte die Haut zwischen den Fingern.

»Milo, bitte, fang nicht wieder an. ich...«

Sofort ließ er sie los. Seine Stimme wurde kühl, beinahe beleidigend kühl. Das Lächeln erlosch.

»Du möchtest jetzt gehen. Selbstverständlich. Damit habe ich gerechnet. Nein, nein, ich bin nicht enttäuscht. Ich zeig' dir, wo das Badezimmer ist, es wird dir gefallen. Es ist ein ganz bürgerliches, vollkommen normales Badezimmer. Du wirst dich darin wie zu Hause fühlen. Ich fürchte nur, ich kenne nicht die Seifenmarke, die du benutzt. Aber du wirst es mir sagen, und beim nächsten Mal ist alles perfekt.«

»Milo, was ist los?«

Er hatte sich auf den Bettrand gesetzt und machte irgendwelche Freiübungen. Es sah sehr komisch aus. Claire wünschte, er würde damit aufhören. Er tat das, um die Stimmung zu zerstören, das war ihr klar. Aber warum wollte er auf einmal die Stimmung zerstören?

Sie legte ihre Arme um seinen Bauch und preßte ihr Gesicht an seinen Rücken. »Milo. Ich verstehe dich nicht.«

»Ach, das trifft sich ja ausgezeichnet. Dann haben wir also etwas Gemeinsames. Wer hätte das gedacht. Ich verstehe mich nämlich auch nicht. Entschuldige.« Behutsam löste er sich und stand auf. »Ich werde das Wasser in die Badewanne lassen. Entschuldige, daß keine Rosenblätter darin schwimmen. Ich nehme an, du erwartest so etwas in der Badewanne deines Geliebten.«

»Du bist verrückt.« Claire stand auf. Sie zog das Bettlaken von der Matratze und wickelte sich darin ein. »Ich möchte nur duschen. Das geht schneller.«

»Natürlich.« Milo schaute sie an. Claire konnte den Blick, mit dem er sie von Kopf bis Fuß betrachtete, nicht deuten. Dazu war auch das Licht zu schwach. Überhaupt konnte sie ihn kaum erkennen. Die weiße Haut seines Körpers leuchtete, aber sein Gesicht blieb im Dunkeln, wie fast immer. Er hatte einen schlanken, eher mageren Körper. Seine Haut war fest und glatt und roch wunderbar. Sein Körper gefiel ihr besser als alles andere, besser als seine Stimme, sein Lächeln, seine merkwürdigen Geschichten. Nach seinem Körper könnte ich süchtig werden, dachte Claire. Nach dem Duft dieser Haut.

Davor muß ich mich schützen.

Claire hatte keine Übung im Ehebruch.

Sie wußte, sie taugte nicht zu Lügen und Heimlichkeiten. Das, was sie an sich selber mochte, war ihre Ehrlichkeit und Geradlinigkeit. Sie konnte jedem Menschen jederzeit offen in die Augen schauen. Etwas, worauf sie stolz war. Aber wie kann man dem Mann, den man eben betrogen hat, in die Augen schauen? Claire fürchtete sich vor der Rückkehr in die Wohnung.

Dabei war alles ganz anders. Die Heizung war ausgefallen, ausgerechnet am ersten Herbsttag, an dem Nachtfrost vorausgesagt war. Achim hatte einen dicken Wollschal um den Hals gewickelt und sich in eine Kaschmirdecke gehüllt. Seine Hände umfaßten einen Becher mit Glühwein. »Wenn ich eine Grippe bekomme«, sagte er, »verklage ich den Hauswirt. Die Kälte kriecht mir schon durch alle Glieder.«

Achim wartete nicht ab, bis sie den Mantel und die Schuhe ausgezogen hatte. Er bombardierte sie mit Klagen, als wolle er sie dafür verantwortlich machen, daß die Wohnung so schnell auskühlte, daß das heiße Wasser mit der Heizung gekoppelt war und man nun nicht einmal ein Bad nehmen konnte, daß er den ganzen Abend am Telefon verbracht habe, bei der verzweifelten Suche nach einem Monteur, auch den Vermieter habe er nicht erreicht, und der Hausmeister sei wahrscheinlich in seiner Stammkneipe im Bierfaß ertrunken, die Ölschlägers im ersten Stock seien verreist, und er wisse nicht einmal, wie diese verdammte Heizungsanlage funktioniere. Außerdem habe er sich im Heizungskeller den Kopf gestoßen, die Beule könne man jetzt schon fühlen.

Achim sah grau aus. Als wäre er an diesem Abend ganz plötzlich gealtert. Seine Handbewegungen waren müde, von einer Erschöpfung, die nichts mit körperlicher Müdigkeit zu tun hatte.

Er hatte sich eine Dose Spargelcremesuppe geöffnet und im Topf gewärmt. Die ganze Wohnung roch nach frustrierter Einsamkeit. Claire wollte Mitleid zeigen, ihn trösten, und dachte doch immer nur an Milo. Er hatte sie nicht einmal nach unten gebracht. Milo hatte sie geküßt, wie er an dem Abend die Besucher der Vernissage begrüßt und geküßt hatte: flüchtig auf die Stirn. Er hatte ihr die Handtasche gereicht und zugeschaut, wie sie in ihre Pumps stieg, er hatte bemerkt, daß sie Schwierigkeiten hatte, ihr Gleichgewicht zu halten, aber nicht die geringsten Anstalten gemacht, ihr behilflich zu sein. Er hatte jede ihrer Bewegungen so ungerührt registriert, daß Claire sich beim Abschied keine Geste der Vertraulichkeit, nichts Zärtliches mehr erlaubte. Sie hatte das Gefühl, Milo wollte es nicht. Wollte sie lossein.

»Ciao«, hatte sie leise gesagt, schon an der Wohnungstür.

»Ja.« Das war alles gewesen. Dieses Ja.

Sie erwachte mitten in der Nacht, als Achim die Decke von ihrem Körper zurückzog, ganz sacht, millimeterweise, damit sie nichts merkte, aber natürlich merkte sie es, sie hatte einen leichten Schlaf, den schon die leiseste Veränderung störte.

Sie mußte die Augen nicht öffnen, um zu wissen, daß Achim sie betrachtete. Er konnte das nur so intensiv und ausgiebig tun, wenn er sich sicher fühlte. Er machte das manchmal, strich vorsichtig mit seinen Fingern über ihre Schultern, ihre Brüste, ihren Bauch. Sie bewegte sich dann ein bißchen, um ihn zu verunsichern, aber sie wußte, daß es ihn eigentlich entzückte, manchmal murmelte sie etwas oder seufzte wenigstens. Aber sie tat ihm immer den Gefallen, sich schlafend zu stellen. Achim betete ihren Körper an, das hatte er ihr am Anfang ihrer Liebe immer wieder versichert, und sie hatte sich darüber amüsiert, weil sie es für undenkbar gehalten hatte, daß ein Mann den Körper einer Frau anbeten könnte. Begehren ja, aber anbeten?

Doch seit sie einmal unter halbgeschlossenen Lidern beobachtet hatte, wie Achim seine Hände einen halben Zentimeter über ihren Körper hingleiten ließ, ohne sie wirklich zu berühren, aber doch so, daß er ihre Körperwärme spüren konnte, seitdem glaubte sie ihm. Es war zuerst ein Gefühl des Triumphes gewesen. Nach einiger Zeit hatte sie sich daran gewöhnt. Achim hatte ihr, weil sie darauf bestanden hatte, alles ganz genau erklären müssen, was an ihrem Körper so anders, soviel schöner, soviel aufregender war als an dem Körper seiner ersten Frau. Als Claire alles wußte über Achims Begehren, begann es sie zu langweilen. Und zwei Jahre nach Beginn ihrer leidenschaftlichen, besessenen Liebe pendelte sich ihr Sexleben ein. Es verlor das Außergewöhnliche.

Diese Entfernung aus der warmen Nähe des Liebsten war so allmählich geschehen, daß sie sie nicht wahrnahmen, nicht wirklich wahrnahmen, und auch nicht als etwas Schmerzliches empfanden. Claire jedenfalls war das alles erst bewußt geworden, als sie Milo traf.

Die alte Geschichte mit dem Herzklopfen!

Und Achim? Was empfand er wohl, was hatte er empfunden, als sie an diesem Abend aus Milos Armen in die Wohnung zurückgekehrt war, das Gesicht gerötet, halb vor Scham, halb vor Anstrengung, so gleichmütig und fröhlich wie möglich zu wirken. Hatte er einen Verdacht geschöpft?

Er hatte sie nicht angesehen, hatte immer an ihr vorbeigeschaut und unentwegt über die defekte Heizung gesprochen, als klammere er sich an etwas Greifbares, Wirkliches. Claire hatte erst spät festgestellt, daß Achim in der Tiefe seiner Seele ein ängstlicher Mensch war. Damit hatte sie nicht gerechnet, als sie sich in ihn verliebt hatte. Das hatte sie sehr verwirrt. Und vielleicht auch ein bißchen enttäuscht, sie hätte sich gern an ihn angelehnt. Nun mußte sie die breiten Schultern haben. Nun mußte sie so tun, als sei ihr Beruf ein Spaziergang, und sich für seine Kümmernisse, seine Probleme mit den Direktoren und den Kollegen interessieren. Neulich abend hatte Achim es ausgesprochen: Es fasziniert mich, daß du mich nie mit deinen Problemen belästigst, hatte er gesagt.

Achim kniete neben ihr. Claire hatte den Kopf weggedreht und beobachtete ihn unter den gesenkten Lidern. Er beugte sich über ihren Bauch und roch an ihrer Haut. Er roch an der feinen dunklen Haarlinie, die vom Nabel abwärts führte. Er nahm behutsam einen Haarkringel und roch daran. Claire hielt den Atem an.

Achim rührte sich lange Zeit nicht, dann krümmte er sich plötzlich zusammen, rollte auf die andere Seite, zog die Decke bis zum Hals. Claire spürte deutlich den kalten Luftzug, aber sie wagte nicht, die Decke über den Körper zu ziehen. Sie blieb so liegen, atmete flach und lauschte auf seinen unregelmäßigen, stockenden Atem. Weinte er? War es möglich, daß er weinte?

Als Claire sich irgendwann mitten in der Nacht wieder zudeckte und sie wie zufällig ihre Hand über sein Gesicht streifen ließ, war es jedoch vollkommen trocken. Und Achim schlief so tief, daß er von ihrer vorsichtigen Berührung nicht aufwachte.

Beim Frühstück sagte Achim: »Iris hat uns für Samstag eingeladen. Sie will ein italienisches Essen machen. Angeblich hat sie aus der Toscana Trüffel und Steinpilze mitgebracht und jede Menge frischgepreßtes Olivenöl. Sie hat gestern abend angerufen, um das mit dir zu besprechen, aber du warst ja nicht da.«

»Das stimmt. Aber ich nehme doch an, ihr habt euch auch gut unterhalten. Iris scheint ja die Gabe zu haben, immer dann anzurufen, wenn ich mich verspäte.«

»Sie hat abends um elf angerufen, da hattest du dich schon sehr verspätet«, sagte Achim.

Claire holte tief Luft. Aber sie zog es vor, nichts zu sagen.

»Wie gesagt, Samstag abend kommen ein paar gute Leute, dieser Feuilleton-Typ vom Fernsehen, der sehr witzig sein soll, zwei Drehbuchautoren, die gerade an einer Serie fürs ZDF schreiben, einen davon hat Iris offenbar zu ihrem neuen Liebhaber bestimmt.«

Claire lachte. »Weiß er es schon?«

»Ich fürchte nicht. Sie wird ihn überraschen wollen. Sie sagte, für alle Fälle hat sie schon eine neue Zahnbürste besorgt.«

»So fängt es immer an«, sagte Claire.

Achim setzte seine Kaffeetasse etwas zu ruckartig ab.

»Wie fängt es immer an?« fragte er argwöhnisch.

»Mit einer neuen Zahnbürste.«

»So ein Unsinn.« Achim seufzte. »Das bringt mich darauf, daß wir den Etat von Colgate gewonnen haben. Ich soll mir eine neue Kampagne ausdenken. Fällt dir etwas anderes ein als strahlendweiße Mädchenzähne, die in einen harten Apfel beißen?«

Claire hörte gar nicht richtig zu. »Samstag abend kann ich nicht«, sagte sie. »Ich weiß nicht, ob ich es dir schon gesagt habe...«

»Was?« fragte Achim scharf.

»Ich muß nach London.« Claires Lächeln war entwaffnend. »Ich habe es dir bestimmt erzählt, oder etwa nicht?«

»Wenn du es mir erzählt hättest, könnte ich mich wohl daran erinnern.«

Claire wischte die Krümel von ihrem Platz in ihre linke Hand und schüttelte sie dann über ihrem Teller aus. »Okay. Dann habe ich es wohl tatsächlich vergessen. Das Ticket ist übrigens auch erst gestern gekommen. Solange hab' ich gar nicht geglaubt, daß die Leute es ernst meinen.«

»Welche Leute?« Achims Stimme klang alarmiert.

»Die von den Prestige-Hotels. Ich hab' dir doch erzählt, daß der kleine Belgier da war, dieser Giraudoux ...«

»Der so viel von Bildern versteht?«

»Genau. Er hat durchblicken lassen, daß die Prestige-Leute an mir interessiert sind. Dann habe ich mit einem der Direktoren telefoniert, und gestern war plötzlich das Ticket da.« Sie lachte. »Sogar First.«

Achim hob die Schultern. »Wahrscheinlich haben die einen Deal mit British Airways. Darauf würde ich mir nichts einbilden. Erst wenn sie dir ein Gehaltsangebot machen, das doppelt so hoch ist wie das, was du heute kriegst ...«

Claire schwieg. Sie hätte jetzt sagen können, daß das Gehalt, welches sie heute bekam, bereits pro Jahr zehntausend über seinem Gehalt lag, aber sie unterließ es.

»Eigentlich«, sagte sie nach einer kurzen Pause, »hatte ich mich noch gar nicht richtig entschlossen, nach London zu fliegen. Gestern jedenfalls war ich noch nicht sicher.«

»Und jetzt bist du es auf einmal?« fragte Achim, sie aufmerksam musternd.

Sie schaute ihm in die Augen. »Ja«, sagte sie ruhig und ein bißchen erstaunt über sich selbst, »jetzt bin ich es auf einmal.«

Achim tupfte sich mit der Serviette winzige Schweißperlen

von der Stirn. »Ich nehme an, du hattest nicht vor, mich zu fragen, ob wir zu zweit fliegen? London steht doch schon lange auf unserer Wunschliste. Ich meine, ich könnte dich begleiten, und wir würden...«

»Es ist ein geschäftlicher Termin, Achim«, sagte Claire sanft. »Ich weiß nicht, wie die mich verplant haben. Vielleicht hätten wir nicht einmal einen Abend für uns. Ich könnte mir gut vorstellen, daß abends ein Essen mit dem Vorstand organisiert ist.«

Achim lächelte dünn. »Mit dem Vorstand. Natürlich. Warum nicht gleich mit dem Aufsichtsrat. Vielleicht ist auch jemand aus dem Buckingham-Palast dabei.« Er war verletzt. Oder beunruhigt. Etwas in ihrem Leben veränderte sich, und zwar schneller, als er es mit sich und seinen Gefühlen vereinbaren konnte.

»Dann werde ich wohl allein zu Iris gehen«, sagte Achim schulterzuckend, »und mir den Bauch vollschlagen mit Steinpilzen.«

»Paß auf, daß du keine Eiweißvergiftung bekommst wie damals.« Claire stand auf. »Erinnerst du dich?«

Einmal hatten sie in Positano ein paar leuchtende Herbsttage verbracht, und Achim hatte abends, beim Dinner, erst ein Dutzend Austern gegessen und anschließend gegrillte Steinpilze, und in der Nacht hatten sie einen Notarzt rufen müssen.

»Positano«, sagte Achim mit einem melancholischen Lächeln, »das ist schon so lange her. Wie lange eigentlich?«

»Keine Ahnung.« Claire räumte das Geschirr auf das Tablett. »Vier Jahre? Fünf?«

»Nein, länger. Sechs Jahre. Weißt du noch, wie wir unser Auto angehalten haben, als wir dieses rostige Eisentor entdeckten, das in einen Olivengarten führte. Weißt du noch, wie du kurzentschlossen die Decke aus dem Auto geholt hast, dieses alte karierte Ding, und sie unter den Olivenbaum ausgebreitet...«

Claire unterbrach ihn. »Ich kann mich genau erinnern.«

Sie wollte nicht, daß Achim weiterredete. Sie erinnerte sich sehr genau. Claire hatte im Auto unbemerkt ihren Slip ausgezogen und war in ihrem bunten Sommerkleid mit der Wolldecke unterm Arm über das Gras gegangen und hatte schließlich eine moosige Stelle gefunden, auf der sie die Decke ausgebreitet hatte. Als Achim ihr Kleid über die Knie hochschob und höher und plötzlich fühlte, daß sie nackt war, hatte er sich ruckartig aufgesetzt, sie fassungslos angeschaut. »Man konnte durch das schöne eiserne Tor über die blauen Hügel bis nach Orvieto schauen«, sagte Achim.

»Es war nicht Orvieto.« Claire trug das Tablett in die Küche. »Es war ein Name mit V. Volterra. Nachher kam dieser Metzgerhund mit dem mörderischen Gebiß und hat uns verjagt.«

»Du möchtest, daß es nicht schön gewesen ist«, sagte Achim betrübt.

»Unsinn.« Claire kam zurück und gab ihm im Vorbeigehen einen flüchtigen Kuß. »Aber der Hund war nun einmal da, und wir sind Hals über Kopf vor ihm davon. Ich habe mir eine Distel eingetreten, und als wir wieder beim Hotel waren, hab' ich gemerkt, daß ich meinen neuen Gürtel da hab' liegenlassen.«

Achim lächelte traurig. »Du erinnerst dich nur an das, was nicht schön war. Ich hingegen...«

»Ich muß los.« Claire schaute auf die Uhr. »Wir haben heute sehr wichtige Leute aus New York im Hotel. Um die muß ich mich persönlich kümmern.«

Achim schaute ihr zu, wie sie die Lippen vor dem Garderobenspiegel noch einmal nachzog, den Mantel vom Bügel nahm, die Handtasche aufhob, die mitten auf dem Dielenboden lag. »Also, du fliegst Samstag?«

»Ja«, sagte Claire, »ich fliege Samstag. Irgendwann gegen neun geht die Maschine.«

»Dann können wir ja wenigstens noch zusammen frühstükken«, sagte Achim.

Claire lächelte. Sie war froh, daß er es so cool nahm. Er hätte ihr ebensogut eine Szene machen können.

Sie küßten sich, wie sie sich jeden Tag zum Abschied küßten, und dann fiel die Wohnungstür hinter ihr ins Schloß. Claire ertappte sich dabei, daß sie tief und beinahe erleichtert durchatmete, als sie die Tür hinter sich zuschnappen hörte. Innen stützte Achim die Hände gegen den Türrahmen. Er hörte ihre Schritte, die sich langsam entfernten. Sie ging leichtfüßig. Es tat ihm weh, sie so leichtfüßig die Treppe hinuntergehen zu hören, während er sich doch auf einmal so schwer fühlte. Als unten die Haustür zufiel – ein warmes, beinahe weiches Geräusch, wie es für Türen von vornehmen Häusern üblich war –, verkrampfte sich sein Herz. Er ahnte, daß er im Begriff war, etwas zu verlieren, das er um jeden Preis bis ans Ende seiner Tage behalten wollte. Es war mehr eine Ahnung – fast schon Gewißheit. Denn er hatte dieses Locken gesehen und das Leuchten, das noch verborgen war unter der blassen, immer etwas müden Haut. Und dieses Strahlen, würde es hervorbrechen, war nicht für ihn. Er hatte seinen Feind gerochen.

Achim stieß sich von der Tür ab, seufzte so tief, daß er Seitenstechen bekam, und ging ins Bad, um dort vor dem Spiegel die Krawatte zu binden. Der Knoten mißlang. Er mußte von vorn anfangen.

Claire saß in der Frühmaschine nach London und dachte über ihr Leben nach. Es war schwer, morgens, nach einem schlechten und zu kurzen Schlaf, über das Leben nachzudenken. Aber Claire hatte in der Nacht einen Traum gehabt, den sie nicht abschütteln konnte. Sie hatte, zusammen mit Achim und Milo, auf einem Berggipfel gestanden, einem weißen, glitzernden Schneefeld, nah an einem Felsvorsprung. Vorsichtig waren sie Fuß für Fuß vorgerückt, um über die Felskante nach unten in den Abgrund zu schauen. Der Himmel über ihnen war makellos gewesen, Claire erinnerte sich an das kleine silberne Flugzeug, das zwei parallele Kondensstreifen hinter sich herzog, möglicherweise hatte sie sogar einen Bussard beobachtet, der nah am Felsabhang auf Beuteflug war.

Während Milo lachte und Achim versuchte, sein Schwindelgefühl zu verbergen, spürte Claire einen unglaublichen Sog, während sie auf die eisige Gletscherrinne aus blauem Eis schaute. Es war eine nach innen gebogene Rinne, wie für einen Bobschlitten präpariert, es gab überhaupt keine anderen Menschen, keine Bergstation, Claire wußte nicht, wie sie hier oben hochgekommen waren, aber Träume begannen ja immer an einem irgendwie unlogischen Punkt.

Während Milo lachend Achims Arm nahm, hockte Claire

sich plötzlich hin und ließ die Beine über die Felskante baumeln. Sehnsüchtig schaute sie in die Tiefe. Möglicherweise ahnte Achim zuerst das Unheil. Sie hörte, wie er rief: »Klärchen!« Und dann noch einmal, lauter, mit überschlagender Stimme: »Klärchen! Mach keinen Unsinn!« Aber da hatte sie sich schon mit den Händen abgestoßen und war in den Eiskanal hinabgeglitten. Die Beine voran, drehte sie sich auf den Bauch, so daß sie die beiden Männer anschauen konnte, die über dem Felsvorsprung hingen. Sie lachte zu ihnen hinauf, während sie immer schneller in die Tiefe sauste, und rief: »Ich habe gar nicht gewußt, daß das Sterben so einfach ist!« Und dann war auf einmal Nebel um sie gewesen, und ihr Pullover hatte sich hochgeschoben, und das kalte Eis berührte ihren heißen Bauch, und sie wachte auf.

Benommen saß Claire in ihrem britischen Erster-Klasse-Sitz und ließ die anderen Passagiere an sich vorbeiziehen. Normalerweise war sie immer neugierig auf andere Menschen, aber an diesem Morgen hatten alle Gesichter eine fatale Ähnlichkeit, aschfarbene Haut, müde Blicke. Ein Mädchen hatte rotgeweinte Augen. Claire hatte noch nie vorher vom Tod geträumt. Jedenfalls konnte sie sich nicht erinnern. Mein Leben ist wunderbar, sagte sie trotzig. Mein Leben fängt gerade erst an.

Der Steward fragte sie, ob sie vor dem Start etwas trinken wolle, aber sie schüttelte den Kopf. Er legte einen Stapel Zeitungen auf den freien Platz neben ihr und murmelte etwas von einem einzigen anderen Gast, der in der First class noch erwartet wurde.

Die Dame kam wenig später. Sie trug ein burgunderrotes Wollcape, das ihre mit Pigmentflecken übersäten Finger über der Brust zusammenhielten, eine große schwarze Sonnenbrille, und sie hüstelte.

Ich bin jung, dachte Claire verbissen, ich bin gesund. Alle

sagen, daß ich schön aussehe. Alle sagen, daß ich gut in meinem Job bin. Mein Job macht mir Spaß. Hätte man mich sonst nach London eingeladen, wenn ich nicht gut wäre? Es war ein tolles Gefühl, jung und gesund und wichtig zu sein. Sie hatte keinen Grund, vom Tod zu träumen. Von einer Eisrinne, durch die man in den Nebel hinabgleitet... wirklich keinen Grund. Jetzt hatte sie sogar einen Liebhaber. Einen verrückten, aufregenden Liebhaber, einen, der ihre Haut zum Leuchten brachte. Die Wirkung dieser Liebesnacht mit Milo war ihr nicht verborgen geblieben. Ihr Haar glänzte, ihre Augen sprühten vor Vergnügen, sie war wieder ein bißchen in sich selbst verliebt, einfach nur, weil es einen Mann gab, der jeden Zentimeter ihrer Haut begehrte. Der sie wieder neu entdeckte. Eine Wiedergeburt.

Wenn sie sich konzentrierte, konnte sie noch seine Küsse auf ihrer Haut spüren.

Claire schaute nach draußen und sah einen kleinen Bus heranrasen. Die Treppe, die eben weggerollte, wurde wieder ans Flugzeug herangefahren, die Tür des kleinen Busses ging auf, und Milo sprang heraus. Milo in einem bodenlangen, schwarzen Mantel, einem schwarzen Borsalinohut und offenem Hemdkragen.

»Wollten Sie mich draußen stehenlassen?« war der erste Satz, den Milo sagte. Seine Stimme klang amüsiert. Er drängte den fassungslosen Steward unbekümmert zur Seite und spähte ins Fist-class-Abteil.

Als er Claire entdeckte, ging ein Strahlen über sein Gesicht, und er rief erleichtert: »Gott sei Dank!«

Es war dieses Strahlen, diese Freude, die Claire so ergriff, daß sie die Hände nach ihm ausstreckte. Milo stolperte über ihre Füße, als er sich vorbeugte, um sie zu küssen. »Gib zu, daß mir die Überraschung geglückt ist.«

Er keuchte, er war außer Atem, das Flugzeug rollte schon,

und der Steward sagte streng: »Sie müssen sich aber sofort hinsetzen und sich anschnallen.«

Milo hob die Schultern, während er Claire weiter auf Mund, Nase und Kinn küßte. »Erst einmal muß ich diese Lady begrüßen.« Aber dann ließ er sich auf die Zeitungen fallen, und Claire schob ihm den Sicherheitsgurt hin.

»Du bist verrückt«, sagte sie glücklich.

»Natürlich bin ich verrückt! Ich habe den Taxifahrer wie einen Hund durch die Stadt zum Flughafen geprügelt, um diese verdammte Maschine zu erreichen. Zehnmal hab' ich gedacht, ich schaff' es nicht mehr. Zehnmal war ich kurz vor einem Herzinfarkt.«

»Du hättest früher von zu Hause wegfahren sollen«, sagte Claire amüsiert.

»Ha, da spricht die kluge Managerin. Da spricht die Organisatorin! Natürlich: Dein Wecker hat geklingelt.«

»Natürlich.«

»Meiner aber nicht. Ich weiß, du glaubst mir nicht. Ich weiß, du wirst jetzt behaupten: Wecker, die nicht klingeln, wenn man sie programmiert, gibt es nicht. Aber es gibt sie doch. Übrigens ein japanisches Modell – was sagt uns das?«

Claire lachte. »Lenk nicht ab. Erzähl mir lieber, was das für ein Komplott ist. Woher wußtest du, daß ich in diesem Flugzeug sitze?«

»Ich wußte es ja gar nicht. Das ist ja das Problem! Ich habe es nur gehofft! Während der Taxifahrt habe ich mir ausgemalt, wie ich mich fühlen werde, keuchend und außer Atem, wenn ich endlich im Flugzeug bin und du bist nicht da. Eine Katastrophe. Der endgültige Herzinfarkt.«

»Das ist keine Antwort auf meine Frage.«

»Ein Komplott? Aber wieso denn? Woher denn? Du hast einen Termin bei einem der wichtigsten Hotelkonzerne der Welt, und ich habe zufällig auch einen Termin. Wie könnte ein kleiner, elender Wurm wie ich ein so herrliches Komplott anzetteln?« Die Maschine stieg höher. Über einem Meer schwimmender Wolken ging die Sonne auf. Milo schaute sich in der Kabine um. Als er die alte Dame erblickte, zog er beinahe erschrocken die Luft ein.

Im nächsten Augenblick hatte er sich wieder in der Gewalt. Er legte seine Hand auf ihren Arm. »Wie gesagt, kein Komplott. Nur ein Zufall, den Amor so gerne zur Hilfe ruft.«

Der Steward brachte das Frühstück. Jetzt würde Achim vielleicht gerade aufstehen. Oder er war schon im Bad. Er hatte ihr einmal erzählt, daß er, wenn sie nicht da war, viel früher aufstand. Er hatte ihr erzählt, daß er nur ihretwegen an den Wochenenden so lange im Bett blieb. Vielleicht hatte er am Fenster gestanden und Freiübungen gemacht – er macht das manchmal, er nennt es Schattenboxen –, während die Maschine ihre Schleife über der Stadt gezogen hatte. Vielleicht hatte Achim das Dröhnen der startenden Motoren gehört, bei Ostwind hörte man alle startenden Flugzeuge, aber Claire wußte nicht, ob sie Ostwind hatten.

Achim in seinem Pyjama aus gelbem Baumwollsatin. Achim im Bad, weiße Tennissocken an den Füßen. Achim fand den Fußboden zu kalt; Marmor ist immer kalt, das hatten sie nicht bedacht, als der Fliesenleger sie zu portugiesischem Marmor überredet hatte. Sie hätten noch mehr investieren und eine Fußbodenheizung legen lassen sollen.

Achim, der nach der Rasur ein weißes Puder in die Handflächen schüttelte und es dann sanft in die Wangen klopfte. Ob er sie vermißte?

Am Abend würde er also zu Iris gehen. Iris war eine ideale Trösterin einsamer Herzen, sie genoß diese Rolle geradezu.

Vielleicht wäre sie eine gute Therapeutin geworden, in jedem Fall war sie eine gute Freundin. Ihre älteste, ihre beste Freundin. Oft schon hatte sie Iris gebeten, sich während ihrer

Abwesenheit um Achim zu kümmern. Die beiden waren dann zusammen zum Essen gegangen – oder auch mal ins Kino. Das ist das gute an einer richtigen Freundin, dachte Claire, daß man nie einen Grund hat, mißtrauisch zu sein. Bis auf dieses eine kleine Mal...

Der Steward entfernte ihr Frühstückstablett, und als Claire aufschaute, merkte sie, daß Milo sie ansah. Ein neugieriger, forschender Blick. Kein Lächeln in seinen Augen. Kein Zukken in seinem Gesicht. Milo war ganz still, so still, als habe er ihre Gedanken mitgelesen. Claire wischte verlegen die Brotkrümel vom Schoß.

»Hast du mich etwas gefragt?« fragte sie verwirrt, mit einem Lächeln, das um Entschuldigung bat. Aber Milo schüttelte schnell den Kopf. »Nein, nein, ich habe nichts gefragt, ich habe nur etwas erzählt. Irgend etwas, ich weiß, daß du nicht zugehört hast, es war nicht wichtig... Er hat es gemerkt, nicht wahr?«

Die Frage kam so unvermittelt, daß Claire sie zuerst nicht verstand. Milo wiederholte: »Er hat es gemerkt, nicht wahr?« Er wiederholte den Satz mit exakt der gleichen Betonung.

»Achim?« fragte Claire zögernd. »Meinst du Achim?«

»Wen sonst?« Claire merkte, daß Milo ein paar Zentimeter von ihr abrückte, vielleicht waren es nur Millimeter, aber es entstand so etwas wie eine kalte Klimazone zwischen ihnen.

»Du meinst, ob er gemerkt hat, daß wir zusammen geschlafen haben? Ich bin stark«, sagte Claire. »Ich weiß, was ich tue. Ich lasse mir von keinem Mann vorschreiben, wie ich zu leben habe. Auch nicht von einem Mann, mit dem ich verheiratet bin.«

Milo lachte. Aber seine Augen lachten nicht. »Bravo«, sagte er.

»Und von dir schon gar nicht.« Claire hatte einen heißen

Kopf. Sie wünschte, sie hätten mit diesem Thema gar nicht erst angefangen. Ihre gute Stimmung war verflogen.

»Laß uns über etwas anderes reden«, sagte sie bittend, während sie ihre Hand ausstreckte, um sein Gesicht zu streicheln. »Das macht mich traurig oder nervös. Das gefällt mir nicht. Reden wir über etwas anderes.«

Milo schaute sie an. »Das Leben bleibt schwierig«, sagte er, »ich hoffe, das ist dir klar. Ein einfaches Leben gibt es nicht. Es gibt ein langweiliges Leben und ein spannendes Leben. Dazwischen kannst du wählen.«

»Warum erzählst du mir das?« fragte Claire verwirrt.

Milo lachte. »Ich bin ein Amateurphilosoph, das weißt du doch. Aber sprechen wir wirklich von etwas anderem. Hast du dir schon Gedanken gemacht, wie du den Vorstand dort im Claridge beeindrucken willst?«

»Jetzt lenkst du ab«, sagte Claire enttäuscht. Der Steward trat zu ihnen. »Würden Sie sich bitte anschnallen, wir durchfliegen eine turbulente Zone.«

»Sonst sagt so etwas immer der Pilot«, erwiderte Milo, während er nach dem Sicherheitsgurt langte.

Claire lachte plötzlich. »Vielleicht war die Durchsage nur für uns. Wir beide durchfliegen doch auch gerade eine turbulente Zone!«

Milo schaute sie verblüfft an. Dann brach er in ein unkontrolliertes Gelächter aus. Es klang wie Hundegebell.

Milo wischte sich die Tränen aus den Augen, bevor er sich zu ihr hinüberbeugte, um sie zu küssen. »Das hast du wunderbar gesagt: eine turbulente Zone.« Er wurde von einer Sekunde zur anderen plötzlich wieder ernst. »Das muß ich mir merken. Das trifft es genau.«

Als die Maschine auf dem Londoner Flughafen Heathrow aufsetzte, begannen die Dinge unübersichtlich zu werden. Die

Dame in dem Wollcape suchte hektisch ihre Sachen zusammen, als die Maschine ausrollte. Dabei fielen ihr Zeitschriften aus der Hand, das Wollcape verfing sich an einer Stuhllehne, die Passagiere verfolgten ihre nervöse Hektik mit gereizter Miene.

»Bitte nehmen Sie wieder Platz!« rief der Steward. »Wir haben unsere endgültige Parkposition noch nicht erreicht.«

In diesem Moment bremste die Maschine, und die alte Dame stolperte. »So hilf ihr doch, Milo!« sagte Claire leise.

Milo beugte sich vor. Mit abgewandtem Gesicht reichte er ihr seine Hand. Die alte Dame schaute auf, lächelnd, dankbar, erleichtert. Sie richtete sich mühsam auf.

»Danke«, sagte sie. »Danke.« Dann weiteten sich ihre Augen ganz plötzlich, und sie rief: »Vaclav! Vaclav Horaček! Was machen Sie denn hier?«

Milos Gesicht zuckte. Er schloß sekundenlang die Augen. Claire sah die weißen Knöchel seiner Hand, die die Lehne umspannten.

»Sie verwechseln mich«, sagte er, als er sich wieder gefangen hatte. »Ich heiße Morante, Milo Morante.«

»Aber nein! Nein! Sie sind Vaclav Horaček! Sie sind es! Erinnern Sie sich nicht mehr an mich? Ihr Gesicht würde ich unter Tausenden erkennen!«

Die Maschine hatte angedockt. Die Tür wurde geöffnet, und der Steward faßte den Arm der alten Dame. »Bitte«, sagte er, »machen Sie den Gang frei.«

Die alte Dame nickte gereizt. Sie warf Claire einen neugierigen Blick zu, aber dann wandte sie sich wieder an Milo. »Sie heißen nicht Morante, Sie sind Horaček. Ich habe gar nicht gewußt, daß Sie nach England einreisen dürfen.« Sie raffte ihr Wollcape, ihre Taschen und verließ die Maschine.

Milo holte tief Luft. Claire sah Milo an. »Was wollte diese Frau? Was bedeutet das?«

Milo lächelte schwach. »Nichts.« Seine Haut wirkte auf einmal ganz teigig. Auf seiner Nase war ein feiner feuchter Film. »Ich habe wirklich keine Ahnung. Sie ist verrückt. Vergessen wir sie einfach.« Er hob ihre Hand an die Lippen und schaute ihr in die Augen. Seine Augen waren zärtlich und saft. Augenblicklich fühlte Claire sich beruhigt.

»Also noch eine Verrückte«, sagte sie amüsiert, während sie sich erhob. »Willkommen in London, mein verrückter Geliebter.«

Als sie am Steward vorbeigingen, sagte der: »Einen schönen Aufenthalt in London.«

Milo lachte. »Oh, keine Sorge. Keine Sorge.«

Aber dann war Milo auf einmal im Gedränge der Ankunftshalle verschwunden. Claire hatte auf dem Monitor nachgesehen, auf welchem Gepäckband die Koffer aus der Hamburger Maschine ankommen würden, und als sie sich umdrehte, war Milo nicht mehr da.

Zuerst dachte sie: Er wird einen Gepäcktrolly suchen. Ihr Koffer kam, sie nahm ihn vom Band, aber von Milo keine Spur. Verwirrt wartete sie eine Weile neben dem kleinen Handkoffer, aber als die Halle immer leere wurde, beschloß sie, durch die Paß- und Zollkontrolle zu gehen.

Das erste, was sie erblickte, war ein weißes Schild, auf dem in Goldprägung »Claridge« stand und darunter ihr Name: »Mrs. Uhde-Westhoff«.

Claire blieb unschlüssig neben dem jungen Pagen, der das Schild trug, stehen. Sie suchte immer noch nach Milo. Der Page näherte sich ihr vorsichtig. »Sind Sie ... Mrs. Uhde ...«

»Ja«, unterbrach Claire, »das bin ich. Ich suche nur noch ...«

Ihre Augen wanderten weiter durch die Halle. Plötzlich entdeckte sie Milo. Er stand in der Schlange der Passagiere, die auf ein Taxi warteten. Er war an zweiter Stelle. Den Hut hatte er tief ins Gesicht gezogen, den Mantelkragen hochgeschlagen. Als wollte er nicht erkannt werden. Aber andere versuchten auch, sich gegen die bögigen Regenschauer zu schützen. Eine Dame mit einem Yorkshireterrier unter dem Arm stieg ins Taxi, und Milo rückte an die erste Stelle vor.

Claire stellte sich auf die Zehenspitzen und winkte. »Milo!« Im gleichen Augenblick kam ihr die Lächerlichkeit dieser Geste zu Bewußtsein, und als sie die aufmerksamen Blicke des Hotelpagen spürte, wurde sie flammend rot. Milo stieg ins Taxi und war verschwunden.

Ich weiß nicht einmal, in welchem Hotel er wohnt, dachte Claire wütend, als sie neben dem Hotelpagen die Halle durchquerte. Wieso läßt er mich stehen wie ein dummes Mädchen? Was ist das für ein blödes Spiel?

Während sie sich in die weichen Polster der hoteleigenen Limousine fallen ließ, der Wagen sich in den fließenden Verkehr einreihte, konzentrierte sie sich auf das, was vor ihr lag: das Gespräch mit dem Vorstand des Hotelkonzerns. Die Gedanken an Milo verbannte sie.

Als sie an einer Kreuzung halten mußten und Claire zufällig zur Seite blickte, entdeckte sie Milo im Fond eines schwarzen Taxis. Milo hatte sie offenbar längst entdeckt. Er grinste wie ein kleiner Junge, dem ein Streich geglückt war. Er machte ein Zeichen mit der Hand, das Claire nicht deuten konnte.

Sie schaute gleichmütig an ihm vorbei, als habe sie ihn gar nicht wahrgenommen, und wandte dann wieder den Kopf ab. Dein Spiel, mein Lieber, spiele ich nicht mit.

Das Leder der Bezüge roch angenehm. Der Page fuhr umsichtig und gelassen. Die Regenschauer hatten aufgehört. Als die Sonne durch die Wolkendecke blitze, leuchteten die weißen Fassaden der Reihenhäuser rechts und links der Straße. »Kommen Sie das erste Mal ins »Claridge«?« fragte er. Das übliche einstudierte Gespräch.

»Ja«, sagte Claire. »Das erste Mal.«

»Es wird Ihnen gefallen«, sagte der Page, »es gehört zu den schönsten Hotels der Stadt. Fünf Sterne.«

»Ich weiß«, sagte Claire.

»Wenn Sie einmal bei uns gewesen sind, kommen Sie bestimmt wieder. Wir haben sehr viele Stammgäste. Sie sind alle geblieben, auch nachdem die Araber das Hotel übernommen haben.«

»Die Araber?« fragte Claire. Das hatte sie noch nicht gewußt. Ihr wurde auf einmal klar, daß sie sich überhaupt nicht nach den Besitzverhältnissen des Hotelkonzerns erkundigt hatte. Es wäre überhaupt nicht schwer gewesen, bei den Kontakten, die sie hatte. Aber es war ihr gar nicht in den Sinn gekommen. Ich dumme Gans hab' immer bloß an Milo gedacht, dachte Claire.

Das durfte ihr nie wieder passieren.

»Es gehört einer Familie aus Saudi-Arabien«, sagte der Page. »Zwei Scheichs. Brüder. Neulich waren sie da, und da mußte eine ganze Etage für sie geräumt werden.« Er grinste. »Sie waren mit einem ganzen Harem gekommen. Und ihren eigenen Köchen und ihren eigenen Leibwächtern. Dabei hat England die besten Köche und die besten Leibwächter. Aber diese Araber trauen ja niemandem.«

Claire beugte sich vor. »Sie sollten vorsichtig sein, wenn Sie eine solche Meinung äußern«, sagte sie, »besonders zu einem Menschen, den Sie nicht kennen.«

Der Page warf Claire durch den Rückspiegel einen erschrockenen Blick zu. »Verzeihung«, murmelte er. »Verzeihung.« Er gab Gas. Er beugte sich vor und fuhr nun schweigend und konzentriert, bis sie vor dem Hotel hielten. Schweigend öffnete er ihren Wagenschlag, und schweigend zog er die Mütze, als Claire sich mit einem Trinkgeld bei ihm bedankten wollte. Er nahm das Geld nicht an.

An der Rezeption bemühte man sich überschwenglich um sie. Claires geschultem Blick entging nicht die diskrete Handbewegung, mit der der Chefportier auf den kleinen Summer drückte, offenbar wurde der Geschäftsführer herbeigerufen, um Claire zu begrüßen. Der Chefportier erläuterte ihr indessen, daß man ein Zimmer im obersten Stock für sie vorgesehen habe, eine Junior-Suite, wie er mehrfach wiederholte, diese Suiten seien erst kürzlich renoviert worden, er, der Chefportier, sei sehr neugierig zu erfahren, was sie vom Interieur halte, man habe einen englischen Modedesigner mit der Inneneinrichtung beauftragt, ein gewagtes Experiment, wie er, der Chefportier, sich zu bemerken gestattete, das hätte auch ins Auge gehen können, die Stoffe seien sogar nach den Entwürfen dieses noch sehr jungen Modedesigners gewählt worden, aber sie könne sich ja selbst überzeugen, daß das Experiment geglückt sei.

Schließlich erschien der Direktor, ein hoch aufgeschossener Mann, der etwas von der jungenhaften Fröhlichkeit eines Collegeboys hatte, etwas, dachte Claire, was ihm sicherlich bei seiner Karriere geholfen hatte. Im Hotelgewerbe schätzte man Mitarbeiter, die einen angeborenen Optimismus zeigen und genau jene Lebensfreude ausstrahlen, um deretwegen die Gäste ja von weit her kamen.

Er hieß Paolo Vincenti, ein Schweizer, der seinen Akzent nie würde verleugnen können. Er sprach Englisch in einem merkwürdigen singenden Tonfall, aber seine heitere, unbekümmerte Freundlichkeit hinderte ihn nicht daran, Claire aufmerksam zu mustern. Durchaus diskret, aber Claire war sicher, daß ihm kein Detail entgangen war. Sie paßte sich seinem leichten Plauderton an, erzählte von dem äußerst angenehmen Flug, machte eine raumgreifende Armbewegung und deutete an, daß sie bereits vieles entdeckt habe, was sie einzigartig und bemerkenswert fände, lobte London überhaupt, besonders den Stadtteil Mayfair, und erwähnte in diesem Zusammenhang auch gleich – eher beiläufig allerdings –, daß sie nach dem Abitur ein College am Sloane Square besucht habe. »*Finishing school*«, sagte sie und hob leicht amüsiert die Schultern. »Für die jungen Töchter aus gutem Hause.«

Paolo Vincenti hatte ihr aufmerksam zugehört, seine Augenbrauen hoben sich anerkennend, als sie den Namen des Colleges erwähnte; offenbar kannte er sich auch in diesen Dingen aus. Aber das erwartete man wohl von einem Hotelmanager der Luxusklasse, daß er über das Leben der Upper class Bescheid wußte. Es war schließlich seine Klientel.

An einem der niedrigen Tische, tief in die Daunenkissen des Clubsessels versunken, saßen Gäste, die offensichtlich aus einem islamischen Land stammten, sie mit verschleiertem Gesicht, aber puppenhaft geschminkten Augen und kleinen nackten, mit Henna bemalten Füßen, die in blauen Samtsandalen steckten. Er trug einen Anzug, Nadelstreifen, er hatte einen kleinen Oberlippenbart, den er ständig mit den Fingerkuppen berührte, als müsse er sich unentwegt seiner Existenz versichern. Sie sprachen nicht miteinander. Die Frau hatte nur Augen für das kleine Kind, das zu ihren Füßen mit einem Spielzeughubschrauber spielte, während der Mann wachsam umherschaute. Ob das die neuen Besitzer sind? dachte Claire.

Claire wurde sich erst bewußt, wie intensiv sie das Paar angestarrt hatte, als der Hotelmanager leicht ihren Ellenbogen berührte und sie hinter eine Säule führte.

»Diese Gäste mögen nicht, wenn man sie beobachtet«, sagte er mit einem kollegialen Augenzwinkern. »ich weiß, wir Europäer können das nicht immer verstehen. Aber was wollen Sie, es ist eine andere Mentalität. Einerseits wollen sie immer in der Halle sitzen, andererseits soll man immer tun, als wären sie Luft.« Er lachte. »Nicht immer leicht, unser Job. Aber das wissen Sie ja selbst.«

Während er das sagte, setzte ein Hotelpage die Drehtür in Bewegung, und Milo trat herein. Der Page grüßte. Milo reagierte nicht darauf. Er durchquerte, ohne sich umzuschauen, die Halle und ging auf den Lift zu.

Claire war so fassungslos, daß sie ihn nur stumm anschaute. Der Liftboy grüßte Milo wie einen alten Bekannten. Die Tür schloß sich hinter den beiden.

Der Chefportier trat auf sie zu. Er hielt einen Schlüssel in der Hand. »Möchten Sie die Dame hinaufführen, oder soll ich das machen, Mister Vincenti?«

Als Paolo Vincenti eine Sekunde zögerte, sagte Claire, mit einem Blick auf die von Menschen umlagerte Rezeption: »Bitte, das ist nicht nötig. Hotels sind mein Zuhause. Ich werde das Zimmer schon finden.«

Erleichtert seufzte der Portier. »Ich danke Ihnen sehr, Madame. Ich könnte Ihnen natürlich einen Boy mitschicken, aber ...«

»Nein, nein.« Energisch nahm Claire dem Chefportier den Schlüssel aus der Hand. Sie lächelte Paolo Vincenti zu. »Ich nehme an, Sie geben mir noch Bescheid, wann das erste Treffen geplant ist?«

»Es ist alles vorbereitet«, sagte Paolo, dessen Blick schon wieder unruhig durch die Hotelhalle schweifte. Hotelmanager fürchten immer, sie könnten einen wichtigen Gast übersehen, und der würde es derart übelnehmen, daß er bei seinem nächsten Aufenthalt bei der Konkurrenz buchte. »Auf Ihrem Zimmer werden Sie alle Informationen finden. Ich bitte, mich jetzt zu entschuldigen. Sie wissen ... wir sind vierundzwanzig Stunden am Tag im Einsatz.« Er lächelte plötzlich, und Claire fand, daß er wirklich sehr jungenhaft sympathisch wirkte. »Aber das wissen Sie ja selbst. Wir alle fragen uns manchmal, warum wir das mit uns machen lassen. Irgend etwas an diesem Beruf muß wohl faszinierend sein. Oder wir sind Masochisten.«

Er legte ihr noch einmal leicht die Hand auf den Arm – eine fast kollegiale Geste, über die Claire sich freute – und ging dann auf zwei Herren zu, die aussahen, als kämen sie eben vom Polospiel.

Claire zwang sich, nicht an Milo zu denken; sie hatte nicht vor, sich auf sein lächerliches Versteckspiel einzulassen. Wenn ihr Gefühlsleben zu kompliziert wurde, hatte sie sich immer auf ihre Karriere konzentriert. Geschmeichelt stellte sie fest, daß man ihr ein Zimmer im obersten Stock gegeben hatte, mit einem herrlichen Ausblick auf sehr viel Himmel, was Claire liebte.

Am Champagnerkübel lehnte ein kleiner, weißer Briefumschlag, den Claire öffnete, als der Boy das Gepäck abgestellt hatte und wieder verschwunden war. Es war nicht die übliche Begrüßungskarte, die sie erwartet hatte – die Größe des Umschlags hatte sie schon stutzig gemacht –, sondern eine Nachricht von Monsieur Giraudoux.

»Verehrteste! Überglücklich, Sie endlich in dieser schönen Stadt zu wissen, heiße ich Sie herzlich willkommen. Ich hoffe, die Reise war angenehm. Ich werde mir erlauben, Sie anzurufen, um Sie ein wenig vorzubereiten.«

Claire schob den Brief in den Umschlag zurück, als das Telefon läutete. Sie nahm den Hörer ab und rief, bevor sich jemand melden konnte: »Sag mal, Milo, was soll der Unsinn? Warum schleichst du dich an mir vorbei durch die Hotelhalle? Warum hast du mich auf dem Flughafen stehenlassen wie ein dummes Mädchen? Was ist das für ein blödes Spiel?«

Am anderen Ende der Leitung war es still. So still, daß Claire den Hörer vom Ohr nahm und ihn stirnrunzelnd anschaute. Sie preßte die Muschel wieder ans Ohr und rief leise, ganz vorsichtig: »Hallo? Hallo?« Behutsam trug sie den Apparat zum Sofa und setzte sich. Plötzlich räusperte sich jemand am anderen Ende der Leitung, und dann war Achims Stimme, diese bekannte, sanfte, beinahe weibliche Stimme, in ihrem Ohr. »Wer ist Milo?« fragte Achim.

Claire schloß die Augen. Sie atmete tief durch. »Achim«, flüsterte sie hilflos. »Du?«

Sie preßte die Hand gegen den Magen. Immer, wenn sie sich aufregte, spürte sie diesen stechenden Schmerz in der Nähe des Zwerchfelles. »Ich freue mich, daß du anrufst«, sagte sie matt. Sie wußte selbst, daß es nicht sehr überzeugend klang. »Ich wollte auch gerade anrufen.«

»Offensichtlich hast du mit einem anderen Anruf gerechnet.« Achims Stimme war ruhig, freundlich wie immer. Aber Claire wußte, daß diese Freundlichkeit nichts bedeutete. Sie gehörte einfach zu Achims Wesen. Er konnte auch auf eine freundliche Art unpersönlich sein, beleidigt oder verletzt. Er konnte sogar auf eine freundliche Art traurig und verzweifelt sein.

Es hatte sie immer fasziniert, daß er nie jähzornig und unbeherrscht war.

»Wer ist Milo?« fragte Achim noch einmal.

»Du kennst ihn nicht«, sagte Claire. Sie versuchte sich zu erinnern, was sie ins Telefon gerufen hatte. Warum nur hatte sie angenommen, daß Milo am Telefon war? Ebensogut hätte es ja auch Paolo Vincenti sein können oder der kleine Belgier.

Um die peinliche Stille zu überbrücken, redete Claire drauflos. Sie erzählte, wie schön das Zimmer sei, gab eine kleine Porträtstudie von Paolo Vincenti (»Ein Collegeboy mit mörderischem Ehrgeiz«, sagte sie, »den er aber ziemlich gut verbirgt.«) Achim hörte stumm zu. Als sie erschöpft aufhörte, weil sie auf einmal merkte, wie lächerlich das alles klingen mußte, sagte Achim: »Hier ist übrigens auch schönes Wetter« und legte auf.

Claire blieb ratlos sitzen, das Telefon auf den Knien. »Ich bin ein Idiot«, murmelte sie, »ein richtiger Idiot.«

Sie stand auf, ging zum Fenster, zog die Gardinen zurück, schaute hinaus. Sie haßte Milo dafür, daß er sie in diese Situation gebracht hatte. Milo hatte schuld, selbstverständlich. Sie versuchte, sich in Achims Lage zu versetzen. Sie nahm den Hörer und wählte die Hamburger Nummer. Es war besetzt.

Sie versuchte es ein zweites, ein drittes Mal. Es war immer besetzt.

Als das Telefon plötzlich klingelte, hätte sie es vor Schreck beinahe fallen lassen. Sie nahm den Hörer ab und sagte nur vorsichtig: »Hallo?«

»Madame Uhde-Westhoff?« Monsieur Giraudoux war am Apparat, mit einer Stimme, die sich vor gespielter Fröhlichkeit fast überschlug. Claire konnte seine Stimme kaum ertragen. Sie hielt den Hörer mit ausgestrecktem Arm. »Alles in Ordnung, Madame? Alles zu Ihrer Zufriedenheit? Ich hoffe, man hat Sie so willkommen geheißen, wie Sie es verdienen. Gefällt Ihnen das Zimmer? Hat man Ihnen etwas zu trinken bereitgestellt? Etwas für den Kreislauf? Das braucht man in diesem Land immer. Und Blumen? Sind die Blumen angekommen? Ich habe mir erlaubt, Ihnen einen kleinen Rosenstrauß hinaufzuschicken. Ich hoffe, Sie mögen Teerosen. Kennen Sie übrigens diesen berühmten flämischen Rosenmaler aus dem sechzehnten Jahrhundert, der ...«

Claire unterbrach ihn ungeduldig. »Es ist alles wunderbar, Monsieur Giraudoux. Danke für die Rosen.«

Ich muß Achim anrufen, dachte Claire. Sie wollte den kleinen Belgier abwimmeln. Ich muß Achim beruhigen. »Wann ist das Gespräch mit dem Vorstand? Können Sie mir das sagen?«

»Aber ich bitte Sie! Das ist das mindeste, was in meiner Macht steht. Der Lunch mit dem Vorstand findet übrigens im Grill statt. Sie werden die sechs wichtigsten Herren kennenlernen.« Er lachte. »Sechs auf einen Streich. Das ist vielleicht etwas verwirrend für Sie. Ich wollte eigentlich ein Dinner mit Ihnen und unserem obersten Chef für heute abend planen, aber Monsieur Milo hat darauf bestanden, daß der Abend für Sie beide frei bleibt.«

Es klopfte. »Einen Augenblick«, rief Claire. Sie legte den Hörer aus der Hand und ging zur Tür. Milo stand da, eine Orchidee in der Hand.

»Darf man eintreten?«

Claire hob die Schultern. »Warum nicht?«

Als sie den Hörer wieder aufnahm, war die Leitung tot. Sie schaute Milo hilflos an. »Was soll das? Ich bin völlig durcheinander.« Sie war kurz davor, in Tränen auszubrechen.

»Aber nicht doch.« Milo nahm sie in seine Arme. Sein Körper war so warm, er roch so gut.

Claire drückte ihr Gesicht gegen seinen Hals. »Er hat vorhin angerufen.«

»Wer?«

»Achim.«

Milo schob sie von sich weg und betrachtete sie aufmerksam.

»Du liebst ihn immer noch?«

»Natürlich liebe ich ihn noch!«

Milo schloß sie in seine Arme, so fest, daß sie zu keiner Bewegung mehr fähig war. Sein Mund preßte sich fest auf ihre Lippen, als wolle er für immer jedes Gespräch, jedes Mißverständnis vermeiden. Er hob sie hoch und trug sie auf das Bett. »Unsinn«, sagte er.

Er entblößte ihren Körper mit ruhiger Selbstverständlichkeit. Er mußte ihren Bauch, den Geruch ihrer Haut, die Festigkeit ihrer Brüste nicht erst erkunden, er zeigte ihr, daß er jeden empfindlichen Zentimeter ihres Körpers so gut kannte, als habe er die Stunden seit ihrer ersten Liebesnacht ausschließlich damit verbracht, sich alles wieder und immer wieder ins Gedächtnis zu rufen.

Wenn sie sich erschöpft zur Seite rollen wollte, faßte er sie am Becken und zog sie wieder zurück.

Sie ließ sich auf ihn fallen, biß in seine Schultern, seine Lippen. Küßte seine Augen, seine Stirn.

Es stimmte, sie hatte etwas nachzuholen. Milo elektrisierte sie. Sie fühlte sich so heiß an, als glühte ihr Körper, sie war so erregt, daß sie am liebsten unentwegt gelacht oder geweint oder geschrien hätte.

Irgendwann, nach einer Weile, die Claire nicht messen konnte, rollte sich Milo auf die Seite, dann auf den Bauch, atmete tief, während Claire sich über ihn beugte und jeden kleinen Leberfleck auf seinem Rücken küßte. Doch Milo reagierte nicht mehr auf ihre Zärtlichkeiten. Er setzte sich auf, verschränkte die Arme hinter dem Kopf, als mache er Lockerungsübungen. Er nahm sie gar nicht mehr wahr.

Claire beobachtete fasziniert das Muskel- und Sehnenspiel seines kräftigen Rückens.

Eins spürte sie ganz genau: Wenn er ihren Körper begehrte, fand sie sich schön. Und sie wußte auf einmal, daß ihre Sucht nach seiner Begierde ihr zum Verhängnis werden könnte. Sie wollte, daß er sie wieder anschaute. Sie fuhr mit der Hand über seine Wirbelsäule.

»Ein Glas Champagner?« fragte Milo, während er die Flasche aus dem Eiskühler nahm. »Das Eis ist zwar schon geschmolzen, aber die Flasche noch schön kalt.«

»Es ist zu früh für Champagner.«

Milo öffnete den Verschluß.

»Besondere Umstände erfordern besondere Maßnahmen.

Übrigens, bevor du in deutsche Weinerlichkeit versinkst und wieder von deinem Gatten anfängst...«

Er füllte ein Glas und stellte es auf das Mahagonitischchen neben dem Bett. »Das Leben ist ein Spiel. Wir alle spielen. Wer es weiß, ist klug.«

Claire nippte an dem Glas, während sie zuschaute, wie er ein zweites Glas füllte und die Flasche in den Kühler zurückstellte. Er bewegte sich mit einer unbekümmerten Schamlosigkeit, die sie noch nie bei einem Mann beobachtet hatte. Achim zog sich immer sofort den Bademantel über, wenn er aus dem Bett oder aus dem Bad kam oder wenn er etwas zu trinken holte.

»Das ist übrigens von Schnitzler«, sagte Milo. »Obwohl es auch von mir sein könnte.«

»Komm wieder her«, bat Claire, »komm wieder ins Bett.«

Milo lachte überrascht. »Auf einmal? Ich dachte, du hast Sehnsucht nach deinem Gatten.«

»Unsinn«, murmelte Claire. Sie schlug die Bettdecke zurück. »Komm wieder her, bitte.«

Milo näherte sich, blieb dann aber mitten im Raum stehen. Er schaute auf ihren Bauch. Claire war stolz auf diesen festen, flachen Bauch und den Venushügel, der höher war als bei vielen anderen Frauen, sie hatte das überprüft, als kleines Mädchen schon, während der Turnstunden in der Schule und im Schwimmverein, niemand hatte so einen Venushügel wie sie, er hatte sich immer auch in den Jeans abgezeichnet, sie hatte die Blicke der Jungen bemerkt, die sich magnetisch auf diesen Punkt konzentrierten. Es hatte ihr Spaß gemacht.

»Ich habe dich gar nicht gefragt, ob du Kinder hast«, sagte Milo plötzlich, indem er unverwandt auf ihren Bauch blickte. Claire öffnete ein wenig die Schenkel.

»Was glaubst du?«

»Keine Kinder. Du hast den Körper eines jungen, jungfräulichen Mädchens. Möchtest du Kinder?« fragte er, an seinem Glas nippend.

»Ich weiß nicht. Ich verdränge den Gedanken. Vielleicht. Es ist möglich, ich bin nicht sicher. Ich wollte eigentlich erst einmal Karriere machen, irgendwann später vielleicht.«

»Mit vierzig«, sagte Milo, »oder mit fünfundvierzig. Eine sogenannte Spätgebärende. Das ist jetzt Mode bei emanzipierten Frauen.«

»Ich habe keine Lust, mit dir über Kinder zu reden.«

»Worüber denn?«

»Über dich. Über uns. Ich hab' Sehnsucht nach dir.«

»Ich bin doch da.«

»Aber nicht nah genug.« Milo setzte sein Glas irgendwo ab und kam näher. So nah, daß sie ihn anfassen konnte.

»Ich könnte nicht mit dir schlafen, wenn ich wüßte, daß du noch mit deinem Mann schläfst«, sagte Milo. »Ich habe keine Lust, eine Frau mit einem anderen Mann zu teilen. Insofern eigne ich mich überhaupt nicht zum Liebhaber einer verheirateten Frau.«

Claire streichelte seine Schenkel. »Ich finde, du eignest dich wunderbar zum Liebhaber. Komm endlich wieder ins Bett. Ich bin süchtig nach deinem Geruch.«

»Sag mir erst, daß du deinen Mann nicht mehr liebst.« Claire lachte hell auf. »Milo, du bist verrückt! Was soll diese ganze Unterhaltung?«

»Nichts.« Milo hob sie auf und legte sie quer auf das Bett. Dann legte er sich neben sie. Claire schloß erleichtert die Augen, als seine heißen Lippen endlich ihre Brüste berührten. »Ich weiß nicht, ob ich dich liebe, aber ich weiß, daß ich verrückt nach dir bin. Ich weiß, daß ich immerzu Sehnsucht nach deinen Küssen habe. Das macht mich unberechenbar.«

»Natürlich liebst du mich«, murmelte Milo. Er schob seine

Hände unter ihr Becken und hob es hoch. »Natürlich liebst du mich. Das weißt du genau.«

Claire hatte die Liebe immer für ein besonderes Gefühl gehalten, etwas von Lust und Begierde Losgelöstes, etwas Geistiges, Heiliges. Daß sie gerne mit Milo schlief, daß sie geradezu süchtig nach dem Geruch seiner Haut war, nach dieser Art, mit der er sie umfaßte und im Bett hin und her drehte, bis ihr ganz schwindlig wurde, bedeutete noch nicht, daß sie ihn liebte. So wie sie Achim liebte.

Jetzt lag sie, halb unter Milos großem, weißem Körper begraben, mit gespreizten Schenkeln, die Arme seitlich weggestreckt, und fühlte seine weichen Haare auf ihrem Gesicht, die bei jedem Atemzug aufflogen und sich sacht wieder auf ihre Lippen, ihre Wangen senkten. Es war wie kleine, zärtliche Küsse. Es war schön. Sie spürte seinen Atem, wie sein Brustkorb sich hob und senkte, sie sah die kleinen, roten Flecken auf seiner Schulter, die vielleicht von ihren Fingernägeln stammten. Unter ihrem Rücken spürte sie das feuchte Laken, das allmählich kalt wurde, aber es störte sie nicht. Es war gut so.

Milo rollte sich zur Seite. Er angelte sich die Fernbedienung des Fernsehers und drückte wahllos ein Programm. Ein Comicfilm. Claire stöhnte. Sofort drückte Milo ein anderes Programm. Pferderennen.

Schnaubende Pferde, die sich im Galopp streckten, während die Jockeys, in den Steigbügeln stehend, auf sie einschlugen.

»O bitte, Liebster«, murmelte Claire und schmiegte sich an ihn. »Mach den Kasten aus.«

»Es gibt hier vierundzwanzig Programme«, sagte Milo, ohne den Druck ihres warmen Körpers zu erwidern, »sogar einen arabischen Sender. Warte.«

»Wen interessiert denn ein arabischer Sender?!«

»Mich zum Beispiel.« Milo sprang von einem Programm zum anderen. Italienisch, französisch, BBC, ein Sportkanal, CNN. Ein Reporter berichtete aus Jerusalem. Er stand, das Mikrofon in der Hand, vor der Klagemauer. Kameraschwenk über die goldenen Kuppeln der Altstadt.

»Machst du das immer?« Claires Finger glitten über seine Hüften.

»Was?«

»Fernsehen, wenn du mit einer Frau geschlafen hast.«

»Pst!« machte Milo. Der Reporter vor der Klagemauer begann seinen Kommentar: »Niemand weiß hier, wie lange der trügerische Frieden hält. Die Parteien hüllen sich in Schweigen. Aber es ist ganz deutlich zu spüren, daß die Mehrheit der Israelis Angst hat.«

»Findest du das interessant?« murmelte Claire. Sie nahm Milo die Fernbedienung aus der Hand. »Wo geht das verdammte Ding aus?« Sie drückt einen Knopf, und die Stimme des CNN-Reporters dröhnte durchs Zimmer. »Manche Leute hier, mit denen ich gesprochen habe, halten einen Krieg mit Jordanien für unausweichlich«, sagte der Reporter. Da hatte Claire endlich den OFF-Knopf gefunden.

Claire legte ihren Kopf in seinen Schoß. »Vielleicht hast du recht«, murmelte sie, »vielleicht liebe ich dich tatsächlich. Ich bin ja sogar eifersüchtig auf den Fernseher. Warum küßt du mich nicht?«

»Ich küsse dich doch unentwegt.«

»Seit zehn Minuten hast du mich nicht geküßt.«

»Ich hätte mir das eben gern angeschaut«, sagte Milo. »Dieser Reporter ist gut, ich habe ihn einmal in Riad getroffen. Er hat beste Verbindungen zur Königsfamilie. Er kennt sich fabelhaft aus in der Gegend. Sein einziges Problem ist, daß er die Sprache nicht beherrscht.«

»Wer spricht schon Arabisch?« murmelte Claire.

»Ich zum Beispiel«, sagte Milo beiläufig.

Claire richtete sich auf. Sie strich die Haare aus der Stirn und starrte ihn an. »Du sprichst Arabisch? Wieso hast du das nie gesagt?«

Milo lachte. Er zog sie wieder an sich. »Weil du mich nie gefragt hast. Außerdem ist es nicht wichtig. Es ist nur manchmal ganz vorteilhaft.«

Claire legte seine Hand auf ihren Bauch. Seine Haut war mindestens zehn Grad kühler. »Stimmt es, daß das Hotel den Saudis gehört?« fragte sie.

Milos Finger, die eben noch zärtlich ihren Bauch gestreichelt hatten, verharrten. »Woher weißt du das?«

»Ist es ein Geheimnis?« Claire lachte. »Ich habe dieses Geheimnis von dem Chauffeur, der mich vom Flughafen abgeholt hat... übrigens: Warum hast du mich wie ein dummes Mädchen auf dem Flughafen stehenlassen? Ich wußte überhaupt nicht, wohin du gehst.«

Milo lachte leise. »Aber ich wußte doch, wo du bist. Du konntest doch gar nicht verlorengehen. Außerdem wohnen wir ja im gleichen Hotel.«

»Aber ich habe das nicht gewußt! Ich hatte keine Ahnung.«

»Es reicht doch, wenn einer den Überblick hat, oder?«

Milo rutschte ein bißchen tiefer, um ihre Brüste zu küssen. Er macht das auf eine unnachahmliche Art.

Claire zog die Luft ein. Wie immer, wenn sie sich auf ein Lustgefühl konzentrierte, bildete sich eine steile Falte auf ihrer Stirn. Sie konnte diese Falte fühlen. Es war merkwürdig. Manchmal hatte sie den Eindruck, daß sie die kleinen Falten, die sie eines Tages im Gesicht haben würde, jetzt schon kannte, wie winzige Stromstöße der Nerven zeichneten sie jetzt schon unsichtbare Linien in ihr Gesicht. »Fang nicht wieder an, Milo«, murmelte sie. »Ich hab' keine Ahnung, wie spät es ist. Womöglich verpasse ich noch den Termin.«

»Keine Angst, den verpaßt du nicht. Aber du bist schließlich nicht nur hergekommen, um mit Victor und Paolo zu reden.«

»Warum sonst?« fragte Claire, mit seinen Haaren spielend. Sie kannte die Antwort, aber sie wollte sie dennoch aus seinem Mund hören.

»Damit wir uns ungestört eine ganze Nacht lang lieben können. Außerdem werde ich dich vielleicht noch um einen Gefallen bitten.«

Claire nahm die Hände aus seinen Haaren. »Was für einen Gefallen?« fragte sie argwöhnisch.

»Einen kleinen Gefallen. Einen ganz, ganz kleinen. Mach dir keine Sorgen. Ich erwarte nichts, was dir Probleme machen könnte.«

Claire schloß gequält die Augen. »Ich glaube, ich möchte etwas trinken.«

Milo erhob sich wortlos und holte den Champagnerkühler und zwei Gläser. »Du mußt dich auf dein Gespräch mit den Hotel-Typen vorbereiten. Ich weiß, daß es wichtig für dich ist. Für deine Karriere. Für dein Selbstbewußtsein. Es tut mir leid, daß ich dich jetzt durcheinandergebracht habe. Aber du wirst wunderbar sein. Die Männer werden dir zu Füßen liegen, wie überall. Eigentlich wollte ich nur kurz zu dir kommen, deinen schönen Körper anschauen und ein bißchen streicheln und wieder gehen. Verzeih.«

Ich kann ihm nicht böse sein, dachte Claire. Ich glaube, ich könnte ihn hassen, aber ich kann ihm nicht böse sein. Er ist nicht gut für mich, er bringt mein Leben durcheinander, er bringt meine Ehe in Gefahr, aber er macht mich wieder lebendig.

»Woher kennst du Monsieur Giraudoux?« fragte Claire nach dem ersten Schluck Champagner. »Was hast du mit Monsieur Giraudoux zu tun?«

»Nichts«, sagte Milo mit einem unschuldigen Lächeln, dem Claire sofort vertraute. »Außer daß er Bilder liebt. Und sehr viel von Bildern versteht. Er kauft für die Scheichs von Saudi-Arabien Bilder auf dem internationalen Kunstmarkt, er ist ein Experte, er verdient damit sehr viel Geld.«

»Das habe ich nicht gewußt«, sagte Claire verwundert. Sie saß im Bett, die Decke bis ans Kinn gezogen, und trank ihren Champagner. »Zu mir hat er gesagt, er sei ein armer Mann.«

»Das ist er auch, wenn er sich mit den saudischen Scheichs vergleicht. Monsieur Giraudoux hat auch zwei Bilder meines Vaters gekauft. Sie sollen ein Geschenk des Scheichs an die Universität von Dschidda sein.«

»Ah, ihr macht gemeinsame Geschäfte! Jetzt verstehe ich. Was ist das für eine Auktion in London?«

Milo stand auf. Er ging ins Bad und kam in einem Bademantel zurück. »Vergiß es, Claire. Das gehört zum Thema Vergangenheit, und wir sind uns ja einig, daß darüber nicht mehr gesprochen wird.«

Claire stellte ihr Glas auf den Nachttisch. »Du machst krumme Geschäfte, nicht wahr?«

Milo schüttelte amüsiert den Kopf. »Der ganze Kunstmarkt funktioniert wie ein Basar. Wenn du so willst, werden in einem Basar immer krumme Geschäfte gemacht. Immer versucht einer, den anderen übers Ohr zu hauen. Der Verkäufer ebenso wie der Käufer. Ich bin kein Betrüger, Claire.«

Überrascht sagte Claire: »Das habe ich auch nicht gemeint.«

»Nein?« fragte Milo sanft.

Ein Briefumschlag wurde unter der Zimmertür durchgeschoben. Milo hob ihn auf und brachte ihn Claire.

»Ich zieh' mich inzwischen wieder an.«

Er verschwand im Bad.

»Verehrte Mrs. Uhde-Westhoff. Wir sind sehr glücklich, Sie wohlbehalten in unserem Hause zu wissen. Ich möchte Sie im Namen des Konzerns herzlich willkommen heißen und Sie hiermit zu einem Lunch im Grill-Room, um 14.00 Uhr, einladen. Herzlich, Victor O'Neill.«

»Kennst du Victor O'Neill?« fragte Claire, als Milo zurückkam.

»Natürlich kenne ich Victor. Seine Exgeliebte ist Libanesin, falls dich so was interessiert. Wenn er nicht die Anweisung gegeben hätte, daß ich einen fünfzigprozentigen Rabatt bekomme, würde ich nie in diesem Schuppen absteigen.«

»Und warum nicht?«

»Zu teuer, zu laut, das Personal durch arabische Trinkgelder korrumpiert und die Gäste zu alt.«

»Danke«, sagte Claire.

»Du bist ja kein Gast. Hat Victor dich zum Lunch eingeladen?«

»Du weißt natürlich schon wieder alles. Irgendwann wirst du mir erzählen, woher du immer alles weißt. Du bist mir unheimlich.«

Milo küßte sie. »Das ist mir recht.«

Während sie sich für den Lunch vorbereitete, rief Giraudoux noch einmal an.

»Warum haben Sie vorhin aufgelegt?« rief Claire aufgebracht. Sie war nervös, gereizt und mit sich selber unzufrieden. Sie hatte das Gefühl, daß sie pausenlos Fehler machte. Sie verlor den Überblick. Das war gefährlich.

»Ich hatte aufgelegt, weil ich diskret sein wollte«, sagte Monsieur Giraudoux sanft. »Monsieur Milo war ja gerade in Ihr Zimmer getreten.«

Claire sah sich, mit dem Telefonhörer in der Hand, im Zimmer um.

»Gibt es hier eine Videokamera und Wanzen? Was ist hier eigentlich los?« Sie war wütend, aber je wütender sie wurde, desto sanfter reagierte Monsieur Giraudoux. »Ich würde Sie gerne um kurz vor vierzehn Uhr in Ihrem Zimmer abholen und zum Grill begleiten«, sagt er. »Ich persönlich werde nicht an dem Essen teilnehmen, aber ich kann Ihnen noch ein paar Dinge über Ihre Gesprächspartner sagen, die Sie vielleicht wissen sollten. Wäre Ihnen fünfzehn Minuten vor vierzehn Uhr recht?«

»Warum fragen Sie, wenn es längst beschlossen ist!« sagte Claire ungehalten und warf den Hörer auf die Gabel.

Monsieur Giraudoux war eine Minute zu früh. Er entschuldigte sich überschwenglich unter tiefen Verbeugungen. Claire beschloß, daß sie ihn nicht mehr mochte. Er hatte sie belogen, er sei ein armer Mann, der Museen besuche, um sich schöne Bilder anzusehen. Dabei war er ein reicher Mann, ausgestattet mit Vollmachten saudischer Scheichs, für die er Kunstwerke auf dem internationalen Markt besorgte. Wahrscheinlich, bestimmt sogar, war er bestechlich.

Claire hörte nur mit halbem Ohr zu, während Monsieur Giraudoux umständliche Details der Hierarchie des Konzerns vor ihr ausbreitete und ihr das Funktionieren des Aufsichtsrates erklärte. Offenbar gehörten alle Herren, die Claire kennenlernen würde, dem Aufsichtsrat an. Über die Besitzverhältnisse sagte er nichts.

Als sie sich auf den Weg zum Grill-Room machten, fragte Claire: »Welche Verabredung haben Sie eigentlich mit Milo über mich getroffen?« Sie ließ ihre Stimme so gleichmütig wie möglich klingen, aber offenbar war das ein Fehler. Monsieur Giraudoux blieb sofort stehen. Er schaute sich um. Er dämpfte seine Stimme und fragte verblüfft: »Hat Monsieur Milo Ihnen das nicht selber gesagt?«

»Nein. Wir..., es gab so viele andere wichtige Dinge...« Sie lächelte. »Es war einfach nicht genug Zeit.«

Monsieur Giraudoux runzelte die Stirn. Es schien Claire, als ginge er ein bißchen gebeugter, nachdenklicher neben ihr her. Er verschränkte die Hände auf dem Rücken. »Ich bin nicht sicher, Mrs. Uhde-Westhoff, daß ich vorgreifen darf. Wenn Monsieur Milo Ihnen persönlich von dem Projekt noch nichts erzählt hat...« Der kleine Belgier musterte sie forschend von der Seite. Sie stiegen die Freitreppe zum ersten Stock hinauf, bogen nach rechts ab und waren wenige Schritte später am Eingang des Grill-Rooms, wo ein Oberkellner im Cut, eine überdimensionale Speisekarte unter dem Arm, sie am Empfangstisch erwartete.

»Das ist Mrs. Uhde-Westhoff«, sagte der kleine Belgier barsch, »sie ist mit Mr. O'Neill verabredet.«

Der Oberkellner verbeugte sich etwas zu tief. »Willkommen im Claridge, gnädige Frau, wenn Sie mir bitte folgen würden.«

»Viel Glück«, flüsterte Monsieur Giraudoux. Er machte verstohlen ein Siegeszeichen mit der linken Hand.

»Mrs. Uhde-Westhoff?« Eine scharfe Stimme ganz dicht an ihrem Ohr ließ Claire zusammenzucken. »Welcome to the Claridge.« Claire wandte sich um.

Vor ihr stand ein Mann, mittelgroß, mit sorgfältig gewelltem, silbergrauem Haar und einem Gesicht, an dem zuerst die scharfen Augen auffielen und dann ein zu allem entschlossener, schmaler Mund. Zwei tiefe Falten zogen sich von der Nasenwurzel zu den Mundwinkeln. Seine Haut hatte diese chinesengelbe Tönung, die von der Dauerbestrahlung künstlicher Sonnen herrührt. Claire kannte viele Manager, die einmal wöchentlich zur Sonnenbank gingen, um den Anschein zu erwecken, als verbrächten sie ihre Zeit alternierend auf Surfbrettern in der Karibik oder auf dem Deck einer Yacht, die durch die Ägäis kreuzt, während sie doch in Wahrheit ihren Schreibtisch in dem vollklimatisierten Büro fast nie verließen. Sein Anzug war von der Farbe unbestimmten Graus, den Wallstreetleute bevorzugen, die Krawatte gedeckt, der ganze Mann ein Prototyp des erfolgreichen Managers, der gegen seine Mitarbeiter genauso gnadenlos ist wie gegen sich selbst. Claire, geschult im Einschätzen solcher Leute, hatte beschlossen, daß er zu jenen Führungskräften gehört, die man mit äußerster Vorsicht behandeln muß, als er plötzlich unvermutet sehr charmant lächelte, ihre Hände nahm und sagte: »Ich bin Victor O'Neill.«

Claire wußte, daß dieser Mann eben von seiner libanesischen Geliebten verlassen worden war. Sie stellte sich das Haus vor, in dem die beiden gewohnt hatten, das Polaroid-Foto eines modernen Penthouses mit nichtssagenden modischen Grafiken an den Wänden und Acrylmöbeln. Aber vielleicht wohnte er ganz anders; in schweren dunklen Gründerzeitmöbeln, die er von seiner Mutter geerbt hatte und zwischen denen seine libanesische Geliebte allmählich depressiv geworden war.

»Ich freue mich, Sie kennenzulernen«, sagte Claire mit ihrer ruhigen, kontrollierten Stimme. »Danke für die Einladung.«

Sie wich seinem forschenden, scharfen Blick nicht eine Sekunde aus. Sie machte sich keine Illusionen: Dieser Mensch hatte sie wahrscheinlich noch schneller taxiert als sie ihn. Was wird er von mir denken? dachte sie. Ob ich ihm zu jung bin? Oder vielleicht zu alt? Mit Mitte Dreißig ist man ja nicht mehr wirklich jung in diesem Geschäft. Und jemand, der etwas verkaufen muß, verkauft ja auch immer sich selbst. Sie wußte, daß er an ihrer Kleidung nichts aussetzen konnte, auch nicht an ihrem Make-up, alles war dezent und elegant.

Victor O'Neill legte ihr leicht seine Hand auf die Schulter.

»Kommen Sie. Ich stelle Sie den anderen Herren vor.« Er näherte sich ihrem Ohr und flüsterte: »Keine Angst. Es wird kein Verhör.«

»Darauf wäre ich auch nicht vorbereitet«, sagte Claire lachend.

»Aber Sie verstehen«, sagte O'Neill, sein warmer Atem immer noch nah an ihrem Ohr, »daß wir uns erst ein Bild machen müssen, bevor wir Ihnen ein Angebot unterbreiten.«

Claire wandte ihm ihr Gesicht zu. »Mr. O'Neill, ich bin nicht erst seit gestern in diesem Business. Ich weiß, wie Kontakte und Verträge entstehen. Und ich möchte mir ja auch ein Bild von Ihrem Konzern machen, nicht wahr? Ein Vertrag, wenn er denn zustande kommt, hat ja immer zwei Partner.« Ihre Stimme klang gleichmütig und verriet nichts von der flatternden Aufgeregtheit, die Claire auf einmal befallen hatte. Dieser Mann war eisenhart, das spürte sie. Die Herren, die an der Tafel in der Fensternische warteten, hatten sich erhoben. Die zwei Araber, von denen Monsieur Giraudoux berichtet hatte, hielten den Kopf höflich gesenkt, während die anderen Herren Claire unverhohlen musterten, wie sie, immer noch mit Victor O'Neills Hand auf der Schulter, sich dem Tisch näherte.

»Well, liebe Freunde, das ist sie«, sagte Victor O'Neill. »Eine Karrierefrau, über die in der Branche nur das Beste gesagt wird, made in Germany.«

»Bei Waren durchaus ein Gütezeichen«, sagte der Herr, der Claire zuerst die Hand gab, ein kleiner runder Mann mit winzigen weichen Händen. »Aber bei Menschen gelten doch wohl ander Maßstäbe, Mr. O'Neill.«

Claire lächelte und gab jedem einzelnen die Hand.

Immer spürte sie Victor O'Neills aufmerksamen Blick. Er studierte offenbar jede ihrer Bewegungen.

»Einen Aperitif?« fragte er, als Claire Platz genommen hatte. »Champagner? Oder vielleicht einen trockenen Sherry? Einen Campari?«

Claire tat, als müsse sie überlegen, und sagte schließlich, mit einer Geste der Entschuldigung: »Ich denke, ich nehme ein einfaches Wasser mit einem Stückchen Zitrone. Nachher, falls es Wein gibt, schließe ich mich gerne an.«

Victor O'Neill nahm das mit einem stummen Kopfnicken zur Kenntnis.

»Wasser?« rief der Herr, der offenbar der oberste Finanzchef war und der auffiel, weil er als einziger einen Blazer und eine Clubkrawatte (wahrscheinlich Oxford, dachte Claire) trug. »Das enttäuscht uns aber.«

»Ich dachte, dieses ist ein Business-Lunch«, sagte Claire, »und kein Lustmahl.«

Victor lächelte. »Verbinden Sie beides nie miteinander?« fragte er.

»Nein. Ich glaube nicht. Ich trenne gern das Private vom Geschäftlichen.«

Sie spürte, daß sie etwas Richtiges gesagt hatte, sie fing einen bedeutungsvollen Blickkontakt zwischen Victor und einem Araber auf.

Zwei Stunden später hatte Claire gewonnen. Das Angebot lag auf dem Tisch. Es war ein phantastisches Angebot, und das Jahresgehalt – wie Milo vorausgesagt hatte – war fast dreimal so hoch wie das, was sie in Hamburg bekam. Sie würde direkt dem Aufsichtsrat unterstellt sein und in eigener Regie Werbekampagnen für die Hotels des Konzerns vergeben können und Marketingstrategien erarbeiten.

Ganz nebenbei bedeutete dieser Job auch, daß Claire ein Freiticket rund um die Welt hatte; wann immer sie es für nötig hielt, wichtige Kunden oder die Vertragshotels aufzusuchen, konnte sie einfach ein Flugzeug besteigen.

»Allerdings würden wir es natürlich vorziehen«, sagte O'Neill, »wenn Sie Ihren Wohnort von Hamburg nach London verlegten. Das erleichtert die Kommunikation. Ich bin ein Fan der kurzen Wege, trotz Telex und Telefax.« Er zögerte, dann fuhr er fort: »Sie sind verheiratet, soviel ich weiß?«

Claire nickte.

»Darf man erfahren, was Ihr Mann beruflich macht?«

»Er ist Teilhaber einer kleinen Werbeagentur.«

»Er könnte nicht nach London übersiedeln?« Der Finanzchef beugte sich vor und sah Claire fast beschwörend an. »London ist eine phantastische Stadt – wenn man Geld hat. Und das werden Sie ja in gewissem Maße haben. Vielleicht kann Ihr Mann von London aus arbeiten? Wäre das denkbar?«

»Es wäre denkbar«, sagte Claire vorsichtig, »aber ich weiß nicht, ob es realistisch ist. Ich kann Ihnen dazu im Augenblick noch gar nichts sagen.«

»Rufen Sie ihn an«, schlug Victor O'Neill vor, »gleich nachher. Sozusagen unter dem Eindruck unseres fruchtbaren Gesprächs. Vielleicht springt der Funke der Begeisterung, den ich bei Ihnen verspüre, ja auf Ihren Mann über.«

Claire lächelte schwach.

»Versprochen«, sagte sie.

O'Neill lachte. Er hielt das Spiel schon fast für gewonnen, das spürte man. »Eine gute Ehe hält eine Menge aus«, sagte er fröhlich, »außerdem lebt die Liebe von der Herausforderung. Langeweile und Gleichmaß sind der Tod jeder Ehe.« Der Araber hob sein Glas. »Jetzt trinken wir auf Victor O'Neill«, sagte er, »den großen Philosophen, der so viel über die Liebe weiß.«

Victor schaute sich verblüfft um, als er das ironische Lächeln der anderen bemerkte. »Habe ich etwas Falsches gesagt?«

»Nein. Wir wundern uns nur, daß Sie überhaupt etwas gesagt haben«, meinte der Finanzchef. »Ich arbeite jetzt fast zehn Jahre mit Ihnen zusammen. Aber das Wort Liebe habe ich aus Ihrem Mund noch nicht gehört. Ich dachte, das kommt in Ihrem Wortschatz gar nicht vor.«

Victor O'Neills Gesicht verschloß sich augenblicklich.

Er erhob sich und sagte knapp: »Ich denke, wir haben alle ein Recht auf ein Privatleben. Haben Sie das Gefühl, daß man sich genug um Sie kümmert, Frau Uhde-Westhoff?«

»O ja.« Claire dachte an Milo. Ob jemand außer Monsieur Giraudoux informiert war? Die Vorstellung, ihre Zusammenkunft mit Milo könnte sich bis in die Vorstandsetage herumgesprochen haben, trieb ihr die Hitze in den Kopf.

»Eine Frau wie Sie, die überall in der Welt Kontakte pflegen muß, hat sicherlich ein ganzes Rudel Freunde in dieser Stadt«, sagte Victor O'Neill. »Wir hätten Sie gerne heute abend ausgeführt, aber Monsieur Giraudoux deutete an, daß Sie schon andere Pläne haben.«

Claire entschloß sich zu einem Ausruf, der irgendwo in der Mitte zwischen Überraschung und Amüsement liegen sollte. »Ach so? Ich wußte gar nicht, daß Monsieur Giraudoux so gut über mein Privatleben informiert ist.«

Paolo Vincente beugte sich vertraulich an ihr Ohr und sagte: »Es gehört zu seinem Beruf. Er war beim Geheimdienst. Vielleicht ist er es immer noch. Er schweigt sich darüber aus. Aber behalten Sie es für sich. Er wiegt sich gern in dem Gefühl, als wichtiger Kunstexperte für das Unternehmen unverzichtbar zu sein.«

»Ist er das nicht?« fragte Claire. Die Dinge wurden immer undurchsichtiger.

»Doch, doch, durchaus, durchaus.« Paolo sah sie forschend an. Er zögerte. Glaubte er ihr nicht? Was hätte sie über Giraudoux wissen sollen?

Einer aus der Tischrunde rief: »Paolo!«

Paolo machte eine ungeduldige Handbewegung, aber dann entschuldigte er sich doch und ließ Claire einfach stehen, um zum Tisch zurückzugehen.

Der Oberkellner eilte auf sie zu. »Wollen Sie uns schon verlassen, gnädige Frau? Wie bedauerlich! Ich hoffe, es war alles zu Ihrer Zufriedenheit.«

»Ganz ausgezeichnet«, sagte Claire. Sie war unschlüssig, ob sie nun warten oder einfach weggehen sollte. Der Oberkellner aber geleitete sie zum Ausgang.

»Ich hoffe, dies war nicht unsere letzte Begegnung«, sagte er, während er die Glastür vor ihr aufstieß.

Aus der Küche kam plötzlich ein klirrendes Geräusch. Claire kannte das. Wahrscheinlich ein junger Küchenboy, der ein Tablett frisch gewaschener Gläser zu schräg gehalten hatte. Der Oberkellner stieß einen gespielten Seufzer aus.

»Scherben sollen ja Glück bringen. Ich wünsche Ihnen einen schönen Tag.«

»Danke.« Claire sah noch einmal zu der Tischrunde zurück. Niemand beachtete sie. Sie waren offenbar in ein wichtiges Gespräch vertieft. Auch gut, dachte Claire. Man behandelt mich schon wie eine Angestellte. Ich gehöre offenbar schon dazu.

Bei dem Gedanken mußte sie lachen. Manche Dinge im Leben waren so schrecklich einfach.

Achim hatte alle Tageszeitungen durchgeblättert, aber nichts wirklich gelesen. Er hatte die Toastscheiben anbrennen lassen, und die Milch, die er für den Kaffee aufwärmen wollte, war übergekocht, nun saß er bei offenem Küchenfenster, ihm war kalt, und er hatte Mitleid mit sich selbst.

Seit dem Telefongespräch mit Claire fühlte er sich, als habe er Fieber. Milo, dachte er. Milo. Und er murmelte: Verdammt noch mal. Er wollte aufspringen und wieder in dem Hotel anrufen, aber sein Stolz hielt ihn zurück. Er zog eine warme Strickjacke über und setzte sich wieder in die zugige Küche und blickte mit blinden Augen auf die Schlagzeile der Zeitung. Er blätterte weiter, schaute gelangweilt auf die nackte Schöne, die sich an irgendeinem karibischen Strand sonnte, las den Kommentar des Tages, der sich mit der Steuererhöhung befaßte, und dachte: Milo. Wer ist Milo? Verdammt noch mal, was soll ich tun?! Er schloß das Fenster, raffte die Zeitungen zusammen und warf sie neben die Wohnungstür, um sie später in den Keller zu bringen. Er ging ins Bad und starrte sich an. Du bist ein Trottel, Achim, sagte er seinem Spiegelbild. Ein Trottel. Wieso merkst du das erst jetzt? Ich habe Fieber, dachte er, die Hände gegen das heiße Gesicht pressend. Ich ersticke in der Wohnung. Ich muß raus, dachte er, spazierengehen, dann wird es besser. Er stürzte im offenen

Mantel und einem Schal, den er schon auf dem ersten Treppenabsatz verlor, ins Freie. Erst als er auf die Straße trat, tief durchatmete und in den Himmel schaute, fühlte er sich wohler. Er schaute an der Häuserfront zu der Wohnung hinauf. Zum ersten Mal fühlte er sich außerhalb der Wohnung sicherer.

Achim vergrub die Hände in den Hosentaschen und lief mit gesenktem Gesicht weiter. Das Gespräch hatte ihn aufgewühlt, hatte ihn erregt, zornig gemacht. Er hatte hitzig reagiert. Nervös. Gereizt. Er wußte das wohl. Sonst war er anders: besonnen, überlegt, nachdenklich. Er hatte sich ihre Argumente überhaupt nicht anhören wollen. Er merkte nur, daß sie dabei war, ihr Leben neu zu planen. Daß sie dabei war, ihn aus ihren Plänen zu streichen.

Er spürte es. Selbst wenn sie es leugnete, und natürlich würde sie es leugnen. Aber trotzdem nahm er sich vor, ihr das zu sagen: Du beginnst, dein Leben ohne mich zu planen. Ja, das würde er sagen. Das gefällt mir nicht. Das ist gegen die Abmachung. Warum haben wir geheiratet? Er stieß fast mit einem Radfahrer zusammen. Ohne aufzuschauen, wich er aus und setzte seinen Weg am Alsterarm entlang fort. Es war kalt geworden. Der Wind verbiß sich in sein Gesicht. Achim fingerte nach seinem Schal, und es dauerte eine Weile, bis er merkte, daß der Schal nicht mehr da war. Fluchend drehte er um. Plötzlich war der Verlust des Schals schlimmer als das Telefongespräch. Vielleicht hatte aber auch alles etwas miteinander zu tun. Die Dinge begannen sich gegen ihn zu verschwören. Als er die Straße überqueren wollte, sprang die Ampel auf Rot. Das war auch wieder so ein Indiz. Dann kam ein Krankenwagen mit heulenden Sirenen um die Ecke gejagt, und Achim sprang erschrocken auf den Bürgesteig zurück. Er fing an zu laufen. Er geriet außer Atem. Er schaute jedem Passanten argwöhnisch auf die Kleidung. Trägt er meinen Schal?

Ungeduldig herrschte er ein Kind an, das vor ihm herumhüpfte und »Zollschranke« spielte und ihn nicht durchlassen wollte. Er schlug dem Kind auf die Hand und sagte: Laß mich durch. Das Kind schaute ihn mit großen Augen an. Achim lächelte, um es zu besänftigen, und wollte ihm die Wange tätscheln. Das Kind wich erschrocken seiner Hand aus. Achim überquerte die Straße.

Wer ist Milo? hämmerte es in seinem Kopf. Wer ist Milo? hatte er gefragt, und daraufhin war es still geworden in der Leitung. Du kennst ihn nicht, hatte Claire geantwortet, weiter nichts.

Im Hausflur, auf dem Treppenabsatz, fand er den Schal.

Er hob ihn auf und trug ihn nach oben in die Wohnung, behutsam, als wäre er etwas Zerbrechliches, etwas Kostbares, das er schon verloren geglaubt und dann wiedergefunden hatte.

Noch in Mantel und Straßenschuhen, ging er zum Telefon und rief Iris an, um ihr zu sagen, daß er ohne Claire kommen würde, daß er sich aber besonders auf den Abend freue.

»Du kommst allein?« fragte Iris überrascht. »Ist etwas?«

»Nein, nein, nicht, was du denkst. Claire ist in London.« Und er fügte hinzu, als sei das wichtig: »Geschäftlich.«

Als Claire von ihrem Stadtbummel zurückkam und an der Rezeption ihren Zimmerschlüssel verlangte, erhob sich Monsieur Giraudoux aus dem mit Blümchen-Chintz überzogenen Sessel hinter der Säule. Er legte die Zeitung zusammen, in der er offenbar gelesen hatte, und schlenderte, scheinbar gedankenlos, auf sie zu.

»Hatten Sie einen netten Nachmittag?« fragte er freundlich, als er neben Claire vor der Lifttür wartete. Er sah, daß sie zwei Lacktüten in der Hand hielt. »Ah! Ein Einkaufsbummel!« sagte er augenzwinkernd.

Claire hatte keine Lust, mit Monsieur Giraudoux über ihre Einkäufe zu sprechen. »Wissen Sie, wo Milo ist?« fragte sie. »Er hat keine Nachricht für mich hinterlassen.«

»Er ist unterwegs«, sagte Monsieur Giraudoux, »aber er wird pünktlich zum Abendessen zurück sein. Ich habe für Sie im Brown's einen Tisch bestellt. Es wird Ihnen gefallen. Es ist so wunderbar old fashioned.«

Sie stiegen in den Lift, eine dicke, nach Atem ringende Dame quetschte sich im letzten Augenblick noch mit hinein. Sie strahlte Claire und ihren Begleiter aus Äuglein an, die tief in rosiggepuderten Fettpolstern lagen.

»*Hello everybody*!« rief sie fröhlich, nachdem sie wieder Luft holen konnte. »*Lovely afternoon*!«

Claire und Monsieur Giraudoux senkten im stummen Einverständnis den Kopf und warteten, bis die Dame wieder ausgestiegen war. »Sie wissen also, wo Milo jetzt ist?« fragte Claire. Es ärgerte sie, daß dieser Mensch mehr wußte als sie. Es ärgerte sie, daß es ein Geheimnis gab, in das sie nicht eingeweiht wurde. Außerdem hatte ihr der Stadtbummel nur wenig Spaß gemacht. Sie hatte einen Schal für Achim gekauft und unter ungefähr zwei Dutzend verschiedenen Farbtönen wählen müssen, so lange, bis ihr kein einziger mehr gefiel. Außerdem hatte sie in einem Antiquitätengeschäft einen alten, silbernen Zuckerstreuer erstanden, und noch während sie den Scheck ausfüllte, hatte sie gewußt, daß zu ihrem neuen Leben ein antiker, silberner Zuckerstreuer nicht mehr paßte. Sie hatte aufgeschaut in das devote und gleichzeitig zufriedene Gesicht des Verkäufers und eigentlich fragen wollen: Kann ich den Kauf nicht rückgängig machen? Aber dann war es ihr doch zu peinlich gewesen.

Claire war ins Hotel zurückgekehrt, in der sicheren Überzeugung, daß in ihrem Fach eine Nachricht von Milo lag: Wo bleibst du? Ich habe Sehnsucht. Aber es gab keine Nachricht von Milo. Nur diesen kleinen Belgier, der ihr immer lästiger und unangenehmer wurde. Er hatte etwas von der schnüffelnden Klebrigkeit eines Detektivs. Für einen Augenblick stellte sie sich vor, daß Monsieur Giraudoux von Milo engagiert war. Aber das war lächerlich.

»Ich weiß, wo Monsieur Milo sich befindet«, sagte der kleine Belgier reserviert, »aber ich weiß nicht, ob ich es Ihnen verraten darf. Er ist in einem Vorort, zirka dreißig Kilometer von hier.« Und er fügte, als merkte er selbst, daß diese Erklärung nicht ausreichte, noch hinzu: »Keine besonders gute Gegend. Sehr viele Pakistani. Heruntergekommene Mietshäuser. Es würde Ihnen dort nicht gefallen.«

Der Fahrstuhl hielt, Claire stieg aus, und der kleine Belgier folgte ihr. »Sie brauchen mich nicht zu begleiten«, sagte Claire irritiert, »ich kenne den Weg. In Hotels habe ich mich noch nie verirrt.«

Das Zimmer wirkte leer und aufgeräumt, als habe sie es nie bewohnt. Neben dem Telefon keine Nachricht, ihre Kleider weggehängt, das Köfferchen verstaut, die Vorhänge zugezogen. Claire knipste die Stehlampe an und trat ans Fenster: Der Londoner Verkehr ebbte langsam ab. Sie schaute auf die Lichterkette der Autos.

Sie versuchte sich zu konzentrieren.

Ging ins Zimmer zurück, starrte auf das Telefon, schaute im Kleiderschrank nach ihren Sachen, ging zurück, blätterte im Hotelmagazin.

Alle fünf Minuten schaute Claire auf die Uhr.

Stellte den Fernseher an, machte ihn aber sofort wieder aus. Ging ins Bad, wischte mit einem Kleenex die Lippenstiftspuren fort, cremte die Hände ein.

Die Stille des Hotelzimmers bedrückte sie. Obgleich sie jahrelang in einem Hotel arbeitete, hatte sie sich nie Gedanken gemacht über die Einsamkeit des Gastes.

Sie versuchte sich auf ein Konzept zu konzentrieren, wie man Hotelgästen diese Isolationsangst nehmen könnte, da klopfte es. Claire stürzte zur Tür.

Im Flur stand Milo. Ein bißchen gebeugt, mit einem müden traurigen Lächeln. »Darf man eintreten?«

Claire öffnete die Tür und trat zur Seite.

Milos Schritte waren langsam, geradezu schleppend. Mitten im Raum drehte er sich zu ihr um. Er schaute sie an, als versuchte er, sich an sie zu erinnern.

Seine Lippen waren weiß.

»Was ist los?« rief Claire erschrocken. »Wo warst du? Du siehst aus wie der Tod!«

»Entschuldige. Ich wollte eigentlich aussehen wie das Leben, wenn ich mit einer Frau wie dir einen Abend in London verbringe. Hast du Giraudoux gesprochen?«

»Ja.« Claire schaute ihn unverwandt an. Sie versuchte zu verstehen. Aber es gelang ihr nicht. »Er hat einen Tisch reserviert. Im ›Brown's‹. Wie um alles in der Welt er auf die Idee kommt, daß gerade das ›Old Fashion‹, wie er gesagt hat, mir so gut gefällt, weiß ich nicht.«

»Willst du lieber woandershin? Ich kenne einen guten Chinesen. Und einen fabelhaften Inder. Magst du indisches Essen?«

»Sehr, aber ich vertrage es nicht. Mein Magen ist so sensibel wie dein Herz.«

Er schaute sie an. Sein Blick wurde warm, beinahe zärtlich.

»Dann passen wir ja womöglich doch nicht zusammen.«

Er streckte die Arme nach ihr aus. »Komm. Laß dich umarmen. Laß mich dir einen Kuß geben. Du siehst wunderschön aus. Hat dir das heute schon jemand gesagt?«

»Leider nicht.«

Claire ließ sich umarmen. Seine Lippen, die ihr Gesicht berührten, waren eiskalt. Ebenso seine Hände, die über ihren Rücken strichen. Sie spürte es durch die dünne Seide ihres Kleides. Sie zitterte.

»Erzähl von deinem Tag«, murmelte Milo.

»Ich kann nicht.« Claire schaute Milo an. »Ich möchte wissen, was los ist, Milo. Hör auf, Theater zu spielen. Ich finde das lächerlich. Du versteckst dich unentwegt. Ich kann nicht lieben, wenn ich nicht weiß ...«

»Pst, kleines Mädchen, pst. Ganz ruhig.« Seine Arme umschlossen sie wieder. »Nicht soviel reden. Nicht soviel nachdenken. Nicht soviel fragen.«

Claire schwieg.

Von draußen drang der Lärm der Straße: an- und abfahrende Autos, das Schlagen von Wagentüren, die schrille Pfeife des

Portiers, mit der er Taxis heranholte, kreischende Bremsen – und dann, ganz dumpf und schwer, die Glocken von Westminster. Eine Abendmesse, dachte Claire. Sie versuchte sich die Menschen vorzustellen, die jetzt in die Kirche zur Messe gingen, das Gesangbuch, das sie vielleicht von ihren Eltern geerbt hatten, in der Tasche, so, wie sie es immer machten, seit Jahren schon. Wie ihre Eltern es gemacht hatten. In der beruhigenden Gewißheit, daß die Dinge sich wieder änderten.

Sekundenlang hatte sie eine schmerzhafte Sehnsucht nach einem anderen Leben, einem ruhig dahinfließenden Leben, wie es die Leute da unten auf der Straße offenbar hatten. Immer war es so, daß das Leben der anderen Leute ihr einfach erschien, wenn ihr eigenes Leben kompliziert wurde. Immer war sie gleichzeitig das kleine Mädchen, das auf den Schoß der Mutter kroch, um sich trösten zu lassen, und das Mädchen, das mit brennenden Streichhölzern an Gardinen herumspielte. Sie wollte gar nicht diese Frau sein, die sie in diesem Augenblick war. Wollte gar nicht in den Armen eines Mannes liegen, der für sie ein Fremder war, von seinen kalten Lippen geküßt werden. Wollte sich lösen und fortgehen. Zurück in das alte Leben. Aber wenn sie in Milos Gesicht schaute, wußte sie, daß es nicht gelingen konnte. Eher würde es ihr gelingen, seine Lippen warm zu küssen und das Lächeln auf sein Gesicht zurückzuzaubern.

»Es war schrecklich«, murmelte Milo plötzlich. Seine Umarmung wurde zu einer Umklammerung, er stützte sich auf sie, daß sie beinahe das Gleichgewicht verloren hätte.

»Was war schrecklich?« Claire versuchte, seine Augen zu sehen. »Was ist passiert, Milo?«

Milo reckte sich. Er lächelte. Er strich ihr über die Haare. »Ich kann es nicht beschreiben, du würdest es nicht verstehen. Ich glaube, ein anderer kann es gar nicht verstehen.«

»Wenn wir es nicht versuchen, werden wir nie eine Antwort

darauf haben.« Seine Lippen waren immer noch kalt. Claire scheute vor diesem Kuß zurück und küßte ihn dennoch um so heftiger, mit dem Wunsch, ihn zu wärmen.

»Warum sollen wir es versuchen?« fragte Milo sanft. »Ich möchte dich da nicht hineinziehen. Es ist mein Leben. Dumm und lächerlich wie viele andere Leben. Klein und jämmerlich meine Geschichte. Wen interessieren die Lebensgeschichten anderer Leute ... niemanden ... es sei denn, ein Dichter habe sie notiert oder erfunden, Dichter erfinden immer die Sachen hinzu, die uns in unserem wirklichen Leben fehlen werden bis zum Schluß ...« Er atmete tief durch. »Es geht mir schon viel besser. Merkst du?«

»Nein«, sagte Claire sanft, »nein. Das merke ich nicht. Ich merke nur, daß du etwas verschweigst. Traust du mir nicht?«

Er schaute sie an. Aufmerksam, als studiere er ihr Gesicht zum ersten Mal. »Kann man dir denn trauen?«

»Das fragst du im Ernst?«

Milo küßte sie. »Entschuldige. Es war eine lächerliche Frage. Außerdem ist sie längst beantwortet. Ich habe schon so viele Dinge über mich erzählt, die ich niemandem sonst erzähle. Ich beginne, dich zu langweilen. Das ist sträflich. Wenn ich dich erst einmal langweile, wirst du aufhören, mit mir ins Bett zu gehen, wirst du aufhören, meine Lippen warm zu küssen. Wenn ich dich erst einmal langweile, ist es vorbei.«

Claire stieß ihn von sich weg, sie ging zum Sofa. Auf der Lehne lag ihr Mantel. Sie zog ihn an. Dann nahm sie ihre Handtasche und ging zur Tür.

Milo rührte sich nicht. »Was tust du?« fragte er.

»Ich gehe«, sagte Claire.

»Wohin?«

»Irgendwohin. In ein Restaurant. Oder in eine Bar. Keine Ahnung. London ist ja nicht die Wüste. Es gibt genug Plätze, an denen man einen angenehmen Abend verbringen kann.«

»Du meinst, einen angenehmen Abend ohne mich?«

Claire suchte nach dem Zimmerschlüssel. Sie verlegte unentwegt ihre Schlüssel. Sie ging ins Bad, zum Nachttisch, suchte auf dem Sekretär. Milo schaute ihr reglos zu.

»Es ist mir gleich, ob es ein Abend mit dir oder ohne dich ist. Wirklich. Ganz gleich. Ich habe keine Lust mehr zu diesem lächerlichen Versteckspiel. Du schleichst dich in mein Leben, buchst einen Sitz im Flugzeug nach London neben mir, steigst im gleichen Hotel ab wie ich, schläfst mit mir...«

»Mit deiner ausdrücklichen Billigung, wie ich hoffe«, fügte Milo mit leisem Lächeln ein.

»Darüber will ich jetzt nicht reden. Ich will darüber reden, wie ich dein Verhalten finde...«

»Und?« fragte Milo leise. »Wie findest du es?«

Sie hatte den Schlüssel gefunden – unter einer Zeitung auf dem kleinen Tischchen. Beinahe triumphierend hielt sie ihn hoch. Dann trat sie dicht zu ihm und schaute ihm ruhig in die Augen. »Ich finde es grotesk, Milo. Kindisch und bescheuert.«

Milo hielt sie an den Schultern fest, bevor sie zurückweichen konnte. Er lachte plötzlich. »Soll ich dir etwas verraten?«

»Nun?«

»Ich finde es auch grotesk, kindisch und bescheuert. Du hast recht. Danke, daß du es mir gesagt hast. Soll ich mich umziehen, bevor wir zum Essen gehen?«

»Das ist keine Antwort, Milo.«

»Ich weiß, ich weiß.« Er küßte sie auf den Mund. Seine Lippen waren nicht mehr so kalt. Die Farbe kam in sein Gesicht zurück. »Also gut. Heute abend werden wir ausgehen wie Verliebte, ein romantischer, zärtlicher Abend mit einer, wie ich hoffe, leidenschaftlichen Nacht...«

»Milo, bitte! Ich finde das unerträglich.«

»Ich weiß, ich hör' schon auf. Ich wollte ja nur sagen: Wenn du es schaffst, mir heute keine Fragen mehr zu stellen, nehme ich dich morgen dahin mit.«

»Wohin?«

»In den Sumpf, in dem meine Seele geboren ist«, sagte Milo, und dann lachte er auf einmal wie ein kleiner Junge, dem ein besonders guter Witz gelungen ist. »Ich habe für morgen elf Uhr einen Wagen bestellt. Nun zufrieden, schöne Lady? Mein Leben wird wie ein offenes Buch für dich sein.«

Achim hatte den teuersten Blumenstrauß seines Lebens gekauft. Ein üppiges Gebinde aus rosafarbenen, voll aufgeblühten Rosen, Lilien und Amaryllen, Efeuranken und buschigen, lanzenfarbenen Blättern, die ihn an den Urlaub auf Jamaika erinnerten, einen der schönsten Urlaube, die er je verbracht hatte. Dort hatten Lilien und Orchideen vor dem Fenster ihres Bungalows geblüht. Claire hatte jeden Morgen, wenn sie die Sonnenblenden aufstieß und sich hinausbeugte, verzückt gerufen: Welch ein Duft. Welche Farben. Schau, das Meer. Der Himmel. Die Blumen. Die Sonne. Und Claire, die die Verandatür aufgestoßen hatte, war barfüßig die hölzerne Treppe hinuntergelaufen, um von irgendeinem Busch irgendeine herrliche, duftende Blüte zu brechen und sie dann auf sein Kopfkissen zu legen. Oder auf seinen Bauch. Wenn er sich konzentrierte, konnte er heute noch die weichen Blütenblätter spüren und Claire lachen hören, Claires Sommerlachen ...

»Achim, du bist verrückt«, sagte Iris fassungslos, als sie das in Folie verpackte Gebinde entgegennahm und die gerollten Taftbänder betastete, die passend zur Farbe der Amaryllen ausgesucht waren, »wieso schenkst du mir so einen Blumenstrauß? Der muß ja ein Vermögen gekostet haben.«

Sie schaute ihn forschend an. Lange. Er erwiderte ihren Blick ruhig, gefaßt, wie ihm schien, um dann irgendwann mit einem kleinen Kuß auf ihre Wangen die Inquisition zu beenden. Achim rieb seine Hände und reckte sich, um ins Eßzimmer zu schauen. »Sind schon alle da?«

Iris nickte, ohne ihn aus den Augen zu lassen. »Du bist der letzte«, sagte sie, »ich dachte schon, du würdest vielleicht gar nicht kommen.«

Achim lachte. »Ich hab' so lange gebraucht, bis ich mich für die richtige Krawatte entschieden habe. Wie findest du die?«

Iris sah gar nicht hin. »Schön, wie immer.« Sie schälte den Strauß aus der durchsichtigen Hülle, steckte ihr Gesicht in einen geöffneten Blütenkelch und schloß dabei die Augen. Alle Frauen machten das so. Es belustigte Achim, daß es Gesten gab, die sich immer wiederholten.

»Und Claire?« fragte Iris halblaut, nachdem Achim seinen Mantel in der Garderobe aufgehängt hatte und händereibend zu ihr zurückgekehrt war. »Habt ihr telefoniert?«

»Natürlich.« Achim hatte die Angewohnheit, sich die Hände zu reiben, wenn er nervös war. Ihm schien, daß diese Geste auf den Betrachter so etwas wie Dynamik und Lebenslust ausdrückte, während es doch eigentlich reine Verlegenheit war. Als er merkte, wie Iris ihn beobachtete, nahm er die Fäuste an die Lippen und pustete, als müßte er sie wärmen. Dann steckte er sie in die Jackentaschen. »Es geht ihr gut. Sie haben ihr ein Angebot gemacht.«

»Als was?«

»Ich weiß es nicht.« Achim lächelte hilflos. »Als etwas Tolles, nehme ich an. Sie sagt, sie muß vielleicht nach London umziehen.«

Iris starrte ihn an. »Das ist nicht dein Ernst!«

Achim hob die Schultern. »Meiner nicht. Aber die Zentrale ist in London. Da macht das irgendwie Sinn, oder?«

In seinen Augen stand die Bitte, diese Unterhaltung nicht

fortzusetzen. Er spürte, daß seine Stimme an Festigkeit verlor, daß er Gefahr lief, seine zur Schau gestellte Gelassenheit zu verlieren, wenn Iris weiterfragte. Er hatte ja selber für sich noch nicht zu Ende gedacht. Er wollte gar nicht daran denken.

»Du machst dir Sorgen«, sagte Iris leise. Mitfühlend legte sie ihm ihre kühle Hand an die Wange. »Ich glaube, du machst dir einfach zuviel Sorgen.«

Achim lächelte. »Glaubst du?«

Still schob Iris Achim in Richtung auf das Wohnzimmer. »Hier kommt er!« rief sie fröhlich. »Unser letzter Gast! Jetzt sind wir vollzählig. Kümmert sich einer um die Drinks?«

Achim trat in die Tür.

Sofort wandten ihm alle ihre Gesichter zu.

Sie haben über mich geredet, dachte Achim, während er lässig die Hände in die Hosentaschen steckte und in die Runde schaute.

»Achim! Mann! Alter Kumpel! Mensch, wunderbar! Als Iris erzählte, daß du kommen würdest, hab' ich nachgerechnet, wie lange wir uns nicht gesehen haben. Eine Ewigkeit. Du, ich freu' mich wirklich, ich freu' mich riesig.« Wie zur Bekräftigung dieser unbändigen Freude sauste eine Bärenpranke auf Achims Schulter nieder. Genau auf die Schulter, in der er seit dem Ausfall der Heizung dieses leichte Ziehen verspürte, eine Muskelverspannung, die er bei Kälte immer schnell bekam. »Du hast dich überhaupt nicht verändert, weißt du das?«

Achim nahm die Pranke sanft von seiner Schulter. »Und du schlägst immer noch zu, als hättest du einen Baseballschläger in der Hand. Hallo Sigi.«

Sigi war einer der wenigen Freunde, die Achim als Student gehabt hatte, einer, mit dem man abends beim Bier auch mal Frauengeschichten besprechen konnte, die problematischen

Fälle, und es gab immer problematische Fälle. Jetzt war Sigi Pressesprecher des Senats. Achim hatte ihn manchmal im Fernsehen gesehen, ein gemütliches, bärtiges Bärengesicht, mit kleinen flinken und spöttischen Augen unter buschigen Brauen. Eine Weile hatte man ihn von einer Talk-Show zur anderen gereicht; das war die Zeit, als er eine Affäre mit einer Bonner Staatssekretärin hatte, die auch noch verheiratet war. Aber jede gezielte Frage hatte er damals von sich gewiesen und mit aller Schärfe auf hintersinnige Zeitungsartikel zu diesem Thema reagiert. Mit Recht hatte er befürchtet, daß diese Liaison seiner Karriere schaden würde. Und so hatte sie auch nicht lange gedauert.

Die beiden blickten sich strahlend an, als könnten sie es immer noch nicht glauben, daß dieser wunderbare Zufall sie wieder zusammengeführt hatte. Dabei fragte Achim sich, was Sigi wirklich dachte. In diesem Augenblick fiel ihm auch der unsinnige Streit ein, der ihre Freundschaft damals zu einem jähen Ende gebracht hatte. Es war ein rein politischer Streit gewesen. Sigi, der Ideologe, und Achim, der Beschwichtiger. Das paßte nicht zusammen. Mein Gott, war das lange her. Achim holte tief Luft. »Jedesmal, wenn ich deinen Namen in der Zeitung lese, denke ich, wir sollten uns mal auf ein Bier verabreden.« Sigi lachte. »Ja, und? Wieso wird nie etwas daraus?«

»Keine Ahnung. Ich könnte mich natürlich herausreden, daß ich zuwenig Zeit habe.«

»Diese Ausrede hat jeder«, erwiderte Sigi. »Die glaubt einem keiner mehr. Wenn du wirklich Lust hättest, mit deinem alten Kumpel ein Bier zu trinken, dann würdest du auch die Zeit finden.«

Achim nickte. »Stimmt«, sagte er ruhig, »aber vielleicht ändert sich jetzt ja einiges. Vielleicht können wir das in der nächsten Zeit wirklich mal tun.«

Sigi klopfte zustimmend auf seine Schulter. Dann wandte er sich an ein junges, blondes Kind, das halb verdeckt hinter ihm gestanden hatte. »Kennst du Viola? Meine dritte Frau?«

Er beugte sich hinunter, um das Porzellangesicht des blonden Mädchens zu küssen. »Viola nimmt es nicht übel, wenn ich sie so vorstelle: die Torheit meines Alters, sozusagen. Dabei ist sie gar nicht so jung, wie sie aussieht.«

»Sigi!« sagte das blonde Kind.

Er lachte. »Sie sieht aus wie süße siebzehn, nicht? Aber du kannst ganz beruhigt sein, Achim. Sie fällt nicht mehr unter das Jugendschutzgesetz.«

»Würde sie ja sowieso nicht, wenn ihr verheiratet seid«, sagte Achim, während er die zarte Porzellanhand des blonden Kindes drückte.

»Viola schreibt gerade an ihrer Examensarbeit. Dabei haben wir uns übrigens kennengelernt.« Sigi lachte. Sein Bauch vibrierte, wenn er lachte. »Sie schreibt schon seit eineinhalb Jahren an ihrer Examensarbeit. Es sieht so aus, als wenn ich sie zu sehr ablenke. Tu' ich das?« Er küßte ihre Stirn.

»Sigi«, flüsterte das blonde Mädchen. Offenbar war es das einzige, was sie sich in dieser Runde zu sagen traute.

Achim lächelte sie an. »Und wie ist das Thema?«

»Das Recht auf Faulheit.« Sigi gab dem Mädchen keine Chance, selber zu antworten. »Ein herrliches Thema – findet ihr nicht? Das müßte sich doch auch in der Werbung vermarkten lassen. Viola, du solltest meinem Freund Achim unbedingt eine Kopie schicken, wenn die Arbeit fertig ist. Achim ist ein großer Werbe-Guru. Faulheit, das ist doch ein Slogan, mit dem man heutzutage arbeiten kann, oder nicht? Das paßt doch zum Zeitgeist. Viola und ich jedenfalls sind mit Hingabe faul, wir verbringen unsere Wochenenden vornehmlich im Bett. Heute abend sind wir nur rausgekrochen und unter die

Dusche gegangen, weil Iris als Nachtisch Profiterolles versprochen hat.«

»Sigi!« flüsterte das blonde Kind.

Jemand erlöste Achim, indem er von hinten verstohlen seine Hand ergriff. »Hallo«, flüsterte eine weibliche Stimme an seinem Ohr, »sagst du mir auch endlich mal guten Tag?« Achim drehte sich um. Seine Augen weiteten sich. »Sarah«, murmelte er, »was machst du denn hier?«

Sarah lachte. Da war dieses tiefe, samtene Lachen, das er einmal dafür verantwortlich gemacht hatte, daß er sich überhaupt in sie verliebt hatte. Wenn sie lachte, war es, als ob Sonnenstrahlen sich in ihrem Haar verfingen.

»Iris hat mich eingeladen«, sagte sie, »krieg' ich wirklich keinen Kuß?«

Achim beugte sich vor. Er streifte ganz flüchtig, beinahe ohne sie wirklich zu berühren, ihr Gesicht. »Aber woher kennst du Iris?« fragte er fassungslos.

»Wir kennen uns seit dem Sommer. Seit dem Urlaub auf Patmos. Wir haben uns abends in einer kleinen Kneipe am Hafen kennengelernt. Wir mochten uns sofort.« Sarahs grüne Augen blitzten amüsiert. »Ist das so undenkbar?«

Nichts auf der Welt ist undenkbar, hätte Achim gerne geantwortet. Auch das Undenkbare nicht. Er mußte wieder an Claire denken und schaute verstohlen auf die Uhr. In England war es eine Stunde früher. Vielleicht war Claire noch gar nicht ausgegangen, vielleicht stand sie gerade im Bad und schminkte sich. Claire war die einzige Frau, der er je beim Schminken zugesehen hatte. Die anderen hatten immer ein Geheimnis aus ihren Cremetuben und Pinseln gemacht. Aber nicht Claire. Vielleicht weil sie es nicht nötig hatte, ein Geheimnis daraus zu machen. Er hörte gerne die Geräusche von Deckeln, die auf Cremetöpfe geschraubt, von Puderdosen, die geöffnet und wieder zugeklappt wurden, das Klimpern des Modeschmucks, den sie in einer großen Marmorschale im Bad aufbewahrte; er fand es schön, zuzusehen, wie sie dicht an den Spiegel trat, um die Lippen nachzuziehen, weiche, volle Lippen, die Sinnlichkeit und Offenheit ausdrückten.

Auch Sarah hatte einen schönen Mund. Wenn sie nicht gerade redete oder lachte, neigten sich die Mundwinkel jedoch ein wenig nach unten, und als sie noch rauchte, konnte man bei jedem Zug die kleinen Falten am Lippenrand erkennen.

Achim bemühte sich um ein distanziertes Lächeln. Ausgerechnet Sarah! Ausgerechnet seine Exfrau! Das Gefühlschaos, das Claire bei ihm angerichtet hatte, genügte wohl nicht. Nun auch noch Sarah, die diese Gelegenheit nicht ungenützt verstreichen lassen würde, ihm zu beteuern, daß sie ihn jederzeit zurücknehmen würde.

»Ich weiß, eines Tages kommt Achim zu mir zurück«, hatte Sarah zu Iris gesagt, und zwar mit der Sicherheit einer Frau, der das von ihrem Astrologen versprochen worden war. Achim hatte sich eigentlich auf einen kleinen Flirt mit Iris eingestellt.

Aber daran war nun nicht mehr zu denken.

»Du siehst gut aus«, sagte Sarah, einen Schritt zurücktretend und ihn eingehend musternd. »Deine neue Ehe scheint dir tatsächlich gut zu bekommen.«

»Diese neue Ehe«, erwiderte Achim trocken, »ist bereits sieben Jahre alt.«

»Sieben Jahre?« Sarah tat überrascht. »Dabei kommt es mir vor wie gestern, daß wir zusammen waren. Komisch, nicht? Ich erinnere mich an jedes bißchen.«

Achim erwiderte nichts.

»Das verflixte siebente Jahr«, fing Sarah wieder an, »das war ja auch unser Waterloo, oder sagt man das nicht, unser Waterloo?«

»Du kannst alles sagen«, meinte Achim mit einem kleinen Lächeln, »es spielt keine Rolle.«

Sarah schob ihre winzige Hand in seine. Eine vertraute Geste. Sie hatte das früher immer gemacht.

»Ich hab' gehört, deine Frau ist in London.« Achim nickte. Er versuchte, sich von ihrer Hand zu befreien.

»Einen Mann wie dich allein zu lassen! Sie muß sich wohl sehr sicher fühlen.«

»Das kann sie auch«, sagte Achim. Endgültig entzog er ihr seine Hand und steckte sie in die Hosentasche. Sarah tat, als habe sie seinen Rückzug nicht bemerkt, sie lehnte ihren Kopf an seine Schulter. »Iris hat mir gesagt, daß du ohne sie kommst, sonst wäre ich hier natürlich nicht aufgetaucht. Ich hätte dich nicht in eine peinliche Situation gebracht. Ich würde das nie tun, Achim. Ich möchte, daß du das weißt.«

Achim holte tief Luft. »Danke«, sagte er seufzend.

»Wofür?« fragte Sarah, ihre großen Augen auf ihn gerichtet.

»Keine Ahnung.« Achim sah sich hilfesuchend in dem Raum um. Ein Typ mit Jeans und Wolljacke kam auf ihn zu.

»Cornelius Jäger.«

»Ah«, sagte Achim, »Sie sind der Mann vom Fernsehen.«

»Richtig.« Cornelius grinste. »Aber ich hoffe, daß Iris mich nicht eingeladen hat, weil ich beim Fernsehen arbeite, sondern weil sie mich zu Recht für einen netten Menschen hält.«

Achim trank. Erleichtert stellte er fest, daß Sarah sich abgewandt hatte. Sie sprach jetzt mit einer ganz in Schwarz gekleideten Frau, die so gierig rauchte, daß sich ihre Wangen nach innen einzogen.

»Wird man im Fernsehen dafür bezahlt, daß man ein netter Mensch ist?« fragte Achim. »Das verblüfft mich. Sie sind Theaterkritiker, nicht wahr?«

»Um es genau zu sagen, Kultur, da gehört alles rein. Von Philosophie bis Zeitgeist.« Er musterte Achim. »Und Sie arbeiten in der Werbung?«

»Richtig. Ich hoffe, das beleidigt Sie nicht.«

»Warum sollte mich das beleidigen? Werbung ist ein Zeitphänomen. Ein Gesprächsthema. Die neueste Zigarettenwerbung und dann diese Kampagne für das französische Herrenparfüm. Im Phallus-Flacon. Der einzige nackte Mann in den Hochglanzpostillen. Männlicher Body, gesalbt, geölt und wohlriechend, das hat was.«

»Aber offenbar noch nicht genug. Wir hoffen immer noch, daß das Fernsehen sich mit unseren Kampagnen beschäftigt.« Achim lachte. »Wir halten uns nämlich für durchaus innovativ und kreativ.«

Und dann schoß Cornelius die nächste Frage ab: »Und woran arbeiten Sie derzeit?«

Das hatte Achim befürchtet. Über Werbekampagnen zu sprechen mit Leuten, die nichts davon verstehen, war immer gefährlich. Es konnte so schnell ins Lächerliche abgleiten.

Aber das mußte er bei Cornelius Jäger eigentlich nicht befürchten. Der schaute ihn so freundlich an, so interessiert, als versuchte er tatsächlich, sich in die Welt der Werbung zu versetzen.

»Ich arbeite gerade«, sagte Achim, während er die Manschetten unter seinem Jackettärmel hervorzog, »an einer Kampagne für eine japanische Zahncreme.«

»Vielleicht sollte man die Zähne mit Stäbchen putzen.«

Cornelius prostete Achim zu, und dem blieb nichts anderes übrig, als seinerseits das Glas zu heben und freundlich zu lächeln.

Claire träumte, sie läge auf einer Asphaltstraße, nah am Straßenrand, der in eine Art texanische Wüste überging, und aus der Wüste, aus einem Ameisenhügel, setzte sich eine endlose Kolonne von kleinen roten Tierchen in Bewegung, die direkt auf sie zumarschierte, an ihrer Hand hochkrabbelte und auf dem Arm entlang bis zum Hals vordrang. Claire wachte von einem Kribbeln im Arm auf. Milo lag mit seinem Körpergewicht halb auf ihr. Milo schlief, das Gesicht ihr zugewandt, der Mund war geöffnet, sein Atem ging unregelmäßig, manchmal fuhr er zusammen und stieß einen rasselnden Ton aus. Dann runzelte er die Stirn, preßte die Lider zusammen und seufzte leise. Claire versuchte, den Arm unter ihm hervorzuziehen, ohne ihn aufzuwecken. Der Raum kam ihr stickig und überheizt vor. Es war so trocken, daß sie unentwegt einen Hustenreiz bekämpfen mußte.

Die Gardinen vor den beiden Fenstern waren zurückgezogen, fahles Mondlicht fiel herein und beleuchtete ein Häufchen Spitzenwäsche, einen Wildlederpumps, um den sich ein Nylonstrumpf ringelte, Milos Hose, halb von der Stuhllehne gerutscht. Claire hatte ihren Arm endlich befreit, aber im gleichen Augenblick rollte Milo sich zu ihr hin und legte sein Bein auf ihren Oberschenkel.

Claire hatte das Gefühl, in Panik zu geraten. Sie schob sein

Bein weg, spürte die Körperwärme und den schwachen feuchten Film auf seiner Haut. Es war diese glatte, besonders zarte, haarlose Haut, die sie vor ein paar Stunden noch begeistert hatte.

Jetzt jedoch wünschte sie sich nichts sehnlicher, als allein zu sein. Sie hatte das Gefühl, in seiner Gegenwart keinen klaren Gedanken fassen zu können; selbst wenn er neben ihr schlief, mit offenem Mund in einer fast völligen Bewußtlosigkeit, fühlte sie sich bedrängt.

London. Das war jetzt ihre Stadt.

Das Mittagsgespräch mit dem Aufsichtsrat. Sie hatten ihr ein Angebot gemacht. Jedenfalls hatten sie ein Angebot in Aussicht gestellt. Es war vielleicht nur eine Frage der Routine, müßte noch abgesprochen und abgesegnet werden. Aber wollte sie nach London?

Wollte sie ihr Leben ändern?«

Milo wälzte sich auf die andere Seite und zog die Bettdecke mit sich. Die schweißnassen Haare ringelten sich in seinem Nacken. Claire hatte sich so an das schwache Licht gewöhnt, daß sie sogar die Leberflecken auf seinem Rücken sehen konnte.

Plötzlich fühlte sie einen kalten Luftzug auf der Haut, vielleicht von der Klimaanlage. Sie wollte sich zudecken, aber Milo verteidigte im Schlaf die Bettdecke. Es erbitterte Claire. Reglos lag sie auf dem Rücken, die Arme unter dem Kopf verschränkt, und hörte das Pochen ihres Herzens. Claire war immer der Ansicht gewesen, daß alles, was ihr im Leben widerfuhr, irgendeinen tieferen Sinn haben müßte, daß sich alle Episoden zu einem größeren Ganzen fügen würden, zu einer logischen Kette von Ereignissen, deren Ziel es war, sie auf eine höhere Bewußtseinsebene zu heben, aus der naiven Claire eine weise und großartige Claire zu machen, die das Leben kannte und sich nicht fürchtete.

Aber in dieser Nacht kamen Claire auf einmal Zweifel an der eigenen famosen Lebenstheorie. Sie zitterte bei dem Gedanken, daß diese Affäre mit Milo, in die sie halbherzig geschlittert war, ihr Leben in eine Richtung drängen könnte, die ihr nicht guttun würde. Es war ihr, als wollte jemand sie warnen und sagen: Jetzt kannst du noch umdrehen. Jetzt ist es noch nicht zu spät.

Es war ihr, als hätte diese warnende Stimme Ähnlichkeit mit Achims Stimme.

Das war vielleicht der Fehler.

Ihr Leben war so plötzlich, so unerwartet schnell in Bewegung geraten, daß ihr fast schwindelig wurde bei dem Versuch, sich zu konzentrieren. Es schien denkbar, daß sie schon in wenigen Monaten in London lebte, und zwar ohne Achim; es schien denkbar, daß sie auf einmal als offizielle Geliebte eines rätselhaften Mannes gelten würde, der schwarze Hüte trug und nichts war als der Erbe eines berühmten Malers. Der nicht einmal einen Beruf hatte. Und der jetzt hier neben ihr lag, heiß und schwer, und nichts von ihren Gedanken ahnte.

Plötzlich spürte sie seine Hand, die ihr Gesicht abtastete. »Du sollst schlafen«, flüsterte er, »dafür sind die Nächte da. Zum Schlafen und zum Lieben. Probleme muß man am Tage lösen.«

Achim stand in der Küche und fühlte sich dumpf und schwindelig. Er hatte kaum die Kraft, die Flasche hochzuheben. Er ließ den Kopf gegen den Küchenschrank fallen, zu dem allgemeinen dumpfen Gefühl kam jetzt ein scharfer, direkter Schmerz hinzu, der Schädel war auf den Metallgriff geschlagen. Mühsam rollte Achim seinen Kopf zur Seite und entdeckte, ganz nah neben sich, zum Greifen nah, plötzlich das Gesicht von Sarah, die ihn ernst ansah. Achim hob mit schwacher Geste die Flasche und murmelte: »Du auch einen Whisky? Dieser Wein macht nur einen sauren Magen, was?«

»Ich wußte gar nicht, daß du neuerdings trinkst«, sagte Sarah, »vor allen Dingen so harte Sachen. Zu unserer Zeit hast du Whisky nicht angerührt.«

Achim spürte, wie ein Lachen in ihm aufstieg, aber er hatte Angst, er würde sich übergeben müssen, wenn er das Lachen wirklich herausließ. So zog er nur eine Grimasse »Zu unserer Zeit...«, wiederholte er mit schwerer Stimme. Sarah betrachtete ihn. Sie hob die Hand und strich ihm eine feuchte Haarsträhne aus dem Gesicht. Dann schob sie, mit einer Geste, die Achim unerträglich fand, aber dennoch nicht abwehrte, seine Krawatte zurecht. »Du bist ein armes Schwein, mein Lieber«, sagte sie mitfühlend.

»Ein... armes... Schwein...«, wiederholte Achim. Er schloß die Augen. Er nickte. »Stimmt... ich glaube, ich bin ein armes Schwein... dann kannst du ja glücklich sein, daß du mich los bist.«

Sarah erwiderte darauf nichts. Sie begann, irgend etwas in der Küche zu räumen; Achim verfolgte ihre Bewegungen, praktisch, präzise und wie immer lautlos, durch einen Nebelschleier. Sarah trug ein olivgrünes Samtkleid. In dem gerafften Ausschnitt steckte eine alte silberne Brosche. Sarah liebte altmodische Kleider. Sie kaufte sie oft auf Flohmärkten oder aus einem Filmfundus. Sarah war die erste, die sich meldete, wenn Kostüme aus dem Theaterfundus des Schauspielhauses zum Verkauf angeboten wurden. Sie war schon mit einer Federboa zurückgekommen, mit knöchelhohen, geschnürten Pumps aus weißem Kalbsleder und einem mit Perlen bestickten Handtäschchen, das einer Madame Bovary gehört haben könnte. Achim hatte sie immer im Verdacht gehabt, daß sie insgeheim von einem Leben als Schauspielerin träumte. Einmal hatte sie ihm verraten, daß sie durch die Aufnahmeprüfung einer Schauspielschule gefallen war; es muß ein ziemliches Debakel gewesen sein. Sie hatte es unter Lachkrämpfen erzählt, aber Achim ahnte, daß ihr immer noch, so viele Jahre später, zum Heulen zumute war.

Sarahs Bewegungen waren geschmeidig und ruhig, von einer gelassenen Grazie, die sich im Laufe der Jahre noch verstärkt hatte, vielleicht einfach, weil sie jetzt eine reife Frau war. Ihre Hüften wirkten breiter und der volle Busen noch schwerer. Sie trug keinen BH, immer noch nicht. Sie mochte es, wenn ihr Busen berührt wurde; sie hatte früher immer seinen Arm genommen und ihn an ihre Brüste gedrückt, manchmal auch sein Gesicht. Wenn er sie erregen wollte, mußte er nur ein bißchen mit den Lippen an ihren Brustwarzen spielen. Ein Zaubermittel. Sie war die geborene Mutter, sie hätte sechs

Kinder haben müssen, aber sie war nie schwanger geworden, obgleich sie es intensiv versucht hatten. Im vierten Ehejahr war sie beinahe jeden Monat zu einem anderen Arzt gegangen, aber alle Untersuchungen verliefen negativ. Schließlich riet ihr ein Arzt, ihn zu untersuchen. Dieser Arzt meinte allen Ernstes, daß er, Achim, bereit sei, seinen Samen testen zu lassen auf Fruchtbarkeit. Er fand das würdelos. Vielleicht hatte damals schon die Entfremdung zwischen ihnen begonnen, ihr stummer Vorwurf, ihr stiller Verzicht. Vielleicht war er nicht damit zurechtgekommen, daß sie ihn für etwas verantwortlich machte, für das er nicht verantwortlich sein wollte.

Während er ihr durch diesen Nebelschleier zusah, wie sie Gläser zusammenschob und Teller stapelte, wie sie behende mit den tausendmal erprobten Handreichungen einer perfekten Hausfrau Ordnung in das Küchenchaos brachte, versuchte er sich zu erinnern, wann er aufgehört hatte, sie zu lieben.

Er dachte, es muß einen konkreten Augenblick gegeben haben, irgendeinen Anlaß. Er erinnerte sich nicht.

Sarah warf ihm einen kurzen Blick zu. »Hör auf zu trinken, das macht es nicht besser. Morgen hast du einen fürchterlichen Kater, wenn deine Frau zurückkommt.«

»Vielleicht kommt sie ja gar nicht zurück«, murmelte Achim. Sarah hielt mitten in der Bewegung inne. »Nicht?« fragte sie mit einer Stimme, die um ein paar Nuancen lebendiger wirkte. »Wieso denkst du das?«

»Nur so ein Gefühl.« Achim machte eine große Handbewegung und schob dabei sein Glas vom Tisch, das auf dem Küchenboden zersprang.

»Was macht ihr da?« rief Iris alarmiert. »Zertrümmert ihr meine Einrichtung?«

»Nichts passiert!« Sarah hatte schon angefangen, die Glasscherben in ihre hohle Hand zu sammeln, als Achim immer noch eine Stütze für seine Hand suchte, um sich niederzubeugen. Schließlich ließ er sich auf alle viere fallen.

»Natürlich kommt sie zurück«, sagte Sarah, »du hast mir damals erzählt, daß es die große Liebe ist. Die großartigste Erfahrung deines Lebens. Ich kann mich sehr gut erinnern, daß du gesagt hast, so etwas wie mit Claire hast du noch nie erlebt. Claire sei einzigartig, ein Wunder, eine Frau, die es eigentlich gar nicht gibt. Irgend so eine Mischung aus Engel und Hure wahrscheinlich, das, wovon alle Männer träumen.«

»Du redest zu schnell und zuviel«, murmelte Achim. Unter seinem Knie zerknackte eine Glasscherbe. Er rutschte rückwärts und schaute hilflos auf die winzigen Glassplitter. »Du hast schon immer zuviel und zu schnell geredet. Immer konntest du dir das Unwichtige merken, aber das Wichtige, das, worauf es wirklich ankam ...«

»Hör auf.« Sarah zog ihn hoch, holte einen Handfeger und kehrte die restlichen Scherben auf. »Von mir aus kannst du mit deinem Leben machen, was du willst. Von mir aus kannst du dich auch totsaufen.«

Als sie ins Wohnzimmer zurückkamen, wurde immer noch über Schuld und Versagen der DDR-Schriftsteller geredet. Selbst das blonde Kind hatte sich, inzwischen mit hochrotem Gesicht, eingeschaltet.

Achim ließ sich in den Sessel fallen. »Ihr wißt doch alle gar nicht, worüber ihr redet«, murmelte er, »das ist doch blödes Zeug. Laßt uns doch lieber über etwas reden, wovon wir alle was verstehen.«

Cornelius Jäger schaute ihn an. »Und was würden Sie vorschlagen?«

Achim spürte, wie seine Konzentration zurückkam. Die Nebelwand verschwand plötzlich, wahrscheinlich hatte er jetzt das Quantum Alkohol im Körper, das einen für eine gewisse Zeit wieder klar macht.

»Nicht, was Sie denken, Sie Experte für Zeitgeist«, sagte Achim mit milder Ironie. »Nicht über Kirschblüten-Zahnpasta.«

»Jetzt bin ich aber gespannt«, sagte Sigi.

Die Blondine kicherte. Sie hielt das Glas mit beiden Händen, und dennoch zitterte es.

Iris setzt sich auf Achims Sessellehne. »Mach es nicht so spannend.«

»Ich mache überhaupt nichts spannend.« Achim zog zum wiederholten Male die Manschetten unter dem Jackenärmel hervor. Nur um seinen Blick wohlgefällig auf den Manschettenknöpfen ruhen zu lassen, die die Form eines Tennisschlägers hatten.

»Je länger Ihr Schweigen andauert«, rief jemand, der sich an der Stereoanlage zu schaffen machte und den Achim während des ganzen Abends noch gar nicht richtig bemerkt hatte, »desto mehr erwarten wir natürlich von Ihnen – das muß klar sein!«

Sarah kam aus der Küche. Sie rieb ihre Hände, die vielleicht noch feucht vom Spülwasser waren, an dem schönen grünen Samtkleid ab und schaute um sich. »Etwas passiert?«

»Nichts«, sagte Iris, »setz dich. Achim will einen Themenwechsel vorschlagen, aber wir fürchten alle, daß ihm nichts einfällt.«

Achim gab keine Antwort. Er lehnte sich zurück, schloß die Augen und lächelte.

Irgendwie, dachte er, während um ihn herum das Gespräch sich erhitzte, irgendwie ist dies ein außerordentlich gelungener Abend.

Am Sonntagvormittag, als Claire und Milo wie ein eingespieltes Liebespaar frühstückten (in weißen Hotelbademänteln, an dem Tisch, den der beflissene Zimmerkellner vor das geöffnete Fenster gerollt hatte), erklärte Milo plötzlich, daß diese Angelegenheit, in der er Claires Hilfe erhoffte, nun doch erst am Montag geregelt werden könnte. Claire zog ihre nackten Füße von Milos Schoß zurück.

»Du weißt, daß meine Maschine heute abend um neunzehn Uhr geht.«

»Natürlich weiß ich das. Es ist deine Entscheidung.« Milo stand auf und ging ans Telefon.

»Wen willst du anrufen?« fragte Claire argwöhnisch.

»Den Room-service. Wir brauchen noch Kaffee.«

Milo lachte, als er Claires Nervosität bemerkte.

»Hast du gedacht, ich würde deinen Mann anrufen?« Er bestellte mehr Kaffee und heiße Milch und setzte sich wieder, hob Claires Füße auf und legte sie fürsorglich wieder in seinen Schoß.

»Warum sagst du mir das erst jetzt?« fragte Claire.

»Weil ich es auch eben erst erfahren habe.«

Claire hielt es für möglich, daß Milo telefoniert hatte, während sie im Badezimmer war, aber das änderte nichts an ihrer schlechten Stimmung.

»Achim erwartet mich«, sagte sie, »ich weiß nicht, wie ich ihm das erklären soll.«

»Einen Abend wirst du doch noch auf deinen Gatten verzichten können.«

»Darum geht es nicht«, sagte Claire und blätterte hastig in einer Hotelbroschüre.

»Was machen wir nun?« fragte Milo nach einer angespannten Pause. »Wollen wir uns den Rest des Tages anschweigen?«

Claire legte die Zeitschrift weg. »Was du vorhast, weiß ich nicht«, sagte sie, »ich jedenfalls würde gern in die Tate Gallery gehen.«

Milo hob die Schultern. »Okay. Ich kenne zwar jedes Bild auswendig, aber vielleicht kann ich dir als Kunstführer nützlich sein.«

Claire hob gleichmütig die Schultern. Immer mehr beschlich sie die Angst, daß dieser Ausflug nach London ein schrecklicher Irrtum mit unübersehbaren Folgen war. Wenn Achim erfuhr ... Sie durfte nicht weiterdenken.

»Ich werd' mich in mein Zimmer zurückziehen und mir erlauben, dich in einer Stunde in der Halle zu treffen. Wäre dir elf Uhr recht?«

»Natürlich«, sagte Claire kühl. Sie nahm die Garderobe aus dem Schrank und verschwand im Bad.

Als Milo gegangen war, näherte Claire sich zögernd dem Telefon. Es war kurz nach zehn. Was Achim jetzt wohl machte? Ob er schon aufgestanden war? Sie dachte daran, daß Achim gestern auf der Party von Iris war. Vielleicht ist es ja schön gewesen.

Heute abend ist alles wieder in Ordnung, dachte Claire. Sie war fest entschlossen, nicht bis Montag zu bleiben. Schon deshalb nicht, weil Milo sie immer noch nicht in diese mysteriöse

Angelegenheit eingeweiht hatte. Es war lächerlich, dieses Schweigen, diese Geheimniskrämerei um etwas, das sich schlicht nur als Lappalie herausstellen würde, davon war Claire überzeugt. Wenn Milo krumme Geschäfte machte – um so schlimmer. Dann wollte sie damit nichts zu tun haben.

Das Telefon klingelte. Claire stand so nah am Apparat, daß sie erschrak.

Sie zählte bis fünf, bevor sie den Hörer abnahm. Es war Milo. Er war schon unten in der Halle.

»Aber es ist erst halb«, sagte Claire nach einem Blick auf ihre Armbanduhr.

»Da siehst du mal, wie schlecht ich es ohne dich aushalte«, erwiderte Milo. Sie hörte im Hintergrund Stimmen und das Bimmeln einer feinen Glocke. Wahrscheinlich lief ein Page mit einer Tafel, auf der der Name eines Gastes stand, durch die Halle. »Ich liebe dich nämlich, schöne Lady«, sagte Milo, »*but take your time*. Ich betrüge dich inzwischen mit der Sonntagszeitung.« Er legte auf.

Mit dem Lächeln der reinsten Unschuld trat Claire aus dem Lift und schaute sich um. Milo, wie immer in Schwarz – dieses Mal mit einem weißen Stehkragenhemd, das mit Perlmuttdruckknöpfen geschlossen wurde und ihm das Aussehen eines orthodoxen Popen gab –, erhob sich sofort aus einem Sessel neben der Marmorsäule und kam, die Zeitung lässig zusammenfaltend, auf sie zu. Milo trug selbst hier, in der Hotelhalle, diesen schwarzen Hut aus weichem Filz mit der großen Krempe, die sein linkes Auge zur Hälfte bedeckte. Claire sah, daß andere Gäste ihn mit Blicken verfolgten. Vielleicht mag er das, dachte Claire. Vielleicht ist er eitel. Er spielt den Exzentriker, und dabei ist er wahrscheinlich genauso bieder und bürgerlich wie alle.

Milo strahlte sie an. »Du bist wunderschön«, sagte er.

»Danke.« Claire lächelte so kühl, als sei ihr das immer schon klar gewesen.

Milo nahm ihren Ellenbogen und führte sie zum Entree.

Da sagte Claire diesen Satz, den sie sich zurechtgelegt hatte: »Ich dachte, du hättest für heute, elf Uhr, einen Wagen bestellt?!«, denn sie war überzeugt, daß Milo nie daran gedacht hatte, an diesem Tag mit ihr an den mysteriösen Ort zu fahren.

Milo blieb stehen. Er drehte sie zu sich herum und schaute ihr in die Augen. »Du traust mir nicht. Du denkst, es ist alles ein abgekartetes Spiel.«

»Das ist es doch«, sagte Claire mit einem leichten Achselzucken, »von Anbeginn. Aber ich bin nicht beleidigt, wirklich nicht. Ich erwarte gar nicht, daß draußen ein Wagen für uns steht.«

Milo schaute sie an, als traue er seinen Ohren nicht. Dann schüttelte er ungläubig den Kopf, immer wieder, bis Claire hellauf lachte. »Du bist ein guter Schauspieler, das muß man dir lassen.«

Mit der gemurmelten Entschuldigung »Ich habe meinen Mantel auf der Sessellehne liegengelassen« ließ Milo sie stehen. Er ging tatsächlich zu seinem Sessel, und dort lag tatsächlich ein schwarzer Mantel. Als er zurückkam, sagte er: »Wollen wir nachschauen?«

»Wonach?«

»Ob der Wagen schon da ist. Und sei es nur, um ihn wieder wegzuschicken.«

Claire lächelte. »Es ist nicht wichtig. Mach dir keine Mühe.«

»Doch. Es ist wichtig. Sehr wichtig sogar.«

Er steuert auf einen imposant wirkenden Portier in taubenblauer Livree zu, der vor dem Seiteneingang des Hotels Wache hielt.

»*Morning, Potter*«, grüßte Milo.

Der Angesprochene reagierte prompt. Er richtete sich auf, seine Hand schoß an den Mützenrand, und auf dem Gesicht machte sich ein freudiges Lächeln breit. »*Good morning, Sir. Good to see you, indeed. Hope you are allright?*«

Milo zwinkerte ihm zu. »*Men like me are always allright, you know.*«

»*That's good.*« Der Portier nahm mit einem winzigen Neigen des Kopfes die zusammengerollte Banknote in Empfang. Dann schaute er in das Buch, das aufgeschlagen auf dem Stehpult lag. »You car arrived some twenty minutes ago, Sir. You want it now? The driver seems to be around somewhere.«

Milo drehte sich mit einem triumphierenden »Na, glaubst du mir jetzt?« zu Claire um. »Der Wagen ist also da. Schicken wir ihn weg, oder machen wir eine kleine Spritztour durch die Chilton Heigths?«

»Ich dachte, du wolltest mich in den Sumpf führen, in dem deine Seele begraben ist.« Milos Lächeln gefror. »Heute ist Sonntag. Sonntags kann ich dich da nicht hinbringen. Wenn du bis Montag bleiben würdest – aber du mußt ja zu deinem Gatten zurück.« Claire schaute ihn an. Sie nickte.

»Wir können in Richtung Oxford fahren«, schlug sie zögernd vor, »und in diesem Hotel, im ...«

»Im Manoir au Quatre Saison einen Sonntagslunch einnehmen«, vollendete Milo ihren Satz. »Darf ich mir erlauben, verehrte schöne Dame, Sie dorthin einzuladen?« Er verbeugte sich dramatisch, als wollte er sich ihr zu Füßen werfen. Wahrscheinlich war er einfach nur dankbar, daß Claire ihr Lächeln und ihre gute Laune wiedergefunden hatte.

»Gern«, sagte Claire. Milo sprach mit dem Mann, der Potter hieß, er drückte auf einen Knopf und schnarrte etwas in ein Mikrofon, das am Stehpult befestigt war, verscheuchte mit einem schrillen Ton aus seiner Trillerpfeife einen Pakistani, der gegenüber dem Hotel ein schwarzes Tuch auf dem Bürgersteig ausrollte, um dort seinen Talmischmuck zum Verkauf anzubieten. Eine elegante Dame mit zwei fetten Corgihunden machte naserümpfend einen weiten Bogen um den Straßenhändler, ein rothaariges Mädchen schlurfte heulend an der Hand eines älteren, gütig blickenden Mannes, Krähen flatterten von einem Abfallhaufen auf, irgendwo schlugen dröhnend Kirchenglocken, der Fahrer wandte sich um und fragte, ob Musik gewünscht sei. Milo gab diese Frage lächelnd an Claire weiter, die beinahe süchtig aus dem Fenster geschaut hatte, als wolle sie alle Geheimnisse eines Londoner Sonntags in einem Augenblick in sich aufnehmen. »Wird Musik gewünscht, schöne Lady?«

Claire dachte, daß Achim in diesem Augenblick wahrscheinlich Klaviervariationen von Mozart gewünscht hätte, vielleicht auch ein kleines, heiteres Violinkonzert. Aber sie hatte nicht die geringste Ahnung, welche Musik wohl Milo gefiel. Es gab Leute, die konnten einen Menschen nach seinem Musikgeschmack beurteilen, die waren der festen Überzeugung, daß eine Vorliebe für beispielsweise Modern Jazz etwas über Wesen und Charakter des Menschen aussagte. Daß ein Mensch, der die virtuosen Trompetenkonzerte von Bach wie Schlager schon morgens beim Rasieren mitsummte, in seinem Wesen irgendwie anders sein müßte als jemand, der während der Zeitungslektüre Rap hörte, leuchtete Claire ein.

Sie dachte daran, daß Milo ihr einmal in seiner Wohnung ein Orgelkonzert vorgespielt hatte.

»Was würde denn zu diesem Tag passen?« fragte sie vorsichtig. Milo schaute sie an, mit einem Lächeln, das sie nicht deuten konnte, und sagte: »Ich weiß nicht. Vielleicht ein Abschiedswalzer?«

»Ich dachte, das ist ein Roman von Kundera.«

»Und eine Musik. Natürlich. Woher sollte er sonst den Titel haben? Abschiedswalzer sind schön. Sentimental, romantisch, fließend. Sie passen zu einem Herbsttag und zu einem Mann, dessen Geliebte einen Flug um neunzehn Uhr am Sonntagabend gebucht hat.«

Claire mußte lachen. Sie nahm seine Hand und drückte sie an die Lippen. »Man kann Flüge auch umbuchen«, sagte sie.

»Ach was.« Milo schaute sie mit gespielter Verblüffung an. »Man kann Flüge auch umbuchen? Bist du sicher?« Claire strahlte. »Ganz sicher.«

»Und wie macht man das?«

»Man greift zum Telefonhörer und ruft British Airways an oder die Lufthansa oder irgendeine Fluggesellschaft, die diese Route bedient, und sagt: Ich möchte den Flug umbuchen.«

Milo riß die Augen auf. »Nicht zu fassen«, murmelte er ergriffen. »Gibt es Menschen, die solches tatsächlich tun?«

Claire nickte ernst. »Es gibt Menschen, die solches tatsächlich tun.«

»Und du meinst, eine gewisse Claire könnte zu solchen bewunderungswürdigen, tatkräftigen, entscheidungsfreudigen Menschen gehören?«

Claire küßte seine Finger und legte die Hand dann wieder zwischen sich und Milo auf das Polster. »Das eben, mein lieber Milo«, sagte sie sanft, »ist noch nicht ganz raus.« Milo schaute auf die Uhr. »Nun, jetzt ist es zwölf. Noch sieben Stunden bis Waterloo. Kein Problem.« Er lehnte sich zurück. Seine Hand schob sich auf Claires Knie und blieb dort liegen. Die Wärme seiner Hand strömte in ihren Körper, es war angenehm. Der Wagen glitt fast lautlos über den Highway, sie hatten die Vororte von London bereits erreicht, vor ihnen erstreckte sich die sanfte Parklandschaft von Chilton Heights.

Durch den Aperitif, den Milo und sie auf der Terrasse des »Le Manoir« einnahmen, mit dem Blick über wie mit der Nagelschere gepflegte *Lawn* in einen von uralten Korkeichen gesäumten Park, vielleicht aber auch durch das milde, sanfte Herbstlicht in eine besondere, heitere und beinahe leichtfertige Stimmung versetzt, beschloß Claire schon während des ersten Ganges (Perlhuhnbrüstchen auf einem Salat von Todestrompeten), noch eine weitere Nacht zu bleiben. Daß dies, was das Hotel beträfe, kein Problem sei, hatte Milo ihr mehrfach versichert, und Claire war inzwischen klargeworden, daß Milos Einfluß auf das Management des Hotels vielleicht nicht gerade groß, aber doch ausreichend war, um derlei Dinge ohne Aufwand zu regeln.

Noch während des Essens zogen die ersten Wolken auf, und als sie, gesättigt und nach einem schönen Wein angenehm entspannt, in die Limousine stiegen, fegte ein böiger Wind durch die Herbstrabatten, und der Schirm, mit dem ein Hotelpage sie zum Wagen geleitete, klappte um, so daß Claires Gesicht naß vom Regen war, als sie endlich in die Polster sanken. Der Fahrer entschuldigte sich für das Mißgeschick, er erklärte, daß er nicht habe weiter an den Eingang heranfahren können, da es irgendein Problem mit einem anderen Gast gegeben habe, der auf seinem Recht beharrte, genau vor dem Eingang auf seine Gattin zu warten.

Egal. Milo küßte die Regentropfen von ihrem Gesicht, und im Innern des Wagens breitete sich schnell eine wohlige Wärme aus.

Nach einer zirka dreißigminütigen Fahrt fing der Motor plötzlich an zu stottern. Der Fahrer machte ein erschrockenes Gesicht, hantierte hektisch herum, drehte an Knöpfen und Schalthebeln, und für einen Augenblick sah es so aus, als sei das Problem behoben: Der Wagen gewann wieder an Fahrt, und der Fahrer entspannte sich.

»Was war los?« fragte Milo.

Der Fahrer schaute Milo durch den Rückspiegel an. »Irgend etwas mit der Benzinpumpe, scheint mir.«

Milo erwiderte nichts.

»Vielleicht eine Luftblase«, meinte der Fahrer mit einem Achselzucken, »obwohl ich es mir nicht erklären kann.«

Er schaute Milo immer noch im Rückspiegel an, und Milo erwiderte seinen Blick kommentarlos.

Claire lehnte in den Kissen, den Kopf an Milos Schulter, und träumte von einer Siesta im frisch bezogenen Doppelbett. »Ist doch egal«, murmelte sie schläfrig.

Nur wenige Kilometer hatten sie zurückgelegt, als der Wagen ein zweites Mal zu bocken begann. Unsanft wurde Claire aus ihrem Schlummer gerissen. Der Kopf fiel nach vorn und wieder zurück, und Milo schimpfte: »Können Sie nicht aufpassen?«

»*Sorry, Sir*«, murmelte der Fahrer mit zusammengepreßten Lippen. Er hatte sich weit vorgebeugt, die Finger um das Lenkrad geklammert und versuchte, den Wagen in seine Kontrolle zu bringen.

Schließlich seufzte er, fuhr an den Straßenrand und drehte sich zu Milo um. »*I'm awfully sorry, Sir*«, sagte er, das Gesicht aschfahl, »aber irgend etwas am Motor ist kaputt. Ich fürchte, wir kommen nicht weiter.«

»Unsinn«, knurrte Milo, »lassen Sie den Motor wieder an. Wenn das vorhin eine Luftblase war und Sie haben das in den Griff gekriegt, werden Sie es doch wieder schaffen.«

Der Fahrer schaute Milo in die Augen. Er wandte sich immer nur an Milo. Wie es mir geht, dachte Claire, interessiert ihn anscheinend gar nicht.

»Ich fürchte, das wird keinen Zweck haben, Sir«, sagte der Fahrer.

»Lassen Sie den Motor wieder an!«

Der Fahrer wandte sich um, drehte den Schlüssel, und der Motor gab ein bellendes, gurgelndes Geräusch von sich, das war alles.

»Wie ich schon sagte, Sir ...«, begann der Fahrer, aber Milo ließ ihn nicht ausreden. »Steigen Sie aus«, sagte er streng, »lassen Sie mich ans Steuer.«

»Milo.« Claire hielt seine Hand. »Wieso glaubst du dem Fahrer nicht?«

»Weil ich nie irgendeinem anderen Menschen glaube.«

Milo stieg aus und tauschte mit dem Fahrer den Platz. Er setzte sich auf dem Fahrersitz zurecht, studierte die Armatur, in Mahagoni eingelassen, drehte an den Knöpfen und schob Hebel hin und her. Dann ließ er den Motor an. Der Motor reagierte überhaupt nicht.

Der Fahrer, der an der offenen Fahrertür stand, konnte sich ein winziges, triumphierendes Lächeln nicht verkneifen. Claire fand, daß ihn das sympathisch machte.

Milo stieß einen Fluch aus. Er wandte sich an Claire.

»Sieht so aus, als wenn dieser Kerl recht hat. Der Motor ist blockiert. Und heute ist Sonntag.«

Claire hob die Schultern. Sie schaute hinaus in den grauen, wolkenverhangenen Himmel. »Und jetzt?«

»Keine Ahnung«, sagte Milo. »Ich schätze, wir werden unseren famosen Fahrer zur nächsten Telefonzelle schicken. Er wird ja wohl wissen, wie er Hilfe herbeiholen kann. Ich bin schließlich nicht der Präsident des ADAC.«

»Das habe ich auch nicht erwartet«, sagte Claire mit mildem Spott. »Glaubst du, es wird lange dauern?«

»Das werden wir ihn fragen müssen.« Milo wandte sich an den Fahrer. »Was werden Sie jetzt tun?«

»Ich werde in unserer Garage anrufen«, sagte der Fahrer. Er machte einen unbekümmerten Eindruck.

»Sie müssen einen Wagen schicken und einen Mechaniker. Der Wagen wird Sie ins Hotel zurückbringen, und ich bleibe dann mit dem Mechaniker hier.«

»Klingt plausibel. Und wann wird der Wagen hier sein?«

Der Fahrer schaute Milo in die Augen. »Keine Ahnung, Sir. Heute ist Sonntag. Ich weiß nicht, wer Dienst hat, wie viele Wagen im Einsatz sind und ob heute viel los ist. Kann ich beim besten Willen nicht sagen, Sir.«

Irgend etwas machte Claire argwöhnisch. Sie konnte nicht genau sagen, was es war. Es hatte etwas mit der intensiven, beinahe beschwörenden Art zu tun, mit der die beiden, Milo und der Fahrer, Blicke tauschten.

Als Milo ausstieg, legte er kurz die Hand auf die Schulter des Fahrers, bevor er um den Wagen herumging. Der Fahrer zeigte keine Reaktion, dennoch hatte in dieser Geste etwas von einem geheimen Einverständnis gelegen ... Claires heitere Stimmung war verflogen. Auch diese milde Zärtlichkeit, in die der Rotwein sie versetzt hatte, dieses schläfrig-wohlige Gefühl von Glück.

Als Milo sich neben sie setzte und sich zu ihr hinüberbeugte, um sie zu küssen, wich Claire zurück.

»Was bedeutet das alles, Milo?« fragte sie kühl.

Milo regierte auf die veränderte Stimme. Er hielt mitten in der Bewegung inne und blickte auf ihre Lippen, nicht in ihre Augen. »Es bedeutet genau das, was eine Autopanne immer bedeutet, schöne Lady: Wir sitzen fest.«

»Und keiner weiß, wie lange«, sagte Claire. Ihre Stimme wurde immer gereizter. Sie wußte es, aber es ließ sich nicht ändern. Sie war gereizt. Sie war argwöhnisch; sie hatte das Gefühl, hinter ihrem Rücken wurde ein Komplott geschmiedet. Dabei gab es nicht den geringsten Beweis. Tatsache war, daß das Auto in einer leichten Schräglage am Straßenrand parkte und daß andere Autos, eine feine Wasserspur von den Hinterrädern hochschleudernd, an ihnen vorbeipreschten, ohne anzuhalten oder Hilfe anzubieten. Aber darum ging es nicht. Claire gehörte auch nicht zu den Autofahrern, die bereitwillig anhielten

»Und meine Maschine?« fragte Claire.

»Welche Maschine?«

»Die um neunzehn Uhr nach Hamburg.«

Milo schaute ihr jetzt in die Augen. »Ich dachte, die wäre ohnehin schon gestrichen«, sagte er. »Ich dachte, wir hätten uns geeinigt, daß du erst morgen abfliegst.«

»Kann sein.« Claire starrte aus dem Fenster. Der Regen hatte wieder eingesetzt. Der Fahrer öffnete den Kofferraum und rollte einen Regenmantel auseinander. Er stülpte sich einen verbeulten karierten Hut auf den Kopf und öffnete nur noch einmal kurz die Wagentür, um zu melden, daß er sich jetzt auf den Weg zur nächsten Telefonzelle machen wolle. »Keine Ahnung, wie weit das ist«, sagte er mit einem aufmunternden Lächeln. Milo lächelte zurück. »*Good luck.*« Dann fiel die Tür ins Schloß. Milo und Claire waren allein.

»Die Mausefalle«, sagte Claire in das minutenlange Schweigen hinein.

»Wie bitte?«

»Die Mausefalle. So heißt doch das Stück von Agatha Christie.«

»Wenn der andere Wagen rechtzeitig kommt«, sagte Claire, »nehm' ich noch das Flugzeug um neunzehn Uhr.«

Milo hob die Schultern. »Wenn du glaubst, daß das richtig ist?«

»Ja, das glaube ich allerdings.«

Darauf sagte Milo nichts. Seine Hand tastete nach ihrer Hand, aber Claire erwiderte seinen Druck nicht. Sie ließ seine Hand da liegen, lehnte das Gesicht an die Fensterscheibe und dachte: Eine Falle. Es ist eine Falle.

Nach einer halben Stunde, in der Claire und Milo fast nur geschwiegen hatten, kam der Fahrer zurück. Er hatte gute Nachrichten. Obwohl es ein Sonntag war, hatte der Garagenmeister Dienst, und der war ein Genie im Organisieren, wie es schien. Jedenfalls war bereits ein Wagen unterwegs, um sie abzuholen. Strahlend schaute er die beiden an: »Spätestens um sechs werden Sie wieder im Hotel sein.«

Zu spät für mein Flugzeug, dachte Claire. Sie hatte in diesem Augenblick nur den einen brennenden Wunsch, noch an diesem Abend zu Achim zurückzukehren in ihre vertraute, angenehme Wohnung. Achim würde eine Mozart-CD auflegen und Drinks mixen, er würde sagen, daß es unter der Sonne keinen besseren Barkeeper gäbe als ihn, er würde von seinem Studentenjob als Barkeeper in einem amerikanischen Club (oder war es gar kein amerikanischer Club?) erzählen, sie würde später ein Bad mit Orangenblütenduft nehmen und am nächsten Tag pünktlich an ihrem Schreibtisch sitzen und das ganze London-Abenteuer vergessen. Denn natürlich würde sie diesen Job nicht annehmen, sie würde nicht nach London übersiedeln, ihr sicheres, schönes Leben keinesfalls für ein fragwürdiges Abenteuer aufgeben.

Wenn ich dieses verdammte Flugzeug bekommen würde, könnte ich alles retten, meine Ehe, meinen Job, ich wäre in Sicherheit.

Um vier Uhr nachmittags rissen die Wolken plötzlich auf, Milo stieg aus und machte eine Art Freiübungen an der offenen Wagentür, Kniebeugen und Armestrecken, er atmete tief ein und ließ die Luft bei geschlossenen Augen wieder pfeifend ausströmen.

Er kletterte in den Wagen zurück, aber nur, um den schwarzen Regenmantel, den er, säuberlich zusammengefaltet, hinten auf der Ablage deponiert hatte, herauszuholen.

Claire beobachtete seine Aktivitäten mit schweigender, beinahe eisiger Ablehnung. Sie fragte sich, was ihr an diesem Mann je gefallen hatte, wieso sie wegen eines Mannes, der aussah wie ein schwarzes Ungeheuer, beinahe den Verstand verloren hatte. Milo schaute sie an, aufmerksam, ernst. In seinem Gesicht zuckte es, rasch verdeckte er dieses Zucken mit der linken Hand, indem er so tat, als wolle er ein feines Haar von den Lippen entfernen.

»Der Regen hat aufgehört«, sagte er leise.

Claire blickte hinaus auf die Straße, wo der Fahrer sich gerade eine Zigarette aus einem blauen Päckchen fischte und sie zwischen die Lippen steckte. Er klopfte die Jackentaschen nach seinem Feuerzeug ab.

»Ich weiß«, sagte Claire.

»Möglich, daß gleich die Sonne rauskommt. Das Stückchen blauer Himmel da oben wird immer größer.« Milo ließ sie nicht aus den Augen.

Claire spürte seinen bohrenden Blick, obwohl sie das Gesicht abgewandt hatte. Der Fahrer hatte endlich sein Feuerzeug gefunden, ein weiß-rotes Plastikding, das er jetzt aufflammen ließ.

»Ich könnte einen kleinen Spaziergang vorschlagen«, sagte Milo tastend, »eine ganz schöne Gegend hier, wie es mir scheint. Aber du hast vermutlich nicht die richtigen Schuhe an für einen Gang über die Wiesen.«

»Und vermutlich auch keine Lust«, sagte Claire. Endlich drehte sie sich zu ihm um. »Ich bleibe lieber hier und warte auf den Wagen. Vielleicht kriege ich das Flugzeug ja doch noch.«

Milos Blick wurde noch ernster. Er senkte den Kopf.

»Wie du meinst«, sagte er leise.

Claire schaute ihm nach, wie er querfeldein marschierte; der bodenlange schwarze Mantel wehte hinter ihm her. Natürlich hatte er auch den Hut aufgesetzt, eine schwarze, hagere, irgendwie unheimliche Gestalt, die Düsterkeit verbreitete in dieser lieblichen, goldenen Herbstlandschaft. Er ging mit weit ausholenden Schritten, er bückte sich nach einem Stock und schlug damit auf die Gräser und Farne ein, die rechts und links von dem Trampelpfad aufragten. Er wirkte zornig, sie konnte es an der Haltung seines Kopfes und seiner Schultern erkennen, zornig und traurig, und beinahe liebte sie ihn deswegen schon wieder.

Der Fahrer kam zu ihr zurück. »Sie machen keinen Spaziergang?« fragte er freundlich. »Sie müssen nicht auf das Auto aufpassen. Das ist mein Job.«

»War es auch Ihr Job, den Wagen hier anzuhalten?« fragte Claire. Der Fahrer sah sie verständnislos an. »Den Wagen hier anzuhalten?« wiederholte er.

»Ich meine, war es Ihr Job, darauf zu achten, daß wir nicht vor dem Abend in London zurück sind?«

»Ich verstehe nicht«, murmelte der Fahrer. Er schnippte die Zigarette weg und drückte sie dann mit dem rechten Fuß aus. Er schaute sehnsüchtig der schwarzen, immer kleiner werdenden Gestalt nach.

»Ich frage mich nur«, murmelte Claire, mehr zu sich selbst, »wann er das mit Ihnen besprochen hat. Ich war doch immer dabei.«

»Wie bitte?« fragte der Fahrer erstaunt.

Claire fiel plötzlich ein, daß Milo während des Essens einmal aufgestanden war. Er hatte sich nur mit einem Lächeln entschuldigt. Claire hatte angenommen, er sei in die Waschräume gegangen oder vielleicht ans Telefon; immerhin war es ja möglich, daß Milo ein dringendes Telefongespräch zu erledigen hatte. Er war zurückgekommen, hatte sich mit der höflichen, liebenswürdigen Bitte um Entschuldigung wieder an den Tisch gesetzt, der Ober war mit einer frischen Serviette herbeigeeilt, die er schwungsvoll ausgeschlagen und Milo dann über die Knie gebreitet hatte, Milo hatte sein Glas genommen, es gegen das ihre klingen lassen und etwas in der Art gesagt wie: »Du bist schön. Hier in diesem Hotel bist du mit Abstand die schönste Frau. Alle beneiden mich.«

Und sie hatte gelacht, weil sie es liebte, Komplimente zu

bekommen, selbst wenn sie übertrieben waren. Womöglich hatte Milo in diesem Augenblick mit dem Fahrer den Plan ausgeheckt... aber sie hatte doch während des Essens gesagt, sie würde eventuell bis zum Montag bleiben, sie würde ihm bei dieser Angelegenheit, über die er immer noch ein mysteriöses Stillschweigen bewahrte, behilflich sein, sie hatte sich sogar schon eine Ausrede fürs Büro zurechtgelegt und eine Ausrede für Achim, aber dabei hatte sie doch leichte Magenschmerzen bekommen. Es war ziemlich unwahrscheinlich, daß Achim irgendeine Ausrede glauben würde, selbst wenn sie noch so überzeugend klänge.

»Beim Mittagessen, nicht wahr?« sagte Claire.

Der Fahrer riß die Augen auf. Er starrte sie an, klopfte wieder nervös die Jackentaschen nach dem Zigarettenpäckchen ab.

»In der rechten Hosentasche«, sagte Claire.

»Oh, danke.« Der Fahrer wirkte noch verwirrter.

»Aber es wäre schön, wenn Sie nicht im Wagen rauchten«, sagte Claire, »ich bekomme davon Kopfschmerzen.«

»Natürlich, selbstverständlich.« Der Fahrer sprang aus dem Auto, offenbar erleichtert, ihren inquisitorischen Fragen zu entkommen. Milo hatte vor dem Waldrand einen Bogen geschlagen und kam nun zurück. Der Fahrer schaute, den Rauch stoßweise ausatmend, zu ihm hinüber. Ebenso Claire.

Als er näher kam, stieg sie aus. Die Luft war weich und warm, es roch nach feuchtem Laub, aber anders als in Deutschland. Nach brauner Erde, nach Chrysanthemen und trockenen Hortensien. Die Sonnenwärme lag auf ihrem Gesicht, Claire atmete tief durch.

Sie schaute auf ihr Schuhe, dunkelrote Wildlederpumps, die sie erst vor wenigen Wochen gekauft hatte.

Auf einmal überkam sie eine unbändige Lust, einfach durch dieses immer noch sommerlich saftige Gras zu gehen. Aber sie wußte, daß sie in diesen Schuhen eine eher lächerliche Figur abgeben würde, mit einem störchisch-staksigen Gang in dem feuchten Wiesenboden, und deshalb beschränkte sie sich darauf, am befestigten Straßenrand hin und her zu wandern, manchmal ging sie sogar rückwärts, mit zurückgebeugtem Kopf, um die Sonnenwärme auf ihrem Gesicht zu spüren.

Milo kam näher. Er machte ihr Zeichen mit den Armen. Er winkte, er rief etwas. Sie winkte zurück. Sie lächelte, und als Milo näher kam, sah sie, daß er ebenfalls lächelte; er breitete die Arme aus, als wünschte er, sie würde ihm wie ein kleines Mädchen entgegenfliegen und er könnte sie herumschleudern und dabei ihr Gesicht küssen, ihre Augen, ihre Nasenspitze, ihren Mund.

Sie fielen sich tatsächlich in die Arme, als er wieder festen Boden unter den Füßen hatte, sie küßten sich, und nach diesem langen Kuß streckte er sie von sich und betrachtete sie zärtlich. »Schön, daß du wieder lächelst«, sagte er. »Schön.«

Und Claire, die Hände in seinem Nacken verschränkt, dachte, während sie ihm in die Augen sah: Warum nur, verdammt, ist das Leben so kompliziert?!

Das Telefongespräch mit Achim verlief ganz anders, als Claire es sich ausgemalt hatte. Was wieder einmal bewies, dachte Claire, wie wenig die Menschen voneinander wissen, selbst wenn sie seit sieben Jahren verheiratet sind.

Achim schien nicht im mindesten erstaunt, daß Claire nicht wie verabredet am Abend nach Hause käme. Er nahm ihre Mitteilung, daß sie wegen eines wichtigen Gesprächs mit einem der Leute aus dem Vorstand einfach noch bis Montag mittag bleiben müsse, gelassen zur Kenntnis.

»Macht es dir nichts aus?« fragt Claire, beinahe überrascht.

»Nein, wieso? Hast du gedacht, ich würde vor Sehnsucht

umkommen?« gab Achim zurück. Seine Stimme war nicht frostig, nicht beleidigt, sie war einfach, wie Claire fand, vollkommen desinteressiert.

Claire atmete tief durch.

»Achim!« Ihre Stimme klang auf einmal flehend, was ihr selbst absurd vorkam. Eine kleine Pause. Dann sagte Achim ruhig: »Ja?«

»Achim, es tut mir leid. Ich wäre so gerne heute abend schon gekommen. Es hat den ganzen Vormittag und den halben Nachmittag geregnet. London ist schrecklich langweilig im Regen.«

»Ich bin sicher, dir ist trotzdem etwas eingefallen, wie du einen verregneten Sonntag angenehm verbringen kannst«, sagte Achim. Seine Stimme war ohne Betonung, geradezu ohne Modulation. Er glaubt mir nicht, dachte Claire. Er hat einen Verdacht.

»Hoffentlich gibt es wenigstens etwas Anständiges im Fernsehen«, sagte sie.

»Warum sollte ich fernsehen?« gab Achim zurück. »Meinst du, mir fällt an einem Junggesellenabend nichts anderes ein?«

Es hat keinen Zweck, dachte Claire, wir machen es nur schlimmer, je länger dieses Gespräch dauert.

»Ich ruf' dich an, wenn ich weiß, welche Maschine ich nehme«, sagte sie.

»Tu das. Einen schönen Abend wünsch' ich dir.« Achim hatte aufgelegt, bevor Claire sich ihrerseits von ihm verabschieden konnte.

Eine Weile blieb Claire wie betäubt neben dem Apparat stehen. Dann schleuderte sie ihre Schuhe von den Füßen. »Verdammt«, fluchte sie, »verdammter Mist. Verdammt, verdammt.« Sie warf sich auf das Bett. Der Portier hatte ihr bei der Rückkehr – sie waren schließlich um zwanzig nach sieben im Hotel angekommen – zu verstehen gegeben, daß man von einer Frau, die schließlich vom Chef persönlich begrüßt worden war, eigentlich erwartet hätte, daß sie sich an die Regeln hält. Das heißt im Klartext, daß sie bis zwölf Uhr mittags ihre Absicht äußert, ob sie abreisen oder bleiben wolle. Der Concierge hatte es etwas anders, höflicher ausgedrückt, aber Claire, die genau wußte, daß sie einen Fauxpas begangen hatte, war trotzdem rot geworden. Das wiederum hatte Milo so erheitert, daß er sie während der Liftfahrt in den vierten Stock unentwegt geküßt hatte und dabei immer wieder gemurmelt hatte: »Sie wird rot wie ein Backfisch! Sie wird tatsächlich noch rot wie ein Backfisch!«

Das Telefon klingelte. Es war Milo.

»Hast du mit deinem Mann telefoniert?« fragte er.

»Natürlich.«

»Und? Wie hat er es aufgenommen?«

»Sportlich«, sagte Claire.

Milo schien zu zögern. Er überlegte vielleicht, was dieses »sportlich« bedeuten könne. »Mehr willst du nicht sagen?« fragte er vorsichtig.

»Ich wüßte nicht, warum«, gab Claire beinahe schnippisch zurück. »Die Situation ist ohnehin verfahren genug. Ich wünschte, ich hätte die Maschine um neunzehn Uhr geschafft. Dann hätte ich ein Problem weniger.«

»Ich dachte, er hat es sportlich genommen«, sagte Milo sanft. »Warum bist du denn trotzdem so schlecht gelaunt?«

»Keine Ahnung.« Claire legte auf. Milo sollte nicht merken, daß ihr zum Heulen zumute war.

Monsieur Giraudoux wartete in der Halle. Er war gekleidet wie ein englischer Landedelmann, in Tweed und festes Schuhwerk. Er trug eine Art Schirmmütze aus karierter Baumwolle, die vorherrschende Farbe seiner Kleidung war Olivgrün, man hätte meinen können, der kleine Belgier hätte einen Jagdausflug vor. Amüsiert entdeckte Claire an den Ellenbogen seiner Jacke auch die vorgeschriebenen Lederecken; einen weiteren Lederfleck zwischen Revers und Brusttasche, dort, wo man beim Schießen das Gewehr ansetzt.

Claire hatte gerade am Kiosk eine deutsche Zeitung besorgt. Sie hatte Paolo Vincenti, der an diesem Morgen sehr nervös wirkte, von weitem zugewinkt und sich in der Halle nach einem Platz umgesehen, um auf Milo zu warten, als der kleine Belgier vor ihr auftauchte. Er hatte diese rattenhafte Art, man sah ihn nicht kommen, man sah ihn nicht gehen, er war einfach da.

»*Bonjour, Madame.*« Monsieur Giraudoux lächelte sein bezauberndstes Lächeln, »ich freue mich, daß Sie sich entschieden haben, die Gastfreundschaft eines schönen Hotels noch ein wenig in Anspruch zu nehmen. Es wird Sie, hoffe ich, in dem Willen bestärken, das Angebot des Konzerns wohlwollend zu prüfen.«

»Sie sprechen wie die Helden in den Romanen des neunzehnten Jahrhunderts.« Claire gab ihm die Hand, die Monsieur Giraudoux mit einer kleinen Verbeugung fast bis an die Lippen führte. »Sie gehen zur Jagd, nehme ich an?«

Der kleine Belgier richtete sich erschrocken auf.

»Zur Jagd? Sehe ich etwa so aus?«

»Ganz genau so. Ich sehe Sie schon mit zwei hechelnden Hunden durch die Sümpfe von Dartmoor streifen und Fasane aus dem Schilf aufscheuchen. Ein schöner Tag für einen Landausflug.«

Monsieur Giraudoux starrte Claire an. Dann räusperte er sich, nahm die Schirmmütze ab und deutete auf einen freien Sessel. »Darf ich mich setzen?«

»Aber gern.«

Monsieur Giraudoux achtete darauf, als er sich setzte, daß die Bügelfalten seiner Flanellhose akkurat blieben. Er räusperte sich ein zweites Mal. »Milo hat Ihnen also nicht gesagt, daß ich Sie beide begleiten werde?«

Claire schüttelte den Kopf.

»Aha«, der kleine Belgier lehnte sich tiefatmend zurück, »er hat Ihnen wahrscheinlich überhaupt nicht gesagt, worum es bei diesem Unternehmen geht?«

»Sie vermuten richtig«, sagte Claire kühl, »aber vielleicht haben Sie die Freundlichkeit, mich aufzuklären.« Monsieur Giraudoux legte seine Hände mit den Handflächen gegeneinander und hob sie an den Mund. Eine nachdenkliche, irgendwie auch flehende Geste. Claire fiel auf, wie klein und weiß seine Hände waren. »Ich bitte um Vergebung, Madame, aber ich möchte mich in diese Angelegenheit von Monsieur Milo nicht einmischen.«

»Ich denke, das tun Sie die ganze Zeit.« Claire konnte Giraudoux an diesem Morgen kaum ertragen. Sie schaute sich nach Milo um. Die drei Fahrstühle waren ständig in Betrieb. Menschen eilten durch die Halle, Koffer und Reisetaschen wurden aus Taxis ein- und ausgeladen. Vor der Kasse wartete eine Gruppe von Japanern.

Ein grauhaariger Inder in der Uniform eines englischen Kammerdieners polierte die beiden Messingkrüge rechts und links des Entrees. Neben dem Lift wurde eine Tafel angebracht mit den Terminen für die Konferenzen und Geschäftsessen des Tages. Ein Portier verteilte die Post in die Fächer. Ein Page trug einen überdimensionalen, in Zellophan verpackten Blumenstrauß, ein junges Mädchen im weißen Klinikkittel brachte Kleider, die offenbar eben gereinigt worden waren. Es herrschte eine ganz andere Geschäftigkeit als am Sonntag. Claire wußte, warum ihr Hotels an Wochentagen besser gefielen. Zum Hotel gehörte die Geschäftigkeit des Alltags.

Von Milo immer noch keine Spur.

Monsieur Giraudoux räusperte sich.

»Ich mische mich höchstens in das Geschäftliche ein, nie aber in das Private, Madame Uhde«, sagte Giraudoux gekränkt. »Und diese Angelegenheit ist vor allen Dingen eine private.«

Er wandte den Kopf, als habe er ein Geräusch gehört, und plötzlich war alle Verlegenheit aus seinem Gesicht verschwunden.

»*Voilà, Monsieur Milo*!« rief er erleichtert.

Milo kam von draußen. Er öffnete seinen Mantel, als ob es ihm warm geworden war, und nahm den Hut ab, um seine Haare zu schütteln. Monsieur Giraudoux eilte schon auf ihn zu und zeigte ihm den Platz, an dem Claire saß. Claire erhob sich sofort. Sie erwiderte Milos Begrüßung kühl, beinahe reserviert. Mit keinem Lidschlag erinnerte sie ihn an die Nacht, die sie gemeinsam verbracht hatten.

»Von mir aus können wir sofort losfahren«, sagte sie. »Je eher wir das hinter uns haben, desto früher kann ich nach Hamburg zurückfliegen.«

»Darf ich dir trotzdem noch sagen, daß du heute morgen besonders schön aussiehst, oder hältst du auch das für Zeitverschwendung? Du wirst von Tag zu Tag strahlender. Man könnte auch sagen, du blühst geradezu auf.« Milo küßte ihre Stirn. »Woran das wohl liegt...«

Claire tat, als habe sie nichts gehört. Zufällig fing sie einen neugierigen Blick von Paolo Vincenti auf und wich etwas von Milo ab.

»Bitte«, flüsterte sie, »es ist mir peinlich. Warum gehen wir nicht?«

Monsieur Giraudoux strahlte. »Wir können sofort losfahren.« Er eilte ihnen voran. Milo nahm Claires Hand.

»Sei nicht so streng zu mir, Geliebte«, murmelte er, während er mit den Augen den Concierge grüßte, der zu ihnen hinüberlächelte. »Mir geht es schlecht genug. Wenn du nun auch noch die Spröde spielst, bin ich verloren.«

»Warum geht es dir schlecht?« Claire sah, daß Paolo Vincenti seinen Gesprächspartner verließ, um ihnen den Weg abzuschneiden. »War die Nacht vielleicht zu anstrengend?«

»Nicht anstrengend genug, nehme ich an. Ich hätte sie am liebsten so gehabt, daß ich heute besinnungslos bin. Ohne Bewußtsein könnte ich diesen Vormittag wohl besser überstehen.«

Paolo Vincenti war nur noch ein paar Meter von ihnen entfernt. »Wie schade, daß ich immer noch nicht weiß, worum es eigentlich geht«, murmelte Claire, während sie bereits ihr busineßmäßiges Begrüßungslächeln für Paolo aufsetzte.

»Ich hoffe, du bringst mich nicht in Schwierigkeiten.«

»Sehe ich so aus?«

Sie blieben stehen. Paolo hatte sich ihnen in den Weg gestellt. »Aha!« rief er strahlend. »Das patriotische Blut hat Sie zusammengeführt. Ich habe es ja immer gesagt: Die Deutschen halten zusammen, wo immer auf der Welt sie sich begegnen! Das hat schon mein Vater gesagt: So verschieden können die Deutschen gar nicht sein, daß sie im Ausland nicht Schulterschluß demonstrieren.«

»Kommen Sie, Paolo, Sie kalter Krieger.« Milo schlug ihm versöhnlich auf die Schulter. »Das meinen Sie nicht ernst, nicht wahr? Außerdem bin ich kein Deutscher, sondern eine Art Österreicher.«

Eine Art Österreicher, hallte es in Claire nach. Das würde sie mit ihm noch erörtern. Sie erinnerte sich plötzlich an diese alte Dame im Flugzeug. Was hatte die noch gesagt? Wie hatte sie Milo genannt? Es hatte tschechisch geklungen – oder vielleicht ungarisch?

Paolo nahm Claires Hand. »Ihnen müssen die Ohren geklungen haben«, sagte er mit einem gewinnenden Lächeln.

»Wann?« fragte Claire.

»Oh, am Samstag abend. Den ganzen Abend über habe ich von Ihnen geschwärmt.

Milo legte einen Arm um Claire. »Ich bin gerade dabei, diese Lady für mich zu gewinnen, Paolo. Bringen Sie nicht alles durcheinander. Ihr Privatleben ist chaotisch genug.«

Paolo lachte gutmütig. »Ich habe ja auch von Madame Uhde geschwärmt in ihrer Rolle als Busineßfrau. Eine typische deutsche Erfolgsfrau, habe ich gesagt. Kompetent, präzise, charmant, unbestechlich. Außerdem können sie den eisernen Durchsetzungswillen sehr kokett hinter ihrer weiblichen Ausstrahlung verbergen.«

»Hilfe«, sagte Claire amüsiert, »das ist zuviel. Das halte ich nicht aus. Wäre es ein bißchen weniger gewesen, Mister Vincenti, hätte ich Ihnen vielleicht geglaubt. Aber so ...«

»Oh, ich meine es ernst, ich meine immer alles ernst. Ich würde mir nicht erlauben, so etwas zu sagen, wenn ich nicht sicher wäre, daß diese Einschätzung von allen Mitgliedern des Vorstandes, die Sie kennengelernt haben, geteilt würde. Man war sehr angetan von Ihnen, Frau Uhde, wirklich sehr beeindruckt. Das hat mich gefreut. Denn immerhin sind Sie sozusagen mein Favorit?«

»Es gibt also keine Mitbewerber?« warf Milo ein, bevor Claire die gleiche Frage stellen konnte.

»Was denken Sie! Natürlich! Fast jeder hat einen Kandidaten ernannt. Jeder hat so seine Kontakte und Kanäle, selbstverständlich. Aber ich habe dem kleinen Belgier bedingungslos vertraut. Er ist ein fabelhafter Menschenkenner.«

Claire lächelte. Also wurde Monsieur Giraudoux auch von anderen der kleine Belgier genannt.

»Sie sind in Eile«, stellte Paolo Vincenti fest. Er verbeugte sich. »Ich hoffe, wir sehen uns noch, bevor Sie in das vereinte Deutschland zurückfliegen.« Er winkte und war schon wieder verschwunden.

Monsieur Giraudoux stand neben einem Wagen. Dieses Mal war der Wagen schwarz, und es gab keinen Fahrer. Aber die Türen standen bereits offen.

»Ist es weit?« fragte Claire, als sie einstieg. Im Innern des Wagens roch es nach kaltem Rauch, etwas, das Claire haßte.

»Eine Dreiviertelstunde zirka«, sagte Monsieur Giraudoux, »das hängt vom Verkehr ab. Montags ist es immer hektisch.« Er setzte sich auf den Fahrersitz und ließ den Motor an, während Milo noch den Saum seines bodenlangen Mantels hochraffte.

»Wie heißt die Gegend, in die wir fahren?« fragte Claire. »Oder ist das auch ein Geheimnis?«

»Keineswegs.« Milo, der neben dem kleinen Belgier Platz genommen hatte, schaute sich zu Claire um. Claire stellte fest, daß er an diesem Morgen von fast krankhafter Blässe war. Seine Augen wirkten müde, beinahe erloschen.

Er sah aus, als sei er von einem Fieberanfall gerade genesen.

»Die Gegend ist nicht gerade besonders idyllisch«, sagte Milo.

»Das ist eine sehr diskrete Beschreibung eines sehr bedauerlichen Tatbestandes.« Monsieur Giraudoux lächelte in sich hinein. »Mit einem Wort: Es ist die steingewordene Tristesse.«

»Das waren mindestens zwei Wörter«, warf Claire ein.

»Der Müll, die Stadt und der Tod«, sagte Milo, »so hieß dieses Theaterstück, das Frankfurt zum Thema hatte.«

»Du meinst, es paßt auch auf London?«

»Ganz besonders auf jenen Teil, in den wir jetzt fahren. Es gehört schon fast nicht mehr dazu, aber vielleicht deshalb um so mehr.« Milo drehte sich jetzt so weit zu ihr herum, daß er beide Hände auf seine Rücklehne legen konnte. »Ich finde es selbst unverzeihlich, Claire, daß ich so lange um den heißen Brei herumgeredet habe. Aber ich hätte selbst nicht gedacht, daß es mir so schwerfällt, mit dir darüber zu reden. Kindliche Deformation nennt man das wohl oder Kindheitstrauma. Keine Ahnung.«

Er holte tief Luft.

»Wir fahren jetzt in das Domizil einer Frau, die eine Art Stiefmutter für mich gewesen ist. In einer Zeit, an die ich mich allerdings nur noch in meinen Fieberträumen erinnern kann. Sozusagen eine Zeit, bevor ich anfing zu denken. Vielleicht habe ich auch das Denken ausgeschaltet während dieser Zeit. Gut möglich, daß ich vorher schon mal das Denken gelernt hate. In dieser Zeit, als mein Vater mit dieser Frau zusammen war, die wir nun gleich besuchen werden, habe ich es jedenfalls wieder eingestellt. Soviel ist sicher.«

Monsieur Giraudoux schaute auf die Straße. Er benahm sich auf einmal wie ein Chauffeur, dem man beigebracht hatte, sich unter keinen Umständen für die Gespräche seiner Fahrgäste zu interessieren.

Claire schaute aus dem Fenster. Die Gegend wurde tatsächlich immer trostloser, aber für welche Großstadt traf das nicht zu? Jedenfalls, wenn man jene Viertel ansteuerte, in denen die Industrie angesiedelt war, die Groß- und Schwerindustrie, verwahrloste, oft auch stillgelegte Anlagen mit Förderbändern, die über die Highways hinwegführten, die an alten Stahlseilen hingen oder über rostige Förderbänder geführt wurden. Rauchende Schlote, die gelben Qualm ausstießen, Fenster, die blind waren von Ruß und Staub, schmutzige Gardinen, wenn man überhaupt Gardinen sah, vergitterte Spielplätze, mit Unrat bedeckte Fußballplätze, eine Gruppe von Skinheads, die rauchend an verschmierten Häuserecken lehnten, Obdachlose, die in Abfalleimern stocherten, Kinder, die einen jämmerlichen Eindruck machten, obwohl sie lachend und lärmend durch die Straßen zogen, halb heruntergelassene Eisengitter vor Geschäften, die pakistanische, indische oder koreanische Schriftzeichen trugen, dann wieder ein etwas ansehnlicheres Viertel mit einem grünen Viereck, das eine Art Park darstellen sollte. Frauen mit Kinderwagen, Männer mit Aktentaschen. Ein Waschsalon, ein Friseur, ein weißgetünchter Neubau, in dem es offenbar Ärzte, Notare und Rechtsanwälte gab, und schon wieder ein Abbruchviertel, leerstehende Häuser, zerbrochene Fensterscheiben, rauchgeschwärzte Dachbalken, Zeichen von Brandstiftung und Verwahrlosung, eine Kirche, von oben bis unten vollgeschmiert mit unleserlichen Graffiti.

Claire schloß die Augen. Sie schämte sich dafür, aber sie konnte den Anblick nicht ertragen. Früher hatte sie mit bitterer Armut besser umgehen können, und auf ihren Reisen in Länder des Fernen Ostens, nach Burma, Malaysia oder in die Dritte Welt hatte sie keine Wahl.

»Schrecklich, nicht?« Mitfühlend faßte Milo ihre Hand. »Ich fürchte nur, es wird immer noch ein bißchen schlimmer kommen. Bereust du, daß du mitgekommen bist?«

»Ich bin keine Mimose«, sagte Claire streng.

Dennoch bereute sie den Ausflug. Milo hatte ihr immer noch nicht gesagt, wozu er sie brauchte. Was ging sie irgendeine Geliebte von Milos Vater an? Was hatte sie damit zu tun? Sie hatte drei Nächte mit Milo verbracht, drei sehr leidenschaftliche und wahrscheinlich auch in alle Zukunft unvergleichliche Nächte. Aber mußte sie deshalb eine Frau kennenlernen, die irgendwann einmal die Geliebte von Milos offenbar geistesgestörtem Genie-Vater war?

»Vielleicht könntest du mich endlich darüber aufklären, was ich bei diesem Unternehmen eigentlich soll«, sagte Claire plötzlich gereizt.

Giraudoux nickte bekräftigend. »Ich finde, Madame Uhde hat recht, Milo.«

Milo seufzte. Er setzte sich wieder gerade hin und starrte durch die Windschutzscheibe. »Um ganz ehrlich zu sein«, sagte er mit einer Stimme, die um viele Nuancen leiser war, so leise, daß Claire sich vorbeugen mußte, um ihn richtig zu verstehen, »ich bin ein Schuft.«

»Daran habe ich nie gezweifelt«, sagte Claire ruhig.

»Nein?« Milo warf ihr durch den Rückspiegel einen amüsierten Blick zu. Für einen Augenblick leuchteten seine Augen, dann wurden sie wieder fahl. »Ich nutze deine Freundlichkeit, deinen Charme und deine Zuneigung zu mir ganz schamlos aus. Das ist die Wahrheit, und ich hasse mich dafür.«

»Dann tu es doch einfach nicht«, sagte Claire, »laß uns umkehren und die ganze Sache vergessen.«

»Das geht nicht«, sagte Monsieur Giraudoux, »dazu ist die Lage zu ernst.«

Milo lächelte hilflos. »Du hast es gehört. Die Lage ist zu ernst.«

»Ich verstehe nichts mehr.« Claire öffnete das Fenster einen Spalt. Der kalte Rauch im Innern des Wagens wurde durch den Ventilator immer wieder hochgewirbelt. Aber von draußen kam ein Schwefelgeruch herein, der noch schlimmer war. Schnell kurbelte sie das Fenster wieder hoch.

»Diese Frau versucht mich zu ruinieren«, sagte Milo nach einer langen Pause, in der er offensichtlich nach der besten Formulierung gesucht hatte, »sie macht das Lebenswerk meines Vaters kaputt. Und damit natürlich auch mein Lebenswerk.«

»Dein Lebenswerk?« wiederholte Claire sanft. Sie fand den Ausdruck amüsant: sein Lebenswerk!

»Jedenfalls meine Existenzgrundlage. Sie versucht, meine Existenzgrundlage zu zerstören.«

»Und wie macht sie das?« fragte Claire.

»Indem sie die Bilder meines Vaters verschleudert, verschenkt, indem sie so tut, als seien die Werke meines Vaters Schrott. Ausgeburt eines Irren, was weiß ich. Sie schreibt Briefe an Museen und Kunstwissenschaftler, mit denen sie beweisen will, daß viele Bilder gar nicht mein Vater gemalt habe, sondern irgendwelche Dilettanten, steirische Bauern, Landarbeiter, Eisenbahngleisarbeiter. Für einen Teller Suppe, den sie, Sheila Boskovic, gekocht habe, hätten sie Spachtel und Farbe, manchmal auch Spachtel und Kot oder Lehm oder einfach Kartoffelackererde genommen und auf eine Leinwand geklatscht, während Morante immer tiefer in sein Rotweindelirium gesunken sei und nur noch ›Bravo! Bravo! Die Welt ist voller Künstler! In jedem Menschen steckt ein Genie!‹ gelallt habe.«

Milo, dessen Stimme immer heiserer geworden war, schwieg plötzlich.

Giraudoux nahm den Fuß vom Gas und schaltete in einen niedrigeren Gang. Der Wagen fuhr jetzt ruhiger an einem endlosen, abgeernteten Maisfeld entlang. Die Strunken der Maispflanzen, bedeckt von Ruß und Staub, ragten starr in die

Höhe. Claire mußte plötzlich an ein Minenfeld denken, an die Minenfelder, von denen ihr Großvater immer erzählt hatte, abends, wenn ihre Eltern ausgegangen waren und sie neben ihm am Tisch gesessen hatte in seinem kleinen Zimmer. Er hatte die Zeitung mit den Resten der geschälten Äpfel zur Seite geschoben und seine Patience gelegt und dabei von Rußlands Leichenwüstenei gesprochen. Die kleine Claire hatte ihren Kopf in beide Hände gestützt, ihm zugehört und sich dabei Felder vorgestellt, die genauso aussahen wie dieses Maisfeld mit den scharfen Kanten der Strunken, die einem die Fußsohlen zerschneiden würden, wollte man versuchen, es auf bloßen Füßen zu durchqueren.

Hinter dem öden Feld ragte die Mauer einer alten Ziegelfabrik auf, der rote Schornstein war nur noch ein Torso, seine Spitze war abgebrochen und lag nun, von Unkraut überwuchert, auf dem schmalen Sandweg, der an der Mauer entlangführte. Claire schaute einem streunenden schwarzgefleckten Hund nach, der vor ihnen über die Straße geschlichen war, als Monsieur Giraudoux sagte: »Monsieur Milo hat recht, wenn er sagt, man muß diesem Spuk ein Ende machen.«

»Und wie soll das gehen?« fragte Claire.

Milo drehte sich zu ihr um. Sein Gesicht hatte immer noch diese krankhafte Blässe, das Zucken seiner rechten Gesichtshälfte fiel dadurch merkwürdigerweise um so mehr auf, aber Milo gab sich keine Mühe, es vor ihr zu verbergen. »Jetzt kommst du ins Spiel«, sagte er.

Claire geriet in Panik. »Ich? Aber was soll ich denn tun?« rief sie alarmiert. »Ich kenne diese Frau überhaupt nicht, ich habe keine Ahnung... ich versteh' nicht einmal, was du mir eben erklärt hast...«

Milo lächelte beängstigend. »Du mußt keine Angst haben. Es ist babyleicht. Wirklich. Es wird ein Kinderspiel für dich sein.«

»Und warum gerade ich?« fragte Claire trotzig.

»Weil sie dich nicht kennt. So einfach ist das. Wir müssen ihr jemanden schicken, der ihr vollkommen fremd ist. Sie darf mich keineswegs mit dieser Geschichte in Verbindung bringen.«

»Sie ist zwar verrückt«, sagte Monsieur Giraudoux, »aber sie ist schlau. Sie behauptet übrigens, daß sie Morante immer geliebt habe. Wie einen Heiligen habe sie ihn verehrt, deshalb könne sie nicht zulassen, daß Bilder als echte Morantes gehandelt werden, von denen sie ganz genau weiß, daß sie von einem Gleisarbeiter hingekleckst worden sind.«

Milo schaute Claire an. »Verstehst du?«

Claire schüttelte den Kopf. »Nichts«, murmelte sie, »ich verstehe nichts.«

Giraudoux fuhr noch langsamer. Offenbar waren sie jetzt bald am Ziel. Es gab immer mehr freie, unbebaute, von mannshohem Unkraut überwucherte Grundstücke, mit Stacheldraht eingezäunt, auf einigen waren Bretterbuden, Wäsche flatterte im Wind, die Gestalten, die vor den Grundstücken lungerten, sahen aus, als erwarteten sie jeden Augenblick eine Polizeirazzia oder vielleicht einen Drogendealer, kleine Kinder wurden offenbar nicht mehr auf die Straße gelassen. Dann wieder eine stillgelegte Fabrik. Dann eine Art Flüchtlingslager, das wohl ein Asylantenheim sein sollte, in verwahrlostem Zustand, ein Fabriktor, aber dahinter nur ödes Bauland, kein Gebäude.

»Du sollst Sheila die Bilder abkaufen. Richtig schön ordnungsgemäß abkaufen. Ich gebe dir einen Haufen Bargeld, damit kannst du winken, bis Sheila vor Gier die Augen aus dem Kopf fallen, und wenn sie das Geld genommen hat, kommst du heraus, gibst uns ein Zeichen, und wir setzen den Lastwagen in Bewegung, der die Bilder abholt.«

Monsieur Giraudoux lächelte ihr durch den Rückspiegel

zu. »Das klingt doch ganz legal. Ich wette, Sie haben etwas Schlimmeres befürchtet.«

Claire wußte nicht, wie sie reagieren sollte, sie hatte keine Meinung zu diesem Deal. Sie wußte einfach zuwenig. Aber immerhin, dieser Frau die Bilder abzukaufen, das war doch fair. Das war doch seriös ...

»Ich weiß nicht«, seufzte Claire, »ich weiß nicht, ob ich das machen kann. Warum habt ihr ausgerechnet mich gefragt? Bitte, Milo, warum augerechnet ich?«

»Weil ich keine Lust habe, jemanden in diese Geschichte einzuweihen, der sie später gegen mich verwenden könnte. Im Kunsthandel tummeln sich Ratten und Hyänen, weißt du. Die zerfleddern die Leichen, wenn sie noch warm sind.«

»Was macht dich so sicher, daß ich das nicht irgendwann gegen dich verwende?« fragte Claire.

»Weil du mich liebst«, sagte Milo. »Und weil diese Bilder, wenn sie schließlich und endlich in Hamburg sind, unsere Zukunft finanzieren werden. Unser ganzes zukünftiges Leben. Vielleicht wirst du den Job in London gar nicht annehmen. Vielleicht hast du lieber Lust, den Winter mit mir in der Karibik und den Sommer an der Côte d'Azur zu verbringen?! In Monte Carlo zum Beispiel, da gibt es viele Leute, denen man Kunst verkaufen kann. Sehr viele Leute, sage ich dir. Und der Preis spielt keine Rolle. Wir verkaufen die Bilder im Sommer, und in der Karibik denken wir darüber nach, was wir mit dem ganzen Geld machen. Zwischendurch reisen wir ein wenig herum, besuchen Museen und berühmte Galerien, und wenn ich erst einmal herausgefunden habe, daß du auch noch das Talent zum Schreiben hast, werde ich dich dazu bringen, mit mir zusammen eine Morante-Biographie zu schreiben. Das wird ein Bestseller, sage ich dir. Es wird einen Skandal auslösen. Die Geschichten, die ich über Morante erzählen kann, die sind so ... die kann nicht einmal ein Kulturredakteur in seinen Fieberträumen ersinnen ...« Er lachte.

Sein Gesicht hatte wieder einen rosigen Schimmer, er wirkte lebendiger, wie befreit, seit er alles gesagt hatte. Claire hatte ihm nicht widersprochen, sie hatte ihn reden lassen. Ganz offensichtlich war sie einverstanden.

Claire jedoch schwieg aus einem ganz anderen Grund. Milo hatte offenbar gar nicht bemerkt, daß er ihr eben so etwas wie einen Heiratsantrag gemacht hatte. Oder besser: ein Angebot für eine gemeinsame Zukunft. Offenbar schien es ihm selbstverständlich, daß es so kommen würde. Claire jedoch hatte dieser beinahe lakonische Satz schockiert.

Der Mann, der da vorn neben dem Fahrer saß, sollte der Mensch sein, mit dem sie ihr zukünftiges Leben verbringen wollte? Nur weil es ihr im Augenblick nicht gelang, sich von ihm zu lösen? Weil sie im Augenblick an nichts anderes denken konnte als an das besondere Verlangen, das sie unentwegt nach seiner Nähe, seinem Geruch, seinem Lächeln und auch nach diesem nervösen Gesichtszucken hatte, ja selbst das würde ihr fehlen, sobald sie sich länger als vierundzwanzig Stunden von ihm getrennt wüßte.

Aber eine ganze Zukunft? Ihr ganzes Leben?

Claire versuchte, sich einen Winter in der Karibik vorzustellen. Einen Winter, der ja ein Sommer sein würde, mit warmen Passatwinden und Sonnenuntergangsbädern im aquamarinblauen Meer, mit lauen Abenden auf einer Veranda, wo die Moskitos und Nachtfalter gegen den Glasschirm der Lampe taumeln, der Himmel sternenübersät, die Musik beschwingt, die Menschen karibisch-gemächlich, Milo vielleicht ausnahmsweise in weißen Anzügen oder wenigstens hellen Leinenhosen, Milo in einer Hängematte im Schatten eines Frangipanibaumes, sie selbst an einem grünlackierten Holztisch, eingehüllt in den Duft tropischer Blüten, vor einer kleinen

Reiseschreibmaschine, in die sie täglich ein paar Stunden lang die Biographie Morantes tippen würde...

Es war leicht, sich in ein solches Paradies hineinzuträumen, wenn man durch die rußiggrauen Industrieviertel Londons fuhr. Es war ein verführerischer Gedanke, aber Claire fehlte doch die nötige romantische Naivität, um diesen Traum lange durchzuhalten.

Sie kannte die Karibik. Sie kannte Antigua, Barbados, Martinique, Jamaika. Sie hatte Jamaika während der Wahlkampfzeit besucht, und Wahlkampf auf Jamaika hatte offenen Haß und offene Feindschaft unter den rivalisierenden Machtblöcken der Insel bedeutet, vor allen Dingen aber eine aggressive Feindseligkeit gegenüber den Weißen. Die Hotels wurden zu Ghettos, Stacheldrahtzäune um private Strände gezogen, Sicherheitsbeamte, den Revolver im Gürtel, patrouillierten vor den Hotelzufahrten.

In Kingston brodelte es, Banker, Diplomaten und westliche Industrieberater flohen in die ruhigeren Gegenden der Insel, das Hotel blieb wochenlang geschlossen. Es gibt kein Paradies. Auch nicht in der Karibik. Sie hatte keine Ahnung, wie Milo darüber dachte, über soziale Probleme dieser Inseln, über die Rassenkonflikte, und es war auch nicht der Moment, ihn danach zu fragen.

Aber im Sommer Monte Carlo. Hatte er wirklich Monte Carlo gesagt? War das sein Ernst gewesen? Einen Sommer in Monte Carlo konnte sie sich noch schlechter vorstellen als einen Winter in der Karibik. Was sollte sie in Monte Carlo tun? Dieses Mickey-Mouse-Fürstentum war ihr immer als der perverseste Platz Europas erschienen.

Über Ostern hatten Achim und sie oft eine verlängerte Woche an der Côte d'Azur verbracht, Sie waren bis Nizza geflogen und hatten sich dort einen kleinen Peugeot gemietet, mit dem sie die Küste abgefahren waren, immer mit dem aufgeschlagenen Michelin auf den Knien, um die besten Hotels, die schönsten Restaurants zu testen – aber um Monte Carlo hatten sie immer in schweigendem Einverständnis einen Bogen gemacht.

Überhaupt waren diese Kurzurlaube mit Achim immer äußerst angenehm gewesen. Das Leben mit Achim war ohnehin angenehm. Sie mochten die gleichen Restaurants, hatten die gleiche Vorliebe für kleine, altmodische Hotels, in denen das Frühstück auf einer sonnigen Terrasse serviert wurde. Sie waren überhaupt ein zärtliches Paar. Achim faßte immer nach ihrer Hand, wenn sie nebeneinander im Auto fuhren, er machte sie auf schöne Landschaften, auf alles Besondere aufmerksam, die blühenden Oleander am Straßenrand, die Mutter mit dem hübschen Baby auf dem Arm, das glitzernde Meer, die Gischt, die am Felsen aufsprang. Claire konnte sich plötzlich an tausend Einzelheiten erinnern. Achim mit seiner altmodischen Sonnenbrille. Und Mozart. Jubelnd herausgeschmetterter Mozart, denn sie fuhren natürlich mit heruntergekurbelten Scheiben, der Wind zerrte an Claires Haaren, Achim hatte das besonders gemocht, es macht dich so fröhlich, hatte er ihr immer wieder gesagt.

Einmal hatte er ihr ein Kleid gekauft, ein sündhaft teures Kleid in einer Boutique in St. Tropez, sie hatte es gleich anbehalten, weil sie immer alle Dinge sofort ausprobieren mußte. Mittags waren sie irgendwo hinter Ramatouelle in einem Restaurant gewesen, in dem es die beste Bouillabaisse an der Côte d'Azur geben sollte. Eine Hummerschere, aus der sie das Fleisch auslösen wollte, war ihr aus den Händen geglitten und wieder in den Teller gefallen und hatte ihr Kleid mit lauter roten Flecken übersät. Claire war zum Heulen zumute gewesen, aber Achim hatte nur gelacht. Hatte sich zurückgelehnt, gelacht und eine weitere Flasche Wein bestellt und gesagt: Weißt du nicht, daß die Franzosen die besten Reinigungsmethoden der Welt haben? Morgen ist das Kleid wie neu. Dafür hatte sie ihn geliebt. Wirklich von Herzen geliebt. Er hatte immer versucht, ihr das Leben leicht und angenehm zu machen.

»Da ist es.« Monsieur Giraudoux war von der Hauptstraße auf eine Schotterstraße abgebogen. Er deutete auf ein schiefergedecktes, zweistöckiges Haus, das von einem hohen Stacheldrahtzaun umgeben war. Der Wagen fuhr langsamer. Als sie den Zaun erreichten, stürzten zwei Labradorhunde hinter dem Haus hervor und warfen sich wie rasend gegen den Zaun. Sie fletschten die Zähne und rissen ihren roten Rachen auf.

»Die sind ja zum Fürchten«, sagte Claire.

Milo nickte. »Sie muß sie natürlich in den Zwinger tun. Aber das wird sie machen. Sie weiß ja, daß du kommst.«

»Sie weiß, daß ich komme?« fragte Claire verwirrt. Monsieur Giraudoux hielt nicht an dem Gartentor, er fuhr langsam an dem Grundstück vorbei. Die Hunde verharrten am Ende des Zaunes und glotzten mißtrauisch aus ihren kleinen, blutunterlaufenen Augen dem Wagen hinterher.

»Warum halten wir nicht?« fragte Claire.

»Sheila muß nicht unbedingt wissen, daß du in Begleitung gekommen bist«, sagte Milo.

»Ich gehe da nicht rein, solange diese Killerhunde herumlaufen.« Claire schauderte.

Als kleines Mädchen hatte sie einmal ein Erlebnis mit einem Boxerrüden gehabt, der sich unter dem Maschendrahtzaun eines Grundstücks einen Durchschlupf gegraben hatte und sie überfiel, als sie mit ihrer Schultasche ahnungslos am Zaun entlangging. Der Hund hatte sie einfach umgeworfen. Sie lag auf dem Rücken, die Schulmappe war aufgeplatzt, und ihre kleinen Hefte und das Federmäppchen waren auf der Straße verstreut. Der Hund stand über ihr. Seine beiden Vorderpfoten neben ihrem Kopf, und der Speichel tropfte aus seinem geöffneten Schlabbermaul auf ihr Gesicht.

Als seine Zähne durch den Pullover in ihre Schulter schlugen, war sie ohnmächtig geworden. Eine kleine, sternförmige Narbe erinnerte sie noch manchmal an diesen Augenblick, in dem sie zum ersten Mal eine Ahnung von Todesangst gehabt hatte. Sie war sieben oder acht Jahre alt gewesen. Monatelang war sie danach aus dem Schlaf aufgeschreckt, hatte furchtbare Alpträume gehabt und darauf bestanden, daß das kleine Licht neben ihrem Bett immer brannte und die Tür zum Flur offenblieb. Claire hatte keine Lust, den beiden diese Geschichte zu erzählen. Sie machte aber auch keine Anstalten, aus dem Wagen auszusteigen.

Die Hunde starrten immer noch durch den Maschendrahtzaun zu ihnen herüber, während sie das Haus beobachtete. Milo trommelte nervös mit den Fingern auf das Armaturenbrett.

»Was Sheila nur an diesen verdammten Kötern findet«, brummte er.

Claire dachte: Um fünfzehn Uhr dreißig geht meine Maschine. Es war ein beruhigender Gedanke. Milo hatte ihr versprochen, daß sie diese Maschine bekommen würde, und sie hatte auch nicht den geringsten Zweifel. Er würde es nicht noch einmal versuchen. Außerdem wußte er, daß am Dienstag wichtige Termine auf sie warteten. Auf so etwas schien er immer Rücksicht zu nehmen. Er respektierte ihre Arbeit. Das gehörte zu den Pluspunkten von Milo. Vielleicht bewunderte er sogar die pragmatische und effektive Art, mit der sie ihren Job meisterte. Er hatte ihr zugehört, als sie am Morgen mehrere Telefonate mit dem Hotel und ihrer Sekretärin geführt hatte. »Du bist wirklich gut«, hatte er gesagt, als Claire sich wieder zu ihm an den Frühstückstisch gesetzt hatte, »du machst das wirklich fabelhaft.«

»Was hast du gedacht?« hatte Claire gleichmütig gefragt, wenn auch mit einer gewissen Befriedigung. Milo hatte ihr Kaffee eingeschenkt und lächelnd gesagt: »Nichts anderes. Ich habe nichts anderes von dir erwartet. Du gibst immer dein Bestes. Im Bett und im Beruf. Das finde ich phantastisch.«

Giraudoux brachte den Wagen zum Stehen. Sie konnte von einem Platz aus das Haus nur noch durch die Lücke des Bretterzaunes sehen, der gerade um einen Platz mit schrottreifen Autos gebaut wurde. Auf einem Berg von Blech thronte ein gelber Kran. Der Kranfahrer trank aus einer Thermoskanne und las dabei in der Zeitung. Er schaute nicht ein einziges Mal zu ihnen hinüber. Die Hunde fixierten das Auto, das nicht weiterfuhr. Der eine hatte sich hingelegt, aber alle Muskeln wirkten angespannt, als könnte er im nächsten Augenblick hochschnellen und mit einem Satz den mannshohen Zaun überspringen.

Claire schauderte.

»Es gibt keinen Grund zur Besorgnis.« Monsieur Giraudoux' Stimme hatte die monotone Sanftheit eines Psychiaters. »Ihr Besuch ist offiziell angekündigt. Sheila weiß, daß heute morgen eine Frau zu ihr kommen wird, um ein Angebot zu machen.« Er lächelte. »Sie wird also nicht überrumpelt. Nur sind wir zehn Minuten zu früh. Deshalb hat sie wohl die Hunde noch nicht weggesperrt.«

»Wer hat mich angemeldet?« fragte Claire argwöhnisch.

»Wer wußte denn sonst noch, daß ich heute mit euch hierherfahre?«

Der kleine Belgier lächelte gutmütig. »Sie sind immer so mißtrauisch. Ich habe mir erlaubt, heute morgen das Telefongespräch zu führen, in meiner Eigenschaft als Mitarbeiter der Firma ›Art & Business‹ in Hamburg.«

Claire warf Milo einen fragenden Blick zu. ›Art & Business‹?

Milo lachte. »Schöner Name, nicht?«

»Gibt es die Firma denn?«

»Aber Madame.« Giraudoux wandte seinen Blick von der Straße, um sie durch den Rückspiegel vorwurfsvoll anzuschauen. »Warum vertrauen Sie uns nicht?«

Claire starrte aus dem Fenster. Nach einer Weile nahm Milo ihre kalten Finger in seine Hand. »Ich war auch schockiert, als ich zum ersten Mal in diese Gegend gekommen bin«, sagte er mitfühlend. Als wenn es darum ginge, wollte Claire erwidern, aber sie ließ es. Sie fühlte sich unbehaglich. Zu unbehaglich, um sich auch noch auf Diskussionen einzulassen. Milo streichelte sie, wie man einen kleinen, frierenden Welpen streichelt. Er schaute sie voller Wärme und Zärtlichkeit an. »Ich mache mir Vorwürfe«, sagte er, »daß ich das von dir verlangt habe. Ja, ich mache mir große Vorwürfe.«

Giraudoux, der die ganze Zeit zum Grundstück hinübergestarrt hatte, entspannte sich plötzlich. »Sie holt die Hunde rein.«

Milo seufzte erleichtert. »Na bitte.« Auch er wandte den Kopf. Claire folgt beinahe widerstrebend seinen Blicken. Vor einer Sekunde hatte sie sich gerade entschlossen, den Auftrag abzulehnen. Ich mache es nicht, wollte sie zu Milo sagen, sucht euch eine andere. Und da hatte Giraudoux gesagt, genau in dem Augenblick: »Sie holt die Hunde rein.« Claire hatte das Gefühl, daß es nun zu spät sei, sich zu weigern. Sie blickte zu der Frau hinüber, einer zarten Gestalt in einer Hose und einem riesigen bunten Kopftuch, unter dem Gesicht, Haare und Hals ganz versteckt waren. Die Frau stand in halbgebückter Haltung da und klopfte auffordernd mit den Händen auf ihre Oberschenkel. Langsam setzten sich die Hunde in Bewegung und trollten sich zu ihr. Hin und wieder warfen sie noch einen argwöhnischen Blick in Richtung Auto, aber Sheila schien jetzt strenger zu werden, die Hunde setzten sich in Trab.

Als sie vor ihr Platz genommen hatte, packte Sheila sie an den Würgehalsbändern und zog sie um die Hausecke.

»Ab in den Zwinger«, bemerkte Milo. Triumphierend drehte er sich zu Claire um. »Du siehst, wir halten, was wir versprechen.«

»Auf Sheila ist Verlaß«, sagte Monsieur Giraudoux mit einem seidenfeinen Lächeln, »das habe ich immer gewußt.«

»Also, was ist?« Milo zog vorsichtig das Geldbündel aus der Jackentasche. »Du könntest doch jetzt die Sache schnell hinter dich bringen.«

Claire holte tief Luft. »Ich weiß überhaupt nicht, was ich sagen soll.«

»Sag, du kommst im Auftrag von ›Art & Business‹ und möchtest ihr die verabredete Summe für die Bilder überbringen. Dann sagst du, die Bilder werden in der nächsten Stunde abgeholt, sie könnte also ihre Hunde gleich im Zwinger lassen.«

»Die verabredete Summe?« fragte Claire. »Weiß sie denn davon?«

Milo lachte. »Wenn du es mit der nötigen Überzeugung bringst, wird sie dir glauben. Nach vier Uhr nachmittags ist sie immer betrunken. Sie wird denken, sie hat mit dir geredet, irgendwann nach vier. Und es wird seine Ordnung haben.« Milo öffnete von innen Claire die Wagentür. Claire starrte Milo an.

»Warum tue ich das eigentlich?«

»Weil du mich liebst«, sagte Milo sanft.

Claire warf ihm einen langen Blick zu und stieg aus. Unschlüssig sah sie zu dem Haus hinüber. Es machte, wenn man es nicht mehr durch die getönten Scheiben einer Limousine betrachtete, einen noch schäbigeren, beinahe erschreckend verwahrlosten Eindruck. Der Garten war von den beiden Höllenhunden offenbar vollkommen umgepflügt worden.

Diese Hunde müssen Monate damit verbracht haben, jeden Maulwurfshügel in einen Krater zu verwandeln und alle Blumen, die jemals in diesem Garten geblüht haben, mit Strunk und Stiel auszurotten. An den Büschen waren nur noch ausgerissene Strunkenden, und überall lag Müll herum, der Claire an die Überreste einer Schlacht erinnerte: zerfetzte Papiersäkke, zerbissene Plastikeimer, ein halber Pantoffel.

Claire hatte das Gartentor erreicht. Es war ein eisernes Tor, an dem man noch Reste grüner Farbe entdecken konnte, die Scharniere wirkten frisch geölt, der Riegel glänzte neu. Zögernd schob Claire den Riegel zurück. Erst als sie die Gartentür ein Stück aufgestoßen hatte, immer bereit, sie sofort wieder zuzuziehen, falls die beiden Ungetüme plötzlich heranstürmen sollten, entdeckte sie einen Klingelknopf, provisorisch an dem steinernen Gartentürpfeiler angebracht. Claire drückte den Knopf, und sofort begann ein wildes, zorniges Geheul.

Aber im gleichen Augenblick ging die Haustür auf, und die Frau in dem bunten Kopftuch erschien. Argwöhnisch blickte sie zu Claire rüber.

»Yes?« rief sie. »What do you want?«

»Ich möchte mit Ihnen reden!« rief Claire. Als die Frau langsam und mißtrauisch näher kam, fügte Claire hinzu, daß sie angemeldet sei. Das änderte nichts an dem mißtrauischen Gesichtsausdruck. Sheila trug einen Jeansanzug. Obwohl die Hosen schon sehr schmal wirkten, waren sie offenbar immer noch viel zu weit. Unter der offenen Jacke trug sie ein Herrenoberhemd und darunter einen roten Rollkragenpulli, der nach Kunstseide aussah. Sheila war so mager, daß man glaubte, ihre Hüftknochen durch die Jeans zu sehen. Sie hatte etwas Mädchenhaftes in ihrem Gang und in ihren Bewegungen, aber als sie näher kam, stellte Claire erschrocken fest, daß sie ein beinahe mumienhaftes Gesicht hatte, überzogen von einem Netz feiner Falten, die sich bis in ihre Lippen gegraben hatten. Der Mund war unaufhörlich in Bewegung, wahrscheinlich schob sie ständig Kaugummi hin und her. Die nackten, sehr schmutzigen Füße stecken in Holzsandalen, ihre Finger, lange, dürre Finger, waren gelb von Nikotin. Nur in den Augen konnte Claire irgend etwas Lebendiges, Strahlendes entdecken, in den Augen war etwas, das Sheilas Faszination ausmachte. Und in der Stimme. Es war eine heisere, dunkle Männerstimme. Mit geschlossenen Augen hätte man sich einen Typ wie Burt Lancaster vorgestellt. Claire konnte es nicht fassen, daß eine so zierliche, hagere Person eine derartige Stimme hatte.

»Sagen Sie noch einmal Ihren Namen«, sagte Sheila.

Sie hatte Claire ebenso argwöhnisch gemustert, das war Claire auf einmal bewußt. Sie errötete ein bißchen, als sie ihren Namen nannte.

»Ich kann mich an den Namen nicht erinnern«, sagte Sheila kopfschüttelnd, ohne Claire aus den Augen zu lassen. »Es ist ein deutscher Name, oder?«

Claire nickte. Sheilas Augen schlossen sich zu einem Spalt. »Mit Deutschen rede ich nicht«, sagte sie, sich brüsk umwendend, »mit Deutschen will ich nichts zu tun haben, nie wieder.«

»Warten Sie!« rief Claire. »Bitte!« Sie hatte keine Lust, ihre Mission schon so schnell scheitern zu lassen.

In dem Augenblick, als Sheila sich von ihr abgewandt hatte, war Claires Ehrgeiz erwacht. Wenn sie diesen Auftrag schon angenommen hatte, wollte sie ihn auch gut machen. Außerdem war ihre Angst plötzlich verflogen. Auf eine gewisse Art gefiel Sheila ihr sogar.

Sheila wandte sich um. Dabei streifte sie das Kopftuch von den Haaren, die graublond waren und dick, zu einem Pferdeschwanz im Nacken zusammengebunden. »Ja?« fragte Sheila. »Es ist wegen der Bilder«, sagte Claire hastig, »ich komme wegen der Bilder.«

Sheila knotete das Kopftuch auf, zog es von den Schultern und rollte es zusammen. »Was für Bilder?« fragte sie gedehnt.

»Die Bilder, die Sie in Ihrem Haus haben«, sagte Claire. »Die Bilder von Morante.«

Sheila spuckte den Kaugummi aus. »Ich kenne keinen Morante.« Sie bückte sich, hob den grauen Kaugummi auf und warf ihn über den Zaun. »Er verklebt den Hunden den Magen. Der Tierarzt hat schon ein Vermögen an ihnen verdient.« Sie öffnete die Gartentür und machte eine knappe Bewegung, die Claire zum Nähertreten aufforderte. »Ich geh' mal vor«, sagte Sheila.

Es stellte sich heraus, daß das Licht im Flur kaputt war. »Bleiben Sie dicht hinter mir«, sagte Sheila warnend, »hier stehen überall Sachen herum.«

Der zweite Flur, der mit einer Art Fliegengittertür vom ersten Flur abgeteilt war, hatte wenigstens ein schummeriges Licht. Claire sah Kartons und Regale an den Seiten, vollgestellt mit Dosen, Büchern, Gummistiefeln. An der Wand hing eine Reihe von Anoraks und ungewaschenen Jeans.

Claire stieß mit dem rechten Fuß gegen etwas Hartes. Sie bückte sich, um es aufzuheben.

»Was ist das?« fragte Sheila, ohne sich umzusehen. »Haben Sie sich weh getan? Hier liegt überall etwas herum. Ich kann nicht immerzu aufräumen.«

Claire ließ das Ding sofort wieder fallen. »Ein Knochen«, sagte sie angewidert.

Sheila gluckste. »Das war eine Kalbshaxe«, sagte sie, »die hab' ich nicht gegessen, aber mein Nachbar. Der bringt immer Knochen für King und Prince. Hier ist die Küche.« Sie stieß eine Tür auf zu einem Raum, der offenbar außer als Küche auch als Wohn- und Schlafraum diente. An der Wand war ein Sofa, über das eine bunte Wolldecke ausgebreitet war, zwei Schaumstoffkissen ohne Bezug, übersät mit Flecken. Auf dem Tisch standen die Reste eines Frühstücks, eine Packung Cornflakes, eine Tüte Milch, ein Becher, eine Dose Instantkaffee. Sheila schob alles mit einer einzigen Bewegung an den Rand des Tisches, ging zum Kühlschrank, holte eine Wodkaflasche heraus und stellte sie zusammen mit zwei Gläsern, die lange nicht gespült worden waren, auf den Tisch.

In der Küche roch es unerträglich nach der Brühe, die in einem riesigen Topf auf dem Gasherd brodelte. Der Deckel klapperte auf dem Topfrand. Sheila nahm ein dunkelblaues Geschirrtuch, hob den Deckel und fischte mit einem Holzlöffel einen riesigen Euterlappen aus dem Topf. Sie schleuderte das Fleischstück auf ein Brett, nahm ein langes Fleischermesser, schnitt einen Streifen ab und steckte ihn in den Mund. Sie kaute eine Weile nachdenklich darauf herum, bis sie ihn herunterschluckte. »Noch eine Viertelstunde«, sagte sie, »die Hunde mögen es gerne durch.«

Claire ging zur Küchentür. »Kann man sie einen Spalt öffnen?« keuchte sie. Die Fenster waren vom Dampf vollkommen blind. »Ja. Aber nicht zu weit. Ich habe eine Grippe gehabt«, sagte Sheila. »Nun, setzen Sie sich.«

Sie wischte mit dem Küchentuch die Gläser aus und schenkte randvoll.

Claire wollte die Sache so schnell wie möglich hinter sich bringen. Sie wußte nicht genau, wie lange sie es in diesem Raum aushalten würde, in dem die süßlichen Düfte von gekochtem Euter sich mit dem Geruch von nassem Hundefell vermischten. Die Fensterscheiben waren beschlagen, man konnte nichts sehen, das zornige Hundegebell hörte keinen Augenblick auf. Sheila räumte Plastiktöpfe von einer Seite des Herdes auf die andere und begann, kalten, gekochten Reis mit der Kelle in zwei Näpfe zu füllen. Sie schien Claire vergessen zu haben. Claire hätte am liebsten eine Zeitung auf die Wolldecke gelegt, die über das Bett gespannt war. Mit bloßem Auge konnte man die schwarzen Hundehaare erkennen. Später würde sie die alle an ihrem Rock haben.

In das Hundegebell mischte sich in diesem Augenblick das Dröhnen des Baggers, der offenbar seine Arbeit, die Schrottautos zusammenzuschieben, wiederaufgenommen hatte. Claire wartete auf den Augenblick, an dem Sheila sich endlich wieder umdrehen und ihr ihre Aufmerksamkeit schenken würde.

Schnell zog sie das Geldbündel aus der Tasche und legte es mit einer geradezu dramatischen Geste auf den Tisch.

»Zehntausend Pfund«, sagte sie und schaute Sheila ins Gesicht, um ihre Reaktion zu beobachten.

Aber es gab keine Reaktion, nicht das erkennbare Aufreißen der Pupille, kein gieriges Leuchten in den Augen. Sheila griff nicht einmal mit zittrigen Händen zum Wodkaglas, sie mußte sich auch nicht nervös eine Zigarette zwischen ihre gelben Finger stecken, sie sagte nur: »Wofür?«

»Für die Bilder.« Als Sheila nicht anwortete, fügte Claire hinzu: »Natürlich für alle Bilder.« Sie schaute sich in der Wohnküche um. Nicht ein einziges Bild hing an den Wänden. Ob im Flur Bilder gehangen hatten, konnte Claire nicht sagen, es war zu dunkel gewesen, und sie hatte zu sehr aufpassen müssen, nicht über Knochen oder anderes Höllenhundespielzeug zu stolpern. Wo waren die Bilder? Oben, im ersten Stock? Oder gab es vielleicht einen Schuppen, einen Lagerraum? Milo hatte ihr nichts darüber gesagt.

Sheila schob das Geldbündel von sich weg. »Hat dieser Mörder Sie geschickt?« fragte sie. Jetzt schenkte sie sich doch einen Wodka ein.

»Was für ein Mörder?« fragte Claire irritiert.

»Dieser Hurensohn. Hat er Sie geschickt? Natürlich. Sie sind Deutsche. Er hat Sie geschickt.«

»Ich habe nicht die geringste Ahnung, von wem sie reden«, sagte Claire gereizt. Sie hob das Geldbündel auf und blätterte gedankenlos die Scheine wie einen Fächer auf.

»Irgend jemand hat Sie doch geschickt.« Sheila ließ nicht locker. Sie beugte sich vor, stützte die Ellenbogen auf den Tisch und starrte Claire an. Ihr Blick hatte etwas Durchbohrendes, Schwererträgliches.

Claire seufzte, lächelte verlegen, schob die Haare aus der Stirn und lehnte den Kopf gegen die Wand.

Ein Flugzeug raste im Tiefflug über das Haus hinweg. Die Fensterscheiben klirrten. Claire zuckte erschrocken zusammen, aber Sheila lächelte beruhigend. »Keine Angst, das passiert ungefähr zweihundertmal am Tag. Die Bilder haben das ausgehalten. Und die Hunde und ich auch. Also werden auch Sie es die paar Minuten aushalten, die Sie hier sind. Sie möchten schnell wieder gehen, das sieht man Ihnen an. Schade. Sie haben ein schönes Gesicht. Besonders, wenn sie lächeln. Sie sehen so gesund aus. Man sieht, daß sie in einer guten Gegend leben. Man riecht das sogar. Ich rieche so etwas immer. Der Stallgeruch, jaja, ich weiß. Hier ist es ekelhaft. Aber ich habe mich daran gewöhnt. Manchmal gehe ich auch aus. Wenn ich meine Tippeltour durch die Galerien mache, ziehe ich mich schön an. Ich habe einen Overall aus Fliegerseide. Türkis. Und ein Strickkleid, rot, natürlich mini. Die Kunstkenner, die mich hier besucht haben, erkennen mich dann überhaupt nicht wieder.« Sie lachte. Sie sah auf einmal jung aus. Sie hatte beinah etwas Kokettes. Claire war ganz fasziniert. Sheila schien es zu bemerken. Sie nahm Claires Hand und zog sie zu sich heran. »Mögen Sie Frauen, mein Engel?«

»Natürlich«, antwortete Claire amüsiert, »warum soll ich Frauen nicht mögen?«

»Ich meine: Lieben Sie Frauen?«

Claire wurde rot, es war lächerlich, aber sie wurde rot. Sie hatte Gespräche unter Frauen über Sex immer peinlich vermieden. Schon gar nicht wollte sie mit Sheila darüber reden. Sie war hier, um ihre zehntausend Pfund loszuwerden. Sie war hier, um die Bilder aus Sheilas Besitz zu retten.

»Na ja, ich sehe, Sie haben keine Lust, mit mir über das Thema zu reden«, sagte Sheila. »Sie sind verklemmt, wie? Die meisten deutschen Frauen sind verklemmt, das hat er auch immer gesagt, deshalb hat er sich immer Ausländerinnen ins Bett geholt.«

»Morante?« fragte Claire.

»Wer sonst? Von ihm reden wir doch die ganze Zeit, oder etwas nicht? Von ihm und seinen fabelhaften Bildern. Soll ich dir mal was verraten?« Sie stand auf, ging um den Tisch herum, wobei sie die Wodkaflasche und das Glas über die Tischplatte schob, und setzte sich neben Claire. Claire rückte sofort an die äußerste Kante der Wolldecke.

»Keine Angst«, sagte Sheila, »ich hab' mich noch nie an einer Frau vergriffen, die nicht wollte. Ich würde so etwas nie tun. Mit Frauen soll es Spaß machen. Soll für beide eine Lust sein. Von dieser Scheiße habe ich genug, wo der eine vor Befriedigung grunzt und der andere am liebsten kotzen würde.«

»Vielleicht«, sagte Claire, nachdem sie sich geräuspert hatte, »könnten wir wieder zum Thema kommen?«

»Klar, Claire, natürlich. Wir kommen wieder zum Thema, mein Engel. Nur bin ich nicht so schnell.«

Sheila schenkte sich Wodka nach und hob fragend die Flasche, aber Claire legte ablehnend eine Hand auf das Glas. »Die Bilder. Genau.« Sheila runzelte die Stirn, als müsse sie sich konzentrieren. Dann lächelte sie plötzlich. »Ich weiß nicht, wie du über Morantes Bilder denkst, Claire, aber ich habe sie gehaßt. Ich hasse sie immer noch. Jedes einzelne Bild. Ich mußte danebensitzen und zusehen, wie er sie malte, weißt du. Seine letzten Bilder. Er konnte nicht malen, wenn ich nicht da war. Er hat mich auf einen alten Drehstuhl gesetzt und mich gefesselt. Mit Klebeband wie eine Mumie eingewickelt. Dann hat er angefangen zu malen, und ich mußte zuschauen.« Ich glaube ihr kein Wort, dachte Claire. Ich glaube niemandem in dieser Geschichte ein Wort. Aber ich will auch gar nichts wissen. Es ist mir egal. Ich will hier weg.

Sheila hob den Arm und strich sehr sanft, mit einer geradezu behutsam zärtlichen Geste, eine Haarsträhne aus Claires Stirn.

»So schöne Haare«, sagte sie, »so seidig. Das hätte Morante nie malen können, so etwas Schönes.«

»Vielleicht wollte er es einfach nicht.« Claire schob Sheilas Finger, die sich von der Wange zum Hals vortasteten, von sich weg. »Vielleicht fand er, daß es nicht die Zeit für schöne Malerei war.«

Die Hunde bellten immer wütender. Sheila stand auf.

»Sie haben Hunger«, sagte sie entschuldigend. »Sie bekommen nur einmal am Tag etwas. Stört es Sie, wenn ich das Fleisch hier auf dem Tisch schneide?«

Claire schüttelte hilflos den Kopf. »Nein«, flüsterte sie, »ich glaube, es ist in Ordnung... wenn wir das Fenster ein bißchen aufmachen könnten?«

»Okay, Engel, machen wir das Fenster auf.«

Sheila hob das wellige Fleisch mit dem Holzlöffel aus dem Topf und ließ es in eine abgestoßene Emailleschüssel fallen, die sie auf den Tisch stellte. Heißer, dichter Dampf hüllte Claire in eine Nebelwolke.

»Geht gleich weg«, sagte Sheila beruhigend.

Als Claire sie wieder klar sehen konnte, hielt Sheila eine große Gartenschere in der Hand, mit der sie das Euter in große Fetzen schnitt, die sie in die beiden Hundenäpfe warf. Dann schöpfte sie aus dem Topf drei Kellen Brühe in jeden Napf, öffnete die Küchentür und trug die Näpfe hinaus. »Fütterung der Raubtiere. Gleich ist es hier still wie im Elysium«, sagte sie grinsend, »schenk dir noch einen ein. Hoffentlich ist das schöne Geld nicht ganz naß geworden.«

Natürlich war das schöne Geld naß geworden. Claire hatte es nicht gemerkt, weil ihr so erbärmlich übel war. Sie erhob sich mit weichen Knien, nahm das dunkle Handtuch und wischte damit die einzelnen Geldscheine ab. Claire sah Sheila draußen am Zwinger. Die Hunde waren endlich still. Aber das Dröhnen des Baggers erschien dafür um so lauter. Sie ging in den Flur und schaute sich neugierig um. Keine Bilder. Sie entdeckte auf der gegenüberliegenden Seite eine Tür ohne Klinke. Aber die Tür war nur angelehnt.

Sie knarrte, als Claire sie aufstieß. Staub wirbelte schon beim kleinsten Luftzug von der sich öffnenden Tür auf. Das Fenster war offenbar jahrelang nicht geöffnet worden, Spinnweben zogen sich von der Decke bis zum Fenstergriff. Aber es fiel genug Licht herein, um die Bilder zu erkennen, die an der Wand lehnten. Claire sah nur die Rückseiten, auf Rahmen gespanntes Leinen, mit Kreide beschriftet, manchmal hing eine Wolldecke darüber, oder es war eine Art Wellpappe zwischen die Bilder geklemmt. Claire schätzte, daß mindestens zwanzig Bilder in dem Raum lagerten.

Sie hörte, daß Sheila zurückkam. Sie putzte ihre Schuhe auf der Fußmatte ab und rief: »Hallo?«

»Hier bin ich. Ich schaue mir gerade die Bilder an!« rief Claire.

Sheila tauchte plötzlich neben ihr auf. »Scheußlich«, sagte sie, »ich habe sie alle zur Wand gedreht. Ich will sie nicht mehr sehen.«

Claire fiel ein, daß auch Milo die Bilder so aufbewahrte, mit dem Gesicht zur Wand. Das hatte sie sich immer anders vorgestellt.

Sheila drehte eines der Bilder um. Es war ein grobes, beinahe brutales Bild einer gekreuzigten Frau. Einer alten, mageren Frau mit Brüsten, die nur gelbe Hautlappen waren. Ein Nagel steckte in der schrundigen Haut ihres Unterleibs. Es war wirklich schrecklich. »Und für so etwas wollen Sie zehntausend Pfund bezahlen?« fragte Sheila. »In den Irrenhäusern malen sie schönere Bilder.«

»Ich glaube, Schönheit ist heute kein Maßstab für die Qualität von Bildern«, erwiderte Claire.

»O doch! Eine innere Schönheit muß doch dasein. Morante hat das Leben gehaßt. Alles hat er gehaßt. Alles zerstört. Alle, die ihn geliebt haben, hat er zerstört. Aber sie werden sich rächen.«

Sheila schob das Bild wieder achtlos gegen die Wand. Sie wandte sich um. »Zehntausend Pfund?«

Sheilas Gesicht war sehr nah. Aber Claire wich ihrem forschenden Blick nicht aus. Sie nickte.

»Ich könnte die Bilder für mehr verkaufen«, sagte Sheila plötzlich. »Vielleicht sind sie das Doppelte wert. Vielleicht das Dreifache, vielleicht.« Sie streckte die Arme aus und verschränkte sie im Nacken, während sie träumerisch auf Claires Lippen blickte. »Vielleicht sind sie sogar hunderttausend Pfund wert.«

Claire hob die Schultern. »Möglich. Vielleicht sind sie morgen aber auch nur fünftausend Pfund wert. Denken Sie an die Rezession. In Amerika. Hier in England.«

Sheila warf Claire einen argwöhnischen Blick zu. »Das glauben Sie selbst nicht.«

Sie gingen in die Küche zurück.

Claire ging an Sheila, die mit verschränkten Armen in der Tür stehenblieb, vorbei und starrte ungläubig auf den Tisch.

»Wo ist das Geld?« Ihre Stimme überschlug sich plötzlich.

»Ich habe es eingesteckt«, sagte Sheila leichthin und deutete auf den Küchenschrank. »Es ist dort in der Schublade. Ich dachte, es sollte für mich sein.«

Claire zog die Schublade auf. Da lag es tatsächlich.

Sheila war hinter sie getreten. Hob sanft die Haare aus Claires Nacken und berührte die Haut mit ihren Lippen.

»Du kannst es auch liegenlassen. Ich unterschreibe. Da liegt auch irgendwo ein Füllhalter. Hoffentlich ist die Tinte nicht eingetrocknet. Ich unterschreibe so selten Verträge.«

Claire warf Sheila einen raschen Blick zu und nahm den Vertrag aus ihrer Handtasche. Sie glättete ihn auf dem Tisch. Sie drehte sich zu Sheila um, die sie mit unbewegter Miene beobachtete.

»Lies vor«, sagte sie.

»Den ganzen Vertrag?«

Sheila nickte. »Wie heißt die Firma?«

Claire räusperte sich. Sie hob den Vertrag und las. »Art & Business Agentur, Hamburg.«

»Warum mußt du das ablesen?« fragt Sheila mißtrauisch.

Claire lachte. »Eben sagten Sie, ich soll alles vorlesen.«

»Was ist das für eine Agentur? Ich habe noch nie den Namen gehört.«

»Eine sehr renommierte Adresse für den Kunsthandel«, log Claire. Sie wollte die Angelegenheit jetzt schnell hinter sich bringen. Wollte keine Zweifel, kein Zögern mehr zulassen. »Alle wichtigen zeitgenössischen Künstler arbeiten mit der Agentur.«

Sheila betrachtete Claires unruhige Hände. ›Art & Business‹, wiederholte sie, als suche sie in ihrem Gedächtnis, »merkwürdig.« Sie streckte die Hand aus. »Egal. Das Geld liegt nun mal in meiner Schublade, und da soll es bleiben. Geben Sie her. Ich unterschreibe.«

Sie setzte sich an den Tisch, zog den Vertrag zu sich heran und unterschieb. Dann setzte sie das Datum darunter, faltete den Vertrag zusammen und gab ihn Claire zurück.

»Die Kopie ist für Sie«, sagte Claire.

»Ach ja? Eine Kopie. Ich habe doch das Geld.«

Claire stand auf. »Die Bilder werden noch heute abgeholt. Das geht doch in Ordnung?«

»Gehst du schon?« Sheila sprang auf. »Willst du nicht noch etwas mit mir trinken?«

Claire schüttelte den Kopf. »Sie sollten das Geld nachzählen«, sagte sie.

Sheila nickte. Sie wirkte benommen. Claire hatte das Gefühl, als schwankte sie, als sie auf den Küchenschrank zuging und die Schublade aufzog. Sheila nahm das Geldbündel heraus. Sie zählte die Scheine, indem sie die Finger anfeuchtete und die Geldscheinecken zwischen den Fingern rieb, ob sie auch nicht zusammenklebten.

»Stimmt genau«, sagte sie, »zehntausend Pfund.« Sie schaute Claire verwirrt an. »Was soll ich mit zehntausend Pfund?«

Claire lachte. »Keine Ahnung. Kaufen Sie sich ein Auto. Oder mieten Sie eine andere Wohnung. Oder machen Sie eine Weltreise.«

»Eine Weltreise?« fragte Sheila. »Warum?«

»Na?« fragte Milo. Er hielt Claire die Wagentür auf. Auch Giraudoux schaute sie neugierig an. Claire warf Milo einen Blick zu und stieg ein. Sie saß aufrecht hinter dem Fahrersitz und war stumm. Milo beugte sich in das Wageninnere. »Irgend etwas passiert?« fragte er besorgt. Claire erwiderte seinen Blick und schüttelte stumm den Kopf.

»Was soll das? Warum sprichst du nicht?«

»Wir können fahren«, sagte Claire, »es ist alles in Ordnung. Die Bilder können heute abgeholt werden.«

Milo stieß einen langen Seufzer aus. Giraudoux richtete sich auf dem Sitz auf. Er hatte vorher ganz zusammengesunken dagesessen.

Milo sprang ins Auto, zog die Tür zu und sagte zu Giraudoux: »Fahr, bei der nächsten Telefonzelle halten wir und rufen Richard an.«

»Wer ist Richard?« fragte Claire.

Milo lächelte. Er drehte sich um. »Der Mann, der die Bilder abholt. Was ist los? Du machst so einen komischen Eindruck. Was hast du gedacht, wer Richard ist?«

»Ich weiß nicht.« Claire hob die Schultern. Sie nahm den zusammengefalteten Vertrag aus der Tasche und gab ihn Milo. »Sie hat unterschrieben. Mit Datum und allem.«

»Und das Geld? Hat sie es auch genommen?«

»Natürlich«, sagte Claire.

»Hat sie sich gewundert? Was hat sie für Fragen gestellt? Was hast du gesagt?«

»Nichts«, sagte Claire. »Ich habe gesagt, hier ist das Geld, und damit möchten wir alle Bilder kaufen.«

»Das ist in Ordnung«, sagte Giraudoux, »das war die Abmachung.«

Milo schüttelte sanft den Kopf. Er studierte Claires Miene. »Ich weiß nicht«, murmelte er, »irgend etwas ist passiert ...«

Er griff nach Claires Hand. Ihre Hand war kalt, das spürte sie erst, als sie Milos Wärme fühlte. »Was hat sie gesagt? Was hat sie dir erzählt? Was für Lügengeschichten?«

»Vielleicht hat sie Lügengeschichten erzählt, vielleicht aber auch nicht«, sagte Claire. Sie versuchte, die Gedanken an Sheila abzuschütteln. »Vielleicht ist sie verrückt, vielleicht aber auch nicht.«

»Du sprichst in Rätseln«, sagte Milo. Er lachte ein bißchen zu laut. »Sie ist verrückt. Ich sage es dir. Du kannst es mir glauben.«

»Sie mag dich nicht«, sagte Claire, Milo ruhig anblickend. Milo lachte noch ein bißchen lauter. »Sie mag mich nicht? Das ist eine sehr diskrete Umschreibung für ihren glühenden Haß. Sie will mich vernichten. Sie will Morantes Ansehen vernichten. Sie will sich für irgend etwas rächen, das mein Vater ihr angetan hat. Sie ist nicht die einzige. Aber was kann ich dafür? Ich bin der rechtmäßige Erbe. Ich bin offiziell als Nachlaßverwalter meines Vaters eingesetzt. Sie sagt, er habe ihr die Bilder geschenkt. Aber wissen wir das? Waren wir dabei, als er ihr die Bilder geschenkt hat?«

»Es war mehr als großzügig von Ihnen, daß Sie Sheila zehntausend Pfund gezahlt haben«, sagte der kleine Belgier. Milo lachte. »Aber sie weiß nicht, daß ich großzügig war! Sie weiß ja nicht, daß das Geld von mir ist! Wenn sie es gewußt hätte, hätte sie darauf gepfiffen!« Er schaute Claire an. »Du hast es ihr doch nicht gesagt?« Claire schüttelte den Kopf. »Ich habe den Namen dieser Agentur genannt, die auf dem Vertrag steht.«

»Genau. Den Namen kennt sie. Unter dem Namen hat Giraudoux mit ihr verhandelt. Das ist in Ordnung. Sie wird keinen Verdacht schöpfen.«

Sie hielten an der Telefonzelle. Milo kramte nach Kleingeld, aber Giraudoux sagte: »Danke, ich hab' Geld.«

Er stieg aus und ging auf die Telefonzelle zu.

Milo stieg auch aus, öffnete die hintere Wagentür und setzte sich neben Claire. Er nahm sie in die Arme. Er küßte sie. »Danke«, sagte er warm, »danke. Das war mehr als ein Liebesdienst.«

Claire erwiderte seine Küsse ohne besondere Anteilnahme. Irgend etwas in ihrem Gefühlsleben war durcheinandergeraten. Sie hatte den Eindruck, daß sie sich dringend über ein paar Dinge klarwerden müßte. Sie sehnte sich danach, allein im Flugzeug zu sitzen, die Augen zu schließen und in Ruhe nachzudenken.

Giraudoux überquerte die Straße. Wortlos stieg er ein, ließ den Motor an, wartete, bis ein Tieflader vorbei war, und reihte sich dann in den Verkehr ein.

»Die verdammte Telefonzelle war kaputt«, fluchte Giraudoux, »dieses Land verkommt immer mehr im Vandalismus. Eines Tages werden die Hooligans sich noch als Kannibalen entpuppen und sich gegenseitig auffressen.«

»Aber erst verschlucken sie den Fußball«, sagte Milo grinsend, »und dabei ersticken sie hoffentlich. Wohin geht es jetzt?«

»Zum nächsten Postamt.«

Milo rückte ein wenig von Claire ab, aber nur, um sie besser betrachten zu können. Seine Augen leuchteten geradezu. Ich muß ihm wirklich einen großen Dienst erwiesen haben, dachte Claire.

»Verdammte Vandalen.« Giraudoux fluchte immer noch. Claire hatte ihn noch nie so erregt gesehen. Vielleicht, dachte sie, paßt es nicht in das Weltbild eines ordentlichen Belgiers, daß so etwas passiert. Aber war Giraudoux ein ordentlicher Belgier?

»Die Welt ist voller Schweinehunde«, murmelte Milo, während er seine Hand auf Claires Oberschenkel legte.

Claire schaute Milo an. »Ja, das stimmt«, sagte sie ruhig.

Die Lufthansamaschine hob mit der üblichen 30-Minuten-Verspätung vom Airport London-Heathrow ab. Die First class war bis auf den letzten Platz besetzt. Neben Claire saß ein junger Mann mit sehr dunkler Hautfarbe, Rastafrisur und Spiegelsonnenbrille. Er trug einen Jogginganzug und silberne Turnschuhe und sah genauso aus, wie Claire sich einen Popstar vorstellte. Kurz nach dem Start fing er an, laut und hingebungsvoll zu schnarchen. Es störte Claire nicht. Sie war froh, daß man sie in Ruhe ließ. Sie lehnte auch das Abendessen ab, das die Stewardeß ihr offerierte, und bestellte nur ein Mineralwasser. Dann stellte sie die Rückenlehne bis zum Anschlag zurück, schloß die Augen und versuchte, sich auf den Augenblick zu konzentrieren, wo Achim sie in der Ankunftshallte von Hamburg-Fuhlsbüttel in die Arme nehmen würde.

Sie war sicher, daß Achim sie abholen würde.

Milo hatte Claire am Hotel in ein Taxi gesetzt, hatte darauf geachtet, daß ihr Gepäck richtig verstaut war und dem Portier ein Trinkgeld in die Hand gedrückt. Dann hatte er zum Abschied ihre Hand geküßt und gesagt: »Ich ruf' dich morgen an. Ich würde dich gerne heute nacht anrufen, für einen Gutenachtkuß, aber das geht wohl nicht.«

»Nein«, hatte Claire ungerührt geantwortet, »das geht wohl nicht.«

Dann war das Taxi abgefahren. Milo hatte ihr hinterhergewinkt. Eine große, schwarzgekleidete Gestalt, mitten im Londoner Verkehr.

Claire hatte, als sie ihn so durch das Rückfenster des Taxis immer kleiner werden sah, das auffallend blasse Gesicht und die Zuckungen, die er beim Abschiedskuß nicht unterdrücken konnte und die ihn jetzt vielleicht immer noch quälten, plötzlich Tränen in den Augen. Nicht weinen, dachte sie erschrokken, nicht weinen, Claire. Du hattest dein Leben doch immer ganz wunderbar im Griff. Das wird auch wiederkommen. Und so bleiben. Ja, so bleiben ...

Achim erwartete sie tatsächlich am Flughafen – ohne Blumen. Er hatte den Mantelkragen seines Trenchcoats hochgeschlagen, seine Haare waren feucht, das berühmte Schmuddelwetter, und wie immer hatte er es für unmännlich gehalten, für den kurzen Weg vom Parkplatz zur Ankunftshalle den Schirm aufzuspannen.

Als Claire, die vor der Paßkontrolle in der Schlange wartete, Achim hinter der Glasscheibe der Ankunftshalle entdeckte, fiel ihr plötzlich auf, wie gegensätzlich Achim und Milo waren. Milo im schwarzen, Achim im hellen Mantel. Milo mit einem Hut, der sein halbes Gesicht verdeckte, Achim mit dem kurzen, sportlichen Haarschnitt und tiefen Geheimratsecken. Milo groß und hager, Achim etwas gedrungen, nicht dick, aber doch wohlproportioniert. Wenn Achim eine Schokoladentrüffel vor dem Zubettgehen aß, nahm er sofort zu. Milo wirkte wie jemand, der nicht einmal eine Waage besaß. Claire schob den Riemen ihrer Handtasche über die Schulter und winkte. Sie lächelte.

Achim, der seine Hände in den Manteltaschen vergraben hatte, winkte nicht zurück. Er nickte nur, zum Zeichen, daß er sie entdeckt hatte.

Er stand da, mit hochgeschlagenem Mantelkragen, und schaute ihr zu, wie sie durch die Paßkontrolle ging, am Gepäckband auf ihre beiden Reisetaschen wartete, wie sie diese auf den Gepäckwagen hob und damit ihm entgegenkam.

»Hallo«, sagte Achim, »gut siehst du aus.«

»Hallo, Achim.« Claire ließ den Gepäckwagen los, um Achim zu umarmen. Aber Achim hatte schon den Lenkbügel des Gepäckwagens gefaßt und schob ihn vor sich her. »Ich dachte«, sagte er, »ich hol' dich ab, um diese Zeit sind oft keine Taxis da.«

Claire wußte, daß das eine Ausrede war, aber es spielte keine Rolle. »Danke«, sagte sie, sich bei ihm einhakend. »irgendwie hab' ich ein bißchen damit gerechnet.«

Achim schaute sie von der Seite an. »Wieso?«

Sie küßte ihn. Es bereitete ihr überhaupt keine Schwierigkeiten, ihn zu küssen.

Sie fühlte sich an seiner Seite auf einmal ganz sicher, ganz selbstverständlich. Alles war wie immer. Das Bild von Milos schwarzer Gestalt verschwand, als habe sie sich bereits vor Monaten von ihm in London verabschiedet.

Achim roch nach einem neuen After-shave. »Mhmh«, machte Claire, »wie heißt es?«

›Obsession‹, knurrte Achim. Offenbar war es ihm peinlich, daß Claire es sofort gemerkt hatte. Normalerweise wäre er über ihre feine Wahrnehmung entzückt gewesen. Heute wollte er jedoch nicht diese Art von Ehemann sein, der seine Frau mit einem neuen Eau de toilette verführt. »Obsession«, wiederholte Claire. Sie lachte.

»Das heißt Besessenheit. *I am obsessed.* Ich bin besessen.«

»Bist du es denn?« Achim schoß die Frage so schnell und unerwartet ab, daß Claire errötete. »Keine Ahnung«, sagte sie, als sie sich wieder in der Gewalt hatte.

Achim deutete mit dem Kopf die Stelle an, wo er den Wagen geparkt hate. »Und? Hast du ja gesagt?«

Claire stockte der Atem. Sie stolperte.

»Wie bitte?« fragte sie leise.

»Ob du ja gesagt hast.« Achim stellte den Gepäckwagen hinter dem Auto ab und schloß auf. »Oder haben sie dir noch ein bißchen Bedenkzeit gegeben?«

Jetzt erst begriff Claire, daß Achim das Gespräch mit den Hotelmanagern meinte. Ihre Gesichtsröte vertiefte sich. Achim tat, als bemerkte er es nicht. Er schob die Gepäckstükke in dem geräumigen Kofferraum hin und her, schlug den Kofferraumdeckel zu und öffnete die Beifahrertür.

»Natürlich habe ich noch nicht ja gesagt«, meinte Claire, als sie einstieg. Sie schaute Achim in die Augen. »Wir müssen doch erst in Ruhe darüber reden.«

Achim hob die Schultern. »Wenn du meinst, daß das nötig ist.« Er schlug ihre Wagentür zu, ein wenig heftiger als gewöhnlich, wie Claire bemerkte, die auf einmal sehr genau Achims Stimmung registrierte.

Achim wirkte verärgert, ohne daß sie sagen konnte, wieso. Er setzte sich, schob den Zündschlüssel ins Schloß und lächelte sie an. »Gleich nach Hause, oder willst du noch eine halbe Stunde ins Büro? Es ist sechs Uhr. Vielleicht wartet deine Sekretärin noch.«

»Marion wartet nie. Du kennst sie doch. Wenn ich nicht da bin, hält sie das automatisch für einen freien Tag.«

»Also nach Hause? Oder möchtest du irgendwo etwas trinken? Zum Abendessen ist es noch zu früh. Ich hab' ein paar Sachen eingekauft, wir können aber auch essen gehen.«

»Du bist immer so praktisch«, sagte Claire mit einem kleinen Seufzer. »Man muß sich immer gleich zwischen so vernünftigen Dingen entscheiden.«

Achim legte die Hände in den Schoß. »Andere sind wohl

nicht so praktisch«, sagte er mit einer leichten Schärfe in der Stimme. »Da mußt du dich wohl nicht zwischen lauter vernünftigen Dingen entscheiden.«

Claire legte ihren Arm um seine Schulter. »Achim«, sagte sie sanft. »Komm, fahr nach Hause, ja? Du könntest uns einen Drink mixen. Ich hab' extra im Flugzeug nur Wasser getrunken, um mit dir auf meine Rückkehr anzustoßen.«

Ein leichtes Lächeln flog über Achims Gesicht. Es rührte Claire so, daß sie ihn am liebsten wieder geküßt hätte, aber sie unterließ es. Schweigend fuhren sie in die Wohnung. Achim trug beide Taschen hinauf.

Im Wohnzimmer standen Lilien. Claires Lieblingsblumen. Im silbernen Champagnerkübel. Weil Claire es gern selbst so arrangierte. Achim hatte ihr noch nie einen Lilienstrauß in den Champagnerkübel gestellt. Es lehnte ein kleines weißes Briefchen daran. Achims Visitenkarte. Claire drehte sie um: »Schön, daß du wieder da bist«, stand auf der Rückseite. Achim hantierte in der Garderobe, trug ihre Taschen ins Schlafzimmer; er tat sehr beschäftigt, vielleicht machte es ihn verlegen, daß Claire gerade das Brieflein las. Claire ging mit der Visitenkarte in der Hand hinter ihm her. »Achim«, sagte sie leise. Er blieb mit dem Rücken zu ihr stehen.

»Ja?«

»Danke«, flüsterte Claire. Sie umarmte ihn von hinten, legte ihr Gesicht an seinen Rücken. »Die Blumen sind wunderschön.«

Achim schwieg, aber er machte auch keine Anstalten, sich zu befreien.

»Ich freue mich auch, daß ich wieder hier bin«, flüsterte Claire.

»Für mich sind Lilien Totenblumen«, sagte er, »aber du liebst sie ja.« Er löste sich behutsam aus ihrer Umarmung und schaute sie an.

»Du mußt mir nichts erzählen.« Achim saß ihr am Eßtisch gegenüber. Er zerteilte eine Melonenscheibe und belegte die einzelnen Stücke mit dünnem Parmaschinken.

»Wenn du nichts sagst, ist es in Ordnung.«

Claire aß mit großem Appetit. Der Lilienstrauß war vom Wohnzimmertisch auf den Eßtisch gewandert. Achim hatte bei seinem Italiener einen neuen Wein eingekauft, einen Sauvignon. Der war hervorragend. Maria war am Morgen dagewesen und hatte die Wohnung auf Hochglanz gebracht, alle Fenster geputzt, alle Türklinken. Es blinkte und blitzte und roch frisch und angenehm. Claire fühlte sich wohl. Sie konnte sich nicht erinnern, wann zuletzt sie sich in ihrer Wohnung so wohl gefühlt hatte.

»War das Gespräch heute morgen denn wirklich so wichtig, daß du deshalb noch länger bleiben mußtest?« fragte Achim und reichte ihr den Teller mit den Butterröllchen.

»Das Gespräch heute morgen ...«, begann Claire, »das Gespräch heute morgen ...« Sie stockte. Sie holte tief Luft. Dann sagte sie: »Du hattest natürlich recht, ich hätte auch eher fliegen können. Es ist nichts gesagt worden, was wir nicht schon am Samstag besprochen haben.«

»So hast du einen Urlaubstag verloren«, sagte Achim, »und außerdem hattest du wahrscheinlich einen ziemlich langweiligen, verregneten Sonntagnachmittag. Sonntage in einer fremden Großstadt sind immer gräßlich.«

Er ließ sie nicht aus den Augen, als er sprach. Er hatte ihr einen Köder hingeworfen. Er wollte wissen, was sie am Sonntagnachmittag unternommen hatte, aber er wollte nicht zu neugierig, nicht zu mißtrauisch erscheinen.

»Es hat nur kurz geregnet«, sagte Claire gleichmütig, »am späten Nachmittag schien wieder die Sonne. Zum Herumlaufen sehr angenehm.« Dabei haben wir im Auto gesessen, dachte Claire, in einer Gegend, die Fordshire oder so ähnlich heißt, und auf ein Auto gewartet, das uns ins Hotel zurückbringt.

»War das Hotel gut besetzt?« fragte Achim.

Claire mußte zugeben, daß sie sich nicht einmal danach erkundigt hatte.

»Das weißt du nicht?« Überrascht schaute Achim sie an. »Das ist doch immer das erste, was dich interessiert, das gehört doch zu deinem Job.«

»Stimmt, aber Wochenenden in Großstadthotels sind sowieso immer atypisch. Und außerdem«, fügte sie hinzu, erleichtert, daß ihr ein Argument einfiel, »hätte Vincente mir sowieso nicht die Wahrheit gesagt. Er will doch, daß das Hotel strahlend dasteht!«

»Das Restaurant war sehr gut besucht?« Die Frage klang beiläufig, aber es war wieder eine dieser Testfragen, die bedeuteten: Was hast du den ganzen Abend gemacht? Allein im Hotelrestaurant gegessen? Oder das berühmte Omelette mit grünem Salat aufs Zimmer bestellt? Oder warst du gar nicht allein?

»Ich hatte mittags gut gegessen«, sagte Claire, »abends hatte ich gar keinen Hunger mehr.«

Die Wahrheit war, daß Milo und sie den Abend im Bett verbracht hatten. Milo hatte beim Zimmerservice kaltes Huhn und Roastbeef geordert und eine Flasche Mouton Rothschild. Sie hatten sich geliebt, die Nachrichten mit halbem Ohr gehört, auf einem der vielen Kanäle hatten sie einen Beatlesfilm entdeckt, aber der wurde von ihnen nur streckenweise wahrgenommen. Ihre Körper hatten sich immer mehr aneinander gewöhnt, Sex war immer schöner geworden. Man könnte süchtig danach werden, hatte Claire gemurmelt. Und Milo darauf: Ich bin es längst.

Sie hatten über einen alten Doris-Day-Film gelacht, über den Claire schon vor fünfzehn Jahren gelacht hatte und den Milo noch nicht kannte. Dabei hatten sie die Rotweinflasche geleert. Weil Claire nicht wollte, daß noch einmal der Zimmerkellner kam, hatten sie sich aus der Minibar bedient.

Achim beobachtete sie. Mit leicht geneigtem Kopf schaute er sie an. Sie war ihm immer noch eine Antwort schuldig.

Was sollte sie sagen?

Sie breitete die Serviette auf dem Schoß, verstrich ein Butterröllchen auf einer Roggenbrotscheibe, lächelte und sagte: »London ist schön im Herbst. Ich glaube, es könnte uns gefallen.«

»Uns?« fragte Achim lauernd.

»Natürlich uns«, sagte Claire. »Glaubst du, ich würde allein nach London gehen?«

Achim hob die Schultern. Aber er ließ sie nicht aus den Augen. Er verfolgte jede ihrer Bewegungen, bis Claire schließlich nervös aufsprang, ins Wohnzimmer ging und am Radio herumdrehte. »Nirgendwo ist gute Musik«, sagte sie gereizt.

Achim blieb ungerührt sitzen. Er hatte sich eine neue Melonenscheibe auf seinen Teller gelegt. »Such dir doch einen Mozart aus«, sagte er, »die neuen CDs liegen alle rechts auf dem Stapel.«

»Mozart! Mozart! Warum immer Mozart? Warum nicht einmal etwas anderes?« rief Claire. Ihr Gesicht glühte, und sie wußte nicht, warum. Sie wäre am liebsten ins Bad geflüchtet, aber das hätte wirklich wie eine Flucht ausgesehen.

»Was denn anderes?« fragte Achim ruhig.

»Ich weiß nicht. Irgend etwas. Die Beatles, Rolling Stones, irgend etwas.«

»Rolling Stones?« fragte Achim überrascht. Er runzelte die Stirn und wiederholte: »Rolling Stones?«

Als Claire, nachdem sie einen Sender gefunden hatte, sich

wieder an den Tisch setzte, beugte Achim sich vor, schaute Claire in die Augen und fragte: »Mag er so etwas? Rolling-Stones-Musik?«

Claire schluckte. »Wer?«

»Dein Liebhaber«, sagte Achim, »der Mann, mit dem du in London warst. Oder wie soll ich ihn nennen? Was wäre dir recht?«

Claire starrte Achim an. Sie sah plötzlich die Verzweiflung in seinen Augen, das leichte Zittern der Lippen, sie spürte auf einmal die unendliche Traurigkeit, die von ihm ausging, eine Art müder Resignation. Eine Art Erschöpfung.

Claire brauchte eine Weile, bis sie begriff. Dann stand sie auf, umrundete den Tisch, hockte sich neben Achims Stuhl und legte ihren Kopf wortlos in seinen Schoß.

Nach einer Weile hob er versuchsweise seine Hand und legte sie behutsam auf ihr Haar.

»Ich weiß, daß es nicht besonders originell klingt«, sagte er leise, »aber ich liebe dich mehr als je zuvor.«

Claire hatte sich in ihrem Leben noch nicht viele Gedanken über Treue gemacht. Es war für sie, wie sie immer sagte, kein Thema. Sie hatte einmal einen Mann geliebt, der sie verraten und belogen hatte, und sie hatte gelitten. Das war vorbei. Dann hatte sie sich in Achim verliebt, sie hatten geheiratet und waren glücklich.

Über Treue hatten sie nie ein Wort verloren. Achim hatte von Vertrauen gesprochen und von der Selbstverständlichkeit, daß man ehrlich zueinander war. Natürlich war es selbstverständlich. Achim hatte manchmal, in sentimentalen Augenblicken, von einer Liebe geschwärmt, die ewig dauerte. »Wenn wir beide mit silbernen Löckchen auf der Parkbank sitzen und Spatzen füttern«, hatte er gesagt, und sie hatte gelacht und sich gut dabei gefühlt; das Leben mit Achim würde ein langer ruhiger Fluß sein, das hatte Claire gefühlt, und das hatte sie mit Zufriedenheit erfüllt. Jedenfalls die ersten Jahre. Es war schön, eine verheiratete Frau zu sein. Sie genoß es, »mein Mann« zu sagen. Bei jeder Gelegenheit versuchte sie, Achim in den Satz einzubauen: »Gestern noch hat mein Mann gesagt« oder »Als ich letzte Woche mit meinem Mann im Kino war ...«

Später hatte sie das nicht mehr so häufig gesagt. Aber dennoch hatte sich an ihrem Gefühl zu Achim nichts geändert. Wann genau sich etwas geändert hatte, konnte Claire nicht mehr nachvollziehen. Vielleicht war es auch nicht wichtig. Wichtig war dieser Abend gewesen am Alsterufer, diese plötzliche Panik bei dem Gedanken an die vier Wände, an die Drinks, an Mozart, an Achims Rasierwasser, an seine Geschichten aus der Werbeagentur, an seine Angewohnheit, die gebrauchte Serviette so zusammenzufalten, daß sie unbenutzt wirkte.

Claire hatte immer eine ganz klare Vorstellung von der Liebe gehabt. Man kann immer nur einen Menschen lieben – und dann bedingungslos. Wenn man jemanden liebt, verzeiht man seine Fehler, ja man verliebt sich sogar in seine Fehler. Wenn man jemanden liebt, verteidigt man ihn blindlings vor allen Menschen, wenn man jemanden liebt, sind alle anderen Männer nicht existent. Eine Frau, die abwechselnd mit zwei verschiedenen Männern schläft, wäre ihr abartig vorgekommen.

An diesem Abend, als Claire in Achims Armen lag und plötzlich die Lust verspürte, mit ihm zu schlafen, wußte sie, daß die Zeit der Unschuld endgültig und unwiederbringlich vorbei war. Vierundzwanzig Stunden zuvor hatte sie in Milos Armen gelegen, ebenso nackt, ebenso anschmiegsam und zärtlich. Vor vierundzwanzig Stunden hatte Milo sie dazu gebracht, Dinge zu tun, die sie bislang nicht einmal in Büchern gelesen hatte, und es war wunderbar gewesen. Sie hatte sich so gut, so jung, so berauscht gefühlt wie nie zuvor. Milo und sie hatten sich in die Augen geschaut, und sie hatte sich in die Hand gebissen, um nicht zu schreien, aber er hatte die Hand weggenommen und gesagt: »Schrei doch. Ja, ja, schrei doch. Das ist doch gut.« Und es war gut gewesen. Sie hatte gelacht, während er sie liebte, hatte gelacht, weil sie so glücklich war, und gedacht: Das ist einmalig. Das ist ein Wunder. Das schönste Spiel der Welt.

Und jetzt lag sie in Achims Armen, und Achim war still und zärtlich und verlangte nichts. Wenn sie ihn küßte, erwiderte er den Kuß, er berührte sie da, wo sie es gern hatte, sie kannten sich schließlich mehr als acht Jahre, sein Körper war ihr so vertraut, auf eine andere Art vertraut als Milos Körper. Es gab nichts zu entdecken, aber alles, was sie über Achims Körper wußte, war angenehm. Es war wie ein Nachhausekommen. Claire wollte ihm zeigen, wie angenehm es war, wieder bei ihm zu sein. Und Achim wollte ihr beweisen, wie sehr er sie liebte. Er wollte ihr zeigen, daß er keine Fragen stellte und keine Vorwürfe machte. Der sanfte, verständnisvolle Achim. Der Mann, der seine Ehe retten wollte, seine Vorstellung vom Glück.

Claire hatte Tränen in den Augen, als Achim sanft ihre Schenkel auseinanderdrückte. Achim, der alles spürte, spürte auch das sofort. Er beugte sich über ihr Gesicht und küßte ihre Tränen weg. »Nicht weinen, Klärchen«, flüsterte er, »nicht weinen. Das lohnt sich nicht.«

Claire starrte ihr Spiegelbild an. Man muß es mir doch ansehen, dachte sie. Man muß doch irgend etwas bemerken. Es kann doch nicht sein, daß man so etwas tut, was ich getan habe, und daß es keine Spuren hinterläßt.

Eine Frau betrügt ihren Mann mit einem Liebhaber. Und sie genießt jede Sekunde.

Aber in der nächsten Nacht betrügt sie ihren Liebhaber mit ihrem Mann. Und irgendwie genießt sie auch das.

Ist das normal?

»Bin ich normal?« fragte Claire ihr Spiegelbild, während sie die Spuren der Wimperntusche in den winzigen Augenfältchen mit einem Kleenex entfernte.

Das Telefon klingelte, als Achim gerade im Wohnzimmer seine Lesebrille suchte. Er war zuerst am Telefon.

»Hallo?«

Einen Augenblick schwieg er, dann legte er wortlos den Hörer neben den Apparat und ging zu Claire, die in der Küche den Fruchtsaft preßte. Er nahm ihr sanft die Grapefruithälfte aus der Hand und sagte: »Für dich.«

»Wer?« fragte Claire. Ihr Herz schlug sofort heftiger. Das ist das schlechte Gewissen, dachte sie, ich habe meine Unschuld verloren. Wahrscheinlich ist es nur Maria, die mir sagen will, daß sie eines der Gläser kaputtgemacht hat.

»Er hat seinen Namen nicht gesagt.« Wie Achim dieses »er« betonte.

Claire wußte nicht, was sie darauf erwidern sollte. Sie ging ins Wohnzimmer. In der Küche summte der Motor der Fruchtpresse. Offenbar wollte Achim das Gespräch nicht belauschen. Achim war immer diskret. Ein Gentleman, wenn er sie kontrollierte, dann bestimmt nicht so, daß sie es merkte.

»Claire Uhde-Westhoff«, sagte sie forsch.

»Oh, guten Morgen.« Milos Stimme klang überrascht.

»Du wirkst ja schon so ausgeschlafen. Und ich hab' gedacht, ich erwisch' dich vielleicht noch im Bett. Mit Schlafwärme in der Stimme.«

Claire wandte der Küchentür den Rücken zu. Sie bedeckte die Muschel halb mit der Hand und flüsterte empört.

»Wieso rufst du hier an?!«

»Weil ich Sehnsucht habe«, sagte Milo. Er lachte. Sein Lachen klang gequält. »Ich hatte schlechte Träume letzte Nacht. Ich weiß auch nicht, wieso. Ich konnte nicht schlafen. Du bist durch meinen Kopf spaziert. Irgend etwas war los. Entschuldige. Ich wollte nur sicher sein, daß du okay bist.«

Claire schwieg betroffen. Vielleicht hatte sie Milo immer falsch eingeschätzt. Vielleicht hatte Milo mehr Sensibilität, als sie ihm zugetraut hatte. Mehr Sensibilität als sie selbst. »Mir geht es gut«, sagte sie, »ich bin okay.«

»Und letzte Nacht?» fragte Milo, »warst du da auch okay? Irgend etwas ist gewesen.«

Achim kam mit den Saftgläsern ins Zimmer. Claire drehte sich hastig um und lächelte ihm zu. »Ich muß jetzt frühstükken. Ich komme sonst zu spät ins Büro«, sagte sie.

»Vielen Dank für den Anruf.« Ihre Stimme klang kühl und geschäftsmäßig.

»Warte!« rief Milo, »wann kann ich dich heute sehen? Ich muß dich unbedingt sehen. Ich bin schon auf dem Flughafen. Meine Maschine geht in dreißig Minuten ...«

»Am Nachmittag«, sagte Claire, »ich bin im Büro.« Sie legte auf, bevor Milo noch etwas sagen konnte.

Eilig ging sie zum Frühstückstisch. Sie warf einen Blick auf den gedeckten Tisch, um zu prüfen, ob etwas fehlte.

»Das *Abendblatt* ist noch nicht da«, sagte Achim, »es kommt jeden Tag später. Dann müssen wir uns die *FAZ* teilen.«

»In Ordnung«, Claire lächelte, »ich nehm' den Wirtschaftsteil.«

»Das habe ich befürchtet.« Achim gab ihr einen flüchtigen Kuß. »Dann bleibt für mich ja nur die gräßliche Politik. Willst du gleich Kaffee oder erst später?«

»Später.« Claire setzte sich und schlug sofort die Zeitung auf.

Achim überflog die Schlagzeilen. Er raschelte mehr als gewöhnlich mit den Seiten. Als Claire es gerade geschafft hatte, sich auf einen Bericht über die Situation des französischen Franc zu konzentrieren, sagte Achim beiläufig: »Findest du es okay, daß dieser Milo schon hier zu Hause anruft?«

Claire ließ die Zeitung sinken. »Wer?« fragte sie tonlos.

»Ich meine, genügt es nicht, wenn er dich von morgens neun bis abends um sieben im Büro anrufen kann?« Achim lächelte traurig. »Es wäre nett, wenn du ihm das klarmachen könntest. Ich dachte, er hätte wenigstens Stil.«

Als er sich verabschiedete, um in die Firma zu fahren, küßte er sie wie immer, lächelte, strich eine Haarsträhne aus Clairs Stirn, entfernte ein Stäubchen von dem Revers ihrer Kostümjacke, küßte sie ein weiteres Mal und verschwand im Treppenhaus. Claire blieb wie benommen zurück.

Als das Telefon schrillte, rührte sie sich nicht. Sie blieb an der Wohnungstür stehen und ließ es klingeln. Irgendwann gab der Anrufer auf.

Im Büro hatte Claire keine Gelegenheit, über ihre privaten Probleme nachzudenken. Sie wurde von der ersten Minute an mit Arbeit überschüttet.

Die Gruppe amerikanischer Journalisten, die für elf Uhr angekündigt war und die von Claire durch das Haus geführt werden sollte, war bereits um halb zehn gekommen. Ihr Chef, der einen kleinen Vortrag über das Hotel halten sollte, hatte sich für den Tag freigenommen, ohne Claire eine Nachricht zu hinterlassen. Also mußte sie in aller Eile eine kurzweilige Rede erfinden, mußte in ihrem Gehirn nach Anekdoten über das Hotel und seine Gäste graben – Journalisten liebten es, wenn man ihnen zum Aperitif Anekdoten servierte. So hatten sie immer gleich einen guten Einstieg in die Story. Dabei war nicht klar, ob überhaupt einer dieser Journalisten, die sich auf Deutschlandtournee befanden, vorhatte, eine Story über das Hotel zu bringen. Möglicherweise wurden sie alle sinnloserweise wie VIPs behandelt. Claire hatte im Laufe ihrer Berufsjahre eine ganz besondere Gruppe von Journalisten kennengelernt: die Schnorrer, die mit Primadonnenallüren im Hotel auftraten, Unmögliches sofort erledigt haben wollten und bei jedem Fauxpas des Hotels damit drohten, dies an die Öffentlichkeit zu bringen. Sie reisten ab, ohne einen Cent Trinkgeld dazulassen und ohne jemals eine einzige Zeile über das Hotel, das ihnen die Gastfreundschaft so generös angeboten hatte, zu schreiben. Obwohl Claire wußte, daß kein Luxushotel sich dagegen schützen konnte, war sie doch jedesmal persönlich getroffen, wenn so etwas passierte.

Dennoch mußte man, wenn Journalisten anreisten, und besonders solche, die für Lifestyleblätter arbeiteten, voller Vertrauen und Liebenswürdigkeit sein. Der italienische Tenor, der seine Ankunft für diesen Tag angekündigt hatte, erwartete den Steinwayflügel in seiner Suite, Claire mußte sich persönlich darum kümmern. Ein Schauspieler, der in der letzten Zeit zu einigem Ruhm gekommen war durch eine Rolle, die er in einer Vorabendserie spielte, hatte das Hotel unter Hinterlassung eines Protestbriefes verlassen.

Der Schauspieler hatte seine Tochter nachts mit in das Einzelzimmer geschmuggelt, aber vielleicht war das junge Ding auch gar nicht seine Tochter. Jedenfalls war ihm am nächsten Morgen eine Rechnung für ein Doppelzimmer präsentiert worden. Gäste, die sich bei so etwas ertappt fühlten, zahlten meist wortlos. Er aber machte eine Szene, von der das Personal kichernd berichtete. Claire wünschte, ihr Chef hätte sich nicht ausgerechnet an diesem Tag freigenommen.

Marion steckte den Wuschelkopf durch die Tür. »Die Presseleute gehen jetzt zum Essen. Sie wollten, daß ich Ihnen Bescheid sage.«

Claire nahm die Zettel mit den Stichworten für ihre Rede und stand auf.

»Sie sollen Ihren Mann anrufen!« rief Marion ihr hinterher.

Sie zögerte. »Was wollte er?«

»Keine Ahnung.« Marion lachte. »Das muß er mir ja auch nicht sagen, ich glaube, er hatte nur Sehnsucht. Er hat gesagt, Sie sollen einfach zurückrufen, wenn Sie Zeit haben.«

»Später«, murmelte Claire, »später.«

Claire war selber überrascht, wie leicht ihr die Ansprache vor den amerikanischen Journalisten fiel. Sie hatte vorher noch kurz im Gästebuch geblättert und versucht, sich an ein paar amüsante Szenen mit berühmten Gästen zu erinnern. Schließlich war das nicht besonders schwierig, denn in diesem Hotel hatten sei alle irgendwann einmal gewohnt. Das Beste an einem Hotel, sagte Claire, sind seine Gäste. Sie sind es, die ein Hotel zum Leuchten bringen. Manche Manager denken fälschlicherweise, eine Halle aus Zedernholz, Bäder aus Marmor und Bilder von Vermeer genügen. Doch für dieses Hotel sind der schönste Schmuck die Gäste. Und dann nannte sie klangvolle Namen, Strawinsky und Thomas Mann, Maria Callas und die englische Queen, Winston Churchill und Nijinsky, und über alle wußte Claire etwas zu erzählen, was schmeichelhaft für das Hotel, aber auch für die Gäste war. Claire war sichtlich erleichtert, als die Journalisten am Schluß applaudierten. Sie hatte kein einziges Mal nach einer Vokabel suchen müssen. Eine kritische Reportage im *New York Times Magazine* war das letzte, was sie brauchen konnte. Gerade jetzt! An diesem Morgen waren ausgerechnet die teuersten Suiten storniert worden. So ein Ausfall war nicht leicht zu ersetzen.

Der einzige, der die allgemeine Begeisterung nicht teilte, war Ted Burns, der Reporter der *New York Times*. Er hatte zusammen mit einem Fotografen auf dessen Namen zwei Einzelzimmer gebucht. Claire erfuhr erst kurz vor dem Mittagessen, daß Ted Burns und der Fotograf bereits seit Donnerstag im Hotel wohnten. Sie ließ den Etagenchef kommen und die Hausdame, um zu erfahren, ob alles in Ordnung gewesen sei. Der Etagenchef hatte am Sonntag seinen freien Tag gehabt, konnte sich aber erinnern, daß einer der Leute vom Zimmerservice sich über die merkwürdigen Bestellungen von Zimmer 412 aufgeregt hatte.

»Was denn für merkwürdige Bestellungen?« fragte Claire alarmiert. »Und hat er bekommen, was er haben wollte?«

»Ich werde mich erkundigen, wenn es wichtig ist«, sagte der Etagenchef.

»Es ist wichtig«, gab Claire zurück.

Die Hausdame wußte, daß im Zimmer des Fotografen kein Bademantel gehangen hatte, und der Fön sei kaputt gewesen.

Claire seufzte. »Wie kann das passieren?«

»Ich stecke doch nicht in jedem einzelnen Fön«, sagte die Hausdame beleidigt. »Und warum der Bademantel fehlte, kann ich auch nicht sagen. Vielleicht hatte er ihn versteckt, um uns in Verlegenheit zu bringen. Manche tun so was.«

»Und dann hat er mitten in der Nacht eine rote Glühbirne verlangt. Die hat er selbstverständlich nicht bekommen.«

»Eine rote Glühbirne?«

Die Hausdame, eine resolute Fünfzigerin mit rosig-gesundem Teint, an dem jede Unsittlichkeit und Verderbnis abzuprallen schien, hob die Schultern.

»Vielleicht kann er nur bei rotem Licht einschlafen. Vielleicht hat seine Mutter im ›Haus zur roten Laterne‹ gearbeitet.«

Claire mußte lachen. Die Geschichte mit der roten Glühbirne hatte sie schon wieder vergessen, als sie die Journalisten auf deutsche Art mit Handschlag begrüßte und an die kleine, improvisierte Bar im Salon geführt hatte.

Claire mochte die Amerikaner. Sie mochte ihre Offenheit, ihre Fröhlichkeit und die Bereitschaft, alles »*charming*« und »*great*« zu finden. Natürlich versicherten ihr alle, daß dieses Hotel nicht nur »*charming*«, sondern auch »*great*« sei, und Claire freute sich so, wie Amerikaner es von einer Angestellten erwarteten: Sie freute sich, als ob das Hotel ihre Herzensangelegenheit sei.

Ted kam nach dem Essen zu ihr. »Ich würde Sie gerne unter vier Augen sprechen«, sagte er mit einem vagen Kopfnicken in Richtung der anderen Kollegen.

»Gern«, sagte Claire fröhlich. »Sagen Sie eine Zeit.«

»Fünf Uhr?«

»Okay. Wir können einen Tee zusammen trinken. Möchten Sie in mein Büro kommen, oder wollen wir uns in der Halle treffen?«

»Ich würde gern in Ihr Büro kommen.« Ted verbeugte sich, ohne sich um ein Lächeln zu bemühen, und ging auf seinen Platz zurück.

»Ich möchte den Etagenkellner sprechen, der an den beiden letzten Abenden Dienst hatte – im vierten Stock«, sagte Claire zu ihrer Sekretärin, als sie wieder in ihrem Büro war. Da sie wußte, daß Marion im nächsten Augenblick fragen würde: »Ist es dringend, oder hat es noch ein bißchen Zeit?«, fügte sie, die Klinke ihrer Zimmertür in der Hand, hinzu: »Und zwar so schnell wie möglich, bitte.«

Francesco, ein Sizilianer, war schon nach zehn Minuten da.

»*Bon Giorno, Belissima*!« rief er fröhlich. Er kam ins Zimmer, und seine Augen blieben sofort an Claires übereinandergeschlagenen Beinen hängen.

»Was kann Francesco für die Signora tun?« fragte er, die Arme ausbreitend. »Ich stehe für alles zur Verfügung. Was hätten Sie am liebsten?«

Claire lächelte. Jedem anderen Angestellten hätte sie diese Anzüglichkeiten verboten, aber Francesco war eben so. Daß er sich den Gästen gegenüber äußerst diskret und zuvorkommend benahm, hatte man oft genug getestet.

»Zwei amerikanische Journalisten sind, sozusagen inkognito, vor zwei Tagen hier im Hotel abgestiegen«, sagte Claire. »Ich habe gehört, es gab ein paar Probleme. Jedenfalls mit der Hausdame. Ist Ihnen etwas aufgefallen?« Sie schaute auf ihre Liste. »Es sind die Herren der Zimmer 412 und 413.«

Francesco erinnerte sich sofort. »Zwei Signori, von Zimmer 412 und 413. Oh, ich weiß sehr gut. Sie haben erst zwei Kannen heißes Wasser bestellt. Thermoskannen. Weiß der Himmel, wofür sie die gewollt haben. Ich habe sie gebracht. Muß ich etwas unterschreiben, hat der Signor von 412 gefragt. Wieso unterschreiben, hab' ich geantwortet. Wasser kostet bei uns nichts.«

»Gut«, sagte Claire erleichtert, »Gott sei Dank. Und sonst?«

»Abends spät, gegen elf Uhr, haben sie geklingelt und wollten ein Dinner. Sie wollten etwas Hamburgisches. Ein Labskaus. Der eine hat das Wort in einem Wörterbuch für Norddeutschland aufgeschlagen. Er hatte es mir gezeigt. Und ich darauf: So etwas haben wir nicht. Aber es ist eine Hamburger Spezialität, hat er gesagt. Ich habe ihm gezeigt, was auf unserer Etagenservicekarte steht. Keine Aalsuppe? hat der Amerikaner gefragt. Ich denke, alle Hamburger essen Aalsuppe. Die Hamburger vielleicht, habe ich gesagt, aber die Gäste haben es noch nie verlangt. Kann Ihr Koch denn eine Aalsuppe kochen? hat er darauf gefragt. Und ich: Fragen Sie ihn selbst.

Ich bin zum Telefon, hab' mich mit der Küche verbinden lassen – ich wußte, der Erwin hat Spätdienst. Der Erwin hat ja früher auf Sylt gearbeitet. Ich dachte, da kann nichts passieren.«

Claire verschraubte ihre Finger, bis die Knöchel weiß wurden. »Und?«

Francesco lachte. »Der Erwin hat gesagt, eine Aalsuppe sei etwas ganz Schwieriges. Dazu brauche man Backpflaumen und besondere Fische, die könnte er heute nicht besorgen.«

Claire seufzte. »Und was hat der Gast darauf gesagt?«

»Er hat ein Omelette bestellt.«

Claire schloß die Augen, ein Omelette, natürlich, das war die Bankrotterklärung. Auch sie bestellte abends im Hotel immer ein Omelette auf das Zimmer, wenn es auf der Karte überhaupt nichts gab, was ihr gefiel.

Francesco lachte. »Aber uns ist etwas eingefallen. Etwas Tolles. Das heißt, es ist Richard eingefallen, der seit einem Monat in der Küche arbeitet. Richard ist Amerikaner, er kommt aus Atlanta, wußten Sie das?«

Claire schüttelte ungeduldig den Kopf.

»Wir haben also das Omelette hergerichtet, den grünen Salat, Butter und alles, und inzwischen ist Richard zu McDonalds's und hat zwei Hamburger besorgt. Die haben wir unter die Cloches auf den Porzellanteller gelegt.« Er lachte. »Raten Sie mal, wie die beiden reagiert haben!«

Claire wollte es sich nicht vorstellen. »Ich will es gar nicht wissen«, sagte sie. »Manchmal bin ich froh, daß ich nicht alles erfahre, was hinter den Kulissen dieses Hotels vor sich geht. Ich würde meine Unschuld verlieren.«

Francesco schaute sie amüsiert an. »Aber wieso Unschuld, Signora? Was hat das mit Unschuld zu tun? Die verliert man nicht beim Zuhören und nicht beim Zusehen, soviel ich weiß. Jedenfalls ist das so in Sizilien.«

Claire schob Francesco sanft aus der Tür. »Sie wissen genau, wie ich es gemeint habe. Sie wollen mich nur verlegen machen.«

Francesco zwinkerte ihr zu. »Das geht ja gar nicht. Sie kann man doch gar nicht verlegen machen. Una Signora di ferro!«

»Was? Eine Frau aus Stahl?« Claire schüttelte amüsiert den Kopf. »Wie schrecklich.«

»Nicht schrecklich – gut. Und sehr deutsch. Wir Italiener bewundern das.« Francesco grinste. »Jedenfalls ein bißchen.«

»Wenn Sie keine Lust mehr zum Hotelfach haben«, meinte Claire, die ihn durchs Vorzimmer begleitete, »können Sie sich immer noch als Entertainer bewerben. Das Fernsehen braucht Leute wie Sie.«

Francesco drehte sich um. Er schaute sie mit großen Augen an. »Aber ich liebe meinen Beruf, Signora! Soll ich Ihnen verraten, was ich am meisten liebe? Weshalb ich so gerne Etagenkellner bin?«

»Nein«, sagte Claire, »behalten Sie es für sich.«

Francesco beugte sich vertraulich vor. »Ich liebe es, morgens schöne Frauen im Bett zu bedienen, Signora. Ihnen ein Tablett hinzustellen mit Kaffee, frischen Brötchen, einer Zeitung und einer Rose. Ich schlage für sie die Serviette auseinander und decke sie über das Bett. Und serviere ihnen zum Frühstück immer ein Kompliment. In aller Diskretion natürlich. Und wenn sie lächelt, sage ich: ›Ah, Signora, Sie haben meinen Tag gerettet.‹« Er verabschiedete sich mit einer Kußhand in Marions Richtung.

Marion hatte begeistert zugehört. »Wußten Sie, daß Francesco eine Frau hat, die seine Mutter sein könnte? Eine gräßliche, keifende Alte, die ihm jeden Abend, wenn er heimkommt, das Nudelbrett über den Kopf haut?«

»Nein«, sagte Claire, »und ich glaube, ich möchte es auch

gar nicht wissen. Um fünf kommen übrigens zwei amerikanische Journalisten. Bestellen Sie bitte rechtzeitig Tee und Gebäck.«

Die beiden Amerikaner kamen zehn Minuten zu früh. Claire hörte sie im Vorzimmer mit Marion scherzen. Die Tür zu ihrem Zimmer war verschlossen, der Chefkoch hatte sie mit dem Fuß zugestoßen, um seiner Empörung, wie Claire annahm, Nachdruck zu verleihen. Claire hatte den Menüvorschlag des Chefkochs für das Chanukkafest, welches ein jüdischer Bankier jedes Jahr für seine Freunde und die Familienangehörigen gab, kritisiert.

»Wir haben eine ganze Woche an diesem Menü gearbeitet!« rief er und zerrte zornig an dem weißen Schweißtuch, das kunstvoll über dem Adamsapfel geknüpft war.

»Der Peter hat sogar zweimal mit einem ehemaligen Kollegen in Reutlingen telefoniert, der selber Jude ist. Die Speisen sind alle koscher. So koscher, daß sie fast nicht mehr schmecken.«

Claire lächelte. »Wissen Sie eigentlich genau, was koscher bedeutet?«

»Klar. Kein Schweinefleisch, nichts, was mit tierischen Produkten vermischt ist ...«

»... und keine Meeresfrüchte«, sagte Claire, auf den ersten Gang des Menüs deutend. »Wie um Himmels willen kommen Sie auf die Idee, man könnte Austern servieren?«

»Es ist die richtige Zeit für Austern«, sagte der Chefkoch mürrisch, »Die Belons, die wir heute geprüft haben, waren von allerbester Qualität. Und warm, auf Blattspinat, das ist etwas Besonderes.«

»Meeresfrüchte sind verboten«, sagte Claire, »der Kunde besteht auf *Gefilte fish*, das hatte ich Ihnen geschrieben.« Als der Chefkoch sein Gesicht verzog, sagte Claire kühl: »Ich weiß, daß Sie dieses Gericht verabscheuen, das ist Ihnen unbenommen, Peter, aber Sie sollen es ja auch nicht essen, sondern zubereiten. Wenn Sie sich außerstande sehen, müssen wir uns eben nach einem jüdischen Koch umsehen, dem die Zusammenstellung eines solchen Menüs Spaß machen würde.«

Sie faltete den Zettel zusammen. Im Vorzimmer wurde gelacht.

»Für das Dessert wünscht sich der Kunde auch etwas Außergewöhnliches. Etwas Besonderes.«

»Ist *Baklawah* nicht etwas Besonderes?« fragte der Koch aufgebracht.

»Es ist das normalste Dessert, das man in Israel bekommen kann.« Claire versuchte, so ruhig wie möglich zu bleiben. Sie spürte, daß der Koch aggressiv wurde.

»Ich bitte Sie«, sagte sie, »rufen Sie das ›King David‹ in Jerusalem an. Sprechen Sie mit dem Chefkoch. Sie sagen einen schönen Gruß von mir. Ich bin sicher, er hilft Ihnen gerne. Ich bin aber auch bereit, Ihnen die Telefonnummer eines Rabbi herauszusuchen.«

Der Koch schnappte sich den Zettel und stopfte ihn in die knisternd steife Kochjacke. »Das ist nicht nötig. Der kommt ja sowieso vorbei, um seine Nase in die Kochtöpfe zu stecken, wie jedes Jahr.« Er stand auf. »Morgen habe ich keine Zeit. Da haben wir ein Bankett für hundertfünfzig Gäste. Übermorgen könnte ich Ihnen einen neuen Vorschlag machen.«

Claire lächelte. Sie stand auf. »Sie sind fabelhaft, Peter«, sagte sie strahlend. »Ich bin sicher, es wird wie immer ein wunderbares Chanukkafest.«

Ted und der Fotograf saßen rauchend im Vorzimmer.

Marion stellte gerade einen Teller mit hausgemachtem Gebäck – etwas, wofür das Hotel berühmt war – auf das Tablett und trug es an Claire vorbei in ihr Zimmer.

»Wir haben ein paar Fragen«, sagte Ted. Er setzte sich, schlug die Beine übereinander und holte ein winziges Notizbuch aus seiner Hemdtasche. Der Kuli war von Cartier, seine Armbanduhr übrigens auch. Solche Details registrierte Claire sofort. Ein Zeitungsjournalist also. Mit ihm würde es vielleicht doch nicht ganz so schwierig sein, wie sie anfangs befürchtet hatte. Der Fotograf war ans Fenster getreten und schaute fasziniert auf die spakigen Schlieren an der gegenüberliegenden Wand, die von einer undichten Dachrinne kamen. Claire hatte monatelang darum gekämpft, daß die Dachrinne gesäubert und die Wand gestrichen wurde. Aber Redlich hatte es nicht für nötig gehalten, sich selbst von der Abscheulichkeit zu überzeugen.

Ted schenkte sich Tee ein, nahm drei Stück Würfelzucker und setzte sich.

»Was kann ich für Sie tun?« fragte Claire mit ihrem schönsten Lächeln.

»Ich denke, ich kann etwas für *Sie* tun«, sagte Ted. Er sagte es mit einer Selbstgefälligkeit, mit einer Art verhaltenem Triumph, der Claire argwöhnisch machte. »Ich habe heute mit meinem Boß gesprochen und ihm von einem Hotel erzählt, das wie ein weißer Luxusdampfer am Pier liegt, mitten in Hamburg, in einer der schönsten, elegantesten und saubersten Städte Europas. Ich habe ihm von den Gästen dieses Hotels erzählt, von der Unternehmensphilosophie und dem Service. Wie nennt man hier noch die Kaufleute?«

»Pfeffersäcke.« Ted versuchte, das schwierige deutsche Wort nachzusprechen. »Genau. Mein Boß hat gelacht. Hat etwas von Thomas Mann erzählt. ›Die Herberge der Pfeffersäcke‹, das wäre der Titel für eine Reportage, hat er gesagt, aber leider verstehen die Amerikaner kein Deutsch.«

Gott sei Dank, dachte Claire.

»Wir machen eine Reportage für die *New York Times*. Ich

gestehe Ihnen, daß dieses eigentlich die Idee unseres Verlegers ist, der ein Fan zu sein scheint. Wir waren etwas mißtrauisch. Unser Verleger hat manchmal einen merkwürdigen Geschmack.«

»Deshalb haben Sie sich erst mal gar nicht zu erkennen gegeben«, sagte Claire.

»Genau. Ich wollte Schwierigkeiten vermeiden. Wenn uns das Hotel nicht gefallen hätte, wären wir einfach wieder ausgezogen, und alles ist in Ordnung, aber«, er schaute Claire an, »es gefällt uns. Wissen Sie, daß wir am Sonntag abend zwei Hamburger verspeist haben?«

»Zwei Hamburger Bürger?« fragte Claire.

»Zwei Hamburger Burger. Das ist der feine Unterschied.«

Ted erzählte ihr die Story, die sie schon kannte, und Claire lächelte so selbstverständlich, als gehörten derlei Dinge zum Service des Hotels.

»Nur die rote Glühbirne«, sagte der Fotograf, der sich endlich von der Aussicht aus dem Fenster gelöst hatte, »habe ich nicht bekommen.«

»Wofür brauchten Sie eine rote Glühbirne?«

»Meine Kamera war nicht in Ordnung. Ich wollte nachschauen, was los ist. Ich wollte den Film nicht verderben. Es gab darauf so ein wunderbares Foto, wie einer Ihre Leute auf einer Leiter steht und den Kristallüster poliert...«

Ted unterbrach ihn hastig. »Bob, erzähl nicht soviel von den Bildern, die du schon im Kasten hast. Laß uns lieber über die Fotos reden, für die wir die Unterstützung des Hotels brauchen.«

Der Fotograf nickte. Er stützte sich auf die Schreibtischplatte und begann aufzuzählen: »Die Küche, das wäre ein irres Foto. Dann die Pantry, in der die ganzen Kupferpfannen und Kessel hängen und das Silberzeug. Dann ein Foto vom Weinkeller. Ich hab' gehört, da lagern wahre Schätze... dann...«

»Ich glaube, wir müssen eine Liste machen. Ich bin nicht sicher, ob die Besitzer wollen, daß auch in der Küche und im Weinkeller fotografiert wird ...«

»Und der alte Mann in seinem Verschlag, der morgens um vier die Schuhe putzt.«

Claire mußte lachen. »Bei uns gibt es keinen Mann in einem Verschlag. Das verwechseln Sie mit den Hotels in Bombay.«

»Ich hätte aber auch noch ein paar Wünsche«, sagte Ted.

»Ich möchte gerne mit dem Hoteldetektiv reden und dem Barkeeper. Es wäre jedoch hilfreich, wenn Sie Ihr Okay geben.« Er grinste. »In Hotels dieser Kategorie sind die Angestellten ja alle zur Verschwiegenheit ermahnt.«

»Und zwar mit Recht«, sagte Claire streng. »Wir legen keinen Wert darauf, daß irgendein Klatsch aus unserem Hotel verbreitet wird. Unsere Gäste müssen sich in jeder Situation sicher fühlen.«

»Klar.« Ted nickte lässig.

»Ich muß Sie noch darauf aufmerksam machen, daß Gäste unter keinen Umständen fotografiert werden dürfen. Also weder im Restaurant noch in der Halle, noch in der ...« Sie stockte. Im Vorzimmer war es laut geworden. Sie hörte Marions Stimme, die sich vor Empörung beinahe überschlug. »Frau Uhde-Westhoff hat Besuch! Da können Sie jetzt nicht einfach reingehen!«

»Was glauben Sie, was ich alles kann«, hörte sie Milo sagen, und schon stand er in der Tür.

Er schaute Claire an, dann Ted, dann den Fotografen, dann die Tasche mit der Fotoausrüstung.

»Ich störe wohl tatsächlich?«

»Ja«, sagte Claire, »du störst tatsächlich.«

Ted und Bob drehten sich um. Ted grinste. »Sie stören überhaupt nicht. Wir sind soeben fertig.« Er stellte die Tasse auf Claires Schreibtisch und stand auf.

»Also, die Liste kommt in einer halben Stunde. Ist das okay?«

»Natürlich«, murmelte Claire.

Milo war um den Schreibtisch herumgekommen. Er nahm Claires Hand und küßte sie. »Du siehst schön aus«, sagte er vorwurfsvoll. »Wie machst du das ohne mich?«

»Bestimmt wird sie gleich noch schöner«, sagte der Fotograf feixend.

Milo zog Claire von ihrem Stuhl hoch und nahm sie in die Arme. Ein Mann im schwarzen Mantel, der seinen Hut vorher mit dem Zeigefinger aus der Stirn geschoben hatte, und eine blonde Frau in einem roten Kostüm. Im Hintergrund das Bild vom Hamburger Hafen.

Der Fotograf hatte blitzschnell die Kamera aus der Tasche geholt und auf den Auslöser gedrückt, bevor Claire etwas merkte.

»He!« rief Milo. »Was soll das?«

Ted hatte eine Visitenkarte aus der Tasche gezogen und überreichte sie nun Milo mit einer übertriebenen Verbeugung. »Ted Burns. *New York Times Magazine*. Und das ist Malcom Steinberger«, sagte er, mit einer Kopfbewegung zum Fotografen.

»Legen Sie die Kamera weg!« rief Milo heftig. »Kein Foto! Kein Foto, sage ich!«

Ted blickte Milo interessiert an. »Warum sind Sie so kamerascheu?« fragte er amüsiert. »Sie haben doch ein interessantes Profil.«

»Ich glaube, er wollte dich gar nicht fotografieren, Milo«, meinte Claire, die fassungslos Milos heftigen Ausbruch verfolgt hate. »Warum regst du dich so auf? Herr Steinberger macht Fotos von unserem Hotel.«

Malcom Steinberger ließ die Kamera sinken. »Richtig«, sagte er. »Nur vom Hotel.«

Milo lächelte gequält. »Ich hasse Fotografen«, sagte er entschuldigend, »sie drücken immer dann auf den Auslöser, wenn man besonders scheußlich aussieht. Aber wahrscheinlich sind Sie gerade die Ausnahme, die die Regel bestätigt. Hotelfotos also. Lifestylefotos. Das kommt heute gut an, was? Selbst in Ihrer Zeitung?«

»Ja«, sagte Malcom gedehnt, während er Milo nicht aus den Augen ließ, »das kommt sehr gut an.«

Dann wandte er sich plötzlich ab und schob die Kamera in die Fototasche und sagte zu Ted. »We better hop off now.«

Ted legte die Hand an die Stirn und verbeugte sich. »Danke für Ihre Hilfe.« Er lächelte Claire zu und ging.

Milo breitete die Arme aus. »Komm«, sagte er zärtlich. »Einen Kuß.«

Claire schloß die Tür zum Vorzimmer. »Milo, es gefällt mir nicht, daß du unangemeldet hier hereinstürmst. Es hat mir auch nicht gefallen, wie du diese beiden Jounalisten behandelt hast. Ich möchte dich bitten, meine Arbeit zu respektieren. Was willst du hier?«

»Ich hatte Sehnsucht. Ist das so schlimm? Hättest du lieber einen Liebhaber, der sich einfach aus dem Staub macht?«

»Heute morgen hab' ich mir das gewünscht. Du wußtest doch, daß mein Mann das ist.«

»Dein Mann«, wiederholte Milo. Er schaute Claire nachdenklich an.

»Er ist mein Mann, Milo! Was glaubst du, was er gedacht hat?«

Milo hob die Schultern. »Keine Ahnung.« Er lehnte sich gegen den Fenstersims und verschränkte die Arme. »Was hat er denn gedacht?«

»Warum bist du so?«

»Wie bin ich denn?«

»Rücksichtslos. Ich habe ein Privatleben und einen Beruf, Milo, und ich hatte eigentlich angenommen, daß es bei uns eine Art *Mutual understanding* gibt...«

»*Mutual understanding*!« Milo zog amüsiert die Augenbrauen hoch. »Zwischen Liebenden. *Mutual understanding*. Da spricht die Frau. Sieht so aus, als wenn ich dich verdammt mehr liebe als du mich.«

»Milo, mach es bitte nicht noch komplizierter, als es ohnehin schon ist.« Claire warf einen nervösen Blick auf das Telefon, als erwarte sie jeden Augenblick einen unangenehmen Anruf. »Warum hast du heute morgen angerufen? Warum tust du mir das an?«

»Ich hatte Sehnsucht«, sagte Milo ruhig, »wie oft muß ich das wiederholen, bis du es verstehst?«

Claire warf ihm einen irritierten Blick zu. »Ich hätte dich umbringen können, ich schwör's.«

Milo lächelte, um das Zucken in seinem Gesicht zu kaschieren.

»Du?« sagte er sanft. »Mich umbringen?«

Im Vorzimmer klingelte das Telefon. Marion steckte den Kopf durch die Tür und sagte: »Der Chef, er möchte wissen, wie der Lunch mit der Presse gelaufen ist.«

Claire versuchte, soviel Distanz wie möglich zwischen sich und Milo zu bringen. Sie wandte ihm den Rücken zu, absichtlich. »Gut, sagen Sie, es ist gut gelaufen.«

Marion schaute neugierig von einem zum anderen. »Ich glaube, er wollte Sie auch noch wegen einer anderen Sache sprechen.«

Milo nahm ungerührt die Teetasse und hielt sie in der hohlen Hand. Er trank vorsichtig, langsam. »Orange Pekoe«, sagte er, »warum serviert man in Hotels Orange Pekoe? Ihr solltet wenigstens ein bißchen Vanille daruntermischen. Das macht das Aroma eleganter.«

»Milo«, sagte Claire mit mühsamer Beherrschung, »ich habe zu tun. Ich muß jetzt wirklich weiterarbeiten.«

Milo warf Marion einen strahlenden Blick zu. »Ein glatter Rausschmiß«, sagte er.

»Nehmen Sie es ihr nicht übel. Nach Dienstschluß ist sie wirklich reizend.« Marion kicherte. Sie kam noch einen Schritt weiter herein. Sie schob das linke Bein vor; wahrscheinlich, dachte Claire gereizt, weil sie sich dann besonders sexy findet.

»Sie können Ihren Tee ja solange bei mir im Vorzimmer trinken«, schlug Marion vor. »Ich stell' das Gespräch hier rein.«

»Nein, nein, ich gehe schon. Ich versteh' den Wink. Madame möchte mich los sein.« Er lächelte Claire zu.

»Kommst du heute abend?«

»Heute abend?« rief Claire gereizt. »Heute abend?« Sie schüttelte den Kopf. »Es geht nicht, Milo. Wirklich nicht.«

»Gut, dann aber morgen. Morgen geht es. Versprich es. Und schon bist du mich los und kannst dich wieder der internationalen Presse widmen.«

Claire seufzte. »Gut, morgen abend. Wir telefonieren noch.«

Milo nahm seinen Hut ab, strich die Haare aus dem Gesicht und verbeugte sich, erst vor Claire, dann, nicht ganz so tief, vor Marion. »Au revoir«, sagte er sanft und ging.

Als er gegangen war, fragte Claire: »Wartet der Chef etwa immer noch am Telefon?«

»Nicht doch«, sagte Marion, »er ist in seinem Büro. Ich hab' gesagt, wir rufen zurück. Er war beim Zahnarzt. Er hat schlechte Laune.« Marion ließ nur selten durchblicken, wie genau sie über das Privatleben von Redlich Bescheid wußte. Aber an diesem Nachmittag war sie gesprächig.

»Er hat das ganze Wochenende schon gezittert. Wußten Sie,

daß er solche Angst vor Spritzen hat? Als Kind ist er ohnmächtig geworden, hat er erzählt.« Sie strahlte Claire an. »Wahrscheinlich hat er jetzt schlechte Laune, weil er mir das erzählt hat. Er möchte natürlich, daß ich ihn für einen furchtlosen Helden halte. Na ja, meistens tu' ich das ja auch.«

Claire wählte die Durchwahl zu Redlichs Büro. Es war besetzt. Marion stand immer noch im Türrahmen.

»Besetzt?« fragte sie interessiert.

Claire nickte.

»Dann spricht er mit seiner Frau. Um diese Zeit telefonieren die beiden immer. Um diese Zeit kommt sie nämlich von ihrem Yogakurs, und er muß sich anhören, was sie alles über Karma und Kosmos gelernt hat.« Marion seufzte. »Wie er diese Frau aushält!«

Claire ordnete sehr beschäftigt die Papiere auf ihrem Schreibtisch, als Marion sich von der Wand abstieß und näher kam.

»Übrigens«, ihre Stimme wurde vertraulicher, »von mir keine Silbe.«

»Was?« Claire schaute verwirrt auf.

»Ich wollte sagen: Meine Lippen sind versiegelt. Wenn Ihr Mann anruft: von mir kein Wort.«

Claire wurde blaß. Das fehlte gerade noch, daß Marion sich irgendwelche Geschichten zusammenreimte. Kühl sagte sie: »Es gibt auch nichts, was Sie meinem Mann berichten könnten.«

Marion strahlte. »Natürlich nicht. Das meine ich ja. Wir Frauen müssen viel mehr zusammenhalten. Die Männer machen sowieso, was ihnen Spaß macht. Die versuchen doch immer, uns gegenseitig auszutricksen. Aber er ist echt toll.«

»Wer?« fragte Claire, als hätte sie keine Ahnung, worauf Marion hinauswollte.

»Dieser Mann von eben. Toller Typ, unheimlich interessant.«

Als das Telefon genau in diesem Augenblick im Vorzimmer schrillte, fühlte Claire sich wie erlöst. Marion eilte an ihren Schreibtisch. Gleich darauf summte Claires Telefon.

Es war Achim. Er wollte wissen, ob Claire noch lange arbeiten müsse. »Ich hab' meinen Wagen zur Inspektion gebracht«, sagte er. »Und ich dachte, ich könnte vielleicht ein Taxi bis zu dir nehmen und wir würden in deinem Auto nach Hause fahren.«

Noch nie hatte Achim vorgeschlagen, sie im Hotel abzuholen. Wollte er sie kontrollieren? »Aber vor sieben komm' ich hier nicht raus«, sagte Claire. Es war nur ein schwacher Versuch, ihn abzuwehren, aber Achim ging nicht darauf ein.

»Das ist in Ordnung, ich hab' auch noch genug zu tun.«

Er hatte aufgelegt, bevor Claire noch irgend etwas entgegnen konnte.

Der Abend mit Achim verlief frostig. Eine Weile glaubte Claire, es liege an der Heizung, die immer noch nicht richtig funktionierte. Sie holte einen Shetlandpulli, den sie sonst nur an der Nordsee trug, und knotete ihn um die Schultern.

Achim schaute sie interessiert an. »Kalt?« Sie nickte und setzte sich wieder. Zog eng die Schultern zusammen.

»Wein?« fragte Achim. Er nahm die Flasche aus dem Kühler.

»Ein halbes Glas«, sagte Claire.

»Ein halbes Glas? Gehst du neuerdings mit den schönen Dingen des Lebens so sparsam um? Ich hätte eher gedacht, es ist umgekehrt.«

Claire wartete, bis er das Glas halb vollgeschenkt hatte, um dann aufzustehen. »Ich schau' mal, was es im Fernsehen gibt.« Sie hatte keinen Appetit.

Achim blieb am Eßtisch sitzen. Sie hörte das leise Klappern des Bestecks, das Schieben der Salatschüssel. Achim hatte sich offenbar vorgenommen, das Abendessen in aller Ruhe zu beenden.

Im Fernsehen gab es eine Diskussion. Selbst nach zehn Minuten wußte Claire immer noch nicht, worum es ging. Sie konzentrierte sich auf die Geräusche, die Achim am Eßtisch machte. Einmal räusperte er sich. Einmal stand er auf, ging in die Küche. Die Kühlschranktür klappte. Er kam wieder zurück, setzte sich hin.

Irgendwann kam Achim zu ihr. Setzte sich ihr gegenüber auf das Sofa und schaute ihr Profil an. So lange, bis sie es nicht mehr aushielt. Sie wandte sich vom Bildschirm ab. »Was ist los?« fragte sie gereizt. »Warum starrst du mich so an?«

»Ich dachte, wir sollten uns unterhalten«, meinte Achim. Er wirkte aufreizend ruhig. Er lehnte sich zurück, legte die Arme ausgestreckt auf die Rückenlehne. »Seit wann interessierst du dich für die Ukraine?« fragte er.

Sie redeten also über die Ukraine. Lauter Politiker oder Leute, die sich dafür hielten. »Schon immer«, sagte Claire. Sie wußte, daß ihre Antwort lächerlich war. Der Ton zu eisig. Aber sie schaffte es nicht, normal zu sprechen.

Als das Telefon schrillte, zuckte sie so zusammen, daß Achim amüsiert auflachte. Er stand auf – das Telefon schrillte wieder –, nahm den Apparat und trug ihn zu ihr hin. »Meine Stimme will er bestimmt nicht hören.« Er sagte es freundlich, mit einer Sanftheit, die kaum auszuhalten war.

Das Telefon schrillte weiter. Claire schüttelte den Kopf. Sie fühlte sich wie gelähmt. »Ich will nicht«, flüsterte sie. Achim stellte das Telefon mit Nachdruck auf ihre Knie. »Nimm ab.«

Sie gehorchte. Nahm den Hörer, flüsterte »Ja?« und schloß die Augen, weil sie Achims wachsamen Blick nicht aushalten konnte. In der Leitung war nur ein Rauschen. Keine Stimme, nichtst. Sie spürte, wie ihre Kraft zurückkehrte. »Hallo?« rief sie. »Hallo? Wer ist da?«

Wieder nur dieses Rauschen. Und Achims aufmerksamer Blick. »Hallo! Melden Sie sich doch!« rief Claire, die sich von Sekunde zu Sekunde sicherer fühlte.

Schließlich warf sie den Hörer mit Nachdruck auf die Gabel. Auf einmal konnte sie Achims Blick wieder aushalten. Es gelang ihr sogar ein kleines scheues Lächeln, in das ein leichter Triumph hereinspielte – oder jedenfalls die Erleichterung, noch einmal davongekommen zu sein.

»Da war niemand«, sagte sie.

Achim nickte. Er nahm das Telefon und trug es an seinen Platz. Als er zurückkam und sich ihr gegenüber niederließ, sagte er, mit einer Beiläufigkeit, die sie bis ins Innerste traf: »Du wirst dich entscheiden müssen, Klärchen.«

Sie schluckte. »Aber nicht jetzt«, flüsterte sie, »nicht jetzt.« Sie stand auf, ihre Knie zitterten. Sie ging um den Couchtisch herum und ließ sich neben Achim auf den Teppich sinken. »Bitte, Achim«, sie vergrub ihr Gesicht in seinem Schoß, »bitte nicht jetzt.« Achim streichelte geistesabwesend ihr Haar, wie man eine Katze streichelt.

»Ich fürchte«, sagte er leise, »ich halte das nicht sehr lange aus.«

Claire hob den Kopf. Sie schaute Achim an. Achim lächelte, aber in seinen Augen schimmerten Tränen. »Bitte, Achim«, flüsterte Claire beschwörend, »bitte!«

Achim beugte sich vor, um sie zu küssen. »Wenn ich dich nur nicht so verdammt lieben würde«, murmelte er, »dann wäre es leicht.«

Als Claire ins Büro kam, sagte Marion, mit dem Kopf auf Claires Zimmer deutend: »Sie werden schon erwartet.«

Milo, dachte Claire.

»Die beiden Amerikaner!« flüsterte Marion. »Sie haben irgendeine Frage wegen Ihrem Dr. Mabuse.« Marion kicherte. »Vielleicht gefällt er denen auch so gut.«

»Morning«, sagte Ted Burns fröhlich, als Claire eintrat. »Das sieht aus wie ein Überfall, was? So früh am Morgen. Aber wir arbeiten schon seit Sonnenaufgang. Malcom hat fabelhafte Fotos gemacht. Im Breakfast-Room.« Er deutete auf Malcom, der am Schreibtisch lehnte, die Arme über der Brust verschränkt.

Claire hatte ihr Managergesicht aufgesetzt. Sie ging um den Schreibtisch herum und setzte sich, so fühlte sie sich sicher. Ein Instinkt sagte ihr, daß Gefahr drohte. Eine Gefahr, die merkwürdigerweise von Malcoms Grinsen ausging. Sie blätterte in der Post. »Und was kann ich für Sie tun?«

»Es geht um Ihren Freund«, sagte Ted, »den Mann mit dem Hut, den von gestern. Sie wissen schon, die Love-Story.« Claire blickte kühl von Ted zu Malcom. »Und?«

»Well«, Malcom ließ seine Arme fallen und holte tief Luft, »ich habe das Gefühl, ich kenne den Mann.«

Claire lächelte. Es war ein eisiges Lächeln.

»Schön für Sie«, sagte sie.

»Well«, Malcoms Gesicht nahm einen beklommenen Ausdruck an, »ich bin nicht so sicher, ob es schön ist. Wissen Sie, irgendwie bekomme ich das nicht zusammen... aber vielleicht irre ich mich, vielleicht ist er es ja nicht.«

»Sie irren sich bestimmt«, sagte Claire kühl, »aber warum ist es überhaupt wichtig? Vielleicht sagen Sie mir jetzt, worum es eigentlich geht?!«

»Gern«, sagte Ted. Er setzte sich auf den Besuchersessel und schlug die Beine übereinander. »Um Waffenhandel.«

»Und zwar illegalen«, fügte Malcom hinzu.

Claire lachte. »Wie witzig. Dieser Mann ist zufällig Kunsthändler. Ich weiß zwar nicht genau, ob für einen amerikanischen Journalisten Kunst und Waffen identisch sind, aber...«

»Ich habe nämlich«, sagte Malcom, ohne auf Claires Einwand einzugehen, »vor einem Jahr an einer Story gearbeitet, zusammen mit einem Kollegen aus dem Politikressort, in der es um die ganz großen Deals ging. Transfer ganzer Fabriken in Länder wie Syrien, Iran, Libyen und so weiter. Fabriken, in denen biologische Waffen hergestellt werden. Chemische Waffen, der ganze Dreck. Sie wissen schon. Und bei einer Gelegenheit, über die ich jetzt nicht so genau sprechen möchte, ist mir auch Ihr... äh... Freund über den Weg gelaufen. Damals, glaube ich, hat er aber nicht Milo geheißen. Wie, sagten Sie, war sein Nachname?«

Claire stand auf. Ihre Finger umspannten die Schreibtischkante. Sie lächelte. »Es war außerordentlich interessant, einen Blick in die aufregende Welt des Reporters zu werfen«, sagte sie, »aber ich fürchte, ich muß mich jetzt um meine Arbeit kümmern. Wenn es noch etwas gibt, was dieses Hotel betrifft und was ich für Sie arrangieren kann...«

Ted warf Malcom einen Blick zu. »*Come on, Buddy*«, sagte

er, »es reicht.« Er lächelte Claire zu. »Die Welt ist voller Doppelgänger. Das hat mein Biolehrer schon immer gesagt. So einzigartig kannst du gar nicht aussehen, daß nicht irgendwo in der Welt ein Kerl mit exakt der gleichen Visage rumläuft.«

Er zog den widerstrebenden Malcom zur Tür. »Wissen Sie, Malcom ist wie besessen von der Idee, diese Leute auf die Anklagebank zu bringen. Dabei wäre er der beste Lifestylefotograf, wenn er sich endlich mal auf die schönen Dinge des Lebens konzentrieren würde.« Er zwinkerte Claire zu. »So wie Sie und ich.«

Achim tat ihr den Gefallen, sich am Abend mit einem neuen Kunden zu verabreden. »Eine Computerfirma«, sagte er am Telefon, »die steigen jetzt ganz groß in den deutschen Markt ein und wollen, daß wir ihren Namen lancieren. Ein witziger Typ. Hat schon den Admirals Cup mitgesegelt, unter normalen Umständen hätte ich dich eingeladen, uns zum Essen zu begleiten, aber ...«

Claire ließ ihn den Satz nicht vollenden. »Du hast recht. Es ist besser, wenn du alleine gehst. Ich habe ohnehin sehr viel Arbeit. Ich werde bis in die Nacht im Büro sitzen.«

Sie spürte an der Art des Schweigens, das Achim ihr nicht glaubte.

»Also dann«, sagte Achim zögernd, »irgendwann werden wir uns dann ja wohl in der Wohnung wieder begegnen.«

»Davon gehe ich aus«, Claire versuchte, ihrer Stimme eine heitere Unbekümmertheit zu verleihen, »bislang haben wir uns ja immer noch wiedergefunden.«

»Adieu«, sagte Achim und legte auf. Das hatte er noch nie gesagt: Adieu.

Später dann Milo am Telefon: »Wann kommst du, ich hab' eine unheimliche Sehnsucht nach dir, weißt du das? Ich wollte gestern abend anrufen, um dir zu sagen: Pack deine Sachen, und komm einfach her. Aber dann habe ich daran gedacht, wie du mich gestern beschimpft hast, und da hab' ich mich nicht mehr getraut.«

Es war nach der Mittagspause. Claire hatte mit Redlich zu Mittag gegessen und ein Glas zuviel von ihrem geliebten Sancerre getrunken. Sie fühlte sich schläfrig und gleichzeitig leicht, als hätten ihre Füße den Kontakt zur Erde verloren. Milos Stimme war eine einzige Liebeserklärung, sie lauschte dem dunklen, samtenen Klang mit geschlossenen Augen ... »Ich habe schon eingekauft für ein Dinner for two«, sagte Milo, »der Typ in dem Feinkostgeschäft hat mir eingeredet, daß wir praktisch nichts anders essen dürfen als Pfifferlinge. Ich hoffe, du ißt gerne Pilze?«

»Ich liebe Pilze«, sagte Claire.

»Dazu Seezungenfilets. Ein bißchen gewagt, aber raffiniert. Der Typ hat mich einfach beschwatzt. So eine Art Hobbykoch. Ich stehe sozusagen schon mit aufgekrempelten Ärmeln in der Küche und ziehe der Seezunge die Haut vom Leib. Hast du wenigstens ein bißchen Sehnsucht nach mir?« Habe ich Sehnsucht? dachte Claire. Sie lächelte. »Ich glaube, ziemlich heftig sogar« sagte sie leise.

»Dann ist es gut. Häng dein Telefon aus, schick deine Sekretärin zum Friseur, und schließ den Laden. Wann kannst du hiersein?«

»Nicht vor sieben«, sagte Claire.

»Und hast du es deinem Mann gesagt? Weiß er, daß du heute nacht nicht nach Hause kommst?«

»Aber ich gehe wieder nach Hause, Milo. Fang nicht wieder so an.«

»Schon gut. Ich bin brav. Also um zehn Minuten vor sieben.« Er hängte ein.

Claire hatte sich während der Autofahrt einen ganzen Katalog von Fragen zurechtgelegt. Sie wollte endlich all die Unklarheiten beseitigen. All die Widersprüche. Sie war entschlossen, ehrlich mit Milo zu sein, wenn er auch ehrlich zu ihr war. Es lief – damit hatte Achim ja recht – über kurz oder lang auf eine Entscheidung hinaus.

Aber wie konnte sie sich für einen Mann entscheiden, von dem sie praktisch nichts wußte? Als er dann vor ihr stand, barfüßig, in seiner schwarzen Leinenhose und dem schwarzen Seidenhemd, und sie mit diesem Lächeln begrüßte, einem Lächeln, wie sie es noch nie an einem anderen Mann gesehen hatte, als er sie in die Arme nahm und küßte, und zwar zuallererst auf diesen kleinen hyperempfindlichen Punkt in ihrem Nacken, war es ohnehin verloren, das Spiel.

»Du riechst so gut«, murmelte Claire, während sie sich in seine Arme kuschelte, »warum riechst du immer so gut?«

»Es ist acht Minuten nach sieben«, sagte Milo zwischen zwei Küssen, »ich bin immer nur von einem Fenster zum anderen gelaufen und habe mir die Augen nach dir ausgeguckt.«

»Ich wollte nicht kommen«, sagte Claire. Sie öffnete sein Hemd bis zum Gürtel und küßte seine Brust. »Ich wollte anrufen und sagen: Es hat keinen Sinn.«

Milo sagte nichts. Er drückte ihren Kopf sanft gegen seinen Körper.

»Aber dann«, Claire holte tief Luft, »dann hatte ich so eine Sehnsucht nach deiner Liebe, nach deiner Haut. Verrückt, nicht?«

»Nicht verrückt, sondern schön.«

Claire schaute ihn an. Dann lächelte sie. »Ja, wahrscheinlich hast du recht. Wahrscheinlich ist das alles wirklich richtig schön. Manchmal verliere ich das Wesentliche aus dem Blick.«

»Das Wesentliche ist für die Augen unsichtbar«, sagte Milo,

»das haben wir alle vom kleinen Prinzen gelernt. Was möchtest du trinken?«

»Wein«, sagte Claire, »einen fruchtigen, herben Weißwein. Einen, der mir in den Kopf steigt und meinen Verstand verführt. Hast du so einen Wein?«

»Und die Bilder?« fragte Claire. »Sind sie noch nicht da?« Sie trug Milos Bademantel, lehnte an der Kühlschranktür und schaute Milo zu beim Anrichten des Abendessens. Sie fühlte sich wunderbar, wie immer, wenn sie mit Milo geschlafen hatte.

Liebe mit Milo war nicht nur eine Schönheitskur, es war eine Art Weltraum-Reise, es war die Rückkehr in das Land der Schwerelosigkeit und der leichten Gedanken, es war einfach herrlich.

Milo schob die kleingehackten Zwiebeln mit dem Messerrücken in die Pfanne, in der das Fett brutzelte.

»Die Bilder sind schon verschifft«, sagte Milo.

»Verschifft? Wohin denn?«

»Sie gehen ins Ausland.« Milo schwenkte das Sieb, in dem die Pilze abtropften. »Saudi-Arabien.«

»Nicht soviel Speck, bitte«, sagte Claire. »Hast du eben Saudi-Arabien gesagt? Ich dachte, der Vertrag sei von einer Hamburger Firma ausgestellt.«

»Aber das muß nicht bedeuten, daß die Bilder hierher kommen, oder? Ich werde das hier über kurz oder lang sowieso auflösen.«

»Auflösen?« fragte Claire verwirrt. Sie öffnete die Kühlschranktür und füllte ihr Weinglas nach. »Warum denn?«

Milo drehte sich zu ihr um. »Du stellst heute so viele Fragen«, sagte er amüsiert, »so kenn' ich dich gar nicht.«

»Ich stelle immer Fragen«, sagte Claire, »das gehört zu meinem Job. Ich meine, es ist doch normal, Fragen zu stellen, oder nicht?«

»In London hast du keine Fragen gestellt. Da hast du einfach nur getan, worum ich dich bat, ohne viele Fragen. Dafür hab' ich dich geliebt, weißt du.«

»Und ich habe mich dafür gehaßt«, sagte Claire. Sie lachte, weil sie einen Schluckauf bekam. Sie konnte kaum sprechen und mußte immer wieder neu ansetzen. »Ich hab' mich benommen wie eine kleine, dumme Komplizin. Fandest du nicht?«

Die Pfifferlinge schmorten in der Pfanne. Milo pfefferte die Seezungenfilets, die er mit Kreppapier abgerieben hatte. Seine Hände waren geschickt, jede Bewegung elegant. Claire schaute ihm fasziniert zu.

»Komplizin?« fragte Milo überrascht. »Das hast du gedacht?«

»Komplizin im Pakt gegen eine Stiefmutter. Das war schon komisch. So eine Stiefmutter!« Sie mußte wieder gegen ihren Schluckauf kämpfen. »Hat sie noch etwas gesagt, als die Bilder abgeholt wurden?«

»Ich habe keine Ahnung«, sagte Milo kühl, »laß uns von etwas anderem reden.«

Claire nickte. Sie pustete eine Haarlocke aus der Stirn. Sie trank den Wein, der fruchtig und herb war, und schaute Milo zu. Sie war viel zu vergnügt, fühlte sich viel zu heiter, um zu widersprechen. »Ich schlaf' wahnsinnig gern mit dir«, sagte sie, »ich glaube, so schön war es noch nie mit einem Mann.« Wieder der Schluckauf. Sie lachte, und Milo lachte auch. »Ich glaube, als Frau soll man so etwas gar nicht sagen.«

»Es macht nichts«, sagte Milo, »ich habe es sowieso geahnt.« Er küßte sie mit abgespreizten Armen und ging dann wieder zu seinen Seezungenfilets zurück. »Du könntest die Kerzen anzünden«, sagte er, »in zehn Minuten ist das Essen fertig. Du mußt einen Bärenhunger haben.«

Während sie die Kerzen anzündete, sagte Claire: »Dieser Fotograf denkt, er kennt dich.«

Das Phosphorkäppchen des Streichholzes zischte durch den Raum und verglühte auf dem Boden.

»Welcher Fotograf?« fragte Milo.

Claire ging in die Küche zurück. Sie legte von hinten die Arme um seinen Körper. »Malcom Steinberger«, sagte sie, »er glaubt, du bist ein anderer.« Sie lachte, während sie ihr Gesicht an seinen Rücken legte. »Es tut mir leid, Liebster, daß sogar du einen Doppelgänger hast.«

Milo sagte nichts. Er rührte in der Pfanne, tat etwas Beurre blanc an den Fisch, steckte den Zeigefinger hinein und probierte.

»Schön, einen Mann zu haben, der so gut kochen kann«, murmelte Claire.

»Einen Geliebten«, verbesserte Milo, »oder kann dein Mann auch Seezungenfilets mit Pfifferlingen zubereiten?«

Claire ließ ihn los. Sie ging zu ihrem Weinglas.

»Achim hat heute abend einen Termin.«

»Wie hast du das recherchiert?«

»Ich erfahre alles.« Claire lächelte. Die Sicherheit, daß Achim nicht zu Hause auf sie wartete, sondern mit einem wichtigen Kunden unterwegs war, erhöhte das Vergnügen an diesem Abend. Sie fühlte sich beinahe so ungebunden wie vor ihrer Ehe.

»Malcom Steinberger ist nämlich eigentlich gar kein Lifestylefotograf«, sagte sie, während sie das Glas zwischen den Händen drehte, »sondern ein rasender Reporter. Ein Jäger sozusagen, der seine Opfer zur Strecke bringt. Er arbeitet an einer Art Watergate-Story, wenn ich das richtig verstanden habe.« Sie kicherte. »Das ist typisch für die Fotografen, die immer nur Porzellanhunde und englische Tafelaufsätze fotografieren, daß sie von einer heißen Story träumen. Er denkt, du bist in den illegalen Waffenhandel verstrickt. Transfer chemischer Fabriken nach Libyen und Syrien.« Sie versuchte, Malcoms Stimme zu imitieren. Weil sie es nicht schaffte, mußte sie lachen.

»Sag doch etwas, Milo. Ist das nicht furchtbar komisch?«

Milo nahm die Platte aus dem Wärmefach und legte die Seezungenfilets darauf. Als sie parallel nebeneinanderlagen, garnierte er sie mit den Pfifferlingen. Er hielt Claire die Platte hin. »Heiß«, sagte er warnend.

Milo suchte eine CD aus. Als er an den Tisch kam, legte er seine Hände auf Claires Schultern und küßte ihr Haar.

»Das Oboenkonzert«, sagte er zärtlich. »Du magst doch Oboen so.«

Claire zog seinen Kopf zu sich herunter. »Küß mich«, murmelte sie. »Wenn du mich küßt, geht es mir gut.«

»Mir auch«, antwortete Milo. »Aber noch besser geht es mir, wenn wir zusammen im Bett liegen. Ich stelle mit Vergnügen fest, daß du dich noch nicht wieder in deine undurchdringliche Berufsrüstung geworfen hast.« Er legte seine warme Hand auf ihren Bauch. »Sollte sich da vielleicht nach dem Essen noch etwas arrangieren lassen?«

Claire schob seine Hand zwischen ihre Schenkel. »So etwas, mein Herr, läßt sich immer arrangieren.«

Als Milo sie gegen Mitternacht im Lift hinunterbrachte, ging das Licht im Treppenhaus aus, genau in dem Augenblick, als sie den Lift verlassen wollten.

»Wa ist das?« rief Claire erschrocken.

»Nichts. Dieser Miethai hat den Zeittakt für das Treppenhauslicht verkürzt, weil ihm das im Monat ungefähr drei Mark fünfundzwanzig mehr einbringt.« Milo tastete sich an der Wand zum Schalter vor. »Bleib ruhig stehen«, sagte er, »ich weiß, wo der Schalter ist.«

Das Licht ging an. Milo drehte sich zu ihr um und breitete einladend die Arme aus. »Komm, du erschrockenes Häschen. Was ist los? Du siehst auf einmal ganz blaß aus.« Claire lächelte schwach. »Könntest du bitte nachschauen, ob draußen alles in Ordnung ist? Ich wollte es dir nicht sagen, als ich vorhin gekommen bin, aber ich hatte das Gefühl, als wenn jemand um die Eingangstür herumgeschlichen wäre.«

Sie erwartete, daß Milo sich über ihre Ängstlichkeit lustig machen würde, statt dessen wurde sein Gesicht ganz schmal.

»Warum hast du mir das nicht gesagt?«

Claire lächelte. »Ich wußte nicht, daß es wichtig ist. Ich habe es einfach vergessen. Außerdem kann das Einbildung gewesen sein, im Dunkeln sehe ich immer Gespenster.«

Sie wollte auf ihn zugehen, aber er bedeutete ihr, stehenzubleiben.

»Warte«, sagte er, »ich schau' mal nach. Bleib hier, ja? Versprich es mir.«

Claire lachte überrascht. »Milo! Du mußt das nicht so ernst nehmen!«

Milo hatte die Tür schon geöffnet und war nach draußen gegangen.

Claire lehnte sich neben den Lichtschalter an die Wand und wartete. Sie hatte die Hand in der Höhe des Schalters, bereit, sofort zu drücken, wenn das Licht ausging. Draußen hörte sie Milos Schritte auf dem Asphalt. Sie wartete lange.

Das Licht erlosch. Sie knipste es wieder an. Als es zum zweitenmal ausging, öffnete Claire die Haustür. »Milo?« rief sie. Der riesige Platz war verlassen. Nur der Anhänger eines Lasters stand in der Nähe des hohen Maschendrahtzaunes.

»Milo!« rief Claire. Sie stieg die Stufen hinunter. Wind war aufgekommen. Er hatte die Regenwolken vertrieben und schob nasses Laub vor sich her. In der Ferne das Rattern eines Güterzuges, der über eine Eisenbahnbrücke fuhr.

»Milo!«

Rechts parkte ihr Wagen. Das Wagendach glänzte im Schein der einzelnen Straßenlaternen. Offenbar hatte es in der Zwischenzeit geregnet. Es war kalt.

Claire ging zu ihrem Wagen, schloß auf und setzte sich hinein. Sie ließ die Tür offen, weil nur dann die Innenbeleuchtung funktionierte. Sie stellte das Radio ein und suchte Musik. Es war zwei Minuten nach Mitternacht. Plötzlich legte sich eine Hand auf ihre Schulter, und Claire schrie auf.

»Keine Angst, ich bin's.« Milo beugte sich vor, um sie zu küssen. »Fühlst du dich in deinem Auto sicherer als in meinem Haus? Das ist typisch Frau Uhde-Westhoff.« Er lachte leise. »Selbst wenn du Angst hast, möchtest du unabhängig sein. Ich liebe dich, weil du bist, wie du bist.«

»Hast du etwas gesehen?« fragte Claire.

Milo schüttelte den Kopf. »Das kleine Köpfchen hat zu viel Phantasie, nehme ich an. Hier herrscht geradezu ein Friedhofsfrieden. Ich hab' nicht einmal eine Ratte gesehen, und davon gibt es hier nachweislich Hunderte, so nah am Wasser.«

Claire glaubte ihm nicht. Sie versuchte, ihm in die Augen zu sehen, aber er wich ihrem Blick aus. »Ich hab' dir etwas aus meinem Wagen besorgt«, sagt er, »deshalb hat es etwas länger gedauert.« Er legte etwas in ihren Schoß, etwas Kleines, Schweres, das in ein weißes Wolltuch gewickelt war.

»Was ist das?« fragte Claire verwirrt.

»Etwas, mit dem man kleine Mädchenherzen beruhigt«, sagte Milo zärtlich, »wickel es aus, dann siehst du's.«

Claire rollte das weiche Tuch ab. »Ein Revolver!«

»Es ist eine Pistole«, sagte Milo sanft, »ein schönes, elegantes Spielzeug, nicht wahr? So etwas konnten die früher herstellen. Vor dem Zweiten Weltkrieg. In Erfurt übrigens war die Fabrik.« Claire wagte nicht, sie aufzuheben. »Ich hab' noch nie so ein Ding in der Hand gehabt.«

»Versuch es ruhig. Es ist ein schönes Gefühl.«

Claire strich vorsichtig mit den Fingern über die Griffschalen. »Perlmutt«, sagte Milo stolz, »der Lauf ist versilbert und graviert. Aber sie hat ein Schlagbolzenschloß. Das ist das Besondere.«

Claire ließ sie sofort fallen. »Sie ist doch nicht geladen?«

Milo lachte. »Natürlich ist sie geladen. Aber sie ist gesichert. Wenn du sie entsichern willst, mußt du auf diesen Knopf drücken. Hier.« Er führte ihren Zeigefinger behutsam an die Stelle.

»Ich habe noch nie so ein Ding in der Hand gehabt«, sagte Claire. Sie schaute Milo mit riesengroßen Augen an. Milo lachte unbekümmert. »Das sagst du nun schon zum zweiten Mal. Ich glaub' dir ja. Wenn du aussteigst, zeig' ich dir, wie sie funktioniert.«

»Hier? Im Dunkeln?« Claire schaute sich entsetzt um.

»Da drüben«, Milo deutete auf die Hausecke, »da ist eine Laterne, komm.«

In dieser Nacht lernte Claire, mit einer silbernen, gravierten und mit Perlmutt verzierten Pistole auf ein zehn Meter entferntes Ziel zu schießen. Das Ziel war ein Karton der Getränkefirma, und von fünf Schüssen, die Claire abgab, hatten vier den Karton durchbohrt.

»Du bist ein Naturtalent«, sagte Milo strahlend, »ich hab' es geahnt. Und jetzt zeig' ich dir, wie man die Patronen einlegt. Und dann mußt du dir ganz genau merken, wie man die Waffe sichert, damit kein Schuß unbeabsichtigt losgeht.« Er schaute sie an. »Glaubst du, daß du das alles verstehst? Hörst du mir auch richtig zu?«

»Ja, ja!« rief Claire begierig, »zeig es mir. Ich hab' alles verstanden.«

Claire wiederholte die Griffe, die Milo ihr zeigte. Sie mußte es immer wieder wiederholen, bis sie es im Schlaf konnte. Mit dem vorderen Glied des rechten Daumens mußte der Sicherungshebel zum Entsichern nach unten gedrückt werden. Das Magazin faßte sechs Patronen. Milo sagte ihr auch die Kaliberzahl: 6,5. Bei gebrauchsfertiger Waffe wird der Bügel durch einen gefederten Haken in seiner Stellung gehalten. Milo zeigte ihr alles im Licht des Autoscheinwerfers. Sie knieten vor dem Auto, als er es ihr erklärte. »Will man die Pistole zerlegen, so drückt man den an der rechten Seite des Abzugsbügels liegenden Halter hinein und klappt den Abzugsbügel nach unten – so.«

»Laß mich versuchen.« Claire nahm ihm die Pistole sofort wieder aus der Hand.

Es war ein besonderes Gefühl, eine Pistole zu halten. Es war ein Gefühl, das man mit nichts vergleichen konnte. Claire wiederholte die Griffe, die sie gelernt hatte. Das Perlmutt fühlte sich weich und seidig an. Die Mulde des Griffs schmiegte sich an den Daumenballen. Mit dem Zeigefinger fuhr Claire den Lauf entlang, fühlte die feinen Zierarbeiten. »Sie ist so klein«, sagte sie. Sie legte auch ihre andere Hand um die Pistole und streckte die Hände aus. Sie zielte auf Milo. »Sie verschwindet fast in meiner Hand.«

Milo drückte behutsam ihre Hände nach unten. »Nicht auf Menschen zielen; das ist gefährlich«, sagte er. »Natürlich ist sie klein. Eine typische Westentaschenpistole. Oder man kann auch sagen: eine Handtaschenpistole. Sie paßt zu dir.«

Claire lächelte. »Das finde ich auch«, sagte sie leise. Sie legte die Pistole vorsichtig auf die Kühlerhaube ihres Autos und umarmte Milo. »Es ist das schönste Geschenk, das ich je bekommen habe«, flüsterte sie. Sie küßte ihn auf den Mund. Lange. Amüsiert schob er sie von sich weg. »Ich hatte nicht erwartet, daß deine Freude so groß sein würde«, sagte er, »ich dachte eher, du würdest darüber erschrecken.«

Claire nahm die Pistole wieder an sich. Sie ging zum Wagen, nahm die Handtasche, wickelte die Pistole in das wollene Tuch und schob sie in ein leeres Seitenfach. »Woher hast du sie?« fragte sie, als sie sich auf den Fahrersitz schob.

»Sie gehörte zum Nachlaß meines Vaters. Ich hab' sie in einer Kiste mit seinen persönlichen Sachen gefunden.«

»Glaubst du, sie ist schon einmal benutzt worden?» Milo lachte. »Die meisten Pistolen, die im Umlauf sind, sind schon einmal benutzt worden. Das ist ein offenes Geheimnis. Jeder, der eine Pistole hat, möchte sie irgendwann einmal ausprobieren. Das ist ein Reiz, vielleicht auch ein Zwang.«

»Ich nicht«, sagte Claire, »mir genügt es, sie zu besitzen. Es ist ein schönes Gefühl.«

»Warum?« fragte Milo überrascht. Er schaute sie forschend an. Er schien auf eine merkwürdige Art immer noch beunruhigt zu sein.

»Warum es ein schönes Gefühl ist?« Claire überlegte. »Ich glaube«, sagte sie nachdenklich, »ich mag das Gefühl, ein Geheimnis zu haben. Eine Macht, von der keiner etwas ahnt. So fühlen sich wahrscheinlich Huren, die den schwarzen Gürtel tragen und in einem Minikleid mit Pumps durch die Stadt gehen. Sie sind stärker, als ihre Umwelt ahnt.« Claire sah Milo zärtlich an. »Du hast mir ein wunderbares Geschenk gemacht, Milo. Ich danke dir.« Sie legte ihre Finger auf seine Hand.

»Danke, daß du da warst«, sagte Milo, »komm bald wieder. Es war schön.«

»Ja«, sagte Claire warm, »es war schön.«

»Aber trotzdem ziehst du dich mitten in der Nacht an, um zu deinem Mann zurückzufahren.«

»Trotzdem«, sagte Claire. Sie legte die Hände an das Steuerrad.

»Irgendwann bleibst du einfach hier. Bei mir«, sagte Milo, »und dann für immer.«

Claire ließ den Motor an. »Nein, das glaube ich nicht, Milo«, sagte sie ruhig und mit einer Klarheit, die sie selbst verblüffte. »Vorgestern nacht ist mir plötzlich klargeworden, daß mich mit Achim viel mehr verbindet, als ich je geahnt habe.«

Sie schaute Milo an. Milos Gesicht war ganz weiß.

Achim war noch nicht da. Eine weitere Erleichterung. So konnte Claire ein ausgiebiges Bad nahmen und Milos Geruch von ihrer Haut waschen. Die Berührung des weichen, mit Orangenblütenaroma getränkten Schwammes brachte aber gleichzeitig wieder die Erinnerung an Milos Körper zurück, an das wunderbare Gefühl, das sie in seinen Armen hatte.

Absurd, murmelte Claire, es ist alles absurd. Achim war immer noch nicht da, als sie ins Bett ging. Sie konnte nicht einschlafen. Sie blätterte in einem Bildband über Kolonialhotels. Bei dem Anblick eines gelbstichigen Fotos von Graham Greene auf der Veranda des »Raffels« in Singapur fiel ihr ganz plötzlich der Revolver wieder ein. Sie hatte ihn in ihre Handtasche gelegt. Oder doch im Handschuhfach gelassen? Plötzlich konnte sie sich nicht mehr erinnern.

Sie stieg aus dem Bett, ging in den Flur und öffnete die Handtasche. Der Revolver lag da, fein in das weiche Wolltuch gewickelt, im Seitenfach.

Claires Herz schlug, als sie in diesem Augenblick das Klappen der Haustür hörte. Sie wartete auf Achims Schritte. Ein schmaler Lichtstreifen fiel durch die Türritze aus dem Treppenhaus in den Flur. Aber das Licht erlosch wieder. Im ersten Stock wurde eine Wohnungstür geöffnet und wieder geschlossen.

Claire nahm die Tasche mit ins Schlafzimmer und stellte sie auf den kleinen Sekretär, den sie als Schminktisch benutzte.

Sie schlief sofort ein.

Als sie aufwachte, war das Kopfkissen des zweiten Bettes immer noch unberührt. Es war sieben Uhr.

Es war das erste Mal in ihrer siebenjährigen Ehe, daß Achim nicht nach Hause gekommen war. Das erste Mal, daß er, ohne eine Nachricht zu hinterlassen, ferngeblieben war.

Sie frühstückte allein, blätterte gedankenlos in der Zeitung, hörte mit halbem Ohr die Nachrichten, blickte auf die Straße.

Um halb neun ging sie zum Telefon und wählte die Nummer von Achims Büro. Es meldete sich niemand.

Claire holte ihre Handtasche, nahm das kleine Telefonbuch heraus und suchte Milos Nummer.

Milo war sofort am Apparat. »Ja?« Seine Stimme klang gehetzt, beinahe mißtrauisch. »Wer ist da?«

»Ich bin es«, sagte Claire.

Sie hörte das Aufatmen am anderen Ende der Leitung. Ganz deutlich. Beinah konnte sie fühlen, wie sein angespanntes Gesicht sich in ein Lächeln verwandelte.

»Oh, guten Morgen, du Schöne. Bist du schon im Büro?«

»Ich rufe von zu Hause an.« Sie holte tief Luft.

»Milo, Achim ist nicht nach Hause gekommen.«

Stille.

»Milo! Bist du noch da?«

»Natürlich, Liebste. Er ist also nicht nach Hause gekommen. Ist das schlimm?«

»Ich weiß nicht ... nein, eigentlich ... nicht ... es ist nur ... er kommt immer nach Hause, weißt du ...«

»Du machst dir Sorgen«, stellte Milo ruhig fest.

Claire seufzte. »Ich weiß nicht. Ich weiß nicht, ob ich mir Sorgen mache. Es ist nur ... alles ... so unübersichtlich.«

»Das liegt an dir«, sagte Milo sanft, »du mußt dich nur entscheiden, dann wird alles sofort wieder übersichtlich. Nimm einen Briefbogen, schreib darauf: Lieber Achim. Es ist aus. Es tut mir leid. Es war schön. Aber jetzt liebe ich einen anderen. Claire.«

Claire ließ sich auf das Sofa fallen. »Ich habe in seinem Büro angerufen, aber da ist er auch nicht. Ich dachte, er hat vielleicht im Büro geschlafen.«

»Warum sollte er das tun? Oder gibt es dort eine Besetzungscouch? Arbeiten Werbeleute wie Hollywoodregisseure?« Er lachte leise, als freue er sich über sich selber. »Sei nicht traurig, Liebste, er kommt schon zurück.«

»Woher weißt du das so sicher?«

»Zu dir kommen sie immer alle zurück.« Er machte eine Pause. »Was machst du heute den ganzen Tag? Möchtest du mit mir zu Mittag essen? Jetzt, wo dir dein Gatte abhanden gekommen ist, können wir uns doch ganz ungeniert benehmen. Darf ich dich ins Bistro ausführen?«

»Ich weiß noch nicht, Milo. Ich muß mich um die beiden Amerikaner kümmern.«

Eine Pause, dann: »Sind die immer noch da?«

»Natürlich. Es sieht so aus, als wollten sie noch ein bißchen bleiben. Sie fotografieren das Hotel vom Dachboden bis zum Weinkeller.«

Milo sagte nichts.

»Milo?«

Er räusperte sich. »Ich bin noch da, Chérie. Paß gut auf dich auf, ja? Ich ruf' dich später wieder an.«

Er hatte aufgelegt, bevor Claire ihn fragen konnte, wie sehr er sie liebte. Genau an diesem Morgen hätte sie es gerne ganz genau gewußt. Sie ging durch die leere Wohnung, öffnete

Achims Kleiderschränke und schaute hinein, sie faßte sogar in die Seitentaschen seines Regenmantels, der in der Garderobe hing. Aber außer einem U-Bahn-Fahrschein und einem Streichholzmäppchen fand sie nichts, was Achims Abwesenheit erklären konnte. Sie legte einen großen Zettel auf die Fußmatte, auf dem nur ein Satz stand: »Wo warst du?«

Sie verließ die Wohnung wie immer pünktlich um Viertel vor neun.

Die Hotelhalle hatte sich frühmorgens in ein Filmstudio von »Columbia Pictures« verwandelt: überall Scheinwerfer, Kabel, Stative. Die Gäste, die aus dem Lift traten, mußten von einem ständig Entschuldigung murmelnden Pagen auf Umwegen in den Frühstücksraum geleitet werden. Der Empfangschef zog die Augenbrauen hoch, als Claire ihn erschrocken fragte: »Was ist denn hier los?«

»Ihre Leute, nehme ich an«, sagte er spitz.

»Meine Leute?«

»Diese Amerikaner. Diese Pressemenschen, die schon seit Tagen das Haus herumkommandieren. Ich wollte ihnen diesen Zirkus heute morgen nicht erlauben. Sie wissen ja, wer alles zur Zeit bei uns logiert. Aber dieser Fotograf hat ausdrücklich darauf hingewiesen, daß Sie ihm Erlaubnis erteilt haben.«

Claire sah, wie Malcom eine chinesische Bodenvase anhob und ein paar Meter weiterschleppte. Diese Vase war Eigentum der Besitzer. Ein kostbares Stück. Sie schloß die Augen. »Wir brauchen ein bißchen gute Werbung in Amerika, Herr Vogel«, sagte sie beinahe flehend. »Dieser Fotograf arbeitet für die *New York Times*. Für das *New York Times Magazine*. Das ist das Beste, was wir bekommen können.« Malcom lief zwischen den Kamerastativen (Claire zählte drei Kameras) und der Wand hin und her, auf die er die Scheinwerfer gerichtet hatte.

»Offenbar will er unseren Gobelin fotografieren«, sagte Claire versöhnlich, »das ist doch eine gute Idee.«

Der Gobelin war eine Arbeit aus dem siebzehnten Jahrhundert, er hing dem Eingang gegenüber, seit Bestehen des Hotels hing er dort, als erstes Erkennungszeichen für den Stammgast, der aufatmen sollte bei der Gewißheit: Ich bin wieder hier. Hier geht es mir gut.

»Der Chef«, sagte Herr Vogel mit Grabesstimme, »ist übrigens ungehalten. Sehr ungehalten. Ich habe gerade noch verhindern können, daß er sich mit dem Fotografen anlegt.«

Malcom schaute sich suchend um. Dabei fiel sein Blick auf Claire.

Er winkte fröhlich. Claire grüßte etwas spröde zurück. »Ich werde dafür sorgen, daß es schnell geht«, murmelte sie.

Malcom bückte sich, um durch die Kamera zu schauen. »Haben Sie es ihm gesagt?« fragte er, während er nach vorn lief, das Orchideenbukett auf dem Barocktischchen etwas zur Seite schob und wieder zurückrannte. »Ich wette, Sie haben es ihm gesagt.«

»Natürlich«, sagte Claire ruhig. »Was glauben Sie, wie lange Sie noch brauchen? Die Gäste fühlen sich gestört.«

»Ich fühle mich durch die Gäste gestört«, sagte Malcom fröhlich. Er nahm ein Hotelmagazin, schlug es auf und legte es auf die Ecke des Tischchens. Darauf arrangiert er eine Hornbrille, ein besonders edles Stück. »Ich schätze, noch ein, zwei Stunden, dann bin ich hier durch.«

»Ein, zwei Stunden?« fragte Claire entsetzt. Sie dachte mit Schrecken an den saudischen Wirtschaftsminister, der um zehn Uhr eine Konferenz im Blauen Salon mit Hamburger Bankern hatte. Bis dahin mußten die Lampen verschwunden sein! »Hören Sie, Mister Steinberger«, begann Claire.

»Malcom, sagen Sie ruhig Malcom. Wo bleibt der Kellner mit dem Kaffee?«

»Was für ein Kaffee?« fragte Claire irritiert.

»Ich habe nur um ein silbernes Kännchen, einen dieser schönen alten Zuckertöpfe und eine Mokkatasse gebeten.« Er richtete sich auf, strich die Haare zurück und lächelte Claire an. »Und? Wie hat er reagiert?«

»Meinen Sie Milo Morante?«

»Genau den. Genau den mein' ich. Wie hat er reagiert, als Sie ihm gesagt haben, daß ich ihn kenne?«

»Überhaupt nicht«, sagte Claire, »da es sich ja um eine Verwechslung handelt.«

Malcom schüttelte sanft lachend den Kopf. »Das glaube ich nicht. An Ihrer Stelle wäre ich ...«

»Haben Sie den Mokka bestellt?« Ein junger Kellner offerierte Malcom das kleine Tablett.

Malcom betrachtete das Arrangement. Er schob das Sahnekännchen etwas nach rechts, den Zuckertopf ein wenig nach links und nickte dann zufrieden. »Stellen Sie es dort auf den Boden. Dort, ja, so ist es gut.«

»Auf den Boden?« rief Claire entsetzt. »Warum stellen Sie eine Kaffeetasse auf den Boden? Dies ist nicht Japan!«

Malcom lachte. »Aber es glänzt vor Sauberkeit. Gibt es nicht dieses deutsche Sprichwort, daß ein Haus so sauber ist, daß man vom Boden essen kann? Diese deutsche Tugend, die muß man doch irgendwie optisch fassen können.«

Claire seufzte. Der Kellner stellte das Tablett auf den Boden.

»Wir haben übrigens ein bißchen weiterrecherchiert. In dieser Sache, von der Ted Ihnen berichtet hat. Es gibt da eine interessante Spur ...«

Claire unterbrach ihn. Dieser Fotograf wurde ihr zunehmend unsympathischer. Er mischte sich in Dinge, die ihn nichts angingen und die mit seiner Arbeit hier im Hotel nichts zu tun hatten. »Ich wäre Ihnen dankbar«, sagte sie kühl, »wenn Sie erst einmal Ihre Spuren hier in der Halle beseitigen würden.«

Mit Nachdruck schloß Claire die Tür zum Vorzimmer. Sie wollte nicht gestört werden. Sie nahm das Telefon, stellte es auf das Fensterbrett und wählte die Nummer von Monsieur Giraudoux.

Es meldete sich eine Sekretärin, die mit amerikanischem Akzent sprach und sehr gestreßt wirkte, aber als Claire ihren Namen nannte, rief sie: »Oh, Frau Uhde-Westhoff! Aber natürlich! Aber selbstverständlich! Für Sie hat Monsieur Giraudoux immer Zeit. Einen Augenblick, ich verbinde Sie mit ihm.«

Claire dachte noch darüber nach, wieso die Sekretärin annahm, daß ihr Chef immer für sie Zeit haben würde, als der kleine Belgier sich mit seinem weichen Akzent meldete: »Madam Uhde-Westhoff? Welch ein unerwartetes Pläsier. Ich hoffe, Sie hatten eine angenehme Rückreise von London. War es nicht zu stürmisch? Und haben die Sicherheitskontrollen Sie nicht um Ihre letzten Nerven gebracht?«

Claire lachte. »Das kann man mit Sicherheitskontrollen nicht schaffen, Monsieur Giraudoux. So schlecht sind meine Nerven nun doch nicht.«

»Das weiß ich, Madame, das weiß ich.« Er macht eine Pause, vielleicht zündete er sich eine Zigarette an. Nach einem tiefen Ausatmen die vorsichtige, beinahe tastende Frage: »Gibt es einen besonderen Anlaß für Ihren Anruf? Wenn Sie sich schon entschieden haben sollten, was das Hotel betrifft, so würde ich Ihnen empfehlen ...«

Claire unterbrach ihn hastig: »Es handelt sich nicht darum, Monsieur Giraudoux. Ich hatte noch keine Zeit, diese Dinge ausführlich zu diskutieren ...«

»Ich verstehe«, unterbrach Monsieur Giraudoux leutselig. »Sie müssen das natürlich auch mit Ihrem Mann besprechen.«

Claire fand diese Bemerkung unpassend, ohne sich recht erklären zu können, wieso. Immerhin hatte Monsieur Giraudoux ziemlich genaue Einblicke in ihr Privatleben nehmen können, und es wird ihm nicht verborgen geblieben sein, daß Claire und Milo die Nächte miteinander verbracht hatten. Warum erwähnte er denn jetzt ihren Ehemann?

Sie holte tief Luft. »Ich wollte Sie um eine vertrauliche Auskunft bitten, Monsieur Giraudoux. Ich wüßte nicht, an wen ich mich sonst wenden könnte. Es haben sich inzwischen ein paar merkwürdige Dinge ereignet, das heißt ...«

Sie zögerte. Sie wußte nicht genau, wie sie dieses Unbehagen, das sie plötzlich befallen hatte, in Worte kleiden konnte. Es hatte etwas mit diesen Amerikanern zu tun, mit diesen Schnüfflern, die sich als Lifestylejournalisten ausgaben. Vielleicht waren sie es sogar.

Monsieur Giraudoux' Stimme klang auf einmal verhalten. »Um welche merkwürdigen Dinge handelt es sich?«

»Es geht um Milo«, sagte Claire. Sie zwang sich, die Sache ruhig und souverän zu behandeln, wie einen geschäftlichen Vorgang. »Was ich wissen möchte: Ist Milo der Sohn des Malers Morante, ja oder nein?«

Claire fühlte, daß sie Giraudoux verblüfft hatte. Offenbar hatte er mit einer ganz anderen Frage gerechnet. Deshalb brauchte er eine halbe Sekunde länger als nötig, um auszurufen: »Aber Madame! Mit welchen Gedanken schlagen Sie sich herum! Was für eine merkwürdige Frage! Wie kommen Sie nur auf so etwas?«

»Ich brauche nur eine kurze Antwort«, sagte Claire. Sie war jetzt auf einmal ganz ruhig. Ganz gelassen. »Nur ja oder nein.«

Monsieur Giraudoux lachte. »Ich versteh' Sie nicht, Madame! Ich meine, stellen Sie diese Frage im Ernst? Oder wollen Sie eigentlich etwas ganz anderes wissen? Ich weiß wirklich nicht...«

»Die Frage«, sagte Claire, »ist doch einfach zu beantworten: Ist Milo Morantes Sohn?«

»Aber *naturellement*! *Mais oui, ma chère* Claire, wenn ich Sie so nennen darf, Sie können das doch überall nachlesen, ich meine, es ist doch sozusagen eine kunsthistorische Tatsache, daß Morante einen Sohn hatte, den er Milo nannte, obgleich er auf einen anderen Namen getauft war oder jedenfalls registriert worden ist, denn Morante war nicht der Mensch, der seinen Sohn taufen ließ, warten Sie, wie hieß er noch amtlich, es war ein Name, der mit R anfing. Oder nein, mit P, mit P, glaube ich. Ein irgendwie rumänisch oder balkanisch klingender Name...« Giraudoux redete und redete, seine Stimme wurde geradezu beschwörend in ihrer Eindringlichkeit. Claire lehnte am Fenstersims, wischte mit einem Kleenex ihre Fingerabdrücke von der Scheibe und fühlte nichts. Nichts. Außer Giraudoux' offensichtlicher Nervosität.

Als Giraudoux erschöpft schwieg, sagte Claire ruhig: »Darf ich Ihnen noch eine einzige Frage stellen?«

»Aber bitte, bitte, Madame.«

»Wo sind die Bilder, die wir Sheila abgekauft haben?«

Giraudoux schwieg.

Claire wartete. Sie spürte ein merkwürdiges Zittern des Unterkiefers; sie hatte vor innerer Anspannung die Zähne so fest aufeinandergebissen, daß sich die Kiefer verkrampften. Claire öffnete den Mund und massierte mit der freien Hand das Kinn.

»Madame«, sagte Monsieur Giraudoux. Er sprach jetzt sehr langsam, als müsse er Wort für Wort genau überdenken. Es klang, als wäre er erschöpft. »Ich meine, Sie sollten nicht mir diese Frage stellen. Fragen Sie doch Milo. Er hat auf alles eine Antwort.«

»Aber ich wollte es von Ihnen hören«, sagte Claire.

»Warum vertrauen Sie Milo nicht?«

»Ich habe nicht gesagt, daß ich ihm nicht vertraue«, sagte Claire, »ich habe Sie nur um eine Auskunft gebeten.«

»Sie sollten ihm vertrauen, *chère Madame*«, sagte Monsieur Giraudoux, »Milo liebt Sie! Er vertraut Ihnen vollkommen. Er braucht Sie, Madame! Sie sind gut für ihn. Sie dürfen ihm nicht weh tun. Er könnte das nicht ertragen, wissen Sie. Er ist so empfindsam. So verletzbar. Man traut ihm das nicht zu, ich weiß, alle Menschen denken immer, er könnte viel aushalten, aber das stimmt nicht. Er ist wie ein Kind.« Monsieur Giraudoux lachte verlegen. »Er sieht in Ihnen vielleicht nicht nur eine Geliebte, sondern auch die Mutter, die er nie hatte. Wir laufen ja alle mit einem Haufen von Komplexen herum, nicht wahr? Ich persönlich halte nicht viel von der Psychoanalyse, aber ich weiß doch, daß es sehr enge Kausalzusammenhänge zwischen dem gibt, was ein Mensch aus seinem Leben macht, und seiner Erziehung. Oder sagen wir: den Startchancen, die er hatte.«

»Ich bin weder Psychologin noch Sozialarbeiterin, Monsieur Giraudoux! Ich bin eine Hotelkauffrau, der Sie einen Job im Management angeboten haben. Erinnern Sie sich?«

Claire war irritiert. Das Gespräch hatte eine Wendung genommen, die sie verunsicherte. Sie würde später, wenn mehr Zeit wäre, darüber nachdenken, was der kleine Belgier ihr da anvertraut hatte. Aber nicht jetzt.

Monsieur Giraudoux ging sofort auf sie ein. »Und wir hoffen natürlich alle sehr, daß Sie unser Angebot schließlich doch annehmen werden, Madame. Auch wenn Milo mir am Telefon sagte, daß er Sie mitnehmen wollte auf die Caymans Islands. Wußten Sie, daß er dort einen wunderbaren Besitz hat? Es ist das Haus des ehemaligen britischen Gouverneurs, erbaut Ende des neunzehnten Jahrhunders. Ein Paradies.«

Als Claire nichts erwiderte, sagte Monsieur Giraudoux ängstlich: »Oh, bitte, Madame, vielleicht habe ich einen Fehler gemacht. Vielleicht sollte das eine Überraschung sein. Bitte, verraten Sie mich nicht, nein? Sonst hält Milo mich für einen Spielverderber. So etwas kann er ganz und gar nicht leiden.«

Claire schloß die Augen. Sie versuchte, sich ein Gouverneurshaus auf den Caymans Islands vorzustellen und in diesem Haus einen Mann und eine Frau, die aussahen wie Milo und Claire.

Statt dessen huschte immer ein kleiner, lächelnder Belgier durch das Bild...

»Monsieur Giraudoux, welche Beziehung haben Sie eigentlich ganz genau zu Milo? Würden Sie mir das verraten?« fragte sie.

In diesem Augenblick knackte es in der Leitung, und gleich darauf kam das Besetztzeichen.

Claire wollte gerade auflegen, als jemand mit der Monotonie einer Computerstimme sagte: »*Sorry, no connection. Sorry, no connection. Sorry, no*...«

Wütend warf Claire den Hörer auf die Gabel.

Caymans Islands, dachte sie. Wieso ausgerechnet Caymans Islands? Sie hatte eine vage Vorstellung, wo diese Inseln lagen. Mit Sicherheit gab es dort kein Hotel, das zur Gruppe der *Leading Hotels of the World* gehörte. Um sicherzugehen, holte sie den Katalog aus dem Bord. Es gab Hotels auf vielen karibischen Inseln, aber nicht auf den Caymans. Was soll ich dort? dachte Claire. Wie kommt Milo auf den Gedanken, mich dorthin zu schleppen? Sie schlug im Lexikon nach.

»Caymans Islands. 3 flache Koralleninseln im Karib. Meer,

südl. von Kuba, 258 km², 18 000 Einwohner, davon 6 000 in der Hauptstadt Georgetown auf Grand Cayman. Die Bevölkerung besteht zu 20 % aus Schwarzen, 60 % aus Mulatten und 20 % aus Weißen. (Wozu lese ich das alles, dachte Claire, während sie das briefmarkengroße Foto studierte, eine Ansicht des Hafens von Georgetown, der wie jeder andere Hafen einer karibischen Insel aussah. Ich muß Achim anrufen, dachte sie, ich muß wissen, wo er ist. Elf Uhr – und noch kein Lebenszeichen von ihm. Was hat das zu bedeuten?) Kokoskulturen, früher Export lebender Schildkröten. Heute gewinnt der Tourismus wachsende Bedeutung. Interessant auch für Banken und Investment-Firmen, da die Caymans Islands große Steuervorteile bieten.«

Ein Steuerparadies also, dachte Claire. Das paßt zu Monte Carlo. Den Bermudas. Hatte Milo nicht gesagt, er wollte mit ihr den Sommer in Monte Carlo und den Winter in der Karibik verbringen? Aber sie konnte sich nicht erinnern, daß er die Caymans Islands erwähnt hatte. Ob dort auch Geld gewaschen wurde? Ob dort auch die Bosse des Drogenkartells ihre Milliarden horteten? Und Waffenhändler ihre Gewinne aus den illegalen Geschäften anlegten? Aber was machte Milo dort, der Sohn eines Malers, der Nachlaßverwalter eines künstlerischen Besitzes, was hatte so ein Mann auf einer Koralleninsel zu suchen, auf der es ungefähr 4 000 Weiße gab? Ob einer von denen den Namen Morante je gehört hatte?

Ich muß noch einmal mit Ted Burns reden und mit Malcom, dachte Claire. Ich muß herausfinden, ob sie schon einmal auf den Caymans Islands gewesen sind ... Ganz beiläufig muß ich den Namen fallenlassen. Nur nicht zu erkennen geben, daß ich einen Verdacht habe.

Redlich stand plötzlich vor ihrem Schreibtisch. Er legte ihr das *Hamburger Abendblatt* hin. »Seite 2«, sagte er, »lesen Sie mal.« Und warf sich dann in den Besuchersessel. Er schlug die

Beine übereinander, legte die Fingerspitzen wie zum Gebet und studierte ihr Gesicht, während sie las. Es war eine Notiz über das Hotel, Jehudi Menuhin, der berühmte Violinvirtuose, hatte in einem Interview gesagt, daß dieses Hotel seine zweite Heimat geworden sei, daß er sich hier so geborgen fühle, aufgehoben wie im Schoß seiner Mutter.

Claire lächelte glücklich. »Das hört sich hübsch an.«

»Stimmt. Das hätten wir nicht besser formulieren können. Kann man so etwas nicht ausschlachten? Ich meine, kann man eine Notiz an die Agenturen geben?«

»Mit diesem Satz?« Claire runzelte die Stirn. »Finden Sie das nicht ein bißchen dick aufgetragen? Wir waren uns früher immer zu fein, Pressemeldungen überhaupt zur Kenntnis zu nehmen. Das hat auch unseren Stil begründet.« Sie lehnte sich zurück, hob die Schultern und sagte: »Ich würde nichts unternehmen. Schließlich sind wir es gewohnt, daß die Großen hier absteigen und sich fühlen wie in Mutters Schoß.« Sie schaute ihren Chef amüsiert an. »Es scheint Sie besonders zu freuen. Sonst kommen Sie doch nicht wegen einer kleinen Zeitungsmeldung.«

»Es freut mich, weil es Menuhin ist«, sagte Redlich, sich erhebend, »ich mag seine Musik.« Er ging zur Tür, drehte sich noch einmal um. »Ach, übrigens, ich habe Ihren Mann getroffen.«

Alarmiert schaute Claire auf. »Achim?«

»Natürlich. Haben Sie noch einen anderen?« Claires Gesicht wurde blaß unter dem Make-up.

»Raten Sie einmal, wo.«

»Keine Ahnung.«

»Bei Tchibo«, sagte Redlich, »am Stehtisch. Er frühstückte da offensichtlich. Er hatte eine Tasse Kaffee vor sich und eine Bäckertüte mit zwei Croissants.« Er lachte. »Er hat mir eines angeboten, aber ich hab' dankend abgelehnt.« Redlich stoppte. Er schaute Claire zu, die ihren Kugelschreiber wie einen Kreisel auf der Schreibtischplatte drehte.

»Irgend etwas nicht in Ordnung?«

Claire hob den Kopf. Sie hielt seinem Blick stand, wenn auch mit heißem Kopf. »Warum?« fragtre sie. »Alles bestens.«

»Gut, gut.« Redlich streckte abwehrend die Hände aus.

»Ich will mich auch gar nicht einmischen. Ich mische mich nie in die Privatangelegenheiten meiner Mitarbeiter, das maß' ich mir nicht an.« Sein Lächeln war etwas unsicher, vielleicht dachte er gerade an seine Beziehung zu Marion.

»Ich soll Sie übrigens grüßen. Das wollte ich noch sagen. Ich Mann hat mich ausdrücklich gebeten, Sie zu grüßen. Ich hatte den Eindruck ...«

Er zögerte.

»Ja?« sagte Claire.

»Ach, nichts.« Redlich schüttelte den Kopf. »Ich bin ein schlechter Menschenkenner. Ich sollte es gar nicht erst versuchen. Also das mit Menuhin freut Sie, ja?«

Claire nickte. Ihre Kehle war wie ausgetrocknet. Sie fühlte sich außerstande, eine Antwort zu geben. Ungeduldig wartete sie, daß ihr Chef sich verabschiedete. Redlich schloß hinter sich die Tür, wahrscheinlich, weil er annahm, sie könnte dann ihn und Marion nicht hören.

Claire wählte Achims Nummer. Frau Helmer, seine langjährige Sekretärin, meldete sich sofort.

»Ich bin es, Claire«, sagte Claire.

»Ach, Sie!« Frau Helmers Stimme klang überrascht, wie Claire sofort spürte, auch unbehaglich.

»Kann ich meinen Mann sprechen?« Frau Helmer zögerte. »Ihr Mann ist ... ich fürchte ... im Augenblick ...«

»Hat er eine Besprechung?« fragte Claire irritiert. Normalerweise stellte Frau Helmer sie immer durch.

Claire gehörte nicht zu den Frauen, die ihren Mann fünfmal täglich im Büro anriefen, um jede winzige Nachricht sofort weiterzugeben. Sie rief nur an, wenn sie etwas Wichtiges zu sagen hatte oder wenn es um eine Verabredung ging.

»Eine Besprechung...«, stotterte Frau Helmer, »nein... das nicht... ich glaube... er ist gerade aus dem Zimmer... Ich weiß ehrlich gestanden gar nicht, wo er hingegangen ist...«

»Vielleicht könnten Sie das herausfinden. Ich warte solange.« Claire war sich bewußt, daß ihre Stimme zu unfreundlich, zu kühl klang. Aber etwas in Frau Helmers Stimme reizte sie.

»Ich fürchte«, sagte Frau Helmer, »das wird zu lange dauern. Können wir Sie nicht zurückrufen? Sind Sie im Büro? Ich kann Ihrem Mann einen Zettel hinlegen.«

Claire sah ganz deutlich das Vorzimmer von Frau Helmer, dieses von einem Innenarchitekten in Chrom und Glas gestylte Büro mit der halb offenen Schiebetür, die zu Achims *Office* führte (in der Werbebranche sagten sie alle immer *Office*), sie sah ihn, die Füße auf dem Zeichentisch, ein zusammengerolltes Handtuch im Nacken (das brauchte er, wenn er ein Brainstorming einleitete), sah, wie Frau Helmer ihm durch die Schiebetür ein Zeichen gab und wie Achim abwehrend den Kopf schüttelte.

Achim wollte sie nicht sprechen. Achim wollte nicht mit ihr reden, das war ihr plötzlich klar. Achim würde vielleicht auch diese Nacht nicht nach Hause kommen, würde morgen wieder in einer Tchibo-Filiale frühstücken (ausgerechnet er, der Stehimbisse haßte!).

Claire holte tief Luft. »In Ordnung, legen Sie ihm einen Zettel hin. Ich warte dringend auf seinen Anruf.«

»Du wolltest mich sprechen?« Achim rief eine Viertelstunde später an. »Ich war gerade bei Victor. Wir haben die neue

Kampagne durchgerechnet. Tut mir leid, daß ich nicht da war.« Achims Stimme klang freundlich, beinahe zärtlich. »Was gibt es denn Wichtiges?«

»Wo warst du heute nacht?«

Achim lachte. Es war ein leises, gemütliches Lachen, das tief aus dem Bauch kam. Offensichtlich freute er sich über ihre Reaktion. Freute sich, daß es ihm gelungen war, ihre Aufmerksamkeit zu erregen.

»Ich hatte nicht angenommen, daß du mein Fehlen bemerken würdest. Ich hatte abends noch einmal angerufen, aber da hieß es, du seist schon lange weggefahren. Da habe ich angenommen, daß du die Nacht bei deinem Liebhaber verbringen und mich nicht vermissen wirst.«

Claire blieb eine Antwort schuldig. Sie wartete. Sie wußte, Achim würde irgendwann weiterreden. Er würde ihr erzählen, wo er die Nacht verbracht hatte.

»Das Abendessen mit dem Kunden«, sagte Achim, »ist kurzfristig verschoben worden. Deshalb hatte ich angerufen. Ich dachte, vielleicht könnten wir etwas für unser Ehe tun, wenn ich dich ins Petit Delice einlade.« Er lachte. Es klang ein bißchen hysterisch. »Aber dazu war es offensichtlich bereits zu spät. Daraufhin habe ich mich mit Sarah verabredet.«

Es verschlug Claire die Sprache. »Mit Sarah?« rief sie.

»Ja, Liebes. Mit Sarah. Was ist daran so ungewöhnlich? Ich kenne sehr viele Männer, die sich hin und wieder mit ihrer Exfrau zum Abendessen treffen. Sehr viele Männer, die ein durchaus entspanntes, freundschaftliches Verhältnis zu ihren Exfrauen haben.«

»Und dann hast du bei ihr geschlafen«, sagte Claire, »in ihrem Haus. In eurem Haus, sollte ich besser sagen. In dem Haus, das du immer noch finanzierst. Steht das Ehebett noch an der gleichen Stelle? Liegen immer noch zwei Kopfkissen und zwei Daunenbetten da?« Sie stand auf und ging mit dem Telefon in ihrem eigenen Büro auf und ab. »Und? War es schön? Wie ist das, so eine aufgewärmte Liebe? Prickelnd? Oder ist es mehr das Gefühl, in den heimatlichen Hafen einzulaufen?«

Claire wußte nicht, warum sie all das sagte. Warum sie sich so lächerlich machte. Sie verstand nicht, weshalb es sie so aufregte, daß Achim bei Sarah gewesen war. Bei einigem Nachdenken hätte sie darauf kommen können. Es paßte so zu Achim, daß er sich in Augenblicken der Not in vertraute Arme flüchtete. Er wollte sich einfach nur ausruhen.

Oder sie verletzen.

Das hatte er geschafft.

Sie fühlte sich bis ins Innerste getroffen.

Achim hatte ihr zugehört, er schwieg auch, als sie nicht mehr sprach. Claire spürte ihr Herz. Sie wartete, bis es sich beruhigte. Dann sagte sie mit dem nötigen Sarkasmus: »Ich hoffe, es war wenigstens schön.«

»Danke für deine Fürsorge«, sagte Achim, »ich kann dich beruhigen. Es war sogar außerordentlich schön. Friedlich, harmonisch und angenehm.«

Claire warf den Hörer auf die Gabel.

Im gleichen Augenblick läutete das andere Telefon.

»Dr. Mabuse«, flötete Marion verschwörerisch, »unter dem rechten Knöpfchen.«

»Ich wollte nur wissen, ob der Gatte wieder aufgetaucht ist und ob ich eine Chance habe, heute mit der schönsten Frau Hamburgs zu Mittag zu essen.«

»Der Gatte ist wieder aufgetaucht«, sagte Claire und atmete tief, »aber du hast trotzdem eine Chance.«

»Ach«, sagte Milo.

»Genau.«

»Wird es ernst? Tatsächlich?« Milos Stimme klang heiter.

»Das weiß ich nicht«, sagte Claire, »das weiß ich erst, wenn ich mich beruhigt habe. Du rufst ein bißchen zu früh an. Ich bin noch etwas durcheinander. Ich habe eben mit Achim gesprochen. Aber ich möchte eigentlich nicht darüber reden.«

»Tu es trotzdem«, sagte Milo sanft. »Wo ist er denn gewesen? Hat er dir das verraten?«

»Bei Sarah«, sagte Claire. Und in diesem Augenblick fühlte sie eine kalte Wut. »Bei seiner Exfrau. Findest du das nicht geschmacklos?«

Milo lachte leise. »Ich finde es menschlich«, sagte er, »halb eins? Ich kann dich abholen. Wollen wir uns in der Halle treffen?«

»Okay«, sagte Claire und legte auf.

Marion steckte den Kopf durch die Tür. »Schon wieder der Boß«, sagte sie. »Er möchte, daß Sie sofort in sein Büro kommen.«

»Ich habe eine Verabredung«, sagte Claire. »Ich gehe später zu ihm.«

»Das würde ich mir an Ihrer Stelle überlegen.« Marion trat nah an den Schreibtisch heran. »Er ist stinksauer«, flüsterte sie. »Aber ich hab' keine Ahnung, wieso. Vorhin war er doch noch ganz fröhlich!«

Claire zog die Augenbrauen zusammen. »In Ordnung, dann gehe ich jetzt gleich.«

Redlich lief in seinem Büro auf und ab, die Hände auf dem Rücken gegeneinanderschlagend. Als Claire den Raum betrat, wirbelte er herum und starrte sie mit hochrotem Gesicht an. »Das ist eine Ungeheuerlichkeit!« rief er. »Das ist geradezu infam!«

Claire kam näher. Sie lächelte höflich. »Sie meinen hoffentlich nicht mich. Marion hat mich schon gewarnt, daß Sie wütend sind.«

Redlich nickte. Er atmete schwer. »Ich könnte Sie sofort an die Luft setzen«, sagte er mit zusammengepreßten Zähnen. »Fristlos.«

»Mich?« fragte Claire verblüfft.

»Ja. Sie. Sie haben auf eine unentschuldbare Weise mein Vertrauen und das Vertrauen dieses Hotels mißbraucht! Sie reisen nach London, um interne Daten dieses Hotels an unsere Konkurrenz weiterzugeben, um die Kontakte, die Sie durch uns machen konnten, für andere zu nutzen. Sie haben sich mit einer fadenscheinigen Erklärung vom Dienst abgemeldet, um heimlich in London Ihren anderen Geschäften nachzugehen! Es macht mich fassungslos, daß ich so naiv sein konnte, Sie für loyal und diskret zu halten.« Er schlug sich an die Stirn. »Wie konnte ich! Wie konnte ich Ihnen vertrauen.«

Claire hatte sich vorsichtig auf eine Stuhlkante gesetzt. Ihr Herz schlug heftig. Sie spürte, wie die Hitze ihr in den Kopf stieg. Ihr Mut reichte nur noch, um Redlich in die Augen zu sehen. Eine Erklärung fiel ihr nicht ein.

»Sie schweigen!« rief Redlich. »Natürlich schweigen Sie! Sie hätten auch weiter geschwiegen und Ihr doppeltes Spiel getrieben, wenn ich nicht...«

»Es war kein doppeltes Spiel«, sagte Claire, mühsam gefaßt. »Es gab nur ein einziges Gespräch. Nur zum Kennenlernen. Man wollte mir ein Angebot machen. Aber ich habe weder ja noch nein gesagt.«

»Ein Angebot!« Redlich lachte grimmig. »Ich kann mir wohl denken, was für ein Angebot das war! Frau Uhde-Westhoff, ich möchte, daß Sie meine offizielle Abmahnung zur Kenntnis nehmen, ich werde daher ein Memorandum verfassen, ich behalte mir vor, weitere Schritte zu unternehmen. Frau Uhde-Westhoff, ich bedauere das außerordentlich, aber unser Vertrauensverhältnis ist zerrüttet. Ich kann Ihnen hier und heute nicht sagen, ob eine weitere Zusammenarbeit zwischen uns überhaupt möglich ist. Danke, das war alles. Sie können gehen.«

Claire erhob sich mit zitternden Knien. »Heute ist nicht mein Glückstag«, sagte sie leise, wie zu sich selbst.

In der Tür drehte sich Claire noch einmal um.

»Darf ich eine einzige Frage stellen?«

Redlich nickte knapp.

»Wer hat Sie über meine Reise nach London informiert?« Redlich hob den Kopf. »Sie haben Ihre Geheimnisse, Frau Uhde-Westhoff. Und ich habe meine. Ich sage Ihnen nur soviel: Ich habe einen Anruf bekommen. Von jemandem, der absolut vertrauenswürdig ist. Ich habe nicht den geringsten Zweifel an seiner Darstellung. Das, was er mir erzählte, schreit geradezu nach eine Kündigung.«

Claire dachte nach. Ihr Kopf war ein Karussell.

Plötzlich fragte sie: »Marcel Giraudoux?«

Redlich zeigte keine Regung. Er hob nur die Schultern und wandte sich wieder seinem Schreibtisch zu.

Benommen verließ Claire den Raum.

Erst später fiel ihr ein, daß Malcom vielleicht immer noch in der Halle arbeitete. Oder falls er seine Scheinwerfer bereits woanders aufgebaut hatte, war es immerhin möglich, daß Malcom in der Halle saß, sich die Leute anschaute, Zeitungen las oder Notizen machte.

Sie fragte sich, ob Milo daran gedacht hatte oder ob es ihm gleichgültig war. Milo hatte ihre Anspielungen überhaupt nicht ernst genommen.

Auch das Gespräch, das Claire mit Giraudoux geführt hatte, kam ihr plötzlich kindisch vor. In was hatte sie sich da eigentlich verrannt?

Was bedeuteten diese Hinweise von zwei aufgeblasenen

Journalisten eigentlich angesichts der Tatsache, daß Achim die Nacht mit seiner Exfrau verbracht hatte?

Vor dem Spiegel im Waschraum richtete Claire ihre Frisur. Wie immer, wenn sie nervös oder überanstrengt war, luden sich ihre Haare elektrisch auf. Es ließ sich überhaupt keine Frisur gestalten. Wütend schleuderte Claire den Kamm in die Handtasche und schraubte den Lippenstift auf, der abbrach, als sie die Konturen nachziehen wollte. Wie Sarah wohl triumphiert hatte? O ja, da wußte Claire schon, daß Sarah ihr in manchen Dingen überlegen war. Sarah duftete nach Heimchen, sie hatte diesen Frauchengeruch, gemischt aus selbstgemachter Marmelade und Rosenknospen, die man zum Trocknen auf der Kommode ausbreitete. Und wahrscheinlich roch die Bettwäsche nach Lavendel. Sarah gehörte zu den Frauen, die kleine, mit provenzalischen Kräutern gefüllte Leinensäckchen in den Wäscheschrank legten. An Sommertagen wurden die Daunenbetten aus dem Fenster gehängt. Und abends tanzten die Glühwürmchen auf der Terrasse. Das wußte sie genau, das hatte Achim ihr einmal erzählt, daß zu seinen schönsten Erinnerungen an diese Ehe die Glühwürmchensommerabende gehörten, die sie in den Korbschaukelstühlen von Sarahs Tante verbrachten. Mit Rotwein, Käse und natürlich Mozart. Mozart hatte es auch in der ersten Ehe gegeben. Barfuß hatte Achim an Sommerabenden auf der Terrasse gesessen, auch das hatte sie sich anhören müssen. Und die Katze, die das traute Paar umschnurrte. Warum, verdammt noch mal, hatte er Sarah überhaupt verlassen? Glühwürmchenterrassen und Lavendelbetten verläßt man doch nicht!

Claire schob ihre Seidenbluse in den Rockbund und stellte den Gürtel ein Loch enger. Sie prüfte den Sitz ihres Kostüms. Redlich schmeißt mich nicht raus, dachte sie. Den Fehler macht er nicht. Ich bin eine Klassefrau für diesen Laden. Die beste, die er haben kann.

Sie öffnete die Handtasche, kontrollierte, ob die Pistole noch an ihrem Platz war, und atmete tief durch. Ganz plötzlich überkam sie eine große Ruhe.

Als Claire die Halle betrat, wartete Milo bereits. Die Scheinwerfer und Stative waren abgebaut, von Malcom Gott sei Dank keine Spur.

Milo eilte mit ausgebreiteten Armen auf sie zu, umfing sie, drehte sie herum und küßte sie. Rechte Wange, linke Wange, Lippen. Claire sah aus den Augenwinkeln, daß der Liftboy feixte und der Portier seine Brille zurechtrückte, um besser zu sehen.

»Milo, ich fliege hier raus«, flüsterte Claire. »Redlich hat es mir eben gesagt.«

»Um so besser!« sagte Milo fröhlich. Er führte sie am Ellenbogen, nach allen Seiten freundlich grüßend, zum Ausgang.

Als sie die Stufen hinuntergingen, auf dem roten Teppichläufer, in den blaue Lilien eingewebt waren, als der Wagenmeister die Hand grüßend an die Mütze legte und gleichzeitig die Tür des Taxis öffnete, das vor dem Hotel hielt, war klar, daß eine Katastrophe bevorstand.

Im Taxi saß Achim. Er wartete noch auf das Wechselgeld, das der Chauffeur herausgeben sollte. Aber er entdeckte Claire im gleichen Augenblick, als sie ihn sah.

Claire blieb wie erstarrt stehen.

»Hoppla«, sagte Milo, »etwas passiert?« Er hielt ihren Ellenbogen fest, auch dann noch, als Claire sich ganz offensichtlich Mühe gab, sich zu befreien. »Das ist mein Mann«, sagte Claire leise.

Milo pfiff durch die Zähne. Er fixierte Achim. Achim erwiderte den Blick, während er achtlos das Geld in die Jackentasche gleiten ließ. Er hatte bereits einen Fuß auf den Bürgersteig gesetzt.

Er war schneeweiß. »Ich wollte gerade zu dir«, sagte er.

Claire nickte. Sie schluckte. Sie zerrte an dem Arm, den Milo unerbittlich festhielt. »Ich ... wie du siehst ...«

Sie machte eine hilflose Geste zu Milo hin.

Milo verbeugte sich. Tief. Schwerwiegend.

Wie ein Kugelblitz raste ein Schmerz durch ihren Kopf. Claire glaubte, er würde zerspringen. »Bitte, laß mich los, Milo«, flüsterte sie.

»Aber nein, warum denn?« sagte Milo. Er bewegte seine Lippen kaum. Claire war sicher, daß Achim ihn nicht verstanden hatte. »Jetzt mußt du noch einmal stark sein. Dann ist es überstanden.«

Achim stieg aus. Er kam zwei Schritte auf die beiden zu. Claire entdeckte feine Schweißperlen auf seiner Stirn. Die Krawatte saß schief. Die Kragenenden waren umgebogen. Sie hatte ihn noch nie so gesehen. Immerhin war er rasiert. Ob Sarah noch seinen alten Rasierapparat aufbewahrte?

»Ich möchte mit dir reden«, sagte Achim mit fester Stimme. Er trat mutig einen Schritt vor. »Lassen Sie meine Frau los.«

Milos Hand jedoch hielt sie wie ein Schraubstock. Er schob Claire mit eiserner Gewalt vor sich her, auf das Taxi zu. Die Wagentüren waren immer noch geöffnet, der Fahrer blickte ihnen erwartungsvoll entgegen. Er hielt sie ganz offenbar für seine nächsten Kunden.

Claire wandte sich zurück und schaute in Achims Gesicht. Das ist ein Film, dachte sie. Achims Gesicht war ganz weiß. Die Lippen blutleer. Seine weichen Lippen. Jetzt zitterten sie. Sahen spröde aus. Einmal gab es eine Zeit, wo sie sich gern von diesen Lippen berühren ließ. Du küßt so gut, hatte sie ihm ins Ohr geflüstert, damals, nach der ersten Liebesnacht, und später immer wieder. Ich fühle mit den Lippen besser als mit den Fingerkuppen, hatte er geantwortet. Und, weil sie es unbedingt hatte wissen wollen, zugegeben, daß auch Sarah seine Lippen immer wunderbar gefunden hatte. Sie hatte, nachdem sie von Achim verlassen worden war, nie einen anderen Mann mehr angerührt. Behauptete Iris.

»Komm«, zischte Milo, »schnell.«

Aber Claire zögerte. Ihre Augen tasteten sich über Achims Gesicht, die bleiche, feuchte Stirn. Sie versuchte zu verstehen, sie wollte begreifen, was passierte.

»Und warum hast du nicht bei ihr gefrühstückt?« rief sie. »Wieso nicht?«

Milo stöhnte. Er schob sie. Er hatte seine andere Hand gegen ihre Schulter gelegt. Gehorsam beugte sie das Knie, zog den Kopf ein. Sie wußte nicht, warum sie das tat. Sie drehte sich schon wieder zu Achim um, der mit zwei Schritten am Auto war.

Er hatte den Blick eines Hypnotiseurs. Er war aufgeregt, sie spürte das, sie kannte ihn, sie hatte sieben Jahre mit ihm gelebt, kannte seinen Atem, wenn er Alpträume hatte, sein Lächeln, wenn er mit einer schlechten Nachricht aus dem Office kam, seine Angst vor unangenehmen Telefonaten. Er schrieb lieber Briefe, statt den Leuten die Meinung ins Gesicht zu sagen, er war nicht mutig. Aber er war rücksichtsvoll. Sein Gesicht war ganz verkrampft, wie von einem ungeheuren Schmerz zusammengezogen. »Ich konnte nicht«, sagte er eindringlich. »Ich konnte doch nicht mit ihr frühstücken.«

Milo schlug die Wagentür zu und sprang auf den Beifahrersitz. »Fahren Sie, Mann!« rief er. »So fahren Sie doch endlich!«

Der Fahrer musterte ihn, nickte schließlich und gab Gas. Claire bemerkte seinen forschenden Blick im Rückspiegel. Der Fahrer fragte nicht nach dem Weg, er fuhr einfach, bis Milo, der vorn auf dem Beifahrersitz saß, sagte: »Bei der nächsten Ampel rechts.«

Claire schloß die Augen. Aber es half nichts. Sie sah immer Achims Gesicht. Dieses Flehen in seinem Blick, diese unglaublich rührende Geste, mit der er seine Arme nach ihr ausgestreckt hatte ...

Claire beugte sich vor. »Drehen Sie um«, sagte sie zum Chauffeur. »Ich möchte zurück. Bitte, drehen Sie um.«

Der Chauffeur hob den Kopf, um sie besser im Rückspiegel zu betrachten. »Das ist eine Einbahnstraße hier.«

»Dann lassen Sie mich aussteigen.« Claire rutschte zur Seite. »Ich möchte hier raus, bitte halten Sie an.«

Milo rührte sich nicht. »Fahren Sie weiter«, sagte er, »hören Sie nicht auf das, was sie sagt. Sie ist durcheinander. Fahren Sie einfach weiter, wie ich Ihnen sage. Nächste rechts und dann wieder links, bei der Commerzbank.«

Ein Film, dachte Claire. Wie bin ich in diesen verdammten Film geraten?

»Milo! Ich will aussteigen!« schrie sie. Sie trommelte mit den Fäusten auf seine Schultern, bis er sich endlich zu ihr umdrehte.

Er schaute sie an mit einem leichten zärtlichen Lächeln. Er wirkte ganz ruhig. Ganz gefaßt. Als sei das, was sie eben erlebt hatte, nur ein ein böser Traum gewesen.

»Du kannst jetzt nicht aufgeben, Liebling«, sagt er sanft, »jetzt, wo du es fast geschafft hast. Er muß wissen, daß du ihm nicht mehr gehörst. Er ist offenbar der Typ, der es auf schmerzhafte Weise erfahren muß. Er wird sich beruhigen, Liebes. Er wird sich in die Arme seiner Exfrau flüchten und sich von ihr trösten lassen.«

Milo streichelte Claires Wange. »Sag bloß, du hast ein schlechtes Gewissen.« Seine Augen blickten sie amüsiert, fast ein bißchen erheitert an. »Du mußt kein schlechtes Gewissen haben, Claire. Es passiert millionenmal täglich auf der Welt, daß ein Mensch einen anderen verläßt. Millionenmal.«

»Das tröstet mich nicht«, sagte Claire und ließ sich in das Auto zurückfallen.

Milo wollte mit ihr in das portugiesische Restaurant am Hafen fahren, an den Ort, wo ihre Geschichte begonnen hatte. Sie spürte, daß er etwas von diesem geheimnisvollen Magnetismus, der sie damals aneinandergebunden hatte, heraufbeschwören wollte. Während sie apathisch dasaß und hinter jedem Fenster der tristen Altonaer Mietshäuser immer nur Achims bleiches Gesicht zu sehen glaubte, saß Milo gespannt und erwartungsvoll vorn neben dem Fahrer, voller Ungeduld, das Ziel zu erreichen, den Ort der Verschwörung.

Als sie ausgestiegen waren und Milo sie fürsorglich zwischen zwei umgekippten Mülltonnen hindurchführte, sorgsam darauf bedacht, daß ihre Füße nicht auf irgendwelchen Unrat traten, sagte Claire plötzlich: »Ich bin nicht so stark, wie du denkst, Milo. Ich muß in meinem Beruf jeden Tag so viele Entscheidungen treffen, das kann ich im Privaten nicht.«

Er führte sie über die Straße.

»Ich hab' Achim weh getan, und das bringt mich völlig durcheinander«, sagte sie. »Ich bin müde.«

Milo nahm ihre Hand zwischen seine warmen Finger und preßte sie an die Lippen. Ein Junge mit Baseballmütze auf dem Kopf umkreiste sie mit seinem BMX-Rad.

»Was du erst einmal brauchst, ist ein Vinho Verde und etwas zu essen. Dann rufen wir in deinem Büro an und sagen, daß du krank bist.«

Claire blieb stehen, um den Jungen auf dem Rad vorbeizulassen. »Aber ich bin nicht krank, Milo. Ich werde ins Büro gehen.«

Milo sagte »Hoppla«, als sie gegen die Bordsteinkante stieß. Claire wäre beinahe gestolpert.

Dann sagte er: »Mach dir keine Sorgen, Chérie. Bald ist alles überstanden.«

»Wie meinst du das?«

Aber Milo gab keine Antwort. Die schwarze Tür zum Eingang des Kellerrestaurants war geöffnet. Der Kellner lehnte an der Tür. Als er Milo erkannt hatte, winkte er und rief gleichzeitig etwas in das Lokal.

Claire ließ sich die Treppe hinunterführen.

Der Kellner verbeugte sich vor Claire. Zu Milo sagte er: »Joaquim weiß schon Bescheid.«

Augenblicklich tauchte der Mann auf, den Claire vollkommen vergessen hatte. Der Kellner mit der wachsbleichen Haut und den glühenden Augen, mit diesen schmalen, hängenden Schultern und dem beinah schlurfenden Gang. Sein Gesicht verzog sich zu einer Art Lächeln, als er die beiden begrüßte. Im Vorbeigehen nahm er zwei Speisekarten und wandte sich dann um, um sie zu ihrem Platz zu führen. Claire versuchte, sich an das zu erinnern, was Milo ihr damals über Joaquim erzählt hatte. Es hatte etwas mit dessen Frau zu tun. Und mit seinem Vater. Eine unglaubliche Geschichte über einen Maler und sein Modell, eine perverse, bizarre Geschichte, an die sie sich aber nicht wirklich erinnerte. Sie ließ sich willenlos von Milo führen. Plötzlich ließ er ihre Hand los. Seine Schultern spannten sich. Claire folgte seinem Blick.

An einem der Erkertische, unter dem vergitterten Fenster, das zur Straße hinausging, saßen Ted und Malcom. Die beiden prosteten ihnen zu.

Claire erwiderte den Gruß mit einem gequälten Lächeln. Milo jedoch nickte nur streng und steuerte auf einen Tisch zu, der möglichst weit entfernt war. Joaquim, der ihnen einen viel besseren Platz zugedacht hatte, schaute sich erstaunt um.

Als er zu ihnen trat, hatten Claire und Milo sich schon gesetzt. Milo zischte Joaquim etwas auf portugiesisch zu, Joaquim wandte sich um, um die beiden Amerikaner zu betrachten, die ungeniert herüberschauten. Dann hob er die Schultern und sagte: »Ich kenne sie nicht.«

Claire lächelte versöhnlich. Die beiden störten sie nicht besonders. Was konnten sie hier schon erfahren? Daß Milo und sie eine Beziehung miteinander hatten, wußten sie ohnehin.

»Ein Zufall«, sagte Claire gleichmütig, »das passiert immer wieder.«

»Solche Zufälle gibt es nicht«, sagte Milo zornig, »die beiden Typen fallen mir auf die Nerven. Was wollen Sie von dir?«

»Von mir wollen sie nichts«, sagte Claire, »eher von dir. Heute morgen hat Malcom mich gefragt, ob du einmal auf den Caymans Islands warst.«

Claire war sich bewußt, daß es so nicht stimmte, aber es stimmte dann plötzlich doch, wie sie an Milos Reaktion bemerkte. Milo straffte sich, sein Gesicht wurde ganz schmal. Seine Lippen verdünnten sich zu einem Strich: »Die Caymans Islands?«

Joaquim brachte den Wein, entkorkte ihn am Tisch und erzählte Milo dabei etwas in dieser Sprache, von der Claire immer noch nicht genau wußte, ob es Portugiesisch war. Vielleicht Katalan? Oder ein Dialekt, den sie auf einer dieser Inseln sprachen, die früher einmal portugiesische Kolonie gewesen waren? Die Caymans Islands jedenfalls, dachte Claire, während sie Malcom und Ted freundlich zulächelte, waren immer britisch gewesen.

»Wenn ich ihn verlasse, wird Achim zu Sarah zurückgehen«, sagte Claire. Sie hatte sehr hastig zwei Gläser Wein getrunken und von dem Fladenbrot große Stücke abgebrochen, bevor Joaquim die Teller mit Olivenpaste und den marinierten Sardellen brachte. »Den Gedanken finde ich irgendwie schrecklich.«

»Warum?« fragte Milo.

»Ich weiß nicht. Es ist eine Niederlage. Für mich. Ich kann

es nicht genau erklären.« Claire hielt ihm ihr Glas hin, und Milo schenkte wieder ein. Dabei berührten seine Fingerspitzen ihre Hand. Er schaute ihr in die Augen, als wolle er sie hypnotisieren, als wolle er Achim aus ihren Gedanken verbannen, in ihrem Kopf auslöschen. Claire zog das Glas zurück.

»Wenn er so schnell zu Sarah zurückkehrt, so schnell«, sie schüttelte den Kopf, »dann frage ich mich: Was war denn mit uns? Hat das gar keine Bedeutung gehabt? Hat er das vielleicht überhaupt nicht schön gefunden, unser Leben?« Sie trank. Sie nahm mit den Fingern eine schlüpfrige, silberne Sardelle und schob sie in den Mund. Sie spürte einen Fetttropfen im Mundwinkel, aber entfernte ihn nicht. »Dieses Haus im Grünen. Dieses Haus in der Vorstadt. Ein verwilderter Garten, eine verfressene Katze, ein Dach, das alle drei Jahre repariert werden muß. Am Haus führt ein Bach vorbei, in den eine Reinigungsfirma jahrelang unentdeckt ihre Abwässer geleitet hat.« Sie schaute Milo an: »Kann man Sehnsucht nach so einem Ort haben, Milo?«

Milo nahm die Serviette und tupfte den Fettfleck aus ihrem Mundwinkel. »Nicht danach«, sagte er, »aber nach dem Gefühl, das mit diesem Haus verbunden ist.« Claire versuchte zu verstehen, was er meinte. »Ich habe auch nach manchen Dingen Sehnsucht«, sagte Milo plötzlich, »manchmal zerreißt es mir das Herz, daß es Plätze gibt, an die ich nicht zurückkann.«

Claire schaute ihn an. Sie hatte Mühe, sich auf Milos Gefühle einzulassen. Sie war noch viel zu sehr mit Achim beschäftigt. Gerade hatte sie sich vorgestellt, wie Achim und Sarah in diesem Wohnzimmer in dem Vorstadthäuschen über einem Patiencespiel saßen und sich langweilten.

Sie runzelte die Stirn. »Welchen Ort meinst du? Das Atelier deines Vaters?«

Milo schüttelte den Kopf. Er nahm ihre Hand. »Wenn wir erst einmal hier weg sind«, sagte er, »muß ich dir viel erzählen. Eine lange Geschichte.« Er lächelte. »Du wirst einen Roman daraus machen, das weiß ich, einen spannenden Roman, es wird ein Bestseller werden. Nur meinen Namen müssen wir verändern«, er lachte, »aber Namen haben sowieso keine Bedeutung.«

»Nein?« fragte Claire verblüfft. »Auch nicht für jemanden, der den Namen eines berühmten Malers trägt? Paloma Picasso denkt darüber gewiß ganz anders.«

»Paloma Picasso!« Milo lächelte spöttisch. »Die Neurosen dieser Frau sind nicht meine. Im Grunde interessiert mich weder, wie sie das Über-Ich ihres genialen Vaters bekämpft, noch wie sie mit den Millionen umgeht, die sie geerbt hat.«

»Und dein Vater?« fragte Claire. »Dein Über-Ich?«

Milo wischte mit der Serviette die Brotkrümel vom Tischtuch. »Das ist etwas anderes.«

»Was ist daran anders? Ihr beide habt einen berühmten Vater, einen Vater, unter dem ihr gelitten und den ihr gleichzeitig bewundert habt. Und ihr lebt beide von seinem Geld.«

Milo schaute sie an. Lange, während die rechte Hand immer noch imaginäre Brotkrümel vom Tisch wischte. »Erinnerst du dich an diese alte Dame, die im Flugzeug hinter uns gesessen hat? An die hysterische Frau in dem roten Wollcape?«

Claire runzelte die Stirn. Sie versuchte, sich zu erinnern. Das einzige, was ihr immer wieder einfiel, war die Verblüffung über das plötzliche Auftauchen von Milo. Ihre unbändige Freude, ihn plötzlich zu entdecken, wie er aus dem Bus gestiegen war und die Flugzeugtreppe hochgestürmt kam ...

»Sie saß hinter uns«, sagte Milo eindringlich, »links hinter uns. Beim Aussteigen hat sie mich plötzlich angesprochen.«

Ah, jetzt erinnerte Claire sich. Diese Frau mit der großen

Sonnenbrille, die sich wie eine Diva benommen hatte und den Steward herumkommandiert hatte, als sei er ihr Lakai ... was hatte sie noch beim Aussteigen gesagt? Etwas, das sie verwirrt hatte. So sehr, daß sie es offenbar sofort verdrängen mußte ... Der Bügel ihre Handtasche hatte sich irgendwie hinter Milos Sitz verhakt ... und dann hatte sie Milo erkannt. Sie hatte die Brille abgenommen und ihm ins Gesicht gestarrt und dann seinen Namen gerufen.

»Vaclav«, Claire runzelte die Stirn, »sie hat dich Vaclav genannt... ja, genau. Wie der Schriftsteller, der jetzt Präsident in der Tschechoslowakei ist... und dann hat sie gesagt...« Claire warf einen Blick auf die Amerikaner, die ihnen aber keine Beachtung mehr schenkten, sondern ihre Köpfe über einem Stapel Papiere zusammengesteckt hatten. »Dürfen Sie denn überhaupt nach Großbritannien einreisen?« Sie schluckte. »Warum hat sie das gesagt, Milo?«

»Weil es wahr ist. Mein Name ist Vaclav Horaček.«

Claire fühlte ihre Unterarme plötzlich bleischwer auf dem Tisch. Sie wollte das nicht hören. Wollte aufstehen, weggehen. Die Nähe der beiden Amerikaner wirkte auf einmal bedrohlich. Milos Lächeln, das beruhigen sollte, bewirkte genau das Gegenteil.

»Aber ... aber wieso denn?« flüsterte sie. Sie war der Verzweiflung nahe. »Ich denke, du bist der Sohn von Morante.«

»Vergiß Morante«, sagte Milo, »mach nicht so ein verängstigtes Gesicht. Du siehst auf einmal ganz verloren aus. Wie ein kleines Mädchen, das bis eben noch an die Märchenfee geglaubt hat.«

Er wollte ihr Wange streicheln, aber Claire bog den Kopf zur Seite. »Du bist nicht Milo?« fragte sie. »Du bist nicht Morantes Sohn?«

»Vergiß ihn. Vergiß diesen Sohn. Er lebt irgendwo in einer

Heilanstalt an der jugoslawischen Grenze. Er ist längst entmündigt. Ein Verrückter. Ein armes Schwein. Das Opfer seines Vaters, der auch ein Verrückter war. Die hätte man beide einsperren sollen. Vater und Sohn. Morante war auch einmal eingesperrt. In einem Hospital in Graz. Aber dann ist die Abteilung aufgelöst worden, und er kam wieder raus. Hat als Streckenwärter bei der Bahn gearbeitet. Vergiß ihn. Er ist nicht wirklich wichtig.«

»Aber Giraudoux hat gesagt...« Claire schwieg verwirrt.

»Was hat Giraudoux gesagt?«

»Ich habe ihn gefragt, ob du Morantes Sohn bist. Und er hat gesagt: Aber selbstverständlich. Sie können alles über ihn nachlesen, in den Kunstbüchern, in den Museumskatalogen. Warum hat er das gesagt?«

»Weil es wahr ist.« Milo grinste. »Die Texte in den Katalogen sind ein klassisches Beispiel von Produktmanagement. Du solltest das zu schätzen wissen, Chérie. Wir haben aus einem Nobody einen internationalen Künstler gemacht.«

»Warum?«

»Wir haben ihn gebraucht. Ich brauchte eine Biographie, die mir das Entree zu wichtigen Leuten verschaffte. In der Tschechoslowakei, aber auch in England und Amerika. Ich mußte einflußreiche Leute kennenlernen. Einen Background haben, den man nicht verfolgen konnte. Verstehst du das nicht?«

»Nein«, sagte Claire.

»Morantes Bilder sind die Leinwand nicht wert, die er bemalt hat. Eines Tages, wenn die Kunstszene aus ihrem Koma erwacht und die ganze Hysterie vorbei ist, werden die Fachleute das erkennen.« Milo lachte vergnügt. »Das wird ein großes Zähneklappern geben. Und ich sage dir eines: Morante ist nicht der einzige Scharlatan, den sie auf diese Weise enttarnen werden.«

»Und Sheila?« fragte Claire. »Und die zehntausend Pfund?«

»Sheila hat immer geahnt, daß die Bilder nichts taugen. Ebenso wie Joaquims Frau, die Morante mit alten Bildern bezahlte, wenn er sie als Aktmodell für die neuen Bilder brauchte. Ich habe ihnen die Bilder abgekauft.« Er lächelte Claire zu. »Zu einem guten Preis. Ich habe niemanden übers Ohr gehauen, verstehst du. Deshalb ist Joaquim mir auch so dankbar. Er hat mich auf die Spur zu den anderen Bildern gebracht, die Morante irgendwo gelassen hatte. Ein paar bei dem Lebensmittelhändler in der Steiermark, bei dem er das Bier und die Dauerwürste anschreiben ließ, bis eine astronomische Rechnung entstand, ein paar bei seinem Arzt, einem Hochstapler, der nie promoviert hatte und trotzdem einen Doktortitel trug. Der Arzt war wahrscheinlich der einzige, der Morante für ein Genie gehalten hat. Ich mußte ihm viel Geld bezahlen. Sehr viel Geld.« Er lachte. »Aber nur ein Bruchteil von dem, was die Bilder einbrachten, nachdem ich aus Morante einen großen Künstler gemacht hatte. Sheila hatte immer wieder versucht, von dem Erlös der Bilder zu leben. Wenigstens das Futter für ihre Hunde wollte sie mit den Bildern bezahlen können. Aber nicht einmal das hat funktioniert. Dabei war es das einzige, was Sheila nach Morantes Tod aus der Hütte mitnehmen konnte. Der einzige Besitz. Nachher haben die Gendarmen einfach ein Streichholz auf den Haufen Müll geworfen, der mitten in der Stube aufgeschichtet war. Eine Stichflamme – und alles war Asche. Alles.«

Er lachte. »Ideal, nicht? Die Polizei selbst hat alle Indizien und Spuren vernichtet.«

Claire erinnerte sich, daß Sheila erzählte, sie wäre mit den Bildern von einer Galerie zur anderen getingelt, und niemand habe sich dafür interessiert ...

»Aber die Galerie hier in Eppendorf? Diese Vernissage, bei der wir uns kennengelernt haben?«

»Die haben Geld bekommen, ziemlich viel Geld. Die Galeriebesitzerin ist nicht ungeschickt, sie hat viele wichtige Kontakte zur Presse, kann ihre Sachen gescheit verkaufen. Und der Zahnarzt, bei dem die Bilder dann schließlich in der neu gestylten Altbauwohnung hängen, der hat doch sowieso keine Ahnung. Da muß doch niemand Skrupel haben ...«

Milo nahm Joaquim die neue Flasche, aus der er eben eingießen wollte, aus der Hand. Er schenkte Claires Glas randvoll. »Meine Arbeit ist beendet. Der Auftrag erfüllt. Das letzte, was getan werden mußte, war, Sheila die Bilder wegzunehmen. Falls irgend jemand auf die Idee kommt, die Spuren zu verfolgen ... verstehst du?«

Claire schüttelte benommen den Kopf. »Nicht ein Wort. Von welchem Auftrag redest du?«

»Von Geschäften«, sagte Milo trocken. »Geschäften, die nicht an die Öffentlichkeit sollten. Mit den damaligen kommunistischen Regierungen und dem Westen. Natürlich auch den Arabern. Ich habe sehr gute Geschäfte mit den Arabern gemacht. Ausgezeichnete Geschäfte. Sie wollten von mir nur die Garantie, daß ich nie mit den Israelis einen Deal mache. Das war einfach. Das Papier konnte ich sofort unterschreiben.«

»Was für Geschäfte?« fragte Claire. Ihre Hände stützten den Kopf, den sie fast nicht mehr halten konnte, während Milo immer aufgeräumter wurde. Seine Gesten wurden ausladender, unbekümmerter. Das Lächeln hatte beinah seine Augen erreicht. Claire schien es plötzlich, als wenn auch das Zucken der linken Gesichtshälfte weicher wurde.

»Was glaubst du«, fragte Milo, »wie diese bankrotten, maroden Regierungen von Rumänien, Ungarn, der Tschechoslowakei und der DDR sich noch halten konnten, als ihr Staat finanziell schon am Boden war? Sie haben alles verscherbelt, was dem Volk gehörte. Die Kunstschätze, ganze Magazine aus Museen in Bukarest und Budapest, in Dresden und Prag habe ich verkauft. An die Amis. An die Engländer. Japaner. Saudis. Eines Tages wird das alles ans Licht kommen. Da wird das Volk sich die Augen reiben und sich fragen: Und unsere Kunstschätze? Wo sind sie? Es wird nicht mehr lange dauern, im Augenblick haben alle noch zuviel mit anderen Dingen zu tun ...«

Er zögerte. Er warf Claire einen forschenden Blick zu, als frage er sich plötzlich, wie sie wohl mit seinen Eröffnungen fertig würde. »Ich habe gut verdient, Chérie«, sagte er, »sehr gut sogar. Wir haben sogar eine Bank gegründet, um unsere Geschäfte besser abwickeln zu können. Ich habe auch noch an dieser Bank verdient. Und mit dem Geld habe ich mir einen Traum erfüllt. Weg von Europa, wo es eines Tages gefährlich werden könnte für mich. Weg von England, von Amerika, wo es ein paar Leute gibt, die mir das große Geschäft geneidet haben. Ich habe mir ein Haus gekauft. Auf einem Hügel, eine ehemalige Zuckerrohrplantage. Mit einem Herrenhaus. Greathouse nennt man es da. Später hat ein englischer Gouverneur dort gelebt. Wunderbar, sage ich dir. Neunundzwanzig Zimmer. Die Fensterläden aus Mahagoni. Und ein Koch, der kreolisch kocht. Ein Badehaus am Strand. Und ein Platz, an dem du arbeiten kannst, Chérie. Ich sitze in einem Schaukelstuhl aus Peddigrohr und schaue dir zu, meiner schönen Claire, die eine Schriftstellerin geworden ist.«

Milo wirkte so heiter, als sei ihm plötzlich eine Last von den Schultern genommen. Claire saß ihm gegenüber, ihre Füße steckten in Eisenschuhen, ihre bleischweren Arme waren auf den Tisch gestützt, zu keiner Bewegung mehr fähig.

Claire sah, daß die beiden Amerikaner den Kellner mit einer Handbewegung um die Rechnung baten. Sie schauten jetzt zu ihnen herüber. Aber Claire stützte ihr Gesicht so in die Hände, daß es gegen die neugierigen Blicke der beiden abgeschirmt war.

»Ich verstehe das nicht«, murmelte sie.

»Warum verstehst du das nicht?«

»Warum du mir das alles erzählst. Warum jetzt? Ausgerechnet heute, warum?«

Milos Gesicht zuckte. Er griff hastig nach der Serviette und wischte den Mund.

»Irgendwann kommt ein Augenblick«, sagte er, »da ist es genug. Da mag man nicht mehr.«

»Was mag man nicht mehr?« fragte Claire sanft.

»Nicht mehr lügen, nehme ich an. Sich nicht mehr verstellen.«

Milo räusperte sich. Er beugte sich vor. »Ich möchte dich bitten, mit mir zu kommen, Claire. Wir werden das alles hierlassen. So, wie es ist. Keiner wird sich interessieren, der Name Morante wird verschwinden, wie er aufgetaucht ist. Wir werden in mein schönes, großes Haus ziehen ...«

Ted und Malcom standen auf. Claire spürte, wie sie zögerten, aber dann kam Malcom doch an ihren Tisch. Er verbeugte sich, als wolle er sich für die Unterbrechung entschuldigen. Dann sagte er zu Milo: »Die Caymans Islands. Ich weiß es jetzt ganz genau. Georgetown. Das ›Queens Hotel‹. Der Patio. Erinnern Sie sich nicht? Sie saßen im Patio hinter einer Palme. Ich habe ein Foto mit dem Teleobjektiv gemacht. Erst später haben wir auch den anderen ihrer beiden Gesprächspartner identifiziert. Der eine war ein Staatssekretär aus dem Foreign Office, aber der andere ... Wissen Sie«, Malcom stützte die Hände auf und starrte Milo an, »ich konnte mir das nie zusammenreimen. Was hat ein rumänischer Politiker mit einem Mann vom Foreign Office auf den Caymans Islands zu suchen? Viel später erst, als ich in der Zeitung gelesen habe, daß das Magazin des Museums für Moderne Kunst in Bukarest leergeräumt war... wissen Sie, erst da habe ich gewisse Zusammenhänge geahnt...«

Milo hatte lächelnd zugehört.

Claire trank. Sie hätte jetzt gerne eine Zigarette geraucht. Unter dem Tisch suchten Milos Knie ihre Schenkel. Claire spürte, wie ihr Herz pochte.

»Was wollen Sie?« fragte Milo. »Daß ich Sie für den Pulitzerpreis empfehle? Dafür bin ich nicht der richtige Mann.«

»Ich möchte nur Ihren richtigen Namen«, sagte Malcom, »ich kann damit gar nichts anfangen, wissen Sie. Mein Freund, der fünf Jahre lang an der Story recherchiert hat und mit dem ich oft unterwegs war, der ist vor einem Jahr gestorben.«

»Das tut mir leid«, sagte Milo kalt.

»Mir auch.« Malcom beugte sich noch weiter vor und starrte in Milos Augen. »Mir auch, Herr Morante. Sagen Sie mir Ihren Namen. Ich werde den Namen auf einen kleinen Zettel schreiben und ihn auf der Grabstelle meines Freundes vergraben. Vielleicht macht ihn das endlich ruhig. Ich hab' das Gefühl, er kann immer noch nicht ruhig in seinem Grab liegen, Herr Morante. Können Sie sich das vorstellen?«

»Ich kann mir alles vorstellen«, sagte Milo. Er verstärkte den Druck gegen Claires Knie.

Malcom nickte. Ted stand in einiger Entfernung und hörte angespannt zu.

»Das glaube ich Ihnen, das glaube ich, Mister Morante.«

Ganz plötzlich richtete er sich auf, verbeugte sich steif vor Claire und ging zum Ausgang. Ted folgte, ohne ihnen zum Abschied zuzulächeln.

»So ist das«, sagte Milo. Er hatte die rechte Hand unter den Tisch genommen und schob jetzt ihr Kleid über die Knie. Er brauchte den Kontakt mit ihrer Haut, er brauchte die Sicherheit, daß sie da war. Ganz nah.

»Tauchen immer wieder aus dem Nichts auf, solche Leute,

denken, sie könnten einen festnageln. Aber das wird ihnen nicht gelingen. Das ist unsere Story, Claire.«

Er winkte Joaquim. Er verlangte die Rechnung. Durch das vergitterte Fenster über dem Tisch, an dem die beiden Amerikaner gesessen hatten, schaute er hinaus. »Die Sonne«, sagte er, »schau mal.«

Claire folgte seinem Blick. Sie nickte. Sie nahm ihre Handtasche auf den Schoß und kramte nach dem Kosmetiktäschchen. Sie hatte plötzlich das Gefühl, ihr Make-up sei verwischt, die Wimperntusche, obwohl sie nicht geweint, und der Lippenstift, obwohl sie niemanden geküßt hatte. Ihre Hände fühlten das weiche wollene Tuch, in das der Revolver eingewickelt war.

Sie hielt inne.

»Ist was?« fragte Milo.

»Nein. Warum?« flüsterte Claire. Sie öffnete die Puderdose mit zitternden Fingern und betrachtete ihr Gesicht.

»Deine Augen haben eben so merkwürdig ausgesehen.«

Milo zog aus dem Geldscheinbündel zwei Fünfziger und legte sie unter das Weinglas. Er stand auf.

»Komm«, sagte er sanft.

»Wohin?« Claire schob die Puderdose in die Tasche zurück. Ganz schnell faßte sie dabei noch einmal den Revolver an und zog die Hand sofort wieder zurück.

»Ich möchte mit dir schlafen«, sagte Milo, »ich weiß, du möchtest das auch.«

Claire lächelte. Sie hatte den Wunsch, dieses Lächeln irgendwie sphinxhaft erscheinen zu lassen. »Du weißt immer alles.« Sie ließ sich von ihm an die Hand nehmen. Das gefiel Milo offenbar, sie an der Hand neben sich zu führen.

»Ist dieser Journalist, mit dem Malcom gearbeitet hat, umgebracht worden?« fragte sie, als sie die Kellertreppe hinaufstiegen.

Milo hob die Schultern. Er schaute sich nach dem Taxi um, das Joaquim für sie bestellt hatte. »Schon möglich.« Claire klemmte die Handtasche unter den Arm. »Hat das was mit dir zu tun? Mit deiner Arbeit?«

»Das weiß ich nicht genau«, sagte Milo. »Ich habe gehört, daß es wegen dieses Treffens im ›Queens Hotel‹ ein paar Aufregungen gegeben hat. Aber so etwas passiert immer wieder. Betriebsrisiko.« Das Taxi bog um die Ecke, Milo hob die Hand.

Er half ihr ins Taxi und nannte seine Adresse. Der Fahrer nickte gleichgültig.

Milo nahm auf dem Rücksitz Platz. »Ich hab' dir nicht zuviel versprochen«, sagte er munter, »unser Buch wird ein Thriller. Ein Krimi. Was du willst. Ich erzähle, und du schreibst. Du bringst das, was ich dir abends bei einem Planters-Punch erzähle, in eine elegante Form. Du kannst das. Ich bin ganz sicher. Wir werden ein super Team.« Er küßte sie. Claire wich nur leicht mit dem Gesicht zurück. »Und die Betriebsunfälle? Wie viele Morde kommen in unserem Bestseller vor?«

Milo nahm ihre Hand. »Wir werden auswählen«, sagte er, »wir nehmen nur die spektakulären Fälle. Nichts Amateurhaftes.« Claire hörte ihm fassungslos zu. Milo wirkte auf einmal, als habe er alle Probleme seines Lebens gelöst. Dabei schien es Claire, als sei sie gerade am Anfang. Sie verstand weder seine Heiterkeit, noch begriff sie, woher er die Sicherheit nahm, daß alles so laufen würde, wie er es sich wünschte.

Es hatte angefangen zu regnen. Der Fahrer stellte den Scheibenwischer an, der monoton über das Glas kratzte. Sie fuhren über die Elbe. Claire schwieg. Milo schob seine Hand unter ihre Bluse und legte sie auf ihre Brust, als suche er ihre Körperwärme. Oder aber als wolle er mit dieser Geste zeigen, daß sie nunmehr sein Besitz sei.

»Bitte«, sagte Claire sanft, »nimm die Hand weg, ja?« Dann schaute sie wieder aus dem Fenster. Auf den trägen, grauen Fluß, dessen Ufer hinter Regenschleiern verschwanden. Sie sah hinaus, als sähe sie dies alles zum ersten Mal – die Kräne, deren Arme lautlos hin und her schwangen, die regennassen Betonkais, die rostfarben ausgebesserten Brückenstützen.

Milo schloß die Wohnung auf, und Claire schaute sich fassungslos um. »Es sind ja keine Möbel mehr da!«

»Alles abtransportiert. Heute morgen«, sagte Milo strahlend. Er breitete die Arme aus und drehte sich, der schwarze Mantel wehte wie Fledermausflügel.

Claire stand wie benommen da. Der Fußboden war gefegt, nur in einer Ecke wirbelten Staubflocken hoch, als Milos Mantelsaum darüberstreifte. Rechts zwei Koffer mit Metallecken und einem breiten rot-weiß gestreiften Koffergurt. Eine Whiskyflasche.

»Und die Bilder?« fragte Claire.

Milo lachte. »Verbrannt, verkauft, verschenkt, verschifft... such dir etwas aus. Ich habe doch gesagt, es ist nicht wichtig. In meinem Haus zeige ich dir wirklich schöne Bilder von wirklichen Künstlern. Komm, komm tanz mit mir. Weißt du, daß ich ein fabelhafter Tangotänzer bin?«

»Ich komme nicht mit«, sagte Claire. »Ich komme nicht mit, Milo.«

Milo hielt mitten in der Bewegung inne, ungläubig, fassungslos. Er schüttelte ganz langsam den Kopf. Er lächelte.

»Aber natürlich kommst du mit«, sagte er eindringlich, »natürlich.« Claire schüttelte den Kopf.

Milo streckte die Hände nach ihr aus. »Aber du mußt mitkommen! Wenn du hierbleibst, werden sie eine Spur haben. Sie werden dich zwingen, alles zu sagen, was du über mich weißt. Diese Amerikaner...«

»Ich werde nichts sagen«, sagte Claire. »Du mußt keine Angst haben. Ich weiß ja nichts.«

Milo bückte sich nach der Whiskyflasche. Er zog den Korken mit den Zähnen heraus. Er hielt ihr die Flasche hin. »Und Sheila?« fragte er. »Hast du Sheila vergessen?«

»Damit habe ich nichts zu tun«, sagte Claire rauh. »Ich wußte ja nichts von deinen schmutzigen Geschäften.«

»Doch, doch. Du wußtest es. Du wußtest alles. Du hast Giraudoux nach mir ausgefragt...«

»Das war erst später.« Claire runzelte die Stirn. Sie versuchte sich zu erinnern, wann sie mit Giraudoux telefoniert hatte. War es wirklich heute morgen gewesen? Hatte Achim Sarahs Haus erst heute morgen verlassen? Hatte Malcom ihr heute morgen erst diese Andeutungen über Milo gemacht...?

»Deine Unterschrift«, sagte Milo, »ist unter dem Vertrag, den Sheila unterzeichnet hat. Das wußtest du nicht, nicht wahr?« Milo lachte. Er bückte sich nach dem Glas und schenkte es randvoll. »Das habe ich vergessen, dir zu sagen. Ich dachte, es hat Zeit, wenn du es später erfährst...«

»Du lügst«, sagte Claire, »ich glaube dir kein Wort. Ich glaube dir gar nichts.«

Milo lächelte, er hielt ihr das Glas hin, aber Claire ging um ihn herum. »Ich will nichts trinken.«

Sie schaute sich in dem riesigen, leeren Raum um. Sie verstand nicht, wie es möglich war, so schnell alle Spuren zu beseitigen.

»Ich möchte ein Taxi. Ich möchte nach Hause.«

Milo starrte sie ungläubig an. »Zu Achim? Das ist nicht dein Ernst?«

»Doch.«

»Aber Achim ist längst bei seiner Exfrau! Es ist vorbei, verstehst du nicht? Er hat gemerkt, daß er dich verloren hat.«

Claire schüttelte den Kopf. »Nein, nein«, murmelte sie,

»das stimmt nicht. Es ist anders, als du denkst...« Sie öffnete die Handtasche, um sich zu vergewissern, daß sie die Schlüssel bei sich hatte. Es war ihr, als habe sie das schon mehrfach kontrolliert.

»Du kannst nicht gehen«, sagte Milo, er lächelte, »es geht nicht, verstehst du? Wir haben dich in unsere Pläne mit eingebaut. Es ist alles organisiert. Wir fliegen erst nach Frankfurt und dann nach New York.« Er öffnete den Mantel und zeigt auf einen roten Umschlag, der in der inneren Tasche steckte. »Hier sind die Tickets.«

»Nein, nein«, murmelte Claire, »nein, ich fliege nicht mit. Ich muß erst... Achim, verstehst du..., ich muß das klären... mit Sarah... mit dieser Nacht..., ich muß das wissen...«

Milo ging zum Fenster und warf einen Blick auf den Hof. Unten rangierte ein Lastwagenfahrer, der sich aus der offenen Fahrertür beugte und zurückspähte.

Dann stellte er vorsichtig das Whiskyglas ab. Er ging zur Tür, lächelte Claire zu und drehte den Schlüssel herum. »Du kannst nicht fort, Chérie«, sagte er, »du kannst mich nicht verlassen, jetzt nicht mehr, verstehst du? *This is the point of no return.*« Er lachte. »Oder bist du so naiv, zu glauben, daß du dein früheres Leben einfach wiederaufnehmen kannst? Alle wissen, daß du einen Geliebten hast. Alle im Hotel. Dein Mann weiß es – und dieser Amerikaner... denkst du, man kann so tun, als wäre nichts gewesen?«

Er streckte die Arme nach ihr aus. »Ich habe dir gesagt, daß ich dich liebe. Glaubst du, das war einfach nur so dahingesagt?«

»Von dir sind doch nichts als Lügen gekommen.«

Milo lachte kurz auf. Er ging zum Fenster und schaute auf den Hof. Man hörte das Geräusch eines Lastwagenmotors. Milo sah eine Weile dem Rangieren des Fahrers zu, knöpfte den Mantel auf und ging zur Tür.

»Wo gehst du hin?!« rief Claire. Sie stand mit dem Rücken zu dem Koffer, auf dem sie ihre Handtasche abgestellt hatte. Sie öffnete die Handtasche und faßte nach der Pistole. Man konnte sie aus diesem weichen Wolltuch herausschälen, es war ganz leicht. Es gab Claire ein sicheres Gefühl, als sie den schönen schmiegsamen Perlmuttgriff spürte.

Milo drehte den Schlüssel um und zog ihn ab.

»Du kannst nicht fort, Chérie. *This is the point of no return*!« Er ließ den Schlüssel vor ihren Augen tanzen wie einen Zauberstab und steckte ihn in Hosentasche. »Sei doch vernünftig, Chérie. Dieser Kerl, dein Ehemann, schafft es auch jetzt noch, dich ganz durcheinanderzubringen, was?! Eine Nacht ist er nicht nach Hause gekommen, und schon drehst du durch.«

»Falsch«, sagte Claire kühl, »ich bin ganz ruhig. Aber dir sieht man die Panik an.«

»Mir?« Milo hob amüsiert die Augenbrauen. Er machte einen Schritt auf sie zu. Claire wußte, daß er sie in den Arm nehmen wollte, daß er imstande wäre, hier auf dem nackten Fußboden mir ihr zu schlafen.

»Bleib stehen!« rief sie warnend, die Hand immer noch in der Tasche am Pistolengriff.

Milo hielt mitten in der Bewegung inne. Seine Augen wurden schmal.

»Liebling«, sagte er sanft, beschwörend, »mach keinen Unsinn!«

Claire sagte nichts. Sie war auf einmal in der Lage, ihn ohne die geringste Gefühlsregung anzusehen, wie man das Foto eines Menschen betrachtet, von dem man weiß, man wird ihm im wirklichen Leben niemals begegnen.

»Rühr mich nicht an!« rief sie, zog die Pistole aus der Tasche.

Milo zuckte zusammen.

Von schräg unten, aus dieser gekrümmten Stellung, schaute er zu ihr empor. »Du bist dumm. Daß ich das nicht früher gemerkt habe. Wie töricht du doch bist.«

»Nicht dumm genug«, sagte Claire und zielte auf sein Kinn.

Milo bedeckte das Kinn mit dem Unterarm. »Glaubst du, du könntest damit davonkommen? Glaubst du das wirklich?«

»Ja«, sagte Claire ruhig.

Milo lachte. »Aber deine Unterschrift ist unter dem Vertrag! Hast du das vergessen?«

»Der Vertrag interessiert mich nicht. Ich will hier raus. Mach die Tür auf. Ich brauche ein Taxi. Ich will nach Hause.«

»Der Vertrag, Chérie, der ist in der Welt. Du bist unsere Komplizin, verstehst du das nicht? Wir sind aneinander gebunden, wir beiden Königskinder.«

Er will mich verunsichern, dachte Claire. Aber das lasse ich nicht zu.

»Es war die Idee von Giraudoux. Der Mann ist wirklich genial. Ein Philosoph. Ein Psychologe. Er versteht mehr von den Menschen als die ganzen Psychiater zusammen. Weißt du das, Chérie? An dem Tag in London hat er zu mir gesagt: Und wenn sie auf einmal kalte Füße kriegt? Sie kriegt keine kalten Füße, hab' ich gesagt. Sie liebt mich. Und wenn sie dich nicht genug liebt? hat Giraudoux gefragt. Denk darüber nach, Vaclav.«

»Vaclav«, wiederholte Claire, wie um sich den Namen eines Menschen zu merken, der einmal wichtig gewesen war.

»Diese Unterschrift«, sagte Milo, »ist jetzt meine Lebensversicherung.«

Claire zielte auf seine Brust. Er hatte sich aufgerichtet, mit jedem Wort hatte er wieder an Sicherheit gewonnen.

Milo lachte. »Der Vertrag ist nicht hier. Den hat Giraudoux. Vielleicht hat er ihn schon an die Polizei geschickt – oder an deinen Chef...«

»Du lügst.«

»Natürlich lüge ich, das weißt du doch. Du hast es selber gesagt. Ich lüge immer. Oder besser: fast immer. Als ich gesagt habe, daß ich dich liebe, hab' ich nicht gelogen. Ich möchte, daß du das weißt.«

»Es ist jetzt nicht mehr wichtig«, sagte Claire. Es war wirklich nicht mehr wichtig. Sie fühlte gar nichts. Sie spürte nicht einmal mehr den Schlag ihres Herzens.

»Gib mir den Schlüssel.«

Milo sprang auf sie zu. Es war, als flöge er durch die Luft, als wolle er sie mit der Wucht seines Körpers zu Boden werfen. Sie sah die Anspannung in seinem Gesicht, die Halsmuskeln, sah, wie er die Arme hochriß und auf sie zustürzte. Sie schoß. Sicher und sauber. Sie zielte auf die Brust. Er fiel auf den Boden, bäumte sich noch einmal auf, versuchte, den Kopf in ihre Richtung zu heben. Und dann war es vorbei.

Eine unglaubliche Stille füllte den großen Raum. Eine Stille, die Claire wie ein leichtes Singen vorkam, der Sphärengesang des Nichts. Das war vollkommen. Claire sah auf die Pistole in ihrer Hand, legte sie an die Wange, um zu prüfen, ob sie sich von dem Schuß erhitzt hatte, und wickelte sie wieder in das Tuch.

Sie schloß die Handtasche, reckte sich, hob die Arme hinter dem Kopf und machte ein paar Freiübungen wie nach einem Tag, den sie steif auf ihrem Bürostuhl verbracht hatte. Dann ging sie zum Fenster und schaute hinaus. Der ganze Platz war leer. Ein Windstoß fegte nasse Zeitungsfetzen über den Asphalt. Claire fand diesen Anblick schön.

Aber dann mußte sie noch einmal zu ihm zurück, um die Schlüssel aus seiner Hosentasche zu holen.

Sie nahm den Schlüssel, ihre Handtasche und ging zur Tür. Sie verschloß die Tür von außen und drückte auf den Fahrstuhlknopf.

Es war das Klavierkonzert a-Moll. Claire war sicher, daß es a-Moll war. Etwas Düsteres, Schwermütiges. Achim hatte ihr immer wieder erklärt, daß Mozart nicht nur dieser heitere, übermütige Spaßvogel war.

Es gibt in seiner Seele auch eine dunkle Seite, hatte er manchmal gesagt, eine sehr aufregende und beängstigende Seite. Hör mal zum Beispiel dieses.

Und dann hatte er ihr das Klavierkonzert vorgespielt und dabei ihr Gesicht beobachtet. Ihr Gesicht war wie immer ratlos gewesen und ein bißchen gereizt. Zuviel Mozart hatte sie nie vertragen. Überhaupt nicht immerzu Musik. Und dann so laut, quadrophonisch, als säße man in einem Konzertsaal, vollkommen konzentriert, mit geschlossenen Augen.

Claire stieg die Treppen hinauf, und an jedem Treppenabsatz wurde die Musik lauter.

Sie lächelte.

Achim hatte recht. Es war wirklich eine andere Musik. Die dunkle Seite in Mozarts Seele.

Sie hatte ihre Schuhe unten am Treppenabsatz ausgezogen. Sie war meilenweit zu Fuß gegangen, bis zu einer Bushaltestelle irgendwo im Freihafen, an einer S-Bahn-Station war sie umgestiegen und zum Hauptbahnhof gefahren. Von dort hatte sie ein Taxi genommen. Jetzt mußte es schon weit nach sieben Uhr sein.

Claire schloß die Wohnungstür auf.

Achim lag auf dem Sofa, die Augen hatte er gegen das Licht mit einem aufgeschlagenen Buch geschützt.

Als er das Schnappen der Wohnungstür hörte, sprang er auf. Claire ließ die Schuhe und die Handtasche einfach auf den Boden fallen.

»Da bin ich wieder«, sagte sie.

Achim kam zögernd näher. Der obere Hemdknopf war offen, und die Krawatte hing schief. Sein Haar stand wirr in alle Richtungen. Er hatte gerötete, leicht geschwollene Augenlider.

»Klärchen«, sagte er vorsichtig, beinahe tastend. »Klärchen.« Sie nickte. Sie hatte das Lächeln eines jungen Mädchens.

»Ja, ich bin es«, sagte sie zärtlich.

»Bist du es wirklich?« Achims Stimme hatte einen spröden, beinahe ungeübten Klang, wie jemand, der jahrelang mit sich allein gewesen war. Er räusperte sich und wiederholte: »Du bist es? Du bist es wirklich?«

»Ja, ich bin es.« Claire hätte es immer wiederholt, sooft Achim es wollte.

Er ging auf sie zu, nahm sie in die Arme, und sie lehnte den Kopf an seine Schulter, den schweren Kopf.

Achim atmete tief durch. Wie jemand, der nach einer langen dunklen Fahrt wieder ans Licht kommt.

Er lächelte. Er nahm ihr Gesicht in beide Hände und schaute sie an.

»Du siehst müde aus, Klärchen«, sagte er.